L'ÉCOLE BUISSONNIÈRE

Nicolas Vanier

Avec la collaboration de
Virginie Jouannet et Diane Vanier

L'école buissonnière

roman

D'après le scénario du film écrit par
Jérôme Tonnerre et Nicolas Vanier

ÉDITIONS DE NOYELLES

Éditions de Noyelles
123, boulevard de Grenelle, Paris
www.franceloisirs.com
Une édition du Club France Loisirs, Paris
réalisée avec l'autorisation des Éditions XO

ISBN : 978-2-298-13016-4
N° d'Éditeur : 88763
Dépôt légal : mai 2017

Prologue

Août 1910. Sologne.

Alors que le soir venait, une brume grise et basse exhalait de la terre brûlée par le soleil du torride été et le cervidé émergea du taillis. Sa silhouette dont les contours dansaient dans l'épaisse vapeur donnait l'impression de nager entre deux eaux.

Enfiévrée par la longue traque, Mathilde se figea sur place. Elle avait approché l'animal à bon vent et se tenait à une cinquantaine de pas de lui. Même gênée par la végétation et l'ombre grandissante, elle en eut le souffle coupé : c'était un jeune cerf puissant, à peine âgé de trois ans, devina-t-elle, faute d'apercevoir les meules. À condition d'échapper aux battues, il deviendrait un mâle exceptionnel. Ses bois, déjà très hauts, s'épanouissaient en deux épois, promettant un futur grand cerf : un douze, un quatorze-cors ou même peut-être davantage. Un frisson la secoua, mais elle n'osa s'avancer par crainte de le faire fuir. Après avoir humé nerveusement l'air, le jeune cerf émit une plainte rauque et se mit à piétiner nerveusement le sol. Normalement il aurait dû accompagner la harde, or il semblait vagabonder en solitaire, à l'instar d'un pèlerin. D'ailleurs, s'il avait fait partie des animaux présents sur le domaine, elle l'aurait repéré en sillonnant la forêt. C'était sa terre, elle en connaissait chaque parcelle, chaque étang et chaque mare, chaque taillis, chaque chênaie, chaque hêtraie, et les bêtes qui les peuplaient…

« La Sauvageonne », c'est ainsi, au village, qu'on nommait la fille du comte. En dépit de sa naissance, elle n'était guère vaniteuse et se moquait bien de ses quartiers de noblesse. Cependant, derrière ce surnom un peu moqueur mais affectueux, on la considérait avec respect. Même les anciens reconnaissaient que la gamine était douée d'un flair sans pareil pour deviner le déplacement d'une harde, repérer une trace ou présager la tournure d'une battue. Elle comprenait le bois mieux que n'importe qui au pays, braco ou chasseur, et savait quelle bête prélever, quelle autre préserver. Généreuse, elle partageait le produit de ses glanes, champignons, baies, légumes sauvages, plantes aromatiques ou médicinales. Son père, le comte Antoine de La Chesnaye, propriétaire du grand domaine des Herteignes, s'amusait secrètement de cette réputation de jeune sauvage, même s'il feignait le contraire en société. Que Mathilde billebaude dans les bois de l'aube à la nuit noire, vêtue de pantalons, plutôt que d'apprendre le pastel et la danse comme le faisaient les jeunes filles de bonne famille n'était pas pour lui déplaire. Quelquefois, néanmoins, sa liberté faisait monter un vieux chagrin inapaisé, il songeait qu'il faudrait bien qu'elle abandonne ses manies de garçon manqué pour se marier. Il se promettait alors d'être plus sévère, mais grâce à un éclat de rire ou à un enthousiasme non feint, elle l'amadouait et Antoine remettait à l'année suivante son devoir de la discipliner… Chaque début de saison, pris d'un remords, il lançait des invitations. Lors de ses réceptions, devenues rares depuis le décès de son épouse, Mathilde lui évoquait un bel oiseau encagé à qui l'on aurait coupé les ailes. Si belle soit-elle, l'adolescente perdait de sa lumière et ne la retrouvait qu'en repartant vers la lande ou la forêt. En cela, elle était l'inverse de son frère aîné, qui venait au domaine uniquement pour éblouir ses amis parisiens lors des fêtes bruyantes qu'il organisait et se reposer, prétendait-il, d'études de droit dans lesquelles il ne brillait pourtant guère.

Le daguet renifla la mousse avant de bâiller comiquement, puis il avança, la tête haute, ses longues pattes lui donnant une allure déliée. Brusquement alerté par une odeur, il se figea, les narines frémissantes, tourné dans la direction de Mathilde. Même à cinquante pas, elle sentit l'intensité de son observation, plus intriguée qu'anxieuse. L'animal fit quelques pas vers elle, la regarda de nouveau fixement, nullement impressionné par sa présence, et s'ébroua, gracieux, avant de s'enfoncer dans l'épaisseur du boqueteau et de disparaître. En aspirant une grande bouffée d'air, Mathilde prit conscience qu'elle avait retenu son souffle tout le temps qu'avait duré l'apparition. Une émotion violente lui serrait le cœur sans qu'elle en comprenne bien le sens, prémonition ou accès de sensiblerie. Le cerf l'avait troublée plus qu'aucune autre bête, peut-être à cause du mélange de force et de vulnérabilité, sa grâce encore fragile et la puissance qu'il promettait. Elle n'en parlerait pas à son père. À coup sûr, Antoine de La Chesnaye n'y résisterait pas ; il attendrait le moment de le traquer, dans trois ou quatre automnes, pour accrocher son massacre dans le grand escalier où s'exposaient les trophées de la famille. Mathilde avait beau aimer certaines chasses bien conduites, elle supportait mal l'indécence de cet étalage macabre. Les bois sans tête lui rappelaient la puissance des cerfs morts, décoiffés, et pour sa part, elle préférait mille fois les attraper dans son carnet de croquis, où, saison après saison, elle dessinait les bêtes encore jeunes, notant chaque détail qui permettrait de les reconnaître d'une année sur l'autre. À force, bien avant la maturité des daguets, elle était capable de deviner quels seraient l'envergure des bois, le nombre de cors, l'écartement des andouillers et même la forme des meules ou des empaumures. Non seulement elle avait reconstitué l'arbre généalogique des hardes vivant sur le territoire, mais elle connaissait aussi chaque mâle pèlerin arrivé en période de rut. Elle leur affectait un nom en fonction de leur caractère ou de leur singularité : le Rouge, Cabriole, le Moine, l'Endiablé ou l'Ancêtre... Pourvu qu'il revienne, ce daguet fourchu deviendrait « le Seigneur », évidemment, car il promettait d'être magnifique, sans doute le plus beau qui avait jamais foulé leurs terres... Elle sortit son carnet de la poche de son havresac et crayonna hâtivement la forme des andouillers et la cambrure de la tête, afin de se souvenir, puis elle griffonna : « Le Seigneur, surpris au petit bois, le 21 août 1910. » Enfin elle repartit d'un pas vif, tout auréolée du bonheur de cette rencontre. Comment pouvait-elle imaginer que, ce même jour, le destin allait changer le cours de son existence ?

Elle longea la forêt afin de regagner la voie de chemin de fer en construction où une allée forestière la mènerait jusqu'au manoir sans détour. À l'endroit où la ligne amorçait un virage, elle aperçut soudain un petit groupe de cheminots travaillant sur un aiguillage, à quelques pas du plus grand chêne du domaine, un arbre vieux de trois cents ans. Elle s'avança plus lentement, brusquement intimidée, lorsque l'un des cheminots se releva pour la regarder venir. En approchant, elle vit le soleil rougeoyant embraser ses yeux verts, comme ceux d'un animal de nuit. Incapable de baisser le regard, elle articula un « bonjour » troublé. L'homme fit un pas vers elle, sourit largement, avec une douceur qui la stupéfia.

— Je m'appelle Jean.

1.

1922. Banlieue nord de Paris.

L'équipe des cheminots se tenait penchée, chalumeaux ronflants, autour des monstrueuses barres de fer qui constitueraient l'armature d'un puissant renfort. Le visage des hommes était dissimulé derrière un masque encrassé, presque aussi noir que les briques de la grande bâtisse où ils travaillaient, ternies par la fumée des usines environnantes. Jean se redressa un instant pour vérifier que ses gars avançaient à la même cadence. Cette partie du travail était cruciale. L'assemblage d'acier devait stabiliser les bases d'un pont fragilisé par des bombardements datant de la fin de la guerre, et il ne s'agissait pas de saloper l'ouvrage, malgré l'économie de moyens et leurs outils mal adaptés. Il allait se remettre à la tâche quand une voix l'arrêta :

— Hé les gars, chez Magnans. Maintenant !

Juché sur l'escalier métallique, au-dessus des ateliers, le contremaître avait hurlé pour percer le vacarme, mais seul Jean l'entendit. Il tapa sur l'épaule de Patrice en éteignant son fer à souder.

— Arrête ton bazar... Faut aller voir Magnans. Je te parie qu'il va encore gueuler pour les délais. Il a qu'à venir souder lui-même ! Je lui avais bien dit, à Vignot, qu'il fallait donner ça à l'atelier du 46. On n'a pas ce qu'il faut ici !

— On verra bien. Ça nous fera toujours une pause !

— Tu parles d'une pause... Le Magnans, il me donne des boutons. Faut y aller... Tous !

Les autres avaient cessé leur travail et déposé leur chalumeau. Ils s'étirèrent, firent quelques pas pour soulager leurs muscles endoloris, avant d'ôter leur masque en grommelant. Une convocation en plein labeur, ça n'était pas normal, pourtant personne n'osa risquer une hypothèse. En cas de problème, ils savaient que Caradec ne se laisserait pas faire, c'était un homme courageux, au caractère bien trempé, même s'il pouvait se montrer ombrageux, parfois. Ils grimpèrent en file indienne sur la passerelle qui menait à un long couloir éclairé par des néons aveuglants. Au bout, un escalier plus petit menait au bureau de la direction. Véronique les regarda approcher par-dessus ses grandes lunettes dorées.

— C'est l'un après l'autre. Jean, vas-y le premier !

La secrétaire, qui était presque une amie et plaisantait facilement d'habitude, gardait une expression indéchiffrable.

— Qu'est-ce qu'il nous veut ?

— Rien de réjouissant, il va t'expliquer.

Jean fronça les sourcils, franchement inquiet cette fois. Certes, Magnans aimait faire son petit chef et il était connu pour servir les patrons avec un zèle inutile, mais Véronique n'aurait pas eu cet air grave sans raison valable. Jean était devenu ami avec son mari, rencontré lors d'un pot de fin d'année. Lucien travaillait dans une bibliothèque et on pouvait discuter de tout avec lui. Ils se voyaient presque chaque fin de semaine pour boire un verre, et Lucien rapportait régulièrement des livres pour le fils de Jean qui avait pris l'habitude d'en dévorer deux ou trois par semaine.

— J'y vais.

À son entrée, le directeur hocha la tête sans faire mine de l'inviter à s'asseoir. Soit il tenait à expédier son affaire, soit il voulait démontrer son autorité. Ou bien les deux. Cela ne fit que renforcer la méfiance de Jean, qui resta silencieux, les bras ballants, attendant qu'il se décide à parler. Comprenant qu'il ne servirait à rien de faire mijoter son employé, Magnans se décida avec un sourire contraint.

— Monsieur Caradec, j'ai une bonne nouvelle. Vous allez gagner plus et voyager.

— Voyager ?

— Vous connaissez l'Algérie ?

— L'Algérie ?!

— L'Algérie, oui… On a besoin de quelqu'un pour superviser les aiguillages de la nouvelle voie qui va ouvrir entre Banshouette et Zhinghaouer.

— Mais, je ne peux pas ! J'ai un fils.

— Votre fils, vous le laisserez à sa mère…

— Monsieur, ma femme est morte, je vous l'ai déjà dit ! C'est moi qui m'en occupe, seul.

— Dans ce cas, donnez-le à la famille !

— La famille ? Quelle famille ?

— Écoutez, mon vieux, ce n'est pas mon problème. Je ne vais pas gérer les gamins de mes quatre-vingts gars, sans parler de leurs épouses, je vous parle d'un chantier prioritaire !

— Je n'ai personne à qui le confier, monsieur, et je n'irai pas en Algérie, même pour une paye supérieure.

Le directeur se redressa sur sa chaise, blêmissant de colère. Reléguant toute forme de politesse aux oubliettes, il cracha ses mots avec morgue :

— Vous n'avez pas bien compris, monsieur Caradec, ce n'est pas une proposition mais un ordre. En travaillant à la compagnie des chemins de fer Paris-Lyon-Méditerranée, vous avez des droits, certes, mais aussi des devoirs. Nous sommes réquisitionnés par l'armée. Vous n'avez pas le choix. Au pis, mettez-le en pension, votre gosse ! Ce ne sont pas les internats qui manquent avec tous ces orphelins !

*

En sortant de l'école, Paul empruntait toujours le même chemin afin de remonter la rue commerçante, car les vitrines des boutiques ressemblaient à des mondes en miniature. Il y avait l'épicerie où trônait un bocal plein de guimauves au milieu des piles de conserves et où, chaque jeudi, il venait acheter une sucette à deux sous ; la bonneterie pour dames avec ses corsets aux hanches rebondies ; le café bruissant de rires et d'engueulades, la marchande de nouveautés dont le nom seul ravissait l'enfant, et qui exposait sur des plateaux en velours un éboulement de dentelles, gants et chapeaux à voilette ; puis la boucherie, à l'odeur entêtante de sang, juste avant l'immeuble de Mme Commare, leur cuisinière – ainsi la nommait son père pour plaisanter. Après avoir appuyé sur la troisième sonnette, il patientait un long moment, car la brave femme traînait une douleur à la hanche depuis les bombardements de 1918, sans qu'on sache bien en quoi cette fichue Grosse Bertha avait pu causer cette boiterie, sinon un saisissement d'angoisse. Elle semblait toujours savoir qui lui rendait visite, car elle tendait la gamelle qu'il avait déposée le matin même, pleine d'un brouet tiédi. C'était leur repas du soir, invariablement un de ces plats bon marché à base de pommes de terre ou de chou agrémentés de lard ou d'une viande de second choix. Ce jour-là, pourtant, quand la porte finit par s'ouvrir en laissant échapper une vapeur d'oignons frits, Mme Commare montra une mine renfrognée. Paul tenta de sourire bravement.

— Bonjour madame ! Ça sent bon !

— Il est pas avec toi, ton père ?

— Non. Il travaille toujours à cette heure-ci.

— Il t'a rien donné pour moi ?

— Non.

— Eh bien, tu lui passeras le message qu'ici c'est pas l'Armée du salut ! Ça fait la semaine qu'il traîne à me payer ce qu'il doit.

— Je le lui dirai.

— Oui, parce que la gamelle, bientôt elle restera vide, je ne vais plus la remplir d'ici peu.

— Je vous promets…

De mauvaise grâce, elle lui passa le récipient avant de lui claquer la porte au nez, et l'enfant soupira de soulagement. Demain, il faudrait la régler, sans quoi elle râlerait davantage ! Pourvu que son père ait de quoi... Il avait parfois quelques jours de retard au moment du loyer, et la vieille bique ne se privait pas de crier et menacer, à croire qu'on l'avait dévalisée ! C'était injuste, parce que Jean Caradec détestait être en dette, il prétendait que l'honneur des petites gens c'était justement de rester intègre et loyal ! Encore mortifié, Paul fit halte à la boulangerie située à l'angle de la petite rue ouvrière où ils logeaient, acheta un pain pour deux jours. Là aussi on leur faisait crédit, pourtant la boulangère ne lui fit aucune méchante remarque.

De retour à leur appartement, il s'empressa d'expédier ses devoirs, une récitation et des calculs, pour se plonger dans *Sans famille*, qu'il avait déjà lu l'an passé. Sa préférence allait aux romans d'aventures et de voyages, mais il avait beau tenter de ralentir, il lisait trop vite et se retrouvait régulièrement à court de livres.

Vers 19 heures, il alluma le petit poêle à charbon pour mettre la gamelle à chauffer doucement. Son père tardait, mais Paul ne s'en inquiéta pas. Le vendredi, il lui arrivait de passer au Branly, le bar jouxtant l'usine, avec son ami bibliothécaire. Il lui rapporterait peut-être des romans d'Herman Melville, ceux que l'institutrice lui avait conseillés.

Il s'accouda à la fenêtre, un peu désœuvré, hésitant à finir sa lecture. À travers les carreaux ternis des poussières d'usine, il vit qu'une pluie fine mais pénétrante s'était mise à tomber et s'amusa à observer les filets d'eau boueuse dévalant la pente pour saturer les trous de la chaussée par des flaques traîtresses. Deux ouvriers passèrent au galop, la main plaquée sur leur casquette, suivis par une camionnette bâchée qui bringuebalait, cahotante. La porte d'entrée claqua et Jean entra en pestant. Aux petites rides qui plissaient son front, Paul devina l'anxiété de son père, si bien qu'il ne pipa mot sur la note de Mme Commare.

— On a un problème, mon Paulo.

— Ça se voit à ta tête, papa.

Jean soupira, puis sourit à demi.

— Toi, tu devines tout…

Il se rembrunit soudain et lança plus brutalement qu'il ne l'aurait voulu, comme pour se débarrasser :

— On est réquisitionnés pour aller travailler en Algérie.

L'enfant bondit du petit canapé, exultant.

— Chouette ! On ira dans le désert, tu crois ? Il y aura des chameaux et peut-être même que je monterai dessus, et on couchera dans des oasis, on mangera des dattes, pas vrai, et…

— Non, mon Paul, j'ai parlé un peu vite, il ne s'agit pas de toi. Je n'ai pas le droit de t'emmener. J'y vais avec mon équipe. Les familles restent en France.

— Mais où je vais vivre si tu me laisses ?

— J'ai eu une idée.

★

Célestine était en train de dépiauter un lapin que son mari avait colleté à l'entrée du potager lorsqu'on frappa à la porte, ce qui l'intrigua, car personne ne faisait de manières pour entrer chez le garde-chasse. En découvrant le facteur, elle sentit un petit coup au cœur. C'est le même homme qui, cinq ans plus tôt, lui avait remis un télégramme annonçant la mort. Depuis lors, le brave gars ne savait trop comment se comporter et elle éprouvait toujours un certain malaise face à sa grosse figure empourprée.

— Tiens, Ernest. Bien le bonjour ! Du courrier pour Borel ?

— Non. C'est adressé à Mme Célestine Borel. De Paris.

Il lui tendit une lettre chargée de timbres-poste et s'empressa de la saluer sans attendre son invitation à entrer. Célestine n'en avait cure ; en déchiffrant le nom de l'expéditeur, « Jean Caradec », son cœur bondit dans sa poitrine. Pourvu qu'il ne s'agisse pas d'une mauvaise nouvelle ! Sous le coup de l'impatience, elle déchira l'enveloppe et lut d'un trait.

Saint-Denis, le 5 juin 1922

Ma Chère Célestine,

Ne m'en veuillez pas de vous avoir laissée sans nouvelles depuis tout ce temps. Le petit va bien. Il reste un peu chétif, toujours, mais il a bien grandi et ses résultats scolaires sont excellents. De mon côté, il n'y a pas de grand changement depuis la mort de ma chère Mathilde, le travail m'occupe et je consacre mon temps libre à mon fils. Il se trouve que je viens d'être réquisitionné pour aller travailler au moins quatre mois en Algérie et je ne sais comment faire avec lui, car il m'est impossible de l'emmener. Je n'ai personne à qui le confier, et son ancienne nourrice a pris sa retraite, si bien que je me trouve, à ce jour, sans solution. La seule qui se soucie de lui et qui nous a déjà tant aidés, Mathilde et moi, c'est vous. Serait-ce envisageable que vous le preniez en pension dès la fin de ce mois et jusqu'à la Noël ? Bien entendu, il faudrait le faire passer pour un enfant de votre connaissance... Si vous acceptiez d'étudier la question, en vous arrangeant avec votre mari, j'organiserais le voyage avec Paul pour la dernière semaine de juin, juste avant mon embarquement.

Très affectueusement,

Jean

— Oh, mon Dieu !

Célestine relut la missive plusieurs fois. Son cœur dansait dans sa poitrine d'une joie teintée d'un début de panique. Pouvait-elle tenir sa langue sur un si gros secret ? Pour monsieur le comte, ce serait difficile, mais elle saurait se débrouiller, en revanche Borel allait poser un problème. Son mari était d'un naturel méfiant et elle ne se sentait pas de lui raconter la vérité, il ferait trop d'histoires, surtout si cela mettait en péril son travail de garde-chasse. Elle réfléchit un moment, les yeux perdus dans le vague. La tentation de voir le fils de Mathilde l'emporta sur ses scrupules et elle se dépêcha d'aller chercher une feuille de papier avant de changer d'avis. Demain, elle profiterait du marché pour aller poster sa lettre. Au pis, que risquait-elle ? Perdre son travail ? La belle affaire !

Célestine sentit soudain monter une envie de rébellion comme elle n'en avait pas éprouvé depuis longtemps. Trop de choses allaient de soi, par ici ! Et puis un mensonge de plus ou de moins...

*

Durant la dizaine de jours qui s'écoula entre l'expédition de sa lettre et la réponse, Jean avait tourné et retourné le problème dans tous les sens, craignant un refus ou des complications. Il se doutait que ce ne serait pas simple de mentir pour la brave femme. Avant de devenir la confidente du couple, puis leur complice, Célestine avait été la nourrice de Mathilde et elle travaillait toujours pour La Chesnaye. Le comte avait dû apprendre le rôle qu'elle avait joué au moment de leur fuite, l'aide qu'elle avait fournie. Serait-elle prête à lui mentir encore, pour un gamin quasi inconnu ? Après tout, elle n'avait vu le bébé qu'en une seule occasion, lors de son premier voyage à Paris, après la mort de sa chère Mathilde. Paul était alors un nourrisson chétif, né prématuré. Sa mère avait succombé d'une hémorragie de délivrance en lui donnant la vie, sans avoir eu le temps de le prendre dans ses bras.

Jean n'avait gardé de ces journées qu'un vague souvenir, embrumé, celui d'un cauchemar d'où il n'avait émergé qu'un mois plus tard, dévasté par le chagrin. Durant cette période, Célestine l'avait aidé et materné, en dépit de son propre chagrin, du comte et de Borel, à qui elle venait de se fiancer. Avant de repartir pour reprendre sa place au château, elle s'était débrouillée pour lui trouver une femme capable de soigner son fils en attendant qu'il reprenne pied. Jean n'était plus que l'ombre de lui-même et le bébé, fruit de son amour avec Mathilde, était son unique raison de se maintenir en vie. C'est ce qui l'avait sauvé.

Au début, ils avaient échangé quelques lettres. Lui parlait de Paul, Célestine lui annonça son mariage tardif – elle avait trente-huit ans –, mais tous deux évitaient soigneusement d'évoquer leur douleur. Ensuite, à mesure que les mois passaient, pour ne pas lui causer d'ennuis et parce qu'elle demeurait liée à une douleur trop vive, il avait négligé de donner des nouvelles. La Grande Guerre était venue et avait balayé nombre d'hommes et d'idées de justice, Jean ne s'était plus soucié de ce qu'elle devenait... Fin 1918, après la fin du conflit, il avait repris son travail de cheminot au rang de chef d'équipe. Il tentait d'élever Paul le mieux possible, mais le souvenir de Mathilde l'empêchait de vivre tout à fait, même onze ans après.

À présent, il regrettait sa légèreté envers la nourrice. En cas de refus, il se trouverait sans autre solution que le pensionnat, et cette idée lui retournait le cœur. Ses parents étaient morts depuis belle lurette et le seul cousin à qui il aurait pu s'adresser était resté dans une tranchée, en novembre 1914, une balle dans la tête. Quant à la famille de Mathilde, autant dire qu'elle n'existait plus. Le comte avait déshérité sa fille en apprenant son mariage et la naissance du petit n'y avait rien changé. De toute façon, Jean s'était juré de rayer le vieil homme insensible de leur existence. Il avait simplement expédié un faire-part de décès et la date d'arrivée de la dépouille au domaine, conformément aux vœux de Mathilde. Bien avant la tragédie, parce qu'elle pressentait peut-être que sa vie serait brève, elle lui avait fait promettre de la laisser reposer auprès de sa mère, dans le caveau familial.

Le comte n'avait pas répondu et cela lui convenait très bien. Du vivant de Mathilde, ils ne s'étaient jamais expliqués, or le temps des paroles ou du pardon était définitivement révolu.

La lettre de Célestine arriva une semaine avant son départ pour l'Algérie, alors qu'il n'y croyait plus.

> *Mon Cher Jean,*
> *J'espère que vous n'avez pas douté de ma réponse. C'est un accord joyeux que je vous donne ! Nous nous arrangerons pour tout ce que vous savez. J'ai réfléchi à une légère supercherie qui ne fera de mal à personne si je fais passer Paul pour un petit-neveu. Je vous attends donc, vous et votre fils, avec l'impatience que vous imaginez. Il y a un train jeudi 23 qui arrive à 15 h 15. Je vous y attendrai. Je vous embrasse affectueusement.*
> *Votre dévouée,*
> *Célestine*

Jean en eut les larmes aux yeux. C'était la même femme qui n'avait pas hésité à braver le monde pour aider sa Mathilde à fuir ! Elle n'avait rien renié, rien oublié non plus !

Il calcula qu'il lui faudrait au moins quatre jours pour finir ses préparatifs, les bagages, le payement des quelques dettes en souffrance et la sous-location de leur petit logement que Véronique avait proposé à sa sœur qui s'installait à Paris, en attendant de trouver mieux. Il aurait largement le temps d'embarquer...

2.

Paul, qui n'avait jamais quitté Saint-Denis, sinon pour aller à Honfleur, au mariage d'un ami de son père, était aux anges à l'idée de reprendre le train. C'était un peu comme de s'élancer dans le grand Far West ou de monter dans le *Transsibérien*, pour le plus long voyage du monde ! Pourtant, rien ne l'avait préparé à la surprise qui l'attendait. Alors qu'il s'apprêtait à s'installer dans l'un des wagons, son père l'entraîna vers la grosse locomotive et lui fit signe d'y grimper. En sa qualité d'employé des chemins de fer, Caradec jouissait de privilèges dont il n'usait guère, mais il connaissait assez son fils pour savoir que ce périple dans la motrice constituerait un merveilleux cadeau avant cette longue séparation. Après avoir salué les deux cheminots qui s'activaient déjà au départ, Jean entreprit de décrire le fonctionnement de la machine à vapeur ; c'était le chauffeur qui était chargé d'alimenter la chaudière en eau et le foyer en charbon, quant au mécanicien, seul maître à bord du train, il actionnait le frein ou le régulateur en fonction des besoins. Il désigna la boîte à feu que l'on nourrissait au charbon, l'énorme piston, les bielles, puis expliqua le cheminement de l'eau brûlante, le travail de la vapeur sous pression qui actionnait les essieux entraînant les roues d'acier, et lui montra le sable que l'on envoyait par un tuyau en cas de mauvaise adhérence.

À 10 h 22, comme prévu, le convoi démarra. Surexcité de comprendre à peu près le mécanisme, l'enfant observait la lente accélération des bielles, à peine dérangé par leur grincement strident. Il fallut dix minutes pour que le train atteigne sa vitesse de croisière ; entre-temps ils étaient sortis de Paris, direction plein sud, vers Orléans.

Bien qu'il s'efforçât de le cacher, la séparation imminente d'avec son fils tourmentait Jean. Dimanche, son bateau quitterait Marseille pour Alger la Blanche. Il aurait dû se réjouir d'avoir trouvé une solution, pourtant ni la découverte du désert ni la possibilité de voir sa carrière évoluer ne parvenaient à le distraire. Même s'il était persuadé d'avoir fait le bon choix en confiant Paul à Célestine, il redoutait de savoir le comte dans les parages. Se croiseraient-ils ? Il y avait peu de chances pour que le vieil homme remarque un gamin d'ouvrier, mais l'appréhension ne le lâchait pas, une menace vague, comme un sortilège lié à cette terre de Sologne. Il l'avait déjà éprouvé et cela avait changé sa vie. Qui aurait pu croire qu'un regard suffirait à sceller le destin de Mathilde de La Chesnaye à celui d'un simple cheminot ?

Tandis que Jean songeait au passé, l'enfant était allé se poster près de la portière ouverte, tiraillé entre deux émotions violentes, un mélange de trac et la fièvre du départ. Paul aurait tant voulu aller en Algérie lui aussi, pourtant, intuitivement, il devinait qu'en se retrouvant seul dans un lieu inconnu, il connaîtrait sûrement un genre d'aventure. D'une certaine manière, la séparation d'avec son père ressemblait aux bouleversements des romans qu'il dévorait avec passion. Quelque chose se passait dans sa vie, un événement aussi soudain qu'inattendu, et cet arrachement de son univers familier le rendait presque pareil au Rémi de *Sans famille.* Bercé par le vacarme, il se mit à extrapoler des hasards rendus possibles et des péripéties dignes de Jules Verne ou de Jack London, ses auteurs chéris. La Sologne pourrait-elle se comparer à la taïga du Grand Nord ? Son père lui avait parlé de forêts si profondes qu'on s'y perdait, de marais, de tourbières où l'on pouvait mourir noyé et de la lande pleine d'animaux sauvages…

Il fut arraché à son rêve par l'appel du chauffeur, un gros moustachu au visage rougi par la fournaise. L'homme lui faisait signe. Il s'approcha timidement et se sentit hissé sur une caisse en fer ; une fois Paul perché et à son aise, le gaillard lui désigna le manche du régulateur et lui cria de pousser en avant, de façon à accélérer dans la longue ligne droite. Sur le compteur vissé à droite du levier, la flèche grimpa à quatre-vingts kilomètres par heure. Inquiet de voir qu'ils continuaient de gagner en vitesse, Paul voulut retirer sa main, mais le chauffeur la remit sur le manche avec un rire.

— Elle va se mettre à chanter vers les cent kilomètres, on a de la marge !

Grisé par le mouvement, il continua, accompagné d'un vacarme de tonnerre. Ils allèrent ainsi, à bonne allure, pendant ce qui parut une éternité à Paul, et tantôt le conducteur l'aidait, tantôt il le laissait faire, lui donnant parfois une indication, un conseil.

— Ma foi, tu ferais un sacré cheminot, mon bonhomme ! T'as vu ça, Caradec ! Un vrai mécanicien, ton gosse !

L'enfant se rengorgea, gonflé de fierté. La locomotive menait plus de cent passagers, des tonnes de wagons, de bagages et de marchandises, et c'est lui qui donnait l'impulsion, emporté à toute allure, comme grimpé sur le dos d'un dragon ! Il tourna la tête afin d'apercevoir son père ; ce dernier souriait, les yeux brillants et humides, pareil à quelqu'un qui va pleurer.

En traversant une zone urbanisée, suivant les instructions, il ralentit avant de redonner de la puissance alors qu'ils longeaient une forêt.

— Fontainebleau ! annonça le gros homme. On va garder cette vitesse.

Enhardi, Paul se hissa sur la pointe des pieds afin de ne rien manquer du spectacle, les rails luisant au soleil d'été, cernés par les chênes gigantesques sur lesquels le bleu du ciel semblait peser comme sur un épais matelas de verdure, l'éclat d'un étang, un oiseau volant à tire-d'aile. La vitesse changeait sa vision, et le monde devenait mouvant. Il songea qu'il n'avait jamais rien connu d'aussi fou, un vertige qui donnait envie de crier ou de rire. Au loin apparurent les contours d'une bourgade et il commença à freiner. Approuvant d'un grognement, le cheminot lui désigna une manette suspendue.

— Tu vois cette poignée ? À mon signal, tire dessus !

Paul acquiesça avec un soupçon de crainte. Malgré le ralentissement, il vit se précipiter une ferme, puis deux, la silhouette d'un paysan aussitôt disparue, des barrières et un bouquet d'arbres, d'autres maisons qui lui parurent minuscules. Son cœur battait à tout rompre à l'idée d'une collision.

— Vas-y, maintenant !

Il tira, déclenchant un sifflement strident qui lui perça les oreilles.

— Encore !

Cette fois, le son corna moins brutalement.

— Très bien ! Tu te débrouilles comme un chef !

Ivre de joie, Paul éclata de rire. Juché sur sa caisse de fer, maître de l'énorme machine, il prévenait le monde entier de leur passage ! Gagné par l'euphorie, il tira une troisième fois, et se fit reprendre aussitôt :

— Ah non ! pour les villages, c'est deux. Trois dans un tunnel !

— Oh... pardon ! Un village, deux. Un tunnel, trois !

— Ma foi, tu t'en tires plutôt pas mal pour un minot ! Tu es sans doute le plus jeune conducteur du monde entier, pas vrai ? En attendant, je crois que je vais reprendre le commandement, si tu permets.

Le bonhomme lui fit un clin d'œil et poussa le régulateur, tandis qu'ils dépassaient les dernières maisons.

— Viens, Paul !

Jean l'appelait. Depuis un moment l'étouffante chaleur dégagée par les machines le faisait suffoquer et il voulait profiter des derniers instants avec son fils. Il sortit en plein vent sur la courte avancée de tôle ceinturée d'une rambarde par laquelle on accédait à la cabine de conduite. Paul le suivit, contenant à peine son excitation.

— Tu as vu, papa ?

— J'ai vu.

— Jamais ils me croiront à l'école quand je leur raconterai !

L'enfant se rembrunit soudain, conscient que la rentrée se ferait sans lui. Émile et Jacquot se trouveraient d'autres copains et à son retour les choses auraient changé. Pour ne plus penser, il se tourna, ferma à demi les yeux et se laissa fouetter par le souffle de l'air.

En observant son fils à la dérobée, Jean remarqua la masse de boucles brunes qui voletaient dans tous les sens. Avec tous les préparatifs à finir, il avait oublié de passer chez le barbier pour lui raser la tête, c'était trop tard à présent, et puis Célestine devait avoir l'habitude de ces choses… Il posa sa main sur l'épaule maigriotte de Paul et, d'une douce pression, voulut lui transmettre la force de son amour. Depuis toujours, face à son fils, il se sentait maladroit, comme dépossédé de ses mots. Il aurait fallu avouer trop de choses difficiles, alors il s'était tu, préférant le silence à des explications tronquées. À présent, il le regrettait vaguement, car il aurait aimé le mettre en garde. Contre quoi, exactement ? Un vieil homme aigri ? Les sortilèges de ce pays ?

Jean n'avait jamais pu retourner en Sologne, pas même pour accompagner la dépouille de Mathilde. Il s'était résigné à vivre, pour l'enfant, et les plaies n'avaient pas cicatrisé. Le temps, dont on prétendait qu'il effaçait le pire, n'y avait rien changé. Jean pleurait encore sa femme et portait cette douleur comme une brûlure honteuse, bien trop intense pour qu'on la comprenne. Même à Lucien, qui faisait office d'ami proche, il n'avait pu se résoudre à confier son sentiment de solitude que seul son fils était capable de combler. Bien sûr, les années passant, il s'était habitué au manque, mais l'idée de reconstruire sa vie avec une femme, de s'enthousiasmer pour un projet, tout ça lui semblait absurde, destiné aux autres, et il préférait encore rêver à ce qui aurait pu être, plutôt que de se résigner à sa perte. Or, voilà qu'il revenait sur la terre natale de son amour, et cela le troublait d'autant plus violemment qu'il devrait y abandonner leur enfant.

Au cours des derniers jours, malgré l'agitation, il avait réfléchi à ses choix, à son refus de toute nouveauté. Était-ce vraiment la vie qu'il voulait pour Paul ? Il prenait soudain conscience de la routine de son existence aussi réglée qu'un métronome, que seuls son travail et la scolarité de l'enfant cadençaient, à l'abri des remous. C'était une existence de petits vieux, pas celle d'un homme dans la force de l'âge et d'un gamin rêveur ! Cette mission algérienne venait à point nommé. Ce serait l'occasion de secouer cette chape d'habitudes, pour lui et pour le bien de Paul… Et puis, quelque part, enfouie dans son inconscient, montait une envie de mouvement, de renouveau. Par instants, le cheminot se sentait plus léger, comme libéré d'un poids qui l'avait contraint à refuser tant de choses depuis onze ans.

On aurait dit que le train avait épousé la cadence de sa réflexion, car, après avoir traversé les immensités monotones de la Beauce et franchi la Loire, la locomotive pénétra en forêt de Sologne. Jean vit défiler la terre natale de Mathilde, faite de taillis ombreux et d'étangs. Dans le foisonnement végétal, il reconnaissait les pins au vert sombre, le houppier rond des chênes, des charmes ou des châtaigniers, l'éclat blanc de l'écorce des bouleaux frissonnants, et il s'étonnait d'avoir pu oublier cette splendeur. Tandis qu'ils filaient, ivres de vent et des parfums de la nature, il devinait la trace des sentiers entrouverts dans le moutonnement des fougères, le scintillement d'un marais, et le contraste avec sa banlieue l'étourdissait. Tout lui revenait avec une acuité douloureuse. Pour ne pas se laisser emporter trop loin dans ses souvenirs, il s'inclina vers son fils.

— Ça te plaît ?

L'enfant secoua vigoureusement la tête puis questionna, avec une pointe d'inquiétude :

— On arrive bientôt ?

— Oui.

— Tu viendras chez la dame ?

— Non, bonhomme. On en a déjà parlé, je n'aurai pas le temps.

— Mais tu pourrais repartir demain ?

— Ce serait trop juste. Et ce serait encore plus difficile pour toi quand je devrais repartir, autant que tu t'accoutumes tout de suite. Tu verras, je suis certain que tu vas bien l'aimer. Elle est tellement gentille, et pas sévère pour un sou !

— Sauf que je la connais pas !

— Je ne te donne même pas deux jours pour la faire tourner en bourrique.

— Comment tu le sais ?

— Parce que moi je la connais.

— C'est une amie ?

— La plus fidèle qui soit.
— Alors pourquoi on l'a jamais visitée ?
— Parce qu'elle habite loin et… parce que la vie est faite comme ça. Ne t'inquiète pas, tu vas adorer vivre là-bas. Et puis ce n'est pas pour longtemps, peut-être même que tu ne voudras plus repartir !
— Ça m'étonnerait !

Le convoi déboucha enfin en pleine lumière et traversa une enfilade de prés et de boqueteaux en taillis, longea une ferme, un étang hérissé de roseaux, puis une mosaïque de champs. Il franchit un mamelon herbu où paissaient des brebis, tandis que se dessinaient les contours d'une gare de campagne. Le sifflet brisa l'enchantement et il sourit à son fils, blotti contre lui. Déjà le train ralentissait…

*

Célestine attendait dans un recoin du quai depuis une bonne demi-heure. Elle était si absorbée par le chamboulement des retrouvailles et le souci de ne pas se faire remarquer par quelqu'un du village qu'elle ne vit pas tout de suite l'enfant et son père, masqués par un trio de voyageurs qui avançaient, lourdement chargés. Jean, lui, la reconnut dès le premier coup d'œil et son cœur se serra violemment. Elle devait s'approcher de la cinquantaine à présent, mais les années n'avaient guère altéré sa tournure de belle femme solide. Il remarqua ses tempes grisonnantes, son allure un peu voûtée, et il réalisa que le chagrin avait dû la marquer elle aussi. Pourtant, dès que leurs regards se croisèrent, elle se redressa d'un coup, illuminée de joie.

— Jean, Sainte Mère ! Vous n'avez pas changé !

— Vous non plus, Célestine.

— Tss, vous êtes toujours bien galant, mon Jean... Mais dites-moi plutôt, qui est ce grand garçon que j'aperçois là ?

Les yeux brillants de larmes, elle s'agenouilla afin de se mettre à la hauteur de Paul, qui l'observait sans mot dire, conscient qu'il s'agissait sûrement de la dame dont lui avait parlé son père et qui le garderait désormais. Jean le secoua d'une bourrade légère.

— Je m'appelle Paul et je suis...

— Oh mais je crois déjà savoir, jeune monsieur ! Tu es le fils de ce gaillard-là ! Cela t'ennuie si je te prends dans mes bras ?

— Non madame.

Elle se mit à rire, puis le serra en retenant un sanglot.

— Ne me donne pas du « madame ». Je suis Célestine. Maman Célestine. Et tu peux me tutoyer !

— D'accord mad... Célestine. Mais je t'appelle pas maman !

— Paul ! Reste poli !

— Laissez-le donc, Jean ! C'est qu'il a du caractère, ce loupiot ! À choisir, je préfère ça. Écoute, le plus simple c'est que tu m'appelles Célestine et si on te questionne, tu diras que tu es le fils du neveu de ma cousine...

— Le neveu de qui !?

— Aucune importance, c'est juste pour... Ne va pas t'encombrer la tête, c'est moi qui te présenterai au besoin.

Elle se releva en grimaçant, puis attrapa les mains de Jean.

— On ne peut point aller là-bas...

— Je sais, ma bonne Célestine. J'ai un train pour Paris dans une heure à peine.

— Je vous aurais volontiers gardé, mais si des gens du manoir nous aperçoivent...

— Ne vous souciez pas de ça. Je voulais juste amener le petit et profiter de nos derniers moments.

Paul les observait, de plus en plus perplexe.

— C'est qui les gens du manoir ?

— Personne, des histoires de grands...

Comme il se renfrognait, dépité de se sentir exclu, elle lui ébouriffa les cheveux.

— Tu es bien le fils de tes parents, toi !

Il voulut répliquer que sa mère était morte, et qu'elle parlait à tort et à travers, mais Jean le stoppa net d'un froncement de sourcils. Il fouilla ensuite dans sa poche et en sortit une enveloppe. Brusquement, il parut perdre de l'assurance et sa voix s'enroua :

— Je vous ai mis mon adresse là-bas, au chantier, et de quoi voir venir pour les dépenses. Je serai de retour probablement à la fin de l'automne.

Il s'arrêta, le souffle court, et Célestine s'empressa de le rassurer en chuchotant, de façon à ne pas se faire entendre de Paul :

— Je veillerai sur lui comme je l'ai fait sur sa mère autrefois, tout se passera bien, je vous le promets, et puis on vous écrira...

En guise de réponse, Jean s'accroupit à son tour pour étreindre son fils. Un tas de recommandations lui montaient aux lèvres, des mots d'amour si gros qu'ils l'étouffaient. Il préféra les garder pour ne pas l'angoisser et se contenta de l'embrasser en lui chuchotant :

— Souviens-toi que je t'aime et que je reviendrai te chercher dans quelques mois. On aura plein de choses à se raconter.

Paul hocha la tête et se pelotonna contre lui en respirant l'odeur familière de cuir et d'eau de Cologne. Il s'était promis de ne pas pleurnicher, malgré cela, lorsque Célestine saisit tendrement sa main pour l'emmener, il lutta de toutes ses forces pour ravaler ses sanglots. Arrivé devant la grande porte vitrée de la gare, il osa enfin se retourner. Son père se tenait immobile, le visage grave. Il voulut lui crier quelque chose, mais sa gorge était trop serrée et il était trop tard, il se sentit agrippé et entraîné dehors…

3.

De la gare jusqu'au château, il y avait quatre bons kilomètres, qu'ils parcoururent en moins d'une heure. La nourrice portait le sac de l'enfant. Ils avançaient sans se presser, en silence, pour se laisser le temps de s'apprivoiser l'un l'autre. Rien que pour ça, Paul sentit qu'il l'aimerait bien, et aussi parce qu'elle avait un visage doux et beau. De temps à autre, il lui lançait un regard en coin. Sa bouche charnue gardait un demi-sourire et elle marchait en balançant les bras, avec un plaisir évident. Célestine, elle avait dit. Maman Célestine… Pour une mère, elle lui semblait plutôt vieille, mais sûrement assez gentille !

Ils dépassèrent quelques maisons, déclenchant les aboiements de chiens surexcités qui sautaient en l'air, retenus par leur longe, puis grimpèrent une butte avant de redescendre vers le sud par un petit chemin de terre qui sinuait à travers une friche couverte de bruyères, ils débouchèrent ensuite sur une métairie où des draps tendus sur une corde claquaient au vent. L'enfant entendit le chant de l'eau et distingua le filet argenté d'un ru entre les herbes folles. Ils rattrapèrent la chaussée et hâtèrent le pas. La nourrice semblait soudain plus fébrile, impatiente d'arriver.

Après un tournant, la route se séparait sur une allée bordée d'arbres géants. C'est là qu'ils s'engagèrent, en passant une grille en fer forgé haute de deux fois sa taille. Au bout du chemin on distinguait une demeure imposante en briques roses, et Paul ne put contenir une exclamation.

— Tu habites un château ?

— Grands dieux non ! Et d'abord ce n'est pas un château… Par chez nous, on appelle ça un manoir, et c'est monsieur le comte qui y loge. Ici, tout lui appartient, la maison, le parc et aussi la forêt, les étangs et les vignes… Même les gens…, ajouta-t-elle plus bas.

Paul aurait voulu savoir pourquoi quand un bruit de moteur les poussa à se réfugier sur le talus. Une automobile pila sèchement après les avoir dépassés. Elle était fabuleusement brillante, d'un bleu profond, aussi verni que du sucre filé. Le conducteur – un homme encore jeune, élégant – le toisa d'un œil sévère.

— C'est qui ce petit drôle-là ?

Il cachait à moitié une jeune femme leur adressant un sourire contrit. Loin de se formaliser de son impolitesse, Célestine répondit poliment :

— C'est le fils du neveu de ma cousine, Monsieur. Je l'ai pour les vacances.

Paul n'eut pas le temps de rectifier, elle avait saisi son poignet et le serrait fermement en guise d'avertissement. Sa consigne lui revint brusquement en mémoire : il devait dire qu'il était le fils de personnes qu'il ne connaissait pas.

— Tu sais pourtant que tu as du travail au manoir et guère le temps de lambiner.

Sa compagne intervint d'un ton léger :

— Je crains que nous ayons brisé une lampe dans la chambre bleue ! Je suis désolée, Célestine.

— Ne vous souciez pas, Mademoiselle, je m'en arrangerai. Tout sera en ordre au retour de Monsieur !

Pendant cet échange, l'émerveillement de Paul avait décuplé au point de lui faire passer outre sa timidité habituelle. Les rares véhicules qui traversaient son quartier de banlieue étaient de solides camions destinés au transport des marchandises ou quelques vieilles guimbardes, et jamais de sa vie il n'avait vu une telle machine. Il tendait déjà la main pour caresser la carrosserie rutilante, mais l'homme l'apostropha sèchement :

— Bas les pattes le mouflet, on ne touche pas !

Paul baissa la tête, rouge de honte. L'autre reprit à l'adresse de Célestine :

— Je file, on doit être à Paris avant ce soir.

Il démarra sans plus se soucier d'eux, et Paul secoua la main qui l'agrippait toujours.

— C'est quoi ?

— Et quoi donc, mon grand ?

— L'automobile ! C'est quelle marque ?

— Une Voisin C1. Ce n'est pas tant que je m'y connaisse, mais monsieur en a plein la bouche de sa machinerie, à croire qu'elle descend tout droit des cieux ! Tss !

La nourrice ravala son agacement. Mieux valait se taire que trop critiquer, sans quoi le gosse finirait par le répéter et la situation était déjà suffisamment périlleuse.

— Allons, on va prendre racine et j'ai encore à faire...

— C'est lui, le comte ?

— Non. Lui c'est son fils. J'étais sa nourrice avant.

— Toi ? Il est pas très gentil, alors.

— Sans doute, mais il a passé l'âge de se faire réprimander.

— Pourquoi tu lui as dit que j'étais le fils de je sais plus qui ?

— Du neveu de ma cousine. Parce que... Je n'ai pas le droit de loger qui bon me semble, tu comprends ? Alors j'arrange un peu le truc.

— Le truc, c'est moi ?

— Penses-tu ! C'est juste qu'au manoir ils ont leurs manières, et avec monsieur le comte... Mieux vaut me laisser arranger ça à ma façon, d'accord ?

— D'accord.

Paul hocha la tête sans conviction. À dire vrai, tout lui paraissait très embrouillé, quant au fils du comte, il avait l'air plutôt mal élevé, mais ce n'étaient pas ses affaires, sans doute. Il prit conscience que, comme d'habitude, son père lui avait dit peu de choses de la situation, juste qu'il irait en pension chez une dame de sa connaissance, à la campagne. Cela le mortifiait de se sentir tenu à l'écart, considéré comme un bébé. De toute façon, les adultes faisaient toujours un tas de mystères. Il préféra poser une question banale, sans conséquence :

— Alors toi tu loges où ?

— Au bout de l'allée. Tu dois être fatigué, pauvre petiot, viens, on est presque rendus...

Le pavillon des gardiens se tenait en retrait de l'imposant manoir, suffisamment éloigné pour ne pas déparer l'ensemble mais assez près pour les besoins du service. Paul fut un peu déçu de la modestie de la demeure comparée à l'immense bâtisse du comte. La nourrice avait ouvert la porte d'entrée et l'attendait en l'observant rêveusement. Il pénétra dans une pièce assombrie de tentures. Cela sentait le bois et un relent de chou. Le salon était meublé d'une table trapue, d'une horloge aussi haute qu'une tour et de deux buffets en bois sombre. Le sol se composait de dalles irrégulières, lustrées par les lavages et l'usure. Après un renfoncement encombré de vestes il distingua une cuisine plus lumineuse. Célestine avait grimpé quelques marches d'un escalier et lui faisait signe de la suivre. Dans le corridor, elle poussa la première porte qui donnait sur une chambrette, laissa tomber le bagage et soupira d'aise.

— Te voilà chez toi. Tu sauras te débrouiller ?

— Oui.

— Quand tu auras fini de remiser tes affaires dans l'armoire, rejoins-moi dehors. Et ne t'en fais pas, tu vas vite t'habituer, tu verras…

Elle ravala la suite, souriant avec une nostalgie qu'il ne comprit pas. Curieusement, l'enfant se sentait bien en sa compagnie.

Une fois seul, il put examiner l'endroit à son aise. La courtepointe du lit, d'un vieux rose passé, lui parut incroyablement douillette. Deux poupées trônaient sur une étagère. Plus loin quelques livres, un coffre à dominos et une boîte d'images. Outre le lit et une armoire, on avait disposé un pupitre d'enfant. Une chambre de fille, sûrement. Il soupira et entreprit de vider sa valise.

Jean y avait rangé deux pantalons courts, des tricots et quatre chemises, des chaussettes en laine, sa veste des dimanches, un sarrau d'écolier et sa liquette de nuit. En guise de cadeau souvenir, il avait ajouté son livre préféré, *L'Appel de la forêt.* Paul frissonna en songeant qu'il ne connaissait personne ici. Y aurait-il seulement des enfants de son âge et le verrait-on d'un bon œil, lui qui venait de la ville ? Il n'était pas naïf, il se doutait qu'un nouveau venu serait forcément chahuté.

Quand tout fut remisé en piles, il ferma la valise, la rangea au fond de l'armoire puis s'assit sur l'épaisse courtepointe sans oser s'allonger, pour ne pas déparer l'ordonnance des plis. Son père lui manquait déjà. Il songea qu'il devait être dans le train, sur le chemin du retour. S'il avait pu grimper dans l'automobile scintillante, ils auraient passé une dernière soirée ensemble, et le fils du comte l'aurait ramené au matin et… N'importe quoi ! Il sentit les larmes monter, se releva d'un bond et respira un grand coup. C'étaient des manières de poule mouillée, et d'ailleurs la dame l'attendait !

Dans la cuisine il emprunta la porte entrebâillée qui donnait sur un potager aux carrés proprement délimités où s'épanouissaient des choux violets et trois rangées rigides de poireaux. Au fond il vit un poulailler en appentis, flanqué de clapiers grillagés. Célestine était occupée à distribuer des épluchures qu'elle puisait dans un seau. Sa bonne humeur lui revint et il se dépêcha de la rejoindre. Dans un des clapiers ouverts, il distingua une boule de fourrure et les yeux vifs d'un gros lapin brun-roux.

— Ils mangent beaucoup ?

— Diable oui, de vrais gloutons, heureusement !

— Je peux lui en donner ?

— Si ça t'amuse... Je finis avec les autres.

Paul tendit une épluchure de pomme à l'animal et comme ce dernier se jetait dessus il ne put réprimer un sursaut de recul qui fit s'esclaffer Célestine.

— Baste, vas-y franchement ! Il ne te mangera pas, ce serait plutôt le contraire !

— Comment tu l'appelles ?

— La bestiole ? Ma foi... Jeannot ! Ça te convient ?

Elle souriait à moitié, attendrie par son air de ravissement. Jusqu'à présent, craignant la réaction du comte, elle ne s'était guère préoccupée de savoir comment le gamin s'accoutumerait. Concentré qu'il était sur l'animal, elle put l'admirer tout son soûl et traquer les ressemblances avec sa mère. La joie et l'appréhension se disputaient dans son esprit, mais elle décida que quoi qu'il se passe elle avait eu raison de l'accueillir, après tout il était l'enfant de sa Mathilde.

— Allons, je crois qu'il a bien assez pour le souper. Je t'ai préparé un bol de lait. Tu peux le boire et aller jouer, pendant que je cuisine.

Elle empoigna Jeannot par les oreilles, qui s'agita en soubresauts violents. Paul n'osa lui demander pourquoi elle l'emportait.

*

Le crépuscule tombait quand le père Borel entra dans la maison à pas lourds. Il apportait avec lui les odeurs de la forêt et des effluves de tabac piquant. Il déposa son piège à mâchoires sur le sol, à l'entrée de la cuisine. Sur le fil acéré des dents, Paul crut reconnaître des poils ensanglantés. Il était en train de trancher le pain de seigle en s'appliquant à tailler des tranches parfaitement régulières, tout fiérot de l'importance de sa tâche. De saisissement, il lâcha le couteau, qui rebondit bruyamment sur les tomettes.

— Ah bah ! c'est donc ça, ton drôle ?

L'homme s'adressait à Célestine, mais son œil noir ne lâchait pas l'enfant. Il était vêtu d'une veste en épais velours marronnasse qui – Paul l'apprendrait par la suite – était son costume de garde-chasse ainsi que d'un pantalon décoré d'usure qu'il avait rentré dans des bottes montantes.

— Le drôle, y s'appelle Paul...

Elle se tourna vers l'enfant.

— Voilà donc, Borel, mon mari. Ne t'effarouche pas de ses manières, il est bourru mais point méchant. Tiens, va te décrasser pendant que je sers la soupe.

— Bourru ! Bourru..., grogna le Borel en haussant les épaules.

Le bonhomme se défit de son fusil pour l'accrocher au râtelier puis alla se savonner les mains dans l'évier en pierre. Paul avait ramassé le couteau et ne savait quelle contenance adopter. Pour la seconde fois de la journée le manque de son père le submergea. Avec Célestine au moins il pouvait poser des questions ou garder le silence, la dame semblait contente de lui, mais depuis que l'homme était entré, l'atmosphère avait changé.

Ils s'assirent aussitôt autour de la table, devant les assiettes fumantes de soupe. Il allait se saisir de la cuillère quand elle l'arrêta d'un geste et entreprit de réciter, les paupières baissées :

— Seigneur, bénis notre repas et sois remercié de nous tenir en ta sainte grâce. Nous te remercions aussi pour la présence de cet enfant et pour tous tes bienfaits, garde nos âmes dans la paix et procure du pain à ceux qui n'en ont pas. Amen.

Borel marmonnait de conserve un peu n'importe quoi et Paul, faute de connaître les usages, ne tarda pas à l'imiter. Après un court silence, le bruit des cuillères le libéra de sa gêne et il respira plus librement. Est-ce que la nourrice comptait sur la religion ? Il ne savait ni le catéchisme ni aucune prière, car son père l'interdisait : « Tu peux lire autant que tu veux, Paulo, mais pour ce qui est de Dieu, je préfère encore t'apprendre le chinois que ces bondieuseries ! »

La soupe était brûlante et délicieuse. Il mourait de faim soudain, et les yeux le piquaient de fatigue. Maintenant qu'il était occupé à manger, le garde-chasse lui semblait moins redoutable, même si une force brute irradiait de chacun de ses gestes. Borel termina en aspirant le fond de son écuelle, attrapa une bouteille et se servit un verre qu'il siffla en une lampée avant de claquer la langue.

— Alors, qu'as-tu préparé de bon, ma femme ?

— Tu aurais pu attendre que le petit finisse !

Au lieu de répondre, l'homme se resservit un verre qu'il but en savourant, tandis que Paul se dépêchait de finir en aspirant le fond, comme lui. Célestine s'empara de son assiette et la remplit d'un ragoût nageant dans une sauce épaisse. De l'autre main, habilement, elle écarta la bouteille de vin que Borel tentait de reprendre.

— Tu ne crois pas que tu as assez bu comme ça ?

Un peu rebuté par l'aspect gélatineux d'un morceau qui surnageait, Paul interrompit l'amorce de dispute.

— Qu'est-ce que c'est ?

Irrité par la remontrance, Borel répondit d'un ton rogue :

— De la bouse de vache aux petits oignons.

Voyant que l'enfant hésitait, les yeux écarquillés, Célestine le sermonna en souriant à demi.

— Mais non bêta, tu ne vois pas qu'il te fait enrager ? C'est le lapin.

— Le lapin ?

— Ma foi oui, le lapin... Jeannot.

L'enfant blêmit et se leva d'un bond en repoussant l'assiette. Elle ne comprit sa bévue qu'une fois qu'il eut monté les marches quatre à quatre et claqué la porte de sa chambre. Il s'était donc entiché de cette bestiole. Borel secouait la tête, la mine faussement consternée.

— Jeannot ! Tu parles d'une affaire, grommela-t-il.

Secrètement, il se réjouissait d'avoir eu raison. Il avait prévenu sa femme qu'en acceptant de rendre service elle s'occasionnerait des soucis inutiles, mais c'était une bourrique qui n'entendait que son bon vouloir.

Ils mangèrent dans un silence plus contraint qu'à l'habitude. Célestine ne pouvait guère confier ses inquiétudes, car Borel l'avait mise en garde. Son mari était un homme d'ordre qui détestait voir sa routine bousculée, et elle avait dû batailler pour lui faire accepter la venue d'un neveu parisien. Quant au gamin, il ne savait rien des choses de la campagne, il lui faudrait sans doute du temps pour s'accoutumer...

Un accès de nostalgie lui serra le cœur ; elle se rappelait Mathilde à son âge, si farouche, un vrai garçon manqué. Et si c'était plus compliqué qu'elle ne l'avait imaginé ? Jean serait loin, à des milliers de kilomètres...

Elle chassa ses inquiétudes d'un soupir et décida de lui porter son dessert au lit, ainsi ils feraient la paix.

*

— Tu sais, bonhomme, les lapins c'est fait pour être mangés, tu ne dois pas te mettre la rate au court-bouillon pour ça, sinon on mangerait quoi ? De l'herbe et des pluches de légumes, comme Jeannot ?

En guise d'excuses, elle offrit une part de flan bien crémeux, mais l'enfant refusa de bouger, caché derrière son livre. Il avait disposé une photographie sur la table de chevet et Célestine eut le cœur serré en reconnaissant Jean et Mathilde, le jour de leur mariage. Brièvement, elle se demanda où elle avait pu ranger l'unique portrait qu'elle possédait du couple. Elle l'avait remisé quelque part par ici, car Borel n'aimait pas qu'elle rabâche ses souvenirs d'avant guerre. Le grenier ou un placard de l'étage ? Elle prit un ton joyeux, de façon à l'amadouer :

— Ici, c'était la chambre de tous mes petits, tu sais...

Cette fois il mordit à l'hameçon, incapable de refréner sa curiosité.

— Tu en as eu combien ?

— Je sais même plus...

Devant sa mine ahurie, elle gloussa, soulagée.

— Ils n'étaient pas vraiment à moi. Le bon Dieu n'a pas voulu que j'en aie, alors je me suis consolée en faisant la nounou des enfants des autres. Ce sont eux qui m'ont appelée « maman Célestine »...

— On les avait abandonnés ?

— Sainte Mère, non, seulement placés ! Toi aussi, tu as eu une nourrice quand tu étais petit, une concierge à Saint-Denis, la mère Haricot.

— Comment tu le sais ?

— Ton papa m'écrivait pour me donner des nouvelles.

— Comment tu le connais mon père ?

— Comment ?... Ma foi, ça remonte à si longtemps et ma mémoire n'est point si vaillante !

— Et maman, tu la connaissais aussi ?

— Ta mère...

Elle se tut, soucieuse de mentir le moins possible, puis tendit le dessert pour détourner la conversation. Paul devait avoir faim, car il dévora la moitié du flan avant de l'interroger encore :

— C'était ta cousine ?

— Quelle idée ! Et d'où ça te vient ?

— C'est toi qui l'as dit, que je suis le fils de...

— Du neveu de ma cousine, parfaitement ! Tu as une bonne mémoire... sauf que j'ai tout inventé !

— Pourquoi ?

— Célestiiine !

L'appel de Borel la tira de son embarras, si bien qu'elle gueula à son tour : « J'arrive ! » et ajouta avec un clin d'œil :

— Il se couche avec les poules, celui-là !

— Dans le poulailler ?!

— Mais non, baluchon ! Se coucher avec les poules, ça veut dire que tu te couches tôt !

— Il est malade alors ?

— Non, seulement il se lève aux aurores, parfois même il s'en va faire sa ronde en forêt en pleine nuit.

— Dans le noir ?

— Si fait. Il est le garde-chasse et tu sais, il s'en passe des choses dans la forêt pendant que tu dors.

Le garçon lui rendit l'assiette vide et risqua un regard inquiet vers les ombres du dehors.

— J'ai pas trop envie de savoir…

— Ça tombe bien, ce n'est pas ton affaire. Allez ouste, tu te couches maintenant et tu nous fais un gros dodo !

Elle attendit qu'il soit allongé pour remonter le drap et le border serré. L'enfant la dévisageait, les yeux écarquillés, l'air à demi rassuré.

— Et si je veux faire pipi ?

— Tu as un pot sous le lit.

— Et si c'est pas pipi ?

— Alors tu vas dans le cabanon au fond du jardin avec la chandelle. Je t'ai mis une boîte d'allumettes dans le tiroir, mais ne les gâche pas. Bon dodo, mon lapin…

Elle se pencha sur lui sans remarquer le léger mouvement de recul. Il se laissa pourtant embrasser avant de demander timidement :

— Tu peux fermer le carreau ?

— Et pourquoi donc, pardi ! La nuit, pour bien dormir il faut de l'air. Tu manques de sang à force de respirer en ville. Ici je m'en vais te retaper, foi de Célestine ! Quand ton papa reviendra te chercher, il aura de la peine à te reconnaître tellement tu seras grand et fort !

Elle referma la porte et, comme Borel réclamait après sa bouillotte, s'exclama d'une voix forte :

— Je m'en viens, là, je m'en viens, bon sang !

Paul laissa passer un moment pour être sûr qu'elle ne remonterait pas. Quand il en fut certain, il s'extirpa du drap et rejoignit la fenêtre, se hissa sur la pointe des pieds pour fermer le carreau puis guetta, à l'affût d'un mouvement. Le crépuscule enténébrait déjà le jardin, créant des ombres mouvantes du côté du bosquet. C'est par là, sans doute, que Borel partirait faire sa ronde… Le cri d'un oiseau de nuit rompit le silence, un peu effrayant, comme une plainte ou une lamentation. Plus haut, la charpente craqua et fit naître une sourde inquiétude. Avant de dormir, mieux valait s'assurer que rien ne menaçait. Il résolut de frotter une allumette pour inspecter la chambre à la lueur d'une bougie. L'armoire était telle qu'il l'avait laissée et sous le lit il n'y avait personne, rien que le pot de chambre. Il était seul et en sûreté. Il se remit au lit, s'emmitoufla dans le drap et souffla la bougie pour ne pas user trop de cire. Demain il lirait, mais ce soir il n'en avait pas le courage. Les larmes qu'il était parvenu à contenir tout le jour affluèrent brusquement et se mirent à rouler, toutes chaudes, sur sa peau, jusqu'à s'échouer sur l'oreiller, absorbées par le tissu en gros coton. Il aurait tellement voulu retrouver son lit, revenir en arrière, dans sa ruelle de Saint-Denis, entendre la rumeur de la ville, le cri des poivrots et le glissement feutré des pas de son père au salon, tout près… Il s'endormit ainsi, les joues encore humides, avec l'image de Jean debout dans une gare où filaient deux rails luisants, déroulés à perte de vue.

★

Le garde-chasse désigna deux seaux. L'un était plein d'eau, l'autre empli d'une pâtée à l'aspect répugnant.

— Au boulot, mon gars ! Tu veux te rendre utile, pas vrai ?

Paul acquiesça avec conviction, heureux de l'attention du colosse. Borel l'avait mandé dans la remise, pour un coup de main. Célestine qui venait d'arriver protesta pour la forme.

— Tu crois que c'est bien prudent de l'emmener ?

— Si ça le défrise, il n'avait qu'à rester à Paris.

Sur ces mots, le gaillard s'éloigna d'un bon pas, laissant les seaux à l'enfant qui se dépêcha de suivre malgré le poids, au bout de ses bras, qui tirait sur ses épaules. Au bout de vingt mètres, à peine, les anses métalliques lui martyrisaient les doigts, pourtant il serra les dents et avança plus vite. Borel n'était pas franchement gentil – il était même sacrément peau de vache ! –, mais son aplomb brutal le fascinait. Tandis qu'il s'efforçait de le rattraper, Paul avisa l'écusson « La loi » brodé sur sa manche et demanda, à bout de souffle :

— Dites, monsieur, vous avez le droit d'arrêter des gens ?

— Affirmatif ! Le garde-chasse, c'est le gendarme de la forêt.

— Il y a des voleurs alors ?

— Pour sûr ! On appelle ça des bracos, ou des braconniers si tu préfères, une sale engeance de bandits ! Y a pas pires parasites, ça vole le gibier, le poisson, les champignons ou le bois de remise, tout ce qui peut se chaparder !

— Vous en connaissez ?

— Ma foi, le pire de tous est un dénommé Totoche, toujours à fomenter des mauvais coups ! Si tu le vois, reste au large ou préviens-moi, que je le foute en cabane !

— Il fait quoi ?

— Demande-moi plutôt ce qu'il n'a pas fait, ce sera plus vite dit ! Mais crois-moi, il ne perd rien pour attendre, le salopiaud, je m'en vais le poisser la main dans le sac et ce sera retour en prison ! Au bagne, même...

Ses paroles furent soudain couvertes par des hurlements rageurs. Ils étaient arrivés devant un chenil où on tenait la meute de chasse, quarante bêtes affamées qui avaient senti venir l'homme et surtout la nourriture. Les chiens se pressaient contre le grillage, jappant d'impatience et d'excitation. Paul stoppa, le sang gelant dans ses veines. En entendant claquer les mâchoires, il pensa au piège que Borel avait rapporté la veille au soir, aux dents de métal sanguinolentes ; la gueule des chiens semblait mille fois plus dangereuse. Il imagina leurs crocs plantés dans ses bras maigriots ou ses mollets couverts de chair de poule et voulut reculer, mais Borel l'apostrophait déjà, goguenard.

— Voilà les chiens à monsieur le comte... Pour sûr que tu n'as pas dû en voir de semblables dans ta capitale !

— Ils vivent enfermés ?

— Baste, on les fait courir chaque jour pour les tenir en forme... Sont pas des toutous de salon, c'est une meute aguerrie à traquer le cerf ! Et le chenil les empêche de divaguer partout.

Comme les jappements redoublaient, il s'adressa aux bêtes d'une voix tonnante :

— Arrière ! Lucifer, Tapageaut, Vol-au-Vent ! Arrière, j'ai dit !

Les chiens obéirent et refluèrent, l'échine basse, la queue battant le sol. On les sentait sur le point de s'élancer vers les seaux, pourtant la crainte respectueuse du garde-chasse était la plus forte. Paul resta pétrifié, même quand Borel lui fit signe.

— Vas-t'y entrer ? Vont pas te bouffer, t'es pas du gibier.

Brusqué par le ton, l'enfant se décida enfin. Au moment où il passait dans l'enclos, deux poitevins jaillirent de la mêlée, flairant les seaux avec des gémissements assourdis. Il fut incapable de maîtriser un sursaut de recul et une bonne quantité d'eau se déversa, sans compter une giclée de pâtée sur laquelle les bêtes se jetèrent aussitôt avec des claquements de mâchoires. Paul demeurait figé sur place, tétanisé de peur, et cette vision mit Borel en rage.

— Pas possible un empoté pareil ! Sors d'ici avant de m'en gâcher davantage ! J'aurais plus vite fait tout seul !

Malgré sa honte, l'enfant ne s'attarda pas à demander pardon et fila rejoindre Célestine. Celle-ci, qui avait observé la scène de loin, lui ébouriffa les cheveux d'un geste tendre.

— Ne te soucie pas de ce ronchon, bientôt tu t'habitueras…

Paul ne sut dire si elle pensait à Borel ou aux molosses. Il doutait de pouvoir se faire accepter par eux, de toute façon. Était-il vraiment lâche ? Et même si c'était le cas, lui laisserait-on une chance de se rattraper ? Il se sentait mortifié et perdu, partagé entre l'envie d'apprendre et la crainte d'être un froussard comme le garde avait l'air de le croire. Il hésita à interroger la nourrice pour lui demander conseil, mais il ne sut comment formuler sa question et puis elle était bien trop gentille, alors il préféra se taire en remâchant son humiliation. Arrivée dans la cuisine, Célestine saisit un tablier immaculé qu'elle venait de passer au fer, le disposa par-dessus ses jupes noires et fit un nœud bouffant d'un geste adroit. Avec ses cheveux lissés en bandeau, son chignon lourd et ses yeux brillants, elle lui parut soudain très belle.

— Je dois aller prendre mon service au manoir. Pendant ce temps tu vas t'occuper du potager. Il faut repiquer les jeunes poireaux, la terre est prête, et avec un plantoir ça ira tout seul. Je vais t'expliquer comment faire, d'accord ?

— Je peux pas venir avec toi ?

— Non…

Elle parut soupeser les choses et finit par ajouter très vite :

— Le comte déteste les enfants. Si tu le vois arriver, surtout, cache-toi !

Paul n'insista pas. Il savait depuis longtemps qu'il ne servait à rien de questionner les adultes quand ils décidaient de faire des mystères, mais il n'était pas totalement idiot ; il se passait des choses étranges par ici.

*

Le fusil dans le dos, Borel marchait le long de la bouchure du bois de Trémaille. Il avait repéré une série d'empreintes et les suivait, tous ses sens à l'affût. Il s'agissait d'un homme et de son chien, une trace familière qui lui chauffa les sangs. Depuis l'arrivée du gamin, il se sentait mis de côté et l'irritation le gagnait. Cette nervosité n'était pas bonne pour le travail, or le savoir l'énervait encore plus, si bien qu'il bâclait ses tournées, rentrait fatigué et se disputait avec Célestine… Rien ne valait une bonne traque, presque aussi plaisante que de foutre une raclée à certain braco de sa connaissance !

La piste le mena à l'intérieur du bois, au cœur d'un taillis de bouleaux où le gibier abondait, et son excitation grimpa d'un cran. Cela ne pouvait pas être un hasard, seul un chasseur irait s'aventurer par là. Il aperçut le premier lacet dissimulé entre un fossé et un bouquet de fougères ; c'était un câble en laiton destiné aux lapins, nombreux par ici. Il s'accroupit pour observer la terre encore humide et scruta l'entrelacs végétal, en quête de signes indiquant le passage des bêtes. Il finit par distinguer la trouée quasi invisible d'un sentier puis découvrit les autres pièges, une bordée de collets disposés sur une centaine de mètres, savamment occultés sous des amas de feuilles mortes, dans l'épaisseur d'un buisson ou un fouillis de branches disposées exprès. Il accéléra le pas, car les empreintes étaient assez fraîches pour que l'eau dans les flaques reste boueuse, signe que le braco n'était pas loin. Borel avançait, l'oreille tendue, et finit par percevoir le bruissement d'une fuite dans les profondeurs du bois. Quelqu'un s'était mis en mouvement et détalait furtivement. Il se déplaça plus vite, en veillant à ne pas causer de bruit signalant sa position. Après avoir coupé par la queue d'un étang, il crut discerner une ombre qui se faufilait entre les arbres, derrière l'écran de végétation. Il se lança vers la bouchure, mais l'autre avait déjà disparu. La colère et l'envie d'en découdre le jetèrent en avant, accélérant encore pour réduire l'écart et le rattraper.

À une centaine de pas, le braconnier courait à demi courbé, sa petite chienne sur les talons. Sa musette et le carnier plein battaient lourdement son flanc. Il aurait pu se débarrasser du gibier qu'il venait de relever, mais cela aurait été faire trop d'honneur à ce foutu garde-chasse. À coup sûr l'autre avait déniché ses collets et ce serait bien le diable s'il lui cédait le reste ! C'était sa faute, il aurait dû poser ses pièges bien avant l'aube, mais le vin du père Lucien l'avait assommé et il ne s'était pas réveillé à l'heure. Au lieu de remettre son expédition, il s'était entêté en tablant sur la chance. Quelle triple buse il faisait ! Il devenait un peu trop sûr de lui depuis que la chance lui souriait, à force, il finirait par se faire poisser ! Quelque part derrière, il entendit Borel s'égosiller :

— Halte-là ! Au nom de la loi !

Ce sagouin possédait du flair et une sacrée résistance. L'homme força la cadence, inquiet de se voir talonné de si près. La fatigue de la nuit l'alourdissait. Il ravala un juron de colère contre lui-même. Flairant son anxiété, la chienne le dépassa en sautillant vivement comme pour l'encourager. Soudain, elle pila devant un fossé enfoui sous l'amas des fougères et tourna la gueule vers lui, comme pour sourire. Il se glissa dedans et progressa plié en deux, aussi vite que le lui permettaient ses muscles. Les feuilles poussaient tellement serré qu'elles formaient une arche de verdure occultante au-dessus de sa tête. Quand la tranchée naturelle bifurqua sur un coude, il se jeta hors du fossé en veillant à ne laisser aucune marque. Il stoppa juste avant une zone sablonneuse, farfouilla sous son pied et actionna son mécanisme avant d'empoigner la petite chienne et de la serrer contre lui. Ensuite, il entreprit de marcher franchement, de façon à laisser de belles empreintes sur le sol. Au bout d'une trentaine de mètres il rejoignit d'un bond un autre fossé et revint sur ses pas, puis s'éloigna à couvert dans la direction qu'il avait prise pour fuir.

À peine une minute plus tard, Borel débouchait du sous-bois, le teint rouge, haletant d'un mélange d'affolement et d'impatience. Il connaissait assez le braco pour le savoir capable de tout et pourtant il le sentait à sa portée, quasiment ! Il ne tarda pas à apercevoir la trace et se précipita aussi silencieusement que possible, en ravalant un cri de victoire. Une fois agenouillé pourtant, un soupçon terrible lui vint, le sagouin était trop malin et ces empreintes trop belles pour ne pas avoir été laissées intentionnellement ! À demi assommé par l'évidence, il remonta néanmoins la piste jusqu'au bout, là où elle semblait jaillir de nulle part, retourna sur ses pas, jusqu'aux dernières empreintes. La piste stoppait net au milieu du sable, comme si un ange était descendu là, ou le diable, pour se rire de lui. De rage, le garde-chasse se mit à gueuler vers le ciel :

— Charogne, je sais que c'est toi, espèce de saligaud ! (Comme rien ne bougeait, évidemment, il hurla plus fort.) Totoche, je t'aurai, tu m'entends, je t'aurai et ce jour-là tu pourras prier le diable qu'il te garde !

La colère qui enrouait sa voix fit sourire le braco. Il était planqué à seulement trente mètres de distance, la petite chienne plaquée contre lui, frémissante. Comme elle remuait un peu il murmura tout bas dans son poil rêche : « Chhhhhhh », et l'animal redevint parfaitement immobile. Ce n'était pas demain la veille que Borel l'aurait, foi de Totoche !

4.

Voilà une semaine que Paul était arrivé au domaine et Célestine commençait à souffler. Borel n'en faisait pas grand cas, sans doute parce qu'il le tenait pour un poltron, mais elle en avait pris son parti, car cette indifférence protégeait l'enfant.

Pour tarir les ragots, autant que pour le distraire, elle s'était décidée à lui faire visiter l'auberge du village qui faisait tout à la fois office de buvette, d'épicerie et de poste. L'établissement jouissait d'une belle renommée et on venait de loin à la ronde se régaler du gibier braconné, car il était de notoriété publique que Lucien, le patron, se moquait de la provenance de sa viande. Au pays, tout était affaire de circonstances. La plupart de ces hommes qui gueulaient après les maraudeurs n'hésitaient guère à poser un collet, à l'occasion. Même Borel fréquentait les lieux en faisant mine d'ignorer le trafic puisque la maréchaussée y avait ses habitudes… Tant qu'on était entre soi, l'honneur était sauf, et tout le monde se retrouvait là, chasseurs, pêcheurs, gendarmes ou tâcherons agricoles qui se louaient pour quelques sous… Paul en profiterait pour choisir une carte pour Jean qui avait dû rejoindre son Algérie ; Célestine avait promis de lui faire venir des nouvelles, et rien ne le ravirait davantage que quelques mots de la main de son fils.

En arrivant à l'auberge, face à l'enseigne peinte, l'enfant s'exclama :

— Le Raboliot ! C'est ici ?

— Pardi, c'est ma foi vrai que tu connais ton alphabet ! Et sais-tu d'où nous vient le mot « raboliot », monsieur le lettré ?

— D'un outil à raboter ?

— Dame, il faudra que je la répète celle-là ! Un outil à raboter !

Elle rit si fort que son appréhension s'envola. Qui irait se méfier d'un gosse ? Une fois calmée, elle désigna l'enseigne figurant un lièvre.

— Notre Lucien n'a pas ta poésie. Tu vois la peinture ?

— C'est un lapin… comme Jeannot.

— Presque. Cette bête-ci est sauvage et vit dans une rabolière, qui est le terrier du garenne, et un terrier…

— C'est sa maison, je sais, je l'ai lu dans un livre.

— Ma foi, je n'ai pas grand-chose à ajouter, à part que c'est de là que vient le nom de notre auberge…

Paul la tirait déjà par la main, impatient de découvrir l'intérieur de l'établissement.

À leur entrée, les conversations baissèrent d'un ton. Bien que l'heure du repas fût passée, des hommes traînaient encore, buvant quelque dernier coup pour accompagner leur café. Les regards se fixèrent sur le nouveau venu, un petit-neveu du garde-chasse, à ce qui se disait, pourtant il y avait quelque chose de pas net qui éveillait leur curiosité.

Célestine s'assit à une table au fond de la petite salle et fit signe au gamin d'aller au tourniquet. Les photographies de la région montraient les halles d'un bourg voisin, une église et un hôtel de ville, des étangs, trois ponts, un château et des rues principales où des dames à chapeau prenaient la pose, un énorme rocher moussu sur lequel une famille était perchée. Il hésita un peu et finit par choisir un étang que le soleil rasant faisait étinceler ; au premier plan, au milieu des roseaux, une barque semblait attendre. Son père aimerait sûrement l'image. Y avait-il seulement des arbres, là-bas, dans son désert aride ? Il allait retourner vers la nourrice quand un bruit de poulie rouillée l'arrêta. De la porte ouverte jaillit une brouette, poussée par un homme à la figure toute de traviole et vêtu d'un habit rapiécé de partout, assez crasseux. Le patron l'interpella vivement :

— Dédé, combien de fois faut te le répéter ? Tu laisses ton engin dehors, compris ? De-hors !

L'autre grommela de mécontentement avant d'entamer un demi-tour. Fasciné, Paul l'observa qui rangeait sa brouette sous l'auvent, aussi près que possible afin de la tenir à l'œil. Quand il fit de nouveau son entrée, un chasseur le héla moqueur :

— Dis donc, le Dédé, t'as passé ton permis ?

— Le permis de quoi ?

— Le permis de conduire ta *bérouette*, té ! Ça vient de sortir dans le département.

Devant l'air ahuri du paysan, il prit les gendarmes à témoin, rengorgé de son savoir :

— Pas vrai, messieurs ?

Les trois hommes en uniforme hochèrent gravement la tête.

— Tout à fait vrai, Auguste. Et pas que dans le département ! Dans tout le pays !

Ravi de se voir approuvé, Auguste enfonça le clou :

— Peut-être que tu devrais aussi poser des clignotants et une roue de secours vu que tu la mènes partout avec toi !

Dédé se tourna vers les représentants de l'ordre, à demi inquiet. Le brigadier-chef dut le prendre en pitié, car il assura avec bonhomie :

— Pour ton engin, c'est pas encore obligatoire, mais pour les voitures, Auguste a raison. Le permis remplace le certificat de capacité, et tant que tu dépasses pas les trois tonnes, tu es tranquille !

Dans le brouhaha qui s'ensuivit, Paul retourna à la table du fond, intrigué par le propriétaire de la brouette. Il n'eut pas le temps de s'asseoir qu'une grosse voix tonna au-dessus de lui. Venu prendre la commande, Lucien le désignait du doigt comme une chose ou un muet dénué du pouvoir de parler.

— C'est qui le loupiot ?

Célestine attendit quelques secondes avant de répliquer d'un ton froid qui surprit l'enfant, car elle était toujours gentille, sauf quand Borel l'agaçait :

— Un petit Parisien. Tu nous mettras un chocolat chaud et un café, si c'est pas trop demander, et ta curiosité tu la gardes.

Sans se laisser défaire, le cafetier insista :

— Tu m'en diras tant ! Et qu'est-ce qu'il vient faire par chez nous ?

Peu désireux de réentendre les inventions de Célestine, Paul leva le doigt, pressé par une envie subite.

— C'est où les W.-C. ?

— Les vécés ?

L'aubergiste s'esclaffa, mais ses yeux restaient aussi froids que ceux d'un poisson mort.

— Ici, on dit les latrines. Fond de la cour.

Il retourna derrière son zinc en maugréant. Les gendarmes réclamaient une dernière goutte de gnôle pour la route. Ils avaient du pain sur la planche et un coup de fouet ne leur ferait pas de mal… L'homme se sentait vexé de ne pas avoir prévu que Célestine répliquerait. Elle était une forte gueule, toujours à vous rabattre le caquet ou à prendre les gens de haut, et ses manières supérieures l'énervaient d'autant plus qu'on ne pouvait guère s'empêcher de lui trouver des attraits, il aurait fallu être aveugle ! N'empêche, il n'y avait pas de quoi prendre la mouche pour un mioche pas même fichu d'employer le langage des gens normaux !

Paul rabattit le loquet du cabanon. Il n'était pas mécontent d'échapper à l'attention générale. Le cabanon consistait en quatre planches à ciel ouvert, une cuvette encrassée et un tas de papier qui tenait à un clou, pour s'essuyer. L'endroit était modérément sale, un peu moins qu'il le craignait, surtout si on évitait de trop respirer.

Il finissait de se soulager quand un grand vent lui souleva les cheveux, lui arrachant un couinement de peur. D'un seul mouvement, il se reculotta d'une main, débloqua le verrou de l'autre et se jeta dehors, horrifié d'être pris au piège par une bête inconnue. En fait de monstre, une poule battait furieusement des ailes, dardant vers lui un œil furibard. Une basse-cour flanquait les cabinets qui tenaient lieu de perchoir aux plus aventureux des volatiles. Un grognement enragé de sanglier fit écho au caquètement du volatile. Sidéré, l'enfant se retourna d'un bond, prêt à détaler de nouveau.

Le cri s'échappait de la gorge d'un gaillard barbu à la stature imposante qui grommelait, chopine brandie vers le ciel. L'homme trébucha, se rattrapa au mur puis se mit à rire grassement. Malgré sa soûlerie subsistaient les signes de sa robustesse, ce qui le rendait encore plus impressionnant. La porte du café s'ouvrit à la volée et le patron surgit en faisant de grands moulinets, tout en gesticulant une mise en garde.

— La ferme, pochetron, tu vas nous attirer le brigadier par ici. Lui et ses hommes sont sur le point de s'en aller…

— Je les emmerde tes gendarmes, tu pourras le leur déclarer de ma part. J'emmerde la maréchaussée et le gouvernement et…

— Le roi d'Angleterre, c'est ça, on lui dira ! En attendant montre-moi vite ce que tu as dans ta carnasse, qu'on en finisse !

— Si j'étais aussi pressé que toi, c'est des courants d'air que je piégerais… Té, tu fais un fier chasseur Lulu !

— Et toi tu déblatères, Totoche !

La colère de l'aubergiste s'adoucit à la vue des faisans, deux superbes spécimens que l'ivrogne sortait de son carnier. À cet instant, il surprit l'enfant tapi près de la guérite des latrines et lui lança un regard si noir que Paul recula dans le cabanon. Par Dieu, il l'avait oublié, celui-là ! Manquerait plus qu'il la ramène aussi. Fébrile, il s'empara du gibier puis glissa quelques pièces dans la pogne tendue.

— Y sont pas bien gros mais on fera avec… Tiens, paye-toi !

Même ivre, le braconnier vit aussitôt l'entourloupe et recommença à grogner.

— Y a pas le compte, le tarif c'est…

— Le tarif ! Tu te fous de ma gueule ! Si t'es pas content, va te plaindre aux gendarmes, ils vont te le donner leur tarif ! M'est avis que tu vas pas le trouver trop cher à ce compte-là !

Pas mécontent de clouer le bec au braconnier qui était trop soûl pour être vraiment dangereux, Lucien en oubliait sa peur d'être surpris. Des deux, c'est encore lui qui risquait le moins, et l'autre le savait… Maintenant qu'il avait ce qu'il voulait et à bon prix, il s'empressa de remonter les marches et claqua la porte.

Paul se glissa hors de son abri. Il ne tenait pas à se faire coincer par l'ivrogne, s'il lui venait l'idée de pisser proprement. Soudain, il se rappela pourquoi le nom de l'ivrogne lui avait paru familier. Il devait s'agir du voleur de Borel, le Totoche dont il fallait se garder !

L'homme marmonna des paroles inaudibles, exaspérées, avant de se mettre à beugler :

— Garçon ! Ici, tout de suite ! Garçon !

Timidement, l'enfant approcha de quelques pas.

— Moi ?

— Fi donc ! qu'est-ce que tu fous là, petit drôle ! Et t'es qui ?

Une petite chienne déboula de la rue et, sitôt devant son maître, se dressa sur ses pattes arrière et entreprit de se dandiner comme une danseuse dans sa boîte à musique. Sa langue qui dépassait comiquement lui conférait une mine si appliquée que Paul pouffa de rire. Le géant semblait l'avoir déjà oublié. Il fouilla dans sa poche, en sortit un bout de biscuit et le tint en l'air si bien que l'animal redoubla de pitreries, la queue frétillante.

— Tiens là, comme ça. C'est bien Garçon !

Enfin il céda et la bestiole engloutit sa friandise en un claquement de mâchoires. Émerveillé, Paul tendit la main pour la caresser ; aussitôt elle lui fit fête à coups de truffe, de sauts et de jappements de joie.

— Elle a été dressée ?

Il en avait oublié les recommandations du garde-chasse, ou plutôt il s'en moquait. Le braconnier lui semblait en tous points extraordinaire, et avec une chienne pareille, il ne pouvait pas être si mauvais que Borel le prétendait.

— Si on veut… On dit par ici qu'elle a le tempérament aussi heureux et malin que son maître.

— Et elle s'appelle Garçon ?!

— Si fait et alors ?

— Et ben d'abord… C'est une femelle, non ?

— Et s'il me plaît de la nommer Garçon, qu'est-ce qui m'en empêcherait ? Un galopiaud dans ton genre ?

— Oh non m'sieur ! C'est juste que…

— Que tu fais tout en ordre, pas vrai ? Tu m'as pourtant l'air d'un drôle d'arsouille. Tu farfouinais quoi dans le cabanon ? Et tu t'en viens d'où ? Je ne t'ai jamais vu par ici…

— Je suis… J'habite près du château et je viens de Paris !

— Tiens donc ! Le petit Parigot, évidemment ! Tu m'en diras tant ! M'est avis que j'ai entendu dégoiser des commères sur ton compte ! Allez, file, j'ai pas que ça à faire moi…

Paul obtempéra sans demander son reste. Il craignait que le braconnier lui reproche de loger chez Borel et puis Célestine devait se demander où il était passé. Il bafouilla un « au revoir » auquel Totoche répondit par un rot tonitruant, puis regagna la salle de l'auberge.

*

Cher Papa,

Ici je dors bien et je mange comme un petit paysan, sauf les lapins parce qu'ils sont trop mignons. J'ai planté des poireaux, des pommes de terre et des topinambours et c'est moi qui cherche les œufs sous le cul des poules ! Avant la soupe, Célestine dit le bénédicité pour remercier Dieu de nous protéger. Est-ce que tu es monté sur le dos d'un chameau ? Monsieur Borel, le garde-chasse, surveille la forêt et il s'occupe des quarante chiens de la meute du château ! Je dois apprendre à les nourrir et aussi à dormir la fenêtre ouverte pour « me faire le sang ». Quand tu reviendras me chercher, Célestine dit que tu ne me reconnaîtras pas tellement je serai fort et en bonne santé, mais tu sais bien que je reste ton fils et que je pense à toi. Je t'embrasse très fort.

Paul

Paul aurait bien voulu parler de sa rencontre avec Totoche, de son chien Garçon, et des drôles de façons des gens d'ici. Peut-être aussi se plaindre de la mauvaise humeur de Borel qui le considérait comme un moins-que-rien. Évidemment, il n'était pas idiot, il se doutait qu'on lirait par-dessus son épaule. Mieux valait garder ses secrets. Comme il avait rempli toute la carte, la nourrice acheta une enveloppe et recopia l'adresse de Jean à son chantier. Ils s'apprêtaient à partir quand Lucien sortit de derrière son zinc et approcha avec un sourire faussement engageant.

— Alors comme ça tu es le neveu de la Célestine… Et tu ne t'ennuies pas trop à la campagne ? Parce que ceux de la ville, par ici, forcément… C'est pas qu'on est mauvais bougres tant qu'on vient pas nous embêter chez nous, tu vois, petit ? Ici, c'est le pays du Gâtinais et on ne se fie pas aux jacasseurs.

Il conclut son discours d'un clin d'œil exagéré dans une grimace qui eut pour effet de dévoiler des dents jaunies en lui faisant une figure de gargouille. Contrariée par les sous-entendus de l'aubergiste, la nourrice l'affronta d'un ton rogue, décidée à lui régler une bonne fois son compte :

— Dis-moi, Lulu, tu as des vapeurs pour râler de la sorte ? Je ne m'appelle pas Dédé moi, et il en faudra un peu plus pour m'impressionner. C'est sûr que tu n'as pas ton public habituel pour t'applaudir. Le petit, il t'a rien fait que je sache ! Tu veux que je te dise ? C'est pas tant les Parisiens qui te dérangent quand ils viennent dépenser leurs sous, ma foi, c'est juste que tu peux te permettre d'être malgracieux avec un gosse ! Tiens, j'ai laissé la monnaie sur la table, ouste, on a assez lambiné ici !

L'aubergiste rougit, puis il leur céda le passage en marmonnant que si on n'pouvait plus plaisanter maintenant c'était bien le diable !

En attendant, Paul avait parfaitement compris le message. Surtout ne rien dire de ce qu'il avait vu !

La carte déposée dans la boîte aux lettres, ils allèrent quérir un kilo de pain chez le boulanger et, au lieu de retourner au manoir par le chemin habituel, Célestine choisit de rentrer en suivant les berges de la Loire. Cela faisait un détour d'un bon kilomètre, mais le temps était magnifique et le petit n'avait pas encore eu l'occasion d'apercevoir le fleuve. Accordant son pas à celui du gamin, elle se mit à fredonner une chanson qu'il reprit à tue-tête, et ils quittèrent le village gagnés par une joie complice.

Pour une fois, la brave femme était heureuse de ce moment volé au comte. Elle se permettait rarement le loisir de traîner et le ménage attendrait bien son tour… Elle se reprochait un peu de laisser l'enfant livré à lui-même une bonne partie du jour, mais comment faire autrement ? Il ne semblait pas si malheureux du dépaysement, en fin de compte, et sa belle carte rassurerait Jean… Quant à l'aubergiste, il avait à peine gâché l'escapade. Son métier le prédisposait au commérage, mais elle lui avait bien rabattu son caquet et il n'y reviendrait pas de sitôt.

— C'est qui ce Totoche ?

Plongée dans ses réflexions, la question la prit de court.

— Qui t'a parlé de lui, Sainte Mère ?

— Ben c'est ton mari, Borel. Il dit qu'il veut l'envoyer au bagne.

— Au bagne, fi donc ! Quel rabat-joie celui-là quand il s'y met ! Tu veux que je te dise, ces deux entêtés sont comme chien et chat depuis belle lurette, et pourtant Totoche c'est pas le mauvais bougre, c'est seulement qu'il est... comment dire... libre, voilà, vraiment libre ! Tout le contraire de Borel qui aime gouverner comme il l'entend, alors l'autre, forcément, avec ses farces, il est pis que du grat'-cul dans les culottes d'une dame !

Elle se mit à rire de bon cœur, les yeux plissés de malice, et Paul secoua la tête, contrarié qu'elle ne le prenne pas au sérieux.

— Mais c'est un braconnier, un voleur de gibier ! Ton mari l'a dit !

— Té, je le traite pas de menteur, sauf qu'au pays tout le monde est un peu braconnier, faut bien améliorer l'ordinaire, alors on piège un lapin par-ci, un faisan par-là, on a toujours toléré ça. La terre est trop pauvre par chez nous. Même Borel pose des pièges et monsieur le comte s'en doute bien, va...

— Et Totoche ?

— Totoche joue un peu trop l'arsouille alors ça déplaît...

— On dirait que tu l'aimes bien !

— Oh, ne va pas te mettre des idées en tête ! C'est juste que c'est pas un mauvais bougre, qu'il se moque bien de faire des courbettes...

Comme ils arrivaient à la berge du fleuve, elle tendit le doigt en désignant une barge à fond plat surmontée d'un cabanon fait de bric et de broc.

— Regarde, c'est pas une bicoque d'homme libre, ça ? Tu détaches une corde et tu t'en vas !

La stupeur cloua Paul sur place. L'embarcation était la réplique du bateau-cabane qui illustrait un chapitre de son livre, celui du trappeur perdu au fin fond du Grand Nord !

— C'est là qu'il habite, Totoche ?

— Oui da !

— Comment tu le sais ?

— Parce que c'est chez lui, pardi !

— Mais si tout le monde connaît son repaire, pourquoi Borel l'arrête pas pour le donner aux gendarmes ?

— À condition de le prendre la main dans le sac sinon ce serait trop facile, et comment prouver que c'est lui qu'a fait le coup ? Et à ce petit jeu, il est sacrément rusé, notre gaillard !

Brusquement inquiète d'en avoir trop dit, Célestine accéléra le pas, entraînant l'enfant à sa suite. Elle connaissait assez l'aversion de Borel pour le braconnier, et déjà que Paul l'agaçait à tourner dans ses pieds, s'il se mettait en tête de l'interroger... Elle prit conscience qu'elle avait perdu l'habitude des enfants, de leurs questions incessantes et leur besoin de comprendre. Mathilde aussi voulait tout savoir, pourquoi la Terre était ronde et la mer salée, et combien de planètes existaient, et pourquoi les filles devaient porter des robes, et un tas d'interrogations, grandes ou petites.

Elle reprit gravement, consciente qu'il attendait un mot de conclusion :

— J'ai à faire à présent. Tu n'auras qu'à lire ton livre ou aller au potager, tu trouveras bien de l'ouvrage, moi je dois filer au manoir.

— Mais tu y étais encore hier soir !

— Et j'y serai demain... y a de quoi briquer !

— Ils ne peuvent pas se débrouiller sans toi ?

— Ce sont des gens de la noblesse, nigaud, et nous sommes là pour les servir, voilà tout. M'est avis qu'il y a un fameux sang qui te coule dans les veines, toi…

Elle soupira en songeant qu'un jour ça le rattraperait, un malaise dont il ne saurait jamais l'origine mais qui planerait sur lui comme une ombre… Son élan d'optimisme l'avait déjà quittée.

*

La façade du manoir était si imposante que, arrivé à proximité, Paul se sentit bien petit. Il n'avait pas le droit d'être là, on l'avait suffisamment prévenu, mais la curiosité et le désœuvrement l'y poussaient, et braver l'interdit lui donnait la sensation d'être vivant, de commencer une aventure. Il suffirait que quelqu'un se mette à l'une de ces impressionnantes fenêtres pour l'apercevoir… Et après ? Il imagina un homme en costume de soie et jabot de dentelle comme la gravure de son manuel d'histoire, qui exigerait qu'on le fouette pour son insolence. Est-ce Borel qui se chargerait de le punir ?

Le garde-chasse était rentré de sale humeur aujourd'hui, une fois de plus, si bien que Paul n'avait pas osé lui parler, même pour lui proposer son aide. Depuis le matin du chenil, on aurait dit qu'il n'existait presque plus, sauf pour se faire engueuler parce qu'il traînait dans ses pieds ou ne mangeait pas assez vite. Il n'aimait pas se retrouver seul avec lui quand Célestine était au manoir. Elle était partie depuis deux bonnes heures et Paul s'ennuyait à mourir ! Il avait mangé une tartine et traîné au jardin sans trop s'approcher des lapins. Ce n'est pas l'envie qui lui manquait, mais on lui disait assez de ne pas s'attacher aux bêtes et il n'avait pas trouvé d'autre moyen que de les ignorer. Avec les poules c'était facile, elles semblaient plutôt bêtes et peu accommodantes. Ces volatiles ne l'intéressaient guère, sauf au moment de chercher les œufs frais.

Il progressa le long du mur de brique, puis stoppa avant la façade qui donnait plein sud pour écouter. Aucun bruit. Prudemment, il passa la tête. Une voiture était garée en bas du perron de pierre. Malgré le danger, il avança à pas feutrés. Le cuir des sièges était couleur caramel, le tableau de bord impressionnant. Enhardi par le calme qui régnait, il retourna vers le manoir et risqua un regard à l'intérieur par la grande baie vitrée.

Au bout d'une table immense et plus luisante que la surface d'une mare, un vieil homme d'allure sévère dînait là, solitaire. Il avait l'air triste et Paul se demanda si c'était parce qu'il était seul, sans personne pour lui faire la conversation. Il portait un costume sombre et terriblement élégant, même à ses yeux d'enfant. À coup sûr il s'agissait du comte dont parlait Célestine. Quant à la salle à manger, elle lui parut immense et d'un luxe incroyable. Au plafond pendait un lustre énorme. Les murs lambrissés à mi-hauteur présentaient des tableaux de chasse, un faisan mort et le portrait d'un couple en perruque qui ne souriait pas. Au fond, sur le manteau d'une cheminée surmontée d'un miroir à trumeau, on avait disposé de lourds cadres en argent. Seule note de gaieté, le carrelage à damier rouge et blanc.

Comme il tentait de se hisser plus haut afin de mieux voir, Paul perdit son appui et tomba bruyamment sur le gravier. En quelques secondes la panique le remit debout, pas assez vite toutefois, car, avant qu'il ait le temps de détaler, un cri le cloua sur place :

— C'est de cette façon que tu obéis, galapiat ? Je t'avais pourtant interdit !

Il démarra à fond de train tandis que la nourrice, furieuse, continuait à l'invectiver sans songer au tapage qu'elle causait. La fenêtre ne tarda pas à s'ouvrir à la volée et M. de La Chesnaye l'apostropha, les sourcils froncés :

— Célestine ! Non mais qu'est-ce qui vous prend de vociférer comme ça ? J'aimerais déjeuner en paix si ce n'est pas trop vous demander…

— Faites excuses, monsieur le comte, mais il y avait un… un…

— Un quoi ?

— Une bête sauvage, un genre de…

— De… ?

— De grosse bête !

— Fichtre ! une grosse bête sauvage que vous aurez fait fuir avec vos gesticulations ! Êtes-vous bien certaine qu'il ne s'agissait pas d'un lion ?

— Je vous assure, monsieur le comte…

— Vous m'assurez de quoi ?

— Baste, je sais plus… C'était peut-être une des oies de l'étang maintenant que j'y pense.

— Une oie à présent. Vous me fatiguez à la fin…

Déjà il se détournait, à demi calmé, et la nourrice frémit en songeant à ce qui aurait pu arriver s'il avait découvert l'enfant. Le comte était devenu tellement morose au fil des années qu'un rien suffisait à le contrarier. Et Paul… heureusement, il avait les cheveux et le teint de son père. Elle ferma les yeux et poussa un soupir de soulagement.

Caché derrière une boule de buis assez épaisse pour le dissimuler, l'enfant avait surpris leur échange. Le vieux n'avait pas l'air commode, il parlait singulièrement, pourtant il paraissait moins antipathique que son fils, même si sa voiture était beaucoup moins majestueuse. Peut-être que lui aussi s'ennuyait. C'était curieux tout de même, il pouvait rouler en automobile et monter à cheval, il habitait un château, il avait de l'argent, un chenil plein de chiens dressés, des domestiques pour le servir et ça ne semblait pas le rendre heureux. Et puis il n'aimait pas les enfants, mais ça Paul pouvait le comprendre, car, même s'il n'avait pas revu Bertrand de La Chesnaye, il le haïssait !

Quand Célestine retourna à l'intérieur, chargée de sa corbeille à linge, il sentit néanmoins le découragement l'envahir. Décidément il n'y comprenait rien, sauf que les gens d'ici semblaient tous le détester. À part Célestine bien sûr. Mais Célestine connaissait son père, se prétendait de sa famille, et elle avait été nounou d'un tas d'enfants, alors ça ne comptait pas vraiment. En plus, elle interdisait trop de choses et elle tuait les lapins ! Les rares gamins que Paul avait croisés s'étaient moqués de sa mise. Il ne se sentait pourtant pas si différent d'eux, à part leur accent rocailleux et leur façon de manger à demi les mots. Mais qu'est-ce que ça changeait, s'il était le seul à le penser ?

Après un long moment d'attente, comme rien ne bougeait, il sortit de sa cachette et s'éloigna. Il lui restait un chapitre de son Jack London. Il l'avait fait durer autant que possible, exprès. Il décida que ce serait son livre préféré à tout jamais, d'abord parce que son père le lui avait offert le jour du départ, ensuite parce que cela parlait d'un pays où seuls comptaient le courage et la force. Cela lui donna une idée, l'ébauche d'un plan. S'il s'entraînait aux choses de la campagne pour s'endurcir, tout irait mieux, et même avec le garde-chasse. Et puis Célestine serait contente de lui. Il ne voulait pas qu'elle reste fâchée…

5.

Le lendemain, Paul sortait de la boulangerie chargé du pain de la semaine quand un équipage lui coupa la route. Trois enfants assis sur une carriole vétuste se faisaient tirer par un couple de chiens bâtards, tandis que le quatrième courait à côté, armé d'une sorte de fouet qu'il faisait claquer avec autorité en gueulant des : « Hue ! dia ! » plus bruyants qu'efficaces. À sa vue, le conducteur tira sèchement sur les rênes, sans se soucier de blesser les bêtes, et s'exclama, narquois :

— C'est-y le Parigot ! Aga comme il est fignoleux avec sa mise ! Et ho, tête de veau !

Assise entre ses deux compères, une gamine aux cheveux en bataille poussa un cri de joie. Tous le fixaient, hilares. La fille se mit à rire, la bouche tordue sur une grimace. Paul hésita entre la politesse et la provocation et opta finalement pour une neutralité prudente.

— Je suis pas parisien.

— Ah oué ? Et tu sors d'où avec tes affûtiaux d'la ville ?

— C'est quoi affûtiaux ?

— Tu vois bin qu't'es pas d'ici !

— J'ai pas dit que je l'étais.

La fille siffla de mépris.

— Alors t'es tombé d'la lune ?

— L'achnille pas, Mélie, tu vois bin qu'tu vas l'faire chiauler ! Donne-z-y un pioc et p't-êt' ben que tu le chang'ras en grenouille, le Parigot !

Paul se raidit, sur la défensive ; il avait beau ne pas tout comprendre, le sens général était parfaitement clair.

— Je suis pas de Paris, je suis de la banlieue.

Comme les autres restaient bouche bée devant la précision, il ajouta, rouge de colère :

— Et je chouine jamais devant des bouseux !

Sur ces mots, il se mit à courir parce qu'il sentait les yeux le piquer et il aurait préféré mourir que de leur donner raison ! D'instinct, il s'engagea par le chemin qui menait à la Loire, reniflant pour endiguer les larmes. Il se sentait si seul ! Célestine ne serait pas rentrée avant la fin de l'après-midi et ce n'était pas le moment de tomber sur Borel avec son envie de chouiner !

La rentrée scolaire qui lui avait paru si éloignée en arrivant au manoir se rapprochait inéluctablement. Il calcula qu'il restait à peu près sept semaines, à moins que les bouseux aient une école spéciale. Il ricana, mais l'ironie sonnait faux, même à ses propres oreilles. La bande semblait avoir à peu près son âge. Est-ce qu'il les retrouverait dans sa nouvelle classe ?

En songeant à son école le désespoir l'envahit. Normalement il aurait dû y finir sa seconde année de cours moyen avant de passer au collège, avec les grands. Il aurait retrouvé Émile et Jacquot, impatients de lui raconter leurs farces, les jeux sur les chantiers désertés par les ouvriers, les parties de ballon sur les terrains vagues ou les tournois de billes au square de la rue Berthon. Ici, il devrait affronter des péquenauds qui se moqueraient de son accent, de ses manières et de son costume trop endimanché ! Mieux valait les oublier. D'ici à deux ou trois mois son père reviendrait. Alors Paul se ficherait bien de ces imbéciles !

L'enfant dépassa l'embranchement qui menait au manoir et, en longeant la berge, non loin de la barge du braconnier, il découvrit un pont en pierre. Il s'engagea dessus, puis stoppa net en apercevant la silhouette en contrebas. Pas besoin de se faire remarquer, il avait eu son compte d'engueulades !

Planté à mi-jambes dans la rivière, le braconnier géant était en train de relever un filet. Pour faire office de support il avait bricolé une branche fourchue à laquelle il avait fixé la corde qui supportait une nasse en carré maintenue par deux arceaux d'acacia. Les muscles bandés par l'effort, il arracha son carrelet à l'emprise du flot et jura entre ses dents. En guise de pêche miraculeuse, il tenait une demi-souche gluante de vase. Il retourna vers la berge en pestant contre le temps perdu. La petite chienne, qui somnolait sur le talus, se releva d'un bond pour lui faire fête. Elle n'eut pas le temps de japper que la terre s'éboula sous ses pattes et elle disparut, happée par le fleuve.

L'homme jeta à la va-vite son filet et chopa un cordage qu'il gardait toujours en cas de besoin puis courut vers la pile du pont et la lança en direction de la malheureuse bête qui battait désespérément des pattes, prisonnière d'un tourbillon vicieux. Un de ceux dont la Loire avait le secret. « Garçon, attrape ça, ma fille ! » La corde flotta un court instant puis dévala le courant, hors de portée.

Paul s'était mis à courir en direction de la berge tout en hurlant : « Faut sauter ! Elle va se noyer ! » Le braconnier tourna la tête vers lui, blême d'angoisse, et grimaça d'impuissance.

— Je sais point nager, bougre de merde !

Paul finit sa course en dérapant sur les fesses, se remit debout et ôta ses souliers.

— Moi je sais. Donnez-moi le bout de cette corde !

Vivement, il l'enroula autour de sa taille, comme il avait lu dans un livre. Quand il voulut la nouer, pourtant, ses mains tremblaient trop et c'est Totoche qui le fit à sa place. Il avait compris ce que le gosse avait en tête et il le poussa pour qu'il aille plus vite. La chienne disparaissait à intervalles de plus en plus longs dans le remous qui la retenait prisonnière et peinait à émerger du courant. Déjà ses mouvements devenaient moins frénétiques et elle semblait sur le point de se laisser engloutir.

Tandis que l'enfant se jetait en avant, son maître hurla : « Garçon, tiens bon, on arrive ! » L'animal parut l'entendre, car son corps se tordit vers la rive et pendant une seconde Totoche crut bien qu'elle s'arracherait à l'attraction du tourbillon. Puis le remous la reprit dans son étreinte folle et elle tournoya, puis coula.

Émergeant de son plongeon, Paul s'étouffa le temps de reprendre une goulée d'air. L'eau était bien plus froide qu'il n'y paraissait, à moins que la peur n'ait gelé ses os. Il se sentit dériver et battit furieusement des pieds pour repartir vers la pile du pont. Garçon avait disparu de sa vue. C'est Totoche qui lui hurlait la direction. Paul redoubla ses efforts et crut distinguer un mouvement, à quelques mètres seulement. Le courant était puissant, presque trop pour lui, et pourtant il avait plongé en amont pour ne pas avoir à lutter contre le flot et progressait de travers, vers le tourbillon. Soudain, une boule de poils trempés jaillit à portée de son bras et il parvint à l'empoigner, mais le pelage était glissant et il ne put l'agripper assez longtemps pour assurer sa prise. Il sentit alors la force tourbillonnante l'aspirer vers le lit du fleuve, et il coula jusqu'à ce qu'une traction contraire l'arrache à la succion des eaux. Totoche, qui surveillait sa progression, tentait de le maintenir à la frange du remous, sans l'éloigner de la chienne. À cet instant, celle-ci l'aperçut et parut reprendre vie ; le cou dressé, elle recommença à patauger bravement. Ils se rejoignirent à mi-distance, et Paul l'étreignit en se maintenant uniquement à l'aide de ses jambes. Comme ses forces déclinaient, il voulut avertir le braconnier mais le vacarme l'étourdissait tant qu'il put juste émettre un couinement. La chienne posa la tête sur son épaule, calée dans son cou, et se laissa aller comme un corps mort. Il tenta de progresser mais le poids l'entraînait vers le fond. Soudain, miraculeusement, la corde se tendit et le hala, à remonte du courant. Paul se sentit hissé sur la berge, et resta prostré près de l'animal et son maître, à reprendre son souffle. Enfin, le braconnier émit un coassement, entre soupir et cri de victoire.

— Brave petit, tu me l'as sauvée !

La chienne se mit à tousser, cracha de l'eau puis se remit sur ses pattes, chancelante.

— Te v'là revenue, cré nom de Dieu !

Son rire s'éleva, roulant comme un tonnerre joyeux, et Paul ne put s'empêcher de s'esclaffer aussi tant la scène lui parut comique, le géant barbu à quatre pattes devant l'animal que son bain avait réduit à l'état de plumeau.

*

Par un système ingénieux de poulies et de cordes, Totoche avait suspendu un tas de matériel au plafond de sa cabane, une marmite, deux tabourets, un carnier et un sac à dos rapiécé, une poêle noircie et trois lampes à pétrole, des paniers, deux seaux et une bassine assez vaste pour qu'on puisse s'y coucher. Grâce à cet agencement, et à condition de garder son crâne, il y avait suffisamment d'espace pour se trouver à l'aise dans la quinzaine de mètres carrés qui composaient son logement. Chaque paroi était doublée de boîtes, casiers ou étagères qui permettaient de ranger le moins encombrant. Dans un coin étaient remisées ses maigres réserves de nourriture, de quoi faire un gruau, un peu de saindoux et du lard. Plus loin, sur une paillasse roulée en boule, des toiles, un édredon rapiécé, quelques vêtements. Une couchette en bois contenue entre deux pans d'armoire à la façon d'un lit cabine composait la chambre. Côté cuisine, meublé d'une table flanquée de deux chaises dépareillées, il avait logé un poêle qui ronflait en dégageant une chaleur réconfortante.

Paul avait cessé de claquer des dents ; il se tenait recroquevillé dans son caleçon humide, la petite chienne lovée contre lui. Ses habits, suspendus à une ficelle, avaient piètre allure, mais il s'en fichait bien. Il contemplait avec émerveillement l'outillage de chasse, appâts, ficelles, bobines de laiton, comme s'il s'agissait de trésors inestimables, tout en buvant à petites gorgées un bouillon que Totoche avait rallongé d'un coup de gnôle pour « reprendre des forces ». Il n'avait aucune envie d'avouer que sa mixture était infâme, trop heureux de se trouver ici, dans le cabanon, comme dans son roman d'aventures. Il songeait : « C'est le pire braco de la région, celui qui vole tout et que personne est capable d'attraper, et moi je suis chez lui, sur son bateau ! », et ça lui paraissait impossible, aussi dangereux qu'excitant. Très loin de ces considérations, le géant farfouillait dans une boîte remplie d'hameçons, d'agrafes et de leurres divers. Paul se lança, car il savait que s'il n'osait pas maintenant, jamais il ne retrouverait pareille occasion :

— Vous voudrez bien m'apprendre à pêcher ?

— Et quoi encore ? Guincher le quadrille tant qu' tu y es ! J'ai pas du temps à chicoter, moi.

— Je pourrais vous montrer d'autres choses en échange !

— Ah bin c't'affaire ! Comme quoi ? L'alphabet ou tes comptines à bercer ?

— Ben à nager par exemple !

Vexé, Totoche ravala une réplique sarcastique. Le gosse l'avait mouché et même si ça coûtait à dire, il se trouvait en dette. Il se radoucit un peu, sans toutefois changer d'idée.

— Écoute, t'es bien hardi d'avoir sauvé Garçon, je te dois une fameuse chandelle, pour sûr, mais moi les mioches j'en veux pas dans mes pattes... surtout d'un petit rat des villes !

Pour marquer sa détermination il alla décrocher le pantalon encore humide et le lança au gamin qui l'attrapa au vol, puis, devant sa mine déconfite, il entreprit de se rouler une cigarette, histoire de garder contenance. Il n'avait aucune envie de se laisser attendrir, surtout avec le gardaillon dans les parages.

— Enfile ça et r'tourne-t'en donc chez les Borel. Y a rien de bon pour toi, ici.

Dans sa grosse pogne, le lambeau de papier semblait ridiculement fin. Il ferma la sèche d'un coup de langue, tassa le tabac d'un tapotis avec un soupir satisfait et, comme le gosse demeurait pétrifié, il grommela un ton au-dessus :

— T'es encore là ? Allez, va donc.

Paul se releva pour enfiler son pantalon. Le sentiment d'injustice lui causait une brûlure, entre la colère et la tristesse. Il avait sauvé Garçon, ce n'était pas rien ! En un sens, le braco était aussi féroce que la meute de chasse, et mal embouché, pas mieux que Borel ou Lucien ! Tous ces gens lui reprochaient d'être de la ville, comme si c'était de sa responsabilité ! Est-ce qu'il fallait être d'un endroit établi à l'avance pour valoir quelque chose ?

Une fois vêtu, il caressa la petite chienne, s'attarda un peu, au cas où l'autre changerait d'avis, mais le géant fumait à présent, plongé dans sa boîte à pêche. Il se résigna à gravir la caisse qui faisait office de marche et annonça très fort :

— J'y vais !

— Merci encore et adieu... Mais que j'te revoie plus traîner par là, galopiaud !

En remontant sur la berge, l'enfant se rendit compte de l'heure tardive. Le ciel s'était coloré de pourpre et d'or et ses rayons rasants faisaient scintiller la cime d'un vieux saule. Curieusement, cette beauté lui rendit un peu d'espoir. Il reviendrait autant de fois que nécessaire afin de prouver au braco que, pour un raton des villes, il faisait sacrément l'affaire !

⋆

Borel tenait son verre presque vide à la main, songeur.

— Ce soir, j'irai me poster aux grands chênes. Avec le vent du nord, les faisans vont s'y percher en grappes…

— Allons bon. Et tu en feras quoi ?

— Moi rien, mais quelque chose me souffle que je s'rai pas le seul sur le coup si tu vois ce que je veux dire… Par c'te pleine lune, va vouloir en profiter, le lascar. Alors, crac, je te le pince en flagrant délit et c'en est fini de lui !

— Et voilà qu'il est reparti…

— Pour sûr, et jusqu'à ce que je le coince !

— La belle affaire !

Paul, qui se lavait les mains à l'évier, fut intrigué par le ton de Célestine. Sous la malice, il lui sembla entendre comme une pointe de défi. Malgré son retard, personne ne lui avait fait de remontrances, mais il y avait une tension dans l'air qui semblait le protéger. Borel aussi avait dû percevoir l'ironie de sa femme, car il reprit, de mauvaise humeur :

— Eh ben, on verra qui aura le dernier mot ! Y va payer pour toutes les fois où je me suis cassé le nez, pour chaque garenne, chaque foutu faisan tiré sans permission !

— Il est pas le seul braco au pays, Borel…

Quand Célestine interpellait ainsi son mari, elle semblait le considérer de loin, presque comme une étrangère, mais lui, inconscient de la distance, poursuivait ses gesticulations.

— Eh ben, moi j'vois que lui !

— Dis plutôt qu'il t'énerve !

— Et pourquoi y m'énerverait pas ? Tout le temps à me chercher des noises, à m'provoquer !

— Fi donc ! tu te l'imagines ! Il te tourmente pas plus que les autres, mais c'est sur lui que tu t'acharnes, Dieu sait pourquoi !

— Ton Dieu y sait rien parce qu'y a rien à savoir ! Et si je m'acharne, comme tu dis, c'est qu'y a pas pire voleur aux alentours ! En attendant, ce forban se fichera plus de moi et le pays s'en portera mieux, et puis pas qu'un peu ! Le comte veut de l'ordre sur ses terres, y me paye à quoi sinon ?

— Le comte a bon dos... Je le vois chaque jour figure-toi, et y m'paraît pas si soucieux de braconnage. En plus, ça le débarrasse des puants et ça régule les garennes.

— Ça régule que dalle ! C'est du vol !

— Et de la criminalité tant qu'on y est ! M'est avis que Totoche te terboule le cerveau !

Enfin, pour mettre fin à la discussion, elle préféra couper court et s'adressa à l'enfant :

— Tu t'es lavé les mains ?

À cet instant, elle parut remarquer son vêtement chiffonné, maculé.

— Où est-ce que tu as encore été te mettre toi ?

Paul n'eut pas le temps de bafouiller une excuse que déjà elle se détournait pour servir la soupe au lard, l'esprit ailleurs. Ils s'assirent sans un mot, écoutèrent le bénédicité, et soupèrent en silence, plongés dans leurs pensées. Pour le dessert, Borel se contenta d'attraper quelques noix de l'hiver passé et les glissa dans sa poche. Ensuite il alla se harnacher pour sa longue veille : son fusil, la lanterne, une couverture pour les heures froides de la pleine nuit et sa gibecière vide qu'il comptait bien remplir des preuves irrécusables du forfait de Totoche. Il salua sa femme d'un grognement puis sortit.

Célestine demeura un moment les yeux dans le vide avant de se mettre en branle. Elle passa les assiettes sous le jet et astiqua la cuisine de fond en comble. Par instants, elle jetait des coups d'œil au ciel, surveillant les ombres. Paul perçut sa nervosité à la brusquerie de ses gestes. Quand tout fut nettoyé et fourbi, elle agita le torchon humide.

— Je m'en vais l'accrocher à la fenêtre du haut.

— Là-haut, pourquoi ?

Comme elle ne répliquait rien, il lui emboîta le pas dans l'escalier. La nourrice était décidément bizarre ce soir.

Une fois dans le couloir, elle alla à une lucarne, ouvrit le carreau et y attacha le torchon de manière qu'il pende à l'extérieur.

— C'est pour quoi faire ce torchon ?

— Pour le faire sécher, té !

Flairant une entourloupe, Paul insista :

— Dans le couloir ?

— Pourquoi non ?

— La nuit ?

— La nuit, le jour, y a point d'heure et mon petit doigt me dit que y a pas que mon essiot qui est mouillé… Où c'est que tu t'es fourré pour détremper ton linge ?

— J'ai glissé.

— Glissé où ?

— Dans une flaque.

— Une flaque… Prends-moi pour une andouille ! C'était pas plutôt à l'étang ?

Il acquiesça, soulagé de ce demi-mensonge. Si Célestine apprenait qu'il avait été patauger dans le fleuve, elle lui infligerait une sacrée punition !

— Tu aurais pu te noyer, malheureux !

— Non, je sais nager !

— Voyez-vous ça… Et si tu attires l'intérêt de la Malnoue !

— Qui c'est ?

— La Malnoue ? Un torrent souterrain d'une malice redoutable ! Les anciens prétendent que c'est aussi l'esprit des eaux inaperçues et que bien des méfaits arrivent par sa faute. Certains l'écoutent gronder du fond de leur puits, d'autres l'entendent grésiller derrière la plaque de leur cheminée, toute disposée à engloutir les imprudents. On dit que du côté du bois de Sauveterre des petits futés ont contraint des canards à emprunter les sous-rives des fontaines et qu'on les a retrouvés une semaine plus tard à des dizaines de lieues, dans les eaux du Loiret qui serait sa résurgence. Mais tous n'ont pas reparu !

— Ouah !

— Y a pas de « Ouah » qui tienne, nigaud ! Tu comprends pourquoi il faut être très prudent ?

Paul acquiesça vivement, soulagé de s'en tirer à si bon compte. Quand il fut bordé et embrassé, pourtant, il songea qu'en l'interrogeant Célestine n'avait pas eu à s'expliquer.

Il écouta ses pas dans l'escalier, vifs, à croire qu'elle sautillait. La tête lui tournait un peu, de fatigue. Ce soir, il n'aurait pas besoin de gâcher la bougie, les yeux le piquaient trop pour lire. Il sourit dans le noir en songeant à Garçon. Il pourrait toujours prendre de ses nouvelles, ce serait un prétexte pour repasser à la barge. Voilà que lui aussi commençait à faire des secrets. C'était peut-être un truc d'ici, ou bien il grandissait...

Épuisé par les émotions, il s'enfonça dans un engourdissement douillet.

Dans la nuit noire, accrochée à la lucarne, la tache du torchon ressemblait à un minuscule fantôme.

*

Il ne sut pas exactement ce qui l'avait réveillé, le froissement contre les pierres, le bruit de l'espagnolette qu'on tourne trop vivement ou encore le choc sourd d'un corps basculant sur le plancher. Après coup, Paul reconstitua l'arrivée clandestine d'un intrus par la fenêtre. Cela remuait à côté, dans la chambre inoccupée qui servait à remiser des vieilleries. Un gloussement ravi monta dans le silence aussitôt étouffé. Borel ? Mais Borel ne riait jamais et il n'avait aucune raison d'escalader les murs de sa propre maison. Tout doucement, l'enfant se glissa hors du lit et avança jusqu'à la porte, puis l'entrouvrit avec mille précautions. De là, il perçut comme un fredonnement. Deux personnes chuchotaient, puis le même rire joyeux entrecoupé de gros soupirs.

Il resta un moment, le cœur cognant, saisi par un sentiment de peur et une émotion indéfinissable, puis il se décida à refermer doucement le battant et retourna au lit.

Il était parfaitement réveillé à présent, mais mieux valait ne pas allumer la chandelle, sans quoi il risquait d'alerter le visiteur nocturne. Célestine était-elle remontée ? Les bruits n'étaient plus si nets.

Étendu dans le noir, il imagina Borel à l'affût près des grands chênes. Le garde-chasse devait être en train de veiller à l'heure qu'il était, sursautant à chaque bruissement d'herbe, persuadé de son triomphe. À mesure que la nuit avancerait, sa hargne grandirait. Sûr et certain, remonté comme il était, il ne rentrerait pas avant l'aube ! Et il serait bredouille…

*

Trois jours avaient passé depuis le sauvetage de Garçon, et Totoche avait presque oublié l'épisode. Ce matin-là, il s'éloigna du fleuve pour pénétrer dans la forêt à travers une percée de ronces. Il avançait d'un pas tranquille, ni trop rapide ni trop flâneur. La chienne divaguait devant lui, revenant sans cesse le consulter du coin de l'œil. Soudain il stoppa sa progression pour examiner le sol et demeura accroupi un long moment avant de se relever, la main sur le front. On l'aurait cru victime d'un étourdissement, car il pivota sur lui-même, un peu chancelant. Soudain, sans aucun avertissement, il fondit droit dans un fourré, empoignant l'enfant qui était tapi là, apeuré.

— Nom de nom ! Encore toi ? C'est pas possible, tu es aussi collant qu'un gluau ! C'est Borel qui t'envoie pour m'espionner ?

— Non, j'vous jure !

— On doit jamais jurer, tu sais pas ça ? Allez ouste, du vent ! Ensauve-toi avant que je te calotte !

— Je veux venir avec vous !

— Ben tiens ! Et quoi encore ? La lune pour t'accrocher dessus ?

— S'il vous plaît !

— Eh ben, moi j'veux pas, c't'affaire !

— Vous allez braconner, c'est ça ?

— Braconner, sais-tu seulement ce que ça veut dire ? Il appartient à qui le gibier ? Et les sangliers qui cavalent tout le jour sur un domaine et la nuit sur un autre ? Et les oiseaux migrateurs qui voyagent des mille et des cents, ils sont à qui, hein ? À tézigue ? Au gardaillon ? Alors les poissons aussi tant qu'on y est, et puis les mouches, et l'air qu'on respire, et l'eau qu'on boit ! Allez, fiche-moi le camp avant que je m'énerve !

Totoche tournait déjà les talons, sûr de son fait, quand Paul courut se placer dans son chemin, bien décidé à jouer son va-tout.

— Borel, il a passé l'autre nuit dehors à vous guetter sous les grands chênes et il se demandait où vous étiez.

— Comment tu sais ça, toi ?

— Parce qu'au matin il a pas cessé de râler et Célestine a dit de pas faire attention, qu'il était enragé de rancune. Sauf que moi, je sais où vous étiez cette nuit-là. Et je sais pourquoi le torchon il pendouillait pas à sa place, alors si vous m'emmenez pas…

Estomaqué par la menace, Totoche secoua la tête, ahuri.

— Petit salopiaud !

Il brandit la lame de son couteau de chasse et Paul recula, effrayé de ce qu'il avait déclenché.

— Tu vois ce couteau ? Si je me fais gauler, je me trancherai la gorge.

Le garde-chasse mima l'égorgement avec sa lame et pour faire bonne mesure il ajouta avec gravité :

— Plutôt crever que me retrouver encore derrière les murs. Je serai pas victime d'une nouvelle injustice ! Tu sais pourquoi le juge envoie les bougres comme moi en prison ? Pas pour deux ou trois lapins, c't'affaire, mais parce que je suis miséreux.

— Ben oui, pareil que Jean Valjean !

— Tiens donc ? Jean Valjean…

Totoche se rengorgea un peu, brusquement calmé. Le gamin semblait vraiment décidé à le suivre, et dans le fond cette insistance le flattait bien un peu. Après tout, il lui devait quelque chose d'avoir sauvé Garçon. Il poussa un soupir exagéré, pour ne pas avoir l'air de céder trop volontiers.

— Bon. Je t'emmène, mais attention : y aura pas d'autres fois, c'est bien compris ?

Paul, triomphant, acquiesça en ravalant un sourire. Il suivit le géant en silence, conscient de la fragilité de leur accord, la petite chienne filant devant eux. L'homme marchait d'un bon pas, plongeant dans la futaie, évitant les clairières et contournant le marais sans une hésitation là où lui ne voyait qu'un fouillis végétal toujours identique. Ils allèrent ainsi un bon moment, puis Totoche s'arrêta net et désigna le sol.

— Tu vois, là ?

Ils s'accroupirent devant l'empreinte en fourche incrustée dans la terre humide. Garçon se mit à renifler, la queue pointée vers le ciel, frétillante d'excitation, et Totoche lui commanda de se calmer. Il effleura l'arrondi des deux pinces du bout du doigt en parlant doucement, presque rêveusement :

— Un sanglier, mâle, sinon l'arrondi serait moins net. Comme ça.

Avec une brindille, il dessina sur le sable les contours d'une fourche plus petite avant de revenir à la trace.

— Et là, tu vois ces deux petits doigts qui s'écartent en arrière des pinces ? Eh ben, ça te donne le poids de l'animal. Dix kilos par centimètre. Regarde.

Avec son pouce et son auriculaire, il mesura l'écartement.

— Tu as environ douze centimètres. Donc ce mâle de trois ou quatre ans pèse aux alentours des cent vingt kilos. Sacré bestiau, nom de d'là !

Paul suivait chacun de ses gestes pour ne pas en perdre une miette, osant à peine respirer. L'autre lui fit un clin d'œil en se relevant.

— Maintenant, on va aller relever les collets… Les pièges que j'ai posés au bois de Trémaille, mais motus et bouche cousue. Pas un mot à Borel. Promis ?

— Promis.

— Juré ?

— Mais vous avez dit de pas…

— Tss ! T'occupe pas… Juré ?

— Juré.

— Craché ?

Il propulsa en l'air un gros mollard qui alla s'écraser sur l'herbe et Paul s'efforça de l'imiter, bien que son crachat soit dérisoire, à côté. La voix grave, il jura :

— Croix de bois, croix de fer, si je mens je vais en enfer…

Totoche refréna une envie de sourire et ils se mirent en marche, progressant plus vite. La matinée était bien avancée et Totoche préférait ne pas traîner, car Borel n'était pas le seul à patrouiller dans les alentours.

Au second collet, ils trouvèrent un lapin inerte dont l'œil noir était fixé sur le ciel. L'homme le dégarrotta avec délicatesse, puis il caressa brièvement le pelage, d'un geste si furtif que l'enfant ne l'aurait pas vu s'il n'avait pas été si attentif. Il le fit disparaître dans sa gibecière, puis montra comment repositionner le piège. Les autres collets étaient vides, mais pour chacun Totoche expliqua un détail, l'emplacement ou la façon dont se déplaçaient les bêtes et comment voir la trace du passage.

À l'orée d'une clairière, au pied d'un chêne, ils découvrirent un andouiller de cerf qui portait des traces de sang séché. Paul s'obligea à regarder, le cœur serré. Il supportait mal l'idée de voir le cadavre d'une bête aussi belle qu'un cerf.

— Il a été tué par des chasseurs ?

— Baste, non ! C'est une mue.

— Une mue ? Comme les serpents ?

— M'est avis qu'on t'a pas appris grand-chose de la nature, toi ! Et c'est sûrement pas le Borel qui aurait rattrapé le coup… Les cerfs y perdent leurs bois chaque année, à la fin de l'hiver. La repousse se fait pendant l'été, du coup à l'automne, pendant la période de brame, ils ont de nouveau des bois bien plus solides pour se défendre.

— Contre les chasseurs ?

— Fi donc, nigaud ! Contre d'autres cerfs quand ils se disputent une femelle et pour impressionner, tu comprends ?

Paul persista, à moitié convaincu :

— Alors ça leur fait pas mal ?

— Pas plus que toi quand tu perds tes dents de marmoussieau. Celui-ci, tu vois, c'est un dix-cors. Les mâles on les classe par nombre de cors, ou de pointes si tu préfères, c'est une façon de les reconnaître. Et ça, c'est le surandouiller. Tu ne le trouves que chez les adultes d'au moins quatre ou cinq ans, au-dessus de la première pointe qu'on appelle l'andouiller de massacre. C'te bête doit être dans la force de l'âge. C'est une tête couronnée.

— Pourquoi ?

— Ses cors forment une couronne, là, tu vois ? Tu as aussi les têtes paumées avec des épois rangés comme les doigts de la paume, les têtes enfourchées qui finissent par deux pointes, et les têtes bizardes qui échappent à la règle commune…

L'enfant n'en perdait pas un mot, captivé. Soudain la forêt ne lui apparaissait plus si sauvage ni si menaçante. En deux heures de temps, le braconnier avait tout changé ! Il lui montrait une autre façon de regarder et de réfléchir. Derrière son apparence fruste, on devinait chez Totoche une infinie patience, de l'amour pour la terre et même pour les bêtes qu'il traquait.

Ils repartirent, pressés de finir la ligne des collets. Malgré le temps perdu, Totoche se sentait gagner par un contentement dont il n'avait pas l'habitude. Peut-être était-ce la présence de l'enfant qui rompait sa solitude ou bien un peu d'orgueil à transmettre son savoir…

Ils cassaient la croûte, assis sur la souche d'un vieux tronc abattu, quand, à travers la trouée de broussaille, Dédé apparut, précédé de sa brouette pleine de fagots de bois. Totoche, qui venait de trancher un beau morceau de saucisse, entreprit de frotter une croûte de boue sur le tissu graisseux de son pantalon. Il parla à mi-voix, de façon à ne pas se faire surprendre :

— M'est avis que ce bougre de Dédé a pas été le quérir chez le marchand, son petit bois. Vois-tu, gamin, il y a toutes sortes de filouteries quand tu es pauvre…

Il extirpa un litre de vin de sa carnasse, but à la régalade deux bonnes lampées et claqua la langue, satisfait.

— Ça fait du bien par où ça passe. Je t'en propose pas…

La chienne se mit à gronder sourdement et il se figea, en alerte, sa nonchalance envolée. Avant que Paul ait pu esquisser un mouvement, il siffla entre ses dents.

— Bouge pas ! Surtout bouge pas d'un poil de millimètre.

Par réflexe, l'enfant suivit son regard, et ce qu'il vit le pétrifia sur place ; l'eût-il voulu, il n'aurait pu désobéir. Une vipère coulait vers lui en rapides ondulations, quasiment entre ses jambes, la tête dardée vers sa cuisse. Un cri lui échappa que déjà le serpent se tordait, cloué au tronc par le coutelas du braconnier. Celui-ci décrocha prestement la dépouille, l'examina d'un coup d'œil expert avant de la fourrer dans son carnier, en compagnie du lapin.

— Cent sous, qu'il en donne le pharmacien. De quoi me payer un bon litron.

Satisfait, il lécha la lame visqueuse d'un coup de langue avant de la rengainer. Paul ravala une grimace de dégoût. S'il faisait sa chochotte, le braconnier se moquerait de lui ou, pis, il était capable de le renvoyer. Le bonhomme s'était remis debout, remballant les restes du casse-croûte.

— Je vais te montrer la façon de nouer un collet avec du fil de laiton. On sait jamais, ça pourra toujours te servir et sans quoi tu mourras pas aussi ignorant qu't'es arrivé au pays !

Les aboiements d'une meute l'empêchèrent d'aller plus loin. Il se redressa en vitesse, ramassa ce qu'il pouvait puis détala vers la futaie sans se soucier de rien. Avec un temps de retard, Paul se lança à sa poursuite. La forêt jusque-là tranquille s'emplissait d'une rumeur d'approche, des jappements brefs, le cri d'un ordre, de la broussaille remuée et l'envol bruyant des coqs faisans dérangés. Ce vacarme brutal qui augurait le pire l'emplit d'un sentiment de terreur. Totoche, lui, avait disparu. Alors qu'il tentait désespérément de s'orienter, à une cinquantaine de mètres de distance, il lui tomba quasiment dessus. Tapi dans un pli de terrain, abrité par un roncier, le braconnier serrait la petite chienne de façon à la garder totalement tranquille. Paul se recroquevilla à ses côtés, le cœur battant à tout rompre. Que feraient-ils si la meute se mettait en tête d'attaquer ?

Borel débouchait déjà dans la clairière, monté sur un cheval bai. Les chiens qui l'entouraient eurent tôt fait de repérer la souche où ils s'étaient assis et se mirent à divaguer en quête d'une piste, flairant le sol avec frénésie ; un bout de saucisse oublié généra un bref affrontement et le garde gueula un « calme ! », puis il mit pied à terre pour inspecter les lieux. En découvrant les collets que le braconnier n'avait pas eu le temps d'emporter, il se mit à brailler, le poing levé : « Totoche ! Nom de d'là ! Montre-toi, fumier ! »

À cet instant, juché sur sa monture d'un noir d'encre, le comte déboucha à son tour dans la clairière. Il arrivait sans se presser, au petit trot.

— Alors, Borel, vous en faites un raffut ! Moi qui espérais apercevoir quelques cerfs, autant dire que je peux mettre ça aux oubliettes !

— C'est d'la faute à Totoche, monsieur le comte.

— Encore ce Totoche ?

— Encore et toujours ! Voyez par vous-même, j'ai trouvé ses lacets, ici même !

Il désignait la souche en trépignant, obsédé par son idée fixe.

— Faut que vous portiez plainte, qu'y r'tourne vite fait en prison, m'est avis qu'un forban pareil l'aurait jamais dû en sortir ! C't homme-là c'est pis que le démon !

— Attendez, pour porter plainte il faut autre chose que des suppositions, or vous n'avez rien, pas l'ombre d'une preuve. Qui dit que ces collets appartiennent à votre braconnier ? Vous voyez un nom gravé sur le fil du lacet ?

Furieux, le garde-chasse baissa la tête. Il rongeait son frein en songeant que, si on ne lui avait pas mis des bâtons dans les roues, il aurait cravaté le sagouin depuis longtemps. Il ne comprenait pas cette indulgence qui l'empêchait d'agir ! Pis, il finissait par éprouver un secret mépris envers le comte. Antoine de La Chesnaye était tout-puissant sur ses terres et, cependant, il se laissait gruger, par apathie ou par faiblesse, et l'autre fumier en profitait. Il serra les poings d'impuissance. Après sa nuit de veille, le manque de sommeil le rendait plus irascible que de coutume : son maître ne comprenait rien, et voilà qu'à présent il lui faisait la morale, comme s'il était irresponsable ! Il chercha l'argument imparable, mais c'était inutile puisque l'autre s'entêtait à croire que ces larcins n'étaient qu'une broutille.

— Voyons Borel, les lapins ne manquent pas sur le domaine ! Il faut bien que quelqu'un s'en occupe, non ? Alors pourquoi pas un miséreux ?...

— Si vous voulez limiter les rongeurs, y a pas, faut poser du grillage et faire une clôture.

— Ah çà, jamais ! Moi vivant, on ne verra ni grillage ni mur ! Une forêt ça ne s'encage pas comme un vulgaire repris de justice !

Pour une fois que le comte s'animait, c'était pour la mauvaise cause ! Prudemment, le garde-chasse battit en retraite.

— Ce que j'en dis...

— Une dernière chose, Borel, je vous en conjure, cessez de crier dans mes bois comme un putois. Non content de me casser les oreilles vous faites fuir le gibier... Rentrez plutôt les chiens, ils ont assez couru pour aujourd'hui. Si la chasse avait été ouverte, vous auriez été la risée de mes hôtes, aussi la prochaine fois veillez à conserver votre sang-froid, je ne veux plus de ces simagrées…

Le vieil homme fit tourner son cheval et s'éloigna, plantant là son garde mortifié. Dès qu'il fut certain d'être seul, celui-ci balança rageusement son pied dans la mousse et les chiens reculèrent prudemment, l'échine basse.

— Je m'en vais trouver les gendarmes, moi, et on verra qui a raison. Saligaud de braco… Tu me payeras comptant ce coup-ci !

Planqué derrière la butte de terre, Totoche eut un sourire goguenard. Il fit signe à Paul de patienter encore, le temps que Borel rafle les collets et reparte avec la meute. Après une minute, il se redressa avec un soupir d'aise.

— C'est bon, il ne reviendra pas de suite.

— Il va nous chercher ! Et s'il lance les chiens sur nous, on ne pourra jamais les distancer, peut-être même qu'ils nous boufferont, non ?

— Impossible.

— Pourquoi ?

— Ces bêtes sont créancées sur le cerf, rien que sur le cerf.

— Cranciers ?

— Cré-an-cées. Ça veut dire que les clébards n'ont plus que ça dans le ciboulot et dans la truffe, le cerf, rien d'autre, sûrement pas un vieux braconnier ni un drôle dans ton genre !

— Même s'ils nous flairent, ils nous laisseront tranquilles ?

— Crois-moi, ça fait longtemps qu'ils nous ont éventés, mais s'en foutent comme de l'an quarante. Tant qu'on n'embaume pas le cerf...

Un peu rassuré, Paul se releva et ajouta malicieusement :

— Alors Borel, il est créancé sur vous ?

— On peut le dire comme ça... Ma foi, t'es pas si bête derrière tes airs de pas y toucher ! En attendant, y va encore se faire avoir, le gardaillon.

— Il va pas vous dénoncer aux gendarmes ?

— Oh que oui et j'y compte bien...

Coupant court aux questions, il désigna le hallier du doigt.

— Toi tu vas passer par le sous-bois, et prends garde à ne pas laisser de traces de ton passage. Évite les flaques et le sable.

— Et vous ?

— C'est mon affaire.

Tandis que le gamin se faufilait dans le taillis en marchant sur les plaques de mousse, les fougères ou les aiguilles de pin, le braconnier emprunta un sentier bordé de pierres moussues. Il semblait ne pas trop se soucier de ses propres pas, mais surveillait attentivement la progression de Paul. Après une dizaine de minutes, ils parvinrent devant une piste limoneuse qui menait à un étang. Le passage des bêtes et des hommes l'avait élargie au fil des années et le sol y était meuble et parfaitement lisible, un vrai piège à empreintes.

— Prends Garçon dans tes bras.

Paul attrapa la petite chienne, qui se laissa faire, battant de la queue pour lui montrer son affection. Totoche venait de s'accroupir ; d'un geste habile, il fit pivoter ses semelles puis se remit debout, le talon en avant, la pointe du patin vers l'arrière, à l'envers. Devant la mine ahurie du môme, il éclata d'un rire gras.

— Fais pas c'te figure de badaud ! C'est mon attrape-couillon ! Suis-moi au large et veille à rester invisible !

Il avança sur la zone ensablée, semant une série d'empreintes qui allaient en sens inverse de sa progression, puis, quand il jugea que c'était suffisant, d'un bond, il rejoignit le tapis d'aiguilles.

— Veux-tu que je te raconte comment les choses vont tourner, à c't'heure ?

Paul acquiesça, bouche bée.

— Ton Borel, sitôt les chiens rentrés, il va se précipiter au Raboliot où il a une bonne chance de dégoter les gendarmes en train de siffler une rincette ! Il leur racontera qu'il a trouvé mes pièges, que cette fois je suis cuit, qu'en suivant mes traces ils seront rendus chez moi et qu'ainsi on pourra me mener chez le juge qui me condamnera à la peine capitale !

— Vous serez décapité ?!

— Mais non nigaud, c'est une façon d'causer ! En attendant Borel croit qu'il peut m'avoir et il va se casser le nez.

— C'est chouette.

Le ton manquait de conviction, mais trop de questions lui tournaient dans la tête, sur le piège à couillon, sur les chiens et leurs coutumes, sur Borel et les gendarmes… Il aurait aussi voulu discuter de Célestine et savoir pourquoi le comte était si redoutable et pour quelle raison les gens de la campagne se fichaient tant de ceux des villes. Au lieu de cela, comme Totoche s'éloignait d'un bon pas, Paul se dépêcha de le rejoindre. Une grande fatigue alourdissait ses muscles mais il refréna l'envie de se plaindre, sinon le géant ne lui ferait jamais confiance. Pour se donner du courage, il songea à la tête des copains quand il leur raconterait...

Après une demi-heure de marche soutenue, ils débouchèrent du bosquet sur les rives de la Loire et Paul reconnut le pont où il avait sauvé la chienne. Inconscient de sa force, le braconnier lui serra l'épaule. C'était le premier geste d'affection qu'il se permettait et Paul, heureux comme un roi, ravala un « Ouille » de douleur.

— Nos chemins se séparent ici. Célestine doit se demander où tu es allé te fourrer. En tout cas, je regrette point de t'avoir embarqué. Tu diras rien pour le torchon, pas vrai ?

— Rien de rien !

Il voulut cracher pour sceller leur pacte, mais la course avait asséché sa gorge.

— Je te crois, va pas te décrocher la glotte !

— Totoche ?

— Quoi encore ?

— Le torchon, à la fenêtre du haut, c'est un signal ?

— Ma foi, en voilà une question de petit curieux... tu m'as l'air bien alluré, d'un coup ! Et toi, t'en penses quoi ?

— Si c'est un signal, pourquoi vous montez le décrocher ?

— Ça, c'est pas tes oignons.

— Je pourrai revenir ?

— Si tu poses moins de questions... Mais oublie pas l'école ! Je veux bien avoir le Borel sur le dos mais sûrement pas sa femme !

Le braconnier éclata d'un rire tonitruant et s'éloigna, la petite chienne sur les talons. Quand ils eurent disparu dans la pente, Paul se décida à bouger. Il restait trois bons kilomètres et en se dépêchant il arriverait à l'heure pour s'attabler. Malgré les courbatures qui commençaient à le tirailler, son cœur était gonflé de joie. Il avait un ami à présent, il n'aurait plus à craindre l'ennui ni même l'accueil des gosses à la rentrée, il s'en fichait bien, puisqu'il avait un secret à protéger !

Tout au long du chemin, il garda l'impression d'un écho flottant dans l'air : le roulement du rire de Totoche qui se moquait de tout…

6.

À mesure qu'il occultait ses anciennes habitudes, Paul s'adaptait à sa nouvelle existence dans la maison des gardiens. Avec Borel, les choses ne s'étaient guère arrangées, le garde-chasse le tolérait tout juste. L'affection de Célestine compensait sa froideur et, surtout, grâce à Totoche, il apprit davantage au cours du long été que dans n'importe quel livre ou manuel d'éducation.

Chaque jour, après avoir donné un coup de main au potager, il partait à la recherche du braco, pressé de le voir surgir en bougonnant « les gosses c'est comme le gluau », l'œil goguenard. Non seulement le géant s'habituait à l'avoir sur les talons, mais il commençait à lui porter une affection bourrue. Les rares fois où il restait introuvable, sans doute parti se soûler au Raboliot ou conclure une affaire louche, Paul tournait en rond comme une âme en peine. Évidemment, personne ne devait savoir et cette clandestinité aux relents d'aventure rendait les rencontres plus exaltantes, alors, en se croisant dans les rues du village, ils faisaient mine de s'ignorer. Les gens du pays de Gâtine avaient beau reconnaître ses qualités de traqueur et même les admirer, Totoche restait un type peu fréquentable et mieux valait ne pas être vu trop souvent avec lui. En cas de coup dur, il ferait un bouc émissaire naturel, car à lui seul il incarnait toutes les formes de braconnerie et tous les chapardages, non par souci de justice, mais parce qu'il était le plus habile et que sa misère se doublait d'une liberté insolente...

Pour éviter d'abîmer ses habits et d'éveiller ainsi les soupçons de la nourrice, Paul avait hérité d'une « tenue de campagne » dont le braco n'avait plus l'usage. En sa compagnie, il portait désormais une vieille casquette qui le protégeait du soleil de plein midi, une veste cirée quand le temps virait à l'orage, un couteau de poche et des bottes de rechange pour patauger. Le soir, avant de rentrer, il avait pris l'habitude de cacher son accoutrement dans un coin de la remise, afin de le récupérer sec le lendemain. À dire vrai, même s'il se sentait un peu perdu dedans – la casquette lui tombait sur les oreilles et la veste lui venait aux genoux –, son accoutrement l'enchantait. Dedans, il avait davantage l'impression d'être un aventurier, presque un homme, un Solognot ! Il en ressentait une fierté si forte qu'il regrettait de ne pas pouvoir se pavaner avec devant les autres.

Au plus fort de l'été, Totoche aimait bien pêcher « au coup », alors, quand il n'avait pas d'ouvrage sur le bateau, ils avaient pris l'habitude de marcher jusqu'à l'étang de Beaumont que Paul surnommait « le marais de la Malnoue » depuis l'histoire de Célestine. Avec les grosses chaleurs, le poisson se faisant paresseux, il fallait chercher ceux du fond, la carpe, la brème ou une belle tanche aux reflets irisés. C'était son repos du dimanche, plaisantait le braco, une façon de laisser sa part au hasard... Point besoin de se fatiguer comme en rivière, il suffisait de choisir son coin et d'attirer la prise avec une belle amorce. Pendant qu'il somnolait près de sa ligne flottante en secouant de temps à autre la canne d'un mouvement paresseux, Paul, muni d'un seau et d'un tamis, était chargé de ramasser des vers de vase, de petites larves rouges assez répugnantes. Ce travail exigeait autant de muscles que de motivation et curieusement il adorait ça, la boue visqueuse à l'odeur forte, l'effort surpassé, même le petit dégoût qui le prenait en triant les vers. Une fois sa récolte suffisante, il s'asseyait auprès du pêcheur et l'écoutait parler des arbres, des oiseaux ou du grand cor mythique tourmenté par la fièvre du brame...

Au fil des jours, l'enfant s'entraîna à observer les petits passereaux, fauvettes, linottes ou pouillots cachés dans la bruyère, à repérer les nids du vanneau dont étaient friands les renards, et à distinguer le chant mélodieux des pluviers, le cri aigu de la crécerelle ou le croassement rauque du héron. Celui-ci le fascinait avec ses allures de vieil aristocrate. Il y avait aussi les grèbes à la pupille d'un rouge flamboyant et les guifettes qui s'envoleraient vers l'Afrique dès les premiers frimas et qui, selon Totoche, nichaient au printemps à la lisière des rives, sur les feuilles de nénuphar ou les entrelacs d'herbes aquatiques. En imaginant les nids flottants, Paul éprouvait un bref regret de devoir repartir avant d'avoir vu ça, et puis il songeait à son père et cette petite déception s'évanouissait aussitôt. Il restait encore trois ou quatre mois à passer ici – une éternité ! – et tant de choses à découvrir !

Il apprit à nommer le busard qui tournait en larges orbes au-dessus du marais, la grande aigrette et les colverts au jabot scintillant, et il sut bientôt différencier la poule d'eau de la foulque macroule. Son préféré, cependant, restait le martin-pêcheur, si vif qu'on ne l'apercevait que par un coup de chance, une sorte de flèche, un éclair bleu qui zébrait l'espace, au-dessus de l'eau.

En fin d'après-midi, ils rentraient sans se presser et Totoche désignait les herbes sauvages bonnes à l'assaisonnement ou à la médication pour guérir de la fièvre, soulager une inflammation et même cicatriser une blessure. Parfois ils relevaient un collet solitaire, pas souvent, car le braconnier œuvrait surtout la nuit ou au petit matin. Ses pièges de jour, Totoche les posait autant pour emmerder Borel que pour initier le petit… Au gré de ces balades, une fois sa confiance établie, il lui révéla un de ses plus fameux secrets ; en prenant par la futaie de chênes, puis en suivant un fossé dans un taillis de bouleaux, on tombait sur un sacré coin à girolles. Devant l'enthousiasme du gamin, il refusa pourtant tout net qu'il récolte quoi que ce soit de crainte d'alerter ce bougre de garde-rien-du-tout, comme il appelait parfois le mari de Célestine ! Les coins à champignons ne se divulguaient jamais. Secrets bien gardés, certains se transmettaient même de génération en génération et Borel avait beau être une andouille, il finirait par se douter de quelque chose. Paul fit mine d'en prendre son parti, bien décidé à revenir seul maintenant qu'il savait le chemin. De toute façon, Borel ne s'occupait guère de lui, jamais il ne posait de questions sur sa journée et, à ses yeux, il n'avait pas plus d'importance qu'un moucheron. Il suffirait de ne rien raconter… Les jours passant, l'enfant gagnait en assurance et en autonomie. Maintenant qu'il pouvait se diriger à peu près sans se perdre, son terrain d'aventures s'étendait et il avait le sentiment grisant de pouvoir tout faire, tout découvrir, et pour une fois ses onze ans n'importaient guère, seule comptait sa volonté d'apprendre !

Un après-midi d'août, alors que le soleil cuisait, ils tombèrent sur Dédé assoupi contre sa sacro-sainte brouette. Pris d'humeur facétieuse, Totoche la subtilisa avec mille précautions puis s'en fut la suspendre à l'aplomb d'une branche de chêne, et le cabrouet resta là, à tournoyer comme un lampion au bout de sa ficelle… À son réveil – un peu aidé par un jet de cailloux –, en découvrant la disparition de son engin fétiche, le pauvre bougre se mit à pousser des cris de cochon qu'on égorge, tant et si bien qu'il leur fallut presque plus de courage pour ne pas exploser de rire que lorsque Borel avait surgi entouré de la meute ! Alerté par un grincement de roue, un bruit qu'il aurait reconnu entre mille, Dédé finit par lever la tête et demeura bouche bée devant le spectacle. Il était tellement ahuri qu'il n'entendit même pas les rires des deux gamins, le jeune et le vieux, tandis qu'ils détalaient à toutes jambes.

*

— Tu entends quoi là ?

Ce matin-là, ils se tenaient accroupis en silence dans les hautes herbes à guetter quand Totoche se mit à chuchoter. Paul répondit sur le même ton, le cœur battant :

— Des oiseaux.

— Et pourquoi pas de la volaille, nom d'une pipe en bois ! Des oiseaux, ça veut rien dire. Si en voyant quelqu'un, tu me demandes qui c'est ? Est-ce que je vais te répondre « un bonhomme » ?

— Ben non, s'excusa l'enfant.

— Ben oui, faut le nommer. Cet oiseau comme tu dis, c'est une fauvette, nom de d'là. Et maintenant ?

— J'entends plus rien.

— Tu sais pourquoi ?

— Elle dort ?

— Fi donc ! la fauvette, on la surnomme « la sentinelle de la forêt ». C'est elle qui donne l'alerte quand y a danger. Si elle se tait c'est que l'ennemi est déjà en train. Ouvre l'œil et le bon…

Totoche désigna un point éloigné de la prairie et l'enfant crut discerner un mouvement infime, comme une caresse du vent pliant les herbes. C'était indistinct mais ça se rapprochait. Soudain, à travers une trouée de graminacées, l'éclat roux d'une houppe apparut fugacement avant de s'enfoncer dans les broussailles. Un goupil ! Seule l'ondulation indiquait sa progression sinueuse. Les yeux écarquillés pour ne pas perdre sa trace, Paul suivit le frémissement des herbes folles. L'animal se coulait en silence à travers la prairie et rien n'avait changé, ni le pépiement des passereaux, ni le souffle de l'air, ni la quiétude de ce chaud après-midi. À une cinquantaine de pas, il réapparut, non loin d'un fourré, et resta pétrifié durant deux ou trois secondes. Puis il se ramassa sur lui-même avant de se détendre, d'un bond, comme un ressort. Depuis la broussaille où il avait fondu s'éleva un remuement furieux et quelques plumes volèrent. Totoche se mit debout avec un rire et relâcha Garçon, qui se tenait raidie depuis le début de l'affût. La chienne fila comme une flèche.

— Il a chopé une poule faisane, sacré goupil !

En voyant l'enfant blêmir, il essaya de blaguer.

— C'est la vie ! Tu vas pas te pâmer pour si peu.

Blessé par ce ton ironique, Paul protesta furieusement :

— La vie, c'est pas la mort !

L'indifférence du braconnier le touchait davantage que celle des autres, peut-être parce qu'il savait son attachement à la nature. Comment pouvait-on tuer et rester si tranquille ? L'enfant n'arrivait toujours pas à accepter cette évidence, malgré les leçons de Totoche. Lui aurait voulu chasser pour le seul plaisir de laisser courir le gibier, traquer les bêtes non pour les manger, mais pour les admirer, saisir le moment de l'envol ou de la course, quand la puissance de l'animal vous coupe le souffle. Mais Totoche, au lieu de comprendre, s'échauffait à son tour :

— Eh si, justement ! Pour que ce renard vive le faisan doit mourir, et pour vivre le faisan avale des insectes qui se nourrissent d'herbes et de grains. C'est ça, la nature, le grand cycle, tout meurt toujours et tout renaît encore.

— C'est pas vrai. Les gens morts, ils reviennent pas, jamais !

Dans son emportement, Paul avait crié. Surpris par cet accès de rébellion, Totoche voulut s'expliquer, mais la chienne se mit à japper nerveusement.

— Viens, elle l'a trouvée.

Garçon piétinait en gémissant d'excitation devant la dépouille que le renard venait d'abandonner pour fuir. C'était une belle poule faisane, au plumage moucheté d'or.

— On a qu'à l'enterrer ?

— T'serais pas un peu brind'zingue, toi ? Et le souper ?

— Mais vous avez déjà du poisson !

— Et pas de gnôle pour boire un coup avec ! Je sais à qui la vendre... Crois-moi, petit, on peut pas s'amuser du gibier.

— Je m'amuse pas ! Je veux juste...

— Lui bâtir une tombe ? Tu crois que les bêtes s'en soucient... et qu'elle s'ra moins morte ? Au moins, si je la vends, elle va régaler quelqu'un et me rapporter quelques sous. Tu peux pas refaire le monde à ta façon, c'est pas possible. Le plus beau, tu vois, c'est d'la nature comme elle est.

Il fourra proprement l'oiseau dans son carnier puis se remit en marche.

— Allez, on s'en retourne. Je te laisserai à la fourche du bois en allant au village, tu rentreras de bonne heure pour une fois...

Ils marchèrent en silence, l'enfant sur les talons du braconnier. Ses paroles lui tourneboulaient l'esprit et il avait besoin de réfléchir à leur portée. Totoche savait mieux que lui les lois de la nature, bien sûr, et il ne tuait jamais pour le plaisir, tout ça Paul le sentait, il aurait juste voulu lui expliquer sa peur que tout s'arrête, que la vie se fige, une angoisse si ancienne qu'il en ignorait l'origine mais qu'il sentait parfois lui tordre le cœur. Et puis il détestait le sentir fâché, parce que, sauvage comme il était, il pourrait décider que c'en était assez de leurs promenades... Il cherchait comment s'excuser, et en même temps la tristesse montait en lui, gâchant la belle journée.

Des coups de feu claquèrent sèchement sur leur droite, trois détonations très rapprochées qui les figèrent sur place.

— C'est quoi ?

— Un chasseur... Enfin, si on peut appeler ça de la sorte. Le maître du domaine voisin, un banquier, il lâche la volaille dans un enclos pour lui tirer dessus. Ces façons-là, oui, tu peux dire que c'est un fameux carnage, une honte ! La période de chasse a même pas commencé !

— Alors il n'a pas le droit ?

— Oh que non ! Seulement ces messieurs de la ville, ça se croit tout permis parce que ça possède...

— Faut pas laisser faire !

— Ah ouiche et je le stoppe comment ? On n'y peut rien, nous, on est trop p'tits...

— Mais vous...

— Moi pareil que les autres, voire moins ! J'y cours et après ? J'y explique les manières de se tenir ? « Eh, môssieur le banquier, tu t'y prends comme une pioche, va-t'en donc tirer à la foire des bestiaux empaillés. » Tu crois qu'il se passera quoi ? Y va me décorer ou m'étreindre dans ses bras ?

Totoche s'interrompit brutalement, mais Paul n'y prit pas garde. Il s'était remis en marche sans voir la bête qui émergeait du taillis. Soudain il l'aperçut à moins d'une dizaine de mètres, un sanglier énorme, soufflant et grognant, comme prêt à charger. Au même moment il se sentit happé par le col et le souffle du braconnier lui chatouilla l'oreille.

— Du calme, elle a fichtrement plus peur que nous. Elle protège ses marcassins, c'est tout.

Malgré sa terreur il ne bougea pas, ne cria pas. Totoche l'avait déjà averti que les mères sont pires que le mâle quand il s'agit de défendre les petits, et celle-là lui semblait redoutable. Ils reculèrent lentement, sans geste inutile. Garçon lança un jappement bref. La chienne se tenait au milieu des bruyères, presque en lisière du bosquet dans une coulée à peine visible. Totoche grommela.

— Là ! Tu vois, elle marque l'arrêt, elle a trouvé quelque chose.

Ils la rejoignirent, suivis à distance par la laie. Un marcassin gisait dans la coulée, la patte prise dans un piège. À leur approche, il commença à se débattre en couinant lamentablement.

— C't'affaire, voilà pourquoi la mère est enragée. J'voudrais bien le choper, le sagouin qu'a fait ça !

— C'est encore le banquier ?

— Oh pour sûr que non, ce genre de bourgeois ça braconne pas, ça préfère tuer au fusil, du moins ça se hasarde... Non, là c'serait plutôt un fumier de braco !

— Pareil que vous ?

— Penses-tu ! Lui c'est un ch'nailleur infichu de bien faire ! Avise-moi ce fil de fer, c'est point des façons, il te pose son collet n'importe quand, n'importe comment, un viandard qui prend ses aises sans se soucier des bêtes, même les femelles gravides, s'en fiche du moment qu'il cravate. Un foutu braco, j'te dis. C'est pas des façons, le gibier faut en prendre grand soin sans quoi t'es moins que rien !

Paul n'écoutait qu'à moitié cette grosse colère, centré sur son idée fixe. Il insista :

— Vous allez le tuer celui-là aussi ?

— Non, l'a pas six semaines, l'est trop jeune mais faut le soigner, sa cuisse saigne et ça pourrait se ganailler.

— Ganailler ?

— S'infecter.

Il attrapa le marcassin et lui parla d'une voix douce qui semblait presque incongrue vu sa carrure : « Du calme, on va t'arranger, laisse faire... » La laie s'était approchée et grognait sourdement, hésitant à charger ou laisser les hommes agir. Une part de son instinct lui dictait de voir venir. Totoche, qui la surveillait du coin de l'œil, parvint à desserrer le fil de fer et libéra la patte blessée. D'une main il retint l'animal, de l'autre il fouilla sa gibecière pour en tirer une pleine poignée de baies noires récoltées le matin même. Après les avoir écrasées entre les doigts, il barbouilla de jus gras les chairs à vif malgré les soubresauts désespérés du porcelet.

— Là, mon pépère, là, laisse-toi soigner si tu veux cavaler.

Il siffla Garçon pour l'empêcher d'intervenir, puis lâcha le marcassin qui décampa vers sa mère en couinant. Après s'être frottés l'un contre l'autre, ils cavalèrent droit dans le taillis et bientôt la campagne redevint tranquille, comme si rien n'était advenu.

Avant de repartir, Totoche parla gravement, les yeux plantés dans ceux de Paul :

— Vois-tu, gamin, y a des façons de chasser comme y a des façons de vivre. Moi j'peux bien poser mes lacets et troquer un peu d'gibier pour manger, boire un coup et mener mes affaires, mais j'irai jamais faire n'importe quoi, n'importe comment et n'importe quand. Le gibier, ça se respecte ou t'es plus rien. Poser ta ligne de collets, pêcher ou tirer un faisan, ça demande un peu de jugeote.

Paul entendit le raisonnement cette fois, et sa colère s'en trouva balayée. Le braconnier aimait les bêtes… à sa façon. Et lui, au moins, ne se réfugiait pas dans les silences ou les réflexions qu'on lui servait habituellement : « Tu es trop petit pour comprendre, attends de grandir. »

*

Malgré l'appréhension de la rentrée des classes et l'absence de son père qui le tourmentait parfois, Paul était heureux. Chaque matin il sautait du lit impatient d'apprendre les oiseaux, les plantes, de se poster à l'affût dans le taillis, d'entamer une partie de pêche, de s'occuper des outils à nettoyer et, même s'il détestait découvrir la dépouille d'un lièvre ou d'un raboliot garrotté, il savait disposer un collet. Il se disait qu'il saurait maintenant survivre partout dans la nature, même dans une forêt du Grand Nord, comme un héros de London ! Il se fichait bien de lier connaissance à présent, Totoche valait à lui seul toute une bande de copains ! Avec lui, il apprenait à déchiffrer les arbres, les sentiers des sous-bois, les marais cernés de roseaux, la Loire et ses humeurs changeantes tout comme la menace d'un orage…

Quand le braconnier était occupé, et maintenant qu'il pouvait se faire aussi discret qu'un vent coulis, l'enfant s'enhardissait à traîner du côté du manoir. L'interdiction de Célestine ne le décourageait plus, car, pourvu qu'il reste au large, il y avait peu de chances qu'on le découvrît. Et au pis, que risquait-il ? Se faire rabrouer ? battre ? La nourrice ne causait pas volontiers du maître, mais l'enfant s'était fait son idée ; d'abord M. de La Chesnaye n'était pas sympathique. Trop délicat, il tolérait mal le bruit ; enfin, il était incapable de se débrouiller sans serviteurs.

À plusieurs reprises, Paul surprit le comte en vêtement sombre, comme pour une cérémonie, marchant en direction du petit bois. Un soir, il le suivit de loin et ils parvinrent tout au fond du parc, jusqu'à une chapelle dissimulée en bordure du taillis. Une fois à l'intérieur, le vieil homme alluma tout un tas de bougies – lui ne se souciait pas du gâchis ! –, puis demeura agenouillé un long moment le front entre les mains, si bien que Paul, lassé, finit par s'en aller. En retournant vers le logement du garde-chasse, il se demandait quelles prières impérieuses exigeaient tant de ferveur. Dans sa banlieue, et même ici, c'étaient surtout les femmes, les curés et les enfants de chœur qui fréquentaient les bancs de l'église. Peut-être le comte priait-il parce qu'il était vieux, ou alors parce qu'il était noble… Décidément cet homme-là était bien étrange.

Célestine se rassurait doucement. Deux mois que le petit était arrivé et non seulement il n'y avait eu aucun dommage, mais son mensonge prenait un vernis de réalité. Au village déjà, il n'intéressait plus guère. On s'était habitué à sa présence. Borel lui aussi semblait moins ombrageux, pas qu'il ait changé d'avis à son propos, mais à force de lui buter dessus il en faisait moins cas, comme si le gamin s'était confondu avec les meubles. Par souci de vraisemblance, elle décida d'assouplir les interdictions et, un jour que les maîtres étaient absents, elle le mena au manoir, dans les communs, pour le présenter officiellement aux autres domestiques, et le désigna comme « Paul Lacassagne, le fils du neveu de ma cousine » !

Madeleine lui claqua deux bises sonores sur la joue avant de lui ébouriffer la tignasse, si bien qu'il se jura de ne plus l'approcher à moins de deux mètres. La matrone cuisinière ressemblait à un lutteur de foire et s'agitait drôlement. Elle lui proposa de la tarte, un lait chaud, une tranche de pain, puis de lui donner un coup de main, pour lui passer l'ennui, à l'occasion. Elle parlait beaucoup, avec des « rrr » plein la gorge, elle paraissait gentille mais envahissante, sans la grâce de Célestine et sa réserve reposante. D'ailleurs, Paul n'avait pas l'habitude d'être chouchouté comme une fille ! Armand, le majordome, était son contraire ; distant, sec et long comme un jour sans pain, le crâne dégarni et aussi distingué qu'un chandelier. Il lui serra cérémonieusement la main puis retourna vaquer à ses occupations. Après vingt années au service du comte, l'homme avait pris un peu de ses manières, mais il était brave et pas rapporteur pour deux sous.

Le teint rosi de plaisir, Célestine observait la scène, soulagée de ne plus avoir à cacher son petit Paul, comme elle l'appelait en secret. Désormais, elle s'autoriserait à profiter de sa présence sans se ronger les sangs et à rêver que ce temps durerait toujours…

À la fin août, après une journée passée en solitaire, Paul se rappela le coin à girolles et décida d'aller en remplir un plein panier. Il imaginait déjà la surprise ravie de la nourrice. Ce serait autre chose que de rapporter des œufs ou une botte de choux-raves !

Totoche avait dû en récolter, et pas qu'une fois, car les champignons étaient plus rares, dispersés sous les feuillus du sous-bois. Il y passa une bonne heure et revint juste à temps pour la préparation du souper. La nourrice venait de nouer son tablier et s'apprêtait à éplucher un panier plein de pommes de terre terreuses. Il arriva en courant, posa triomphalement sur la table sa récolte et un bouquet d'herbes sauvages aromatiques, selon les commandements du braconnier, qui jurait qu'une omelette sans herbes est comme une mare sans poissons.

— J'ai trouvé ça dans le bois !

— Doux Jésus ! Tu me prends pour une nigaude ?

— Oh non ! pas toi !

— Tant mieux ! Et ne va pas raconter ces menteries à Borel, il te croirait pas.

— Pourquoi ? Je connais la forêt, je sais repérer les pièges et…

— Dame ! C'est bien ce que je dis ! Tu connais la forêt, et de quelle manière, petit malin ?

— Parce que je me promène, alors à force… Et puis je lis des romans d'aventures !

— Dame ! Alors tu deviens aventurier à ton tour ? Ma foi, on ne trouve pas les coins à champignons tout seul, jamais tu ne feras accroire cette fable ici, à personne, et à Borel encore moins… La jalousie, ça rend méfiant, tu sais, et mon homme, malgré son métier, il est pas fichu de dégoter une bonne cuisine de bolets, et toi, un p'tit gars de la ville, tu lui en remontrerais ? Il est peut-être borné comme une bûche, mais point naïf, il voudra savoir qui t'a enseigné. Et moi ? Croyais-tu que je te laissais cavaler comme ça en forêt tout esseulé ?

— Ben…

— Ben rien du tout ! Mon petit doigt m'a déjà renseignée sur tes fréquentations…

Comme Paul s'apprêtait à protester, elle fronça les sourcils.

— Ferme ta bouche avant de mentir ! Et ne te tracasse pas, pourvu que ça reste entre nous. Si mon mari l'apprend, pour sûr il t'empêchera d'y retourner. Et ça te ferait de la peine, tu l'aimes bien Totoche, non ?

— Toi aussi tu l'aimes bien…

— Pardi, je suis pas la seule, y en a pas mal qui l'estiment au village, même les poltrons qui veulent pas avoir l'air de fricoter avec ! Il est pas comme les sagouins qui ne respectent que leur profit…

— Sauf que toi, tu l'aimes un peu mieux que les autres, non ?

— Qu'est-ce que tu vas chercher à c't'heure ! Et puis tu m'embêtes avec tes questions ! Tiens, donne-moi ton panier, je dirai que ça vient de chez la mère Trochard. Tu me nettoies les pieds et je prépare l'ail et un peu de lard.

Ils se mirent à leur tâche en silence alors que l'ombre envahissait lentement la cuisine. Paul aimait bien ces moments paisibles. Célestine n'était jamais en colère pour de vrai, et sa constance le rassurait. Elle lui paraissait aussi réelle et solide qu'un gros chêne enraciné, et sa douceur remuait une certaine nostalgie qu'il n'aurait su vraiment expliquer, mais qui participait à son bonheur d'être ici, dans cette passionnante Sologne...

Quand il eut terminé, elle le pria d'aller chercher un plat en porcelaine pour faire honneur à la plus fameuse omelette de la saison. Posée sur le buffet du salon, il avisa une photo qu'il n'avait jamais remarquée, cachée par une pendule ventrue. Vêtu de sa capote militaire et chaussé de brodequins, un soldat à grosse moustache posait devant un décor peint. Il semblait intimidé et souriait à demi, presque rêveusement. Un ruban en crêpe noir barrait le cadre. Paul en connaissait la signification, car il y en avait chez les parents de ses copains et même chez le concierge de leur école. Si son père ne parlait pas souvent de la Grande Guerre – encore un sujet défendu ! –, les histoires de batailles hantaient les conversations des hommes depuis qu'il était en âge de comprendre, les tranchées de Verdun, les combats dans la Somme, au Chemin des Dames, au fort de Vaux ou à Douaumont, et tous les morts perdus... À Saint-Denis vivait un de ceux qu'on nommait les gueules cassées, à qui il manquait un quart de mâchoire, un œil et un bout de crâne. Personne n'osait le regarder en face, pas même les vauriens des rues qui filaient devant lui, tête basse. Une fois, il avait entendu leur concierge, M. Beunard, raconter au surveillant que leur génération avait connu l'enfer. Et voilà que chez Borel aussi il retrouvait des vestiges de 14-18 ! Bizarrement il n'aurait jamais imaginé cela ici... En se tournant vers Célestine pour l'interroger, il remarqua ses yeux brillants de larmes.

— C'est Pierrot, mon frère. Le benjamin de la famille. Il est parti à la guerre et ils nous l'ont jamais rendu. Mort au champ d'honneur. On n'a même pas une tombe à fleurir…

Elle le rejoignit et essuya le verre du cadre en caressant furtivement le visage du soldat. Pour la distraire de son chagrin, il demanda gauchement :

— Quand on meurt, on va où ?

— Au ciel, par exemple !

— Alors pourquoi on met les morts sous la terre ? Ça sert à rien !

— Pardi, oui ! Même si leur âme va au ciel, la tombe c'est la maison des morts. Et pour les vivants qui restent derrière, la famille, les enfants, c'est une consolation, ils ont un endroit où aller se souvenir. Moi, ça me tranquilliserait de lire le nom de mon frère sur une pierre, d'ailleurs on parle d'un monument aux morts, près de la fontaine. Toutes les communes en auront, bientôt…

— Ma mère, j'y suis jamais allé sur sa tombe, je sais même pas où elle est.

— Tu n'en parles pas avec ton papa ?

— Il ne veut jamais répondre, il dit que ça sert à rien de parler du passé. Je ne sais presque rien d'elle !

— Peut-être que ça lui cause trop de tourment…

— Et moi, j'en ai pas de la peine ? Les adultes disent que les enfants peuvent pas comprendre, mais c'est eux qui veulent pas expliquer en vrai, et tout le reste c'est rien que des excuses !

Célestine était devenue blanche comme la craie, pourtant, au lieu de répliquer, elle soupira puis tendit la main vers lui pour caresser sa joue. Il recula d'un pas et répéta entre ses dents : « Des excuses ! » tandis qu'une vague de colère montait en lui. Cette sagesse résignée lui semblait aussi terrible que quand Totoche expliquait les morts-pour-la-vie... Pourquoi la nourrice préférait parler à demi-mot, comme on fait un demi-mensonge ? C'était toujours pareil ! On lui répondait à côté, on voulait le consoler, ou alors on lui disait d'attendre de grandir. Pourquoi faisait-on tant de mystères dès qu'il s'agissait de choses graves ? Il était assez grand pour les vivre, non ? Devant le sourire penaud de Célestine, sa rancœur s'effaça et céda la place à une tristesse bien familière et un peu accablante. À quoi ça servirait de la brusquer avec son frère mort à la guerre ? Et puis il l'aimait bien... il ne tenait pas à lui rappeler son chagrin.

— Je vais chercher les œufs.

Dès qu'il fut au loin, la nourrice secoua la tête avec emportement. Jean Caradec avait beau souffrir, il avait dû perdre son bon sens en croyant que son fils ne lui demanderait pas de comptes, un jour ! Elle bougonna en retournant à ses fourneaux.

— C'est tout de même pas à moi de répondre à toutes ses questions, nom de d'là !

Borel rentra crotté de la tête aux pieds et se fit rouspéter plus vivement que de coutume, d'autant qu'il y avait de l'omelette pour dîner. Le garde-chasse n'attendait qu'un prétexte pour exploser d'avoir encore loupé le braconnier. Sa rage fermentait sans pouvoir s'épancher et il vociféra qu'il était chez lui, pas dans un foutu boudoir de demoiselles, que les manières du maître finissaient par gâter l'esprit de sa femme, et que de toute façon elle ne le soutenait jamais. Finalement, il expliqua que Totoche l'avait blousé le jour même, mais qu'il finirait par l'avoir et alors on serait bien tranquilles ! Célestine n'accordait plus grand cas à ces gueulantes, mais depuis quelque temps cela tournait à une véritable obsession qui finissait par l'inquiéter. Il faudrait prévenir le braco de redoubler de prudence...

Durant leur échange, Paul tenta de se faire aussi petit que possible ; peine perdue ! En se baissant pour retirer ses bottes, Borel le surprit en train d'épier et l'apostropha plus durement que de coutume :

— Et toi, reste pas là à te tourner les pouces. Va donc chercher du bois. Rends-toi utile pour une fois !

L'enfant s'empressa d'obéir et disparut dans l'obscurité. Cela n'apaisa pas le garde-chasse, enfermé dans sa mauvaise humeur. Il aboya en direction de sa femme, pas mécontent de la voir sursauter :

— Quelle idée de le prendre en pension, ton Parigot. Il t'aide en rien, pis l'est aussi costaud qu'un gardon !

— Pourquoi tu l'envoies au bois, dans ce cas ?

— Pour lui faire le cuir. Ça m'agace de le voir lambiner à rien faire !

— Laisse-le donc s'habituer...

— S'habituer à quoi donc ? Qu'il devienne centenaire ? Ils le reprennent quand ses parents ?

— Je t'ai dit, en automne...

— Et moi je te parie à la Saint-Glinglin ! T'as prévenu ton cousin que tu fais plus la nourrice ? D'abord, on n'a pas besoin de leurs sous, on n'est pas des miséreux !

— Personne a dit ça, et puis c'est pour la famille pas pour l'argent que je rends service, je t'ai expliqué...

— Tu parles d'une famille qui confie un gamin sans se soucier de rien !

— Arrête, il va t'entendre.

— Et alors ?

— Alors rien.

Avec le temps, Borel devenait plus coriace que du chiendent et aussi acariâtre qu'une vieille bique. L'aurait-elle trompé, autrement ? Curieusement, Célestine ne sentait pas le péché dans l'espèce d'équilibre qu'elle avait trouvé en se partageant entre les deux hommes. La vie était bien assez rude pour bouder son plaisir...

Ils avalèrent l'omelette la plus fameuse de la saison sans échanger une parole, pas même une question sur la provenance de cette belle récolte. Énervée par la mauvaise foi de son mari, la nourrice ne voulait pas arrondir les angles et se mura dans un silence réprobateur. Le garde, de son côté, n'était pas loin de regretter son coup d'éclat, mais jamais il ne l'aurait avoué, si bien qu'ils restèrent fâchés.

En allant coucher l'enfant, Célestine lui fit promettre de se tenir tranquille, et de ne pas aller en forêt au moins les deux jours à venir, par précaution.

7.

Depuis qu'il connaissait le personnel, Paul se risquait plus volontiers du côté du château, en entrant par les dépendances. Au cas où on le surprendrait, il avait préparé une excuse toute prête, comme quoi il voulait rendre une visite de politesse à Madeleine et Armand. Bien entendu, l'entrée principale du manoir lui restait strictement interdite, mais qui le saurait, s'il faisait attention ? Le lendemain du soir de l'omelette, sachant Totoche occupé à sa tournée, il décida une nouvelle exploration.

On était en milieu de matinée et, par miracle, la grande porte du perron était entrouverte, bien trop tentante pour qu'il résiste… Il choisit d'y voir un signe et grimpa les marches puis se glissa dans le vestibule, prêt à déguerpir au moindre danger. La demeure était silencieuse et sentait l'encaustique et un vague relent de fleurs. Le corridor dallé ouvrait sur un vaste escalier aux marches de pierre polies. Un lustre monumental flottait en l'air, ses facettes scintillant sous l'effet de la lumière. À mi-chemin, posé sur un buffet d'apparat, le buste d'un empereur en toge surveillait l'apparition des visiteurs. Des dizaines de bois de cerf ornaient les boiseries de l'escalier, certains en forme de couronne, d'autres paumés ou enfourchés. On aurait dit de grands arbres secs qui auraient poussé à travers les murs, et Paul ne put s'empêcher de frissonner en songeant que c'était tout ce qui restait des magnifiques bêtes : des andouillers fixés à des socles et aucune tombe pour les pleurer.

Il approcha de la porte donnant sur le salon qu'il avait entraperçu par la fenêtre. Absorbé par ses découvertes, et oubliant de prendre ses précautions, il ne vit pas le comte surgir en haut de l'escalier. Le vieil homme, lui, l'avait vu et dévalait l'escalier, passablement agacé par l'intrusion. Il portait une tenue d'équitation et pointa sa cravache vers l'indiscret, sourcils froncés.

— Que fabriques-tu ici, toi ? Qui es-tu donc, morbleu ?

Comme l'enfant le fixait, tétanisé et incapable de répondre, il insista :

— Allons, parle ! Tu dois bien avoir une langue, non ?

Machinalement, il cingla l'air de sa badine. Le gamin leva ses mains en un geste de protection avant de détaler sans mot dire. Antoine de La Chesnaye se sentit stupide. Il l'avait effrayé, par impatience, et parce qu'il avait perdu l'habitude des enfants. D'où sortait-il ? Un instant, il songea au campement gitan, mais son teint était trop clair pour un petit nomade. Il voulut en avoir le cœur net et se hâta vers les cuisines en quête d'explications. Madeleine et Célestine feuilletaient un livre de recettes en se concertant avec des mines de conspiratrices. Devant elles, deux bols de tisane fumaient, odorants. À son entrée, elles sursautèrent, comme prises en faute. Décidément, ce matin, il faisait peur à tout le monde ! Agacé par leur réaction, il fit claquer sa voix plus sèchement qu'il ne l'aurait voulu :

— Qui est ce jeune garçon que j'ai surpris à traîner ?

— Un garçon, monsieur le comte ?

Célestine avait rougi violemment.

— Un marmot d'une dizaine d'années, je présume.

— Eh bien, ce doit être le petit Parisien que j'ai pour les vacances. Il ne vous dérangera plus.

— Ce n'est pas ce que je vous ai demandé. Et il a un nom, ce muet ?

— Paul... euh... Paul Lacassagne. C'est le fils du neveu de ma cousine...

Elle se tortillait, mal à l'aise, si bien que Madeleine tenta une diversion :

— Monsieur le comte, je suis en train de vous préparer un bon civet, et avec Célestine on se demandait comment l'accommoder.

Conscient qu'on tentait de l'amadouer, Antoine se laissa emporter par sa mauvaise humeur :

— « Bon » ? Ça reste à voir... La dernière fois, vous avez oublié la sauge ! En attendant, Célestine, vous auriez pu me prévenir, je ne suis pas un ogre, je ne vais pas le manger, votre petit-neveu.

— Certes non, monsieur le comte !

— Vous n'aurez qu'à le lui dire, alors. Ce gamin aurait rencontré le diable qu'il n'aurait pas détalé plus vite !

Estimant que la semonce était suffisante, il tourna les talons pour rejoindre les écuries. Il marchait sans se presser, repassant les détails de cette rencontre inattendue en cherchant à comprendre ce qui l'avait troublé. Quelque chose lui échappait, une impression vague qu'il ne parvenait pas à cerner, puis il se ravisa, rappelé à la réalité par son cheval qui l'accueillit d'un hennissement.

À la cuisine, Célestine avait du mal à se remettre de sa frayeur. Prétextant un coup de chaud, elle s'était mise à la fenêtre dans l'espoir d'apercevoir Paul. Il avait dû filer se cacher dans un coin, pourtant elle se méfiait ; ce satané garnement pouvait se montrer aussi curieux qu'une pie ! Jusqu'à présent, la peur du comte avait suffi à l'écarter, mais s'il se mettait en tête de revenir ? La brave nourrice avait beau se raisonner, cette rencontre était de mauvais augure. Une autre chose la chiffonnait. Depuis quelques semaines, l'enfant changeait et elle avait sa petite idée sur la cause de cette toute nouvelle assurance. Paul était seul, sans ami, et elle ne pouvait guère l'occuper au potager toute la journée ! Comment lui interdire de sortir ou de résister à l'influence d'un braconnier aussi libre que l'air ? Totoche lui enseignait son savoir et lui servait de compagnon, alors forcément il prenait de l'aplomb… Té, avec un tel maître, le contraire l'aurait surprise ! Un vieux souvenir lui revint soudainement en mémoire : Mathilde, le visage rouge de colère, qui, du haut de ses huit ans, trépignait, tentant de la convaincre de l'aider à fuir parce que son père l'avait consignée dans sa chambre…

Pendant qu'elle demeurait à la fenêtre, Madeleine avait saisi le lièvre ; d'une secousse adroite, elle le dépouilla de sa peau en gloussant de malice.

— Par le fait, tu remercieras ton mari pour ce beau capucin.

Distraite, Célestine répondit la vérité, et c'était déjà une forme d'aveu :

— C'est pas Borel qui l'a attrapé.

— Ah non ? M'est avis que je l'aurais deviné. Et il était occupé à quoi, ton époux… à la chasse ?

Elle fut prise d'un fou rire qui contamina la nourrice.

— Dame ! Et qui va à la chasse…

Elles s'esclaffaient sans pouvoir s'arrêter, les yeux mouillés de larmes, et pour Célestine c'était comme une libération, un trop-plein qui s'épanchait, cette continuelle obligation de veiller à tout, les mots, les gestes et même les regards ! Alarmé par le vacarme, Armand surgit du couloir, et sa mine consternée ne fit que relancer l'hilarité des deux femmes. Elles en pleuraient à présent, tandis que le majordome s'installait dans un coin avec les bottes de monsieur le comte à cirer, secouant la tête devant tant de bêtises…

Le soir, pourtant, de retour à la maison, l'envie de rire lui était largement passée et l'inquiétude avait repris le dessus. Elle tournait en rond, allumant le gaz, pestant, essuyant la table, et à chaque instant elle s'interrompait pour jeter un regard par la porte de derrière, et quand Paul finit par débouler du bosquet, nippé n'importe comment, ses craintes redoublèrent. Elle voulut le prévenir d'en prendre moins à ses aises, surtout en présence de son mari, mais le temps lui manqua. Le garde-chasse venait d'apparaître sur le seuil de la cuisine et dévisageait d'un œil soupçonneux et les sourcils froncés le gosse échevelé. Il gronda :

— Tu sors encore d'où, à c't'heure ?

Célestine voulut répondre, mais Paul répliqua avant qu'elle ait eu le temps d'intervenir :

— Je suis allé vadrouiller, nom d'une pipe en bois !

Estomaqué, Borel eut un hoquet de stupeur. S'il existait une chose qu'il ne tolérait pas, c'était bien la remise en cause de son autorité, et ce petit Parigot allait l'apprendre à ses dépens !

— Toi, gredin, je vais t'enseigner la politesse, et pas plus tard que tout de suite !

Il voulut l'attraper mais sa femme s'interposa, les poings sur les hanches, fulminante. Il hésita un court instant avant de reculer. Célestine se mettait rarement en colère, et dans ces cas-là, tout garde-chasse qu'il était, mieux valait battre en retraite. D'une voix sèche, elle les rabroua ensemble :

— Arrêtez cette chicane, tous les deux ! Borel, tu es trop vieux pour te monter le bourrichon. Quant à toi, garnement, tu peux aller et venir à ta guise tant que tu restes loin du manoir. Je t'ai déjà prévenu que tu ne dois pas embêter le comte. Après, c'est encore moi qui me fais disputer par ta faute !

Elle les défiait du regard, attendant un prétexte pour exploser. Paul adopta une mine contrite, faute de se trouver une excuse. Le vieux comte avait dû cafter… Après sa fuite du manoir, il avait traîné dehors tout l'après-midi en espérant que l'incident passerait inaperçu.

Il se sentit indigné d'avoir été dénoncé comme un malpropre. Qu'est-ce que ça pouvait lui faire qu'on monte son escalier ou qu'on regarde ses têtes de cerfs morts ? Il fut presque reconnaissant à Borel d'aller se servir un coup de vin tout en marmonnant à propos du monde qui tournait à l'envers. Prudemment, le garde-chasse préféra s'asseoir à table. Contrairement à l'habitude, celle-ci n'était pas dressée, et il se garda de demander pourquoi. Sa bonne femme était trop remontée pour discuter, et question sermon, elle en aurait remontré à un curé !

Célestine triomphait. Estimant que le danger d'une confrontation était passé, elle alla vers la commode, ouvrit le tiroir et en retira une enveloppe, déclarant avec une pointe de malice :

— Tu l'as pas méritée, mais bon… j'ai une surprise pour toi.

La lettre portait en travers l'inscription : « Département français d'Algérie », et Paul glapit un « Oh » de stupéfaction. Il lui adressa un sourire immense qui lui ficha un coup au cœur. Dans cette joie, elle revoyait Mathilde, émerveillée.

Tandis qu'il grimpait en vitesse dans sa chambre, elle alluma le poêle, déposa une marmite de rata au lard préparée du matin. Réchauffé, c'était toujours meilleur. Elle se sentait soudain épuisée d'avoir forcé sa colère, un peu honteuse aussi.

— Ça vient d'où, la lettre ?

Célestine nota la méfiance dans le ton inquisiteur de Borel. Elle décida d'en dire le moins possible pour ne pas l'agacer.

— D'Algérie.

— Qu'est-ce qu'il fabrique là-bas, Lacassagne ?

— Eh bien… il y est pour son travail.

— Un poinçonneur du métro parisien ?

— D'abord il n'est pas poinçonneur, tu confonds avec le fils de la cousine de mon neveu, lui, c'est le fils du neveu de ma cousine et il a été réquisitionné par l'armée pour construire une ligne de chemin de fer... Tiens, ressers-toi donc un verre, je m'en vais au cabanon.

Le temps que Borel essaye de mettre un peu d'ordre dans cette généalogie acrobatique, elle avait tourné les talons.

Là-haut, dans sa chambre, Paul avait oublié ce qui l'entourait. Il lisait à mi-voix la lettre de Jean et croyait l'entendre décrire les nuits froides et les jours accablants de chaleur, le soleil qui donnait à la terre des ardeurs si puissantes qu'il faisait naître des mirages flottants. Son père finissait sur une phrase étrange qui lui rappela que lui aussi avait vécu ici, autrefois.

> *... J'espère que tu es heureux en Sologne, et que tu sauras aimer ce pays et ses secrets. Tu me manques, mon fils. Je t'aime.*
>
> *Ton papa*

*

— Aujourd'hui je vais t'apprendre à pêcher à la mouche !

— Au vol ?

— Au vol de quoi ?

— Ben les mouches, on les chope au vol ou au gluau ?

— C'est pas possible un badaud pareil... Je te cause de la reine de toutes les pêches ! Tiens, regarde ! Tu trouveras pas d'autre livre ici mais y a tout dedans, les mots rangés dans l'ordre avec des images en plus... La v'là, la mouche de mai.

Paul se pencha sur le livre aux pages cornées ; une sorte de libellule y figurait coloriée. Ses ailes étaient d'un vert transparent et son abdomen courbe, d'un jaune délavé. Il énonça non sans mal :

— « *Ephemera lineata* est un genre d'insecte appartenant à l'ordre des Éphéméroptères, sous-classe des ptérygotes… »

— Pourquoi tu m'causes comme un curé ?

— J'y peux rien, c'est le nom qui est marqué en latin.

— Y en a qu'ont oublié leur bon sens là où j'pense !

— Où donc ?

— T'occupe…

Tout en discutant, Totoche avait coincé un hameçon dans un étau vissé sur la table de la cuisine au milieu du fouillis des plumes de canard, d'oie, de bécasse, de poils de lapin et de chevreuil, des brins de laine multicolores, des petits plombs, des fils de crin et d'autres en soie et des flotteurs taillés dans des morceaux de liège. Le braco marmonna, concentré sur sa tâche :

— À présent, on va la fabriquer, notre mouche…

Paul observait chacun de ses gestes, subjugué. Les doigts épais voletaient avec délicatesse, habillant la courbure de l'hameçon d'une première rangée d'une barbe de faisan sur laquelle il enroula un fil jaune, puis un duvet pâle qu'il vissa de façon à l'ébouriffer par-dessus : le futur abdomen. Ensuite, il ajouta une soie verdâtre et continua son montage de plumes et de poils savamment ordonnés jusqu'à obtenir la réplique exacte d'*Ephemera lineata*. Le souffle coupé, l'enfant bredouilla :

— Et le poisson va manger ça ?

— Exactement. T'as tout compris. Y va gober cette belle mouche de mai, et crac !

— Qui vous a appris ?

— Appris quoi ?

— Ben, tout, la pêche, les animaux, les plantes, la nature...

— Personne, tiens ! Ça m'est venu à force d'observer, et pis j'ai vadrouillé. À ton âge et même plus petit, on était dix à la maison, alors un jour le père m'a dit : « Ça fait trop de bouches à nourrir, j't'ai placé garçon vacher. »

— Cow-boy ! Waouh !

Devant la mine ahurie de Totoche, il précisa :

— En Amérique, les cow-boys gardent les vaches, pareil !

— Ben moi, j'dis comme j'dis, vacher de par chez nous. J'étais guère plus haut que toi quand j'suis parti à pied, une journée entière qu'il m'a fallu pour rejoindre la ferme du patron. Le gars, c'était pas un comique, mais avisé et pas mauvais dans le fond. Y faisait de l'élevage, de la vache à viande. Moi, je m'occupais du troupeau. Le jour au pré, le soir à l'étable, je dormais dans la paille et personne pour m'emmerder.

— Vos parents étaient tristes de plus vous voir ?

— Penses-tu ! Je suis rentré chez nous qu'au bout de huit mois. Le père, la mère, y s'en foutaient. À peine si y m'ont passé le bonjour. Alors moi, j'ai dit : « Salut la compagnie ! » Et chu r'parti à l'aventure. Pis tu vois, j'y suis toujours...

Il se leva, attrapa son panier en osier, un chapeau cabossé et lui fit signe de le suivre.

— C'est le grand jour, petit !

Ils s'installèrent sous un tremble penché sur le fleuve. Totoche connaissait le poste. À quelques mètres, au bout du talus, la Loire formait une anse profonde, un poste idéal pour lancer sa ligne ; la veille il y avait déjà repéré un beau saumon qui devait chasser là. Il ne se pressait pas, sûr de son fait, et désigna la langue du courant. Paul aperçut le dos luisant d'un poisson de belle taille qui ondulait paresseusement. Le courant amena un insecte qu'il cueillit délicatement à la surface. Le braconnier expliqua à mi-voix, en achevant de se préparer :

— C'est le seigneur de la Loire, un saumon. Tu vois ? Il marsouine tranquille en attendant les mouches.

Dans la transparence du fleuve, le poisson semblait fait d'argent. Paul sentit son cœur s'emballer.

— On va le pêcher ?

— On va *essayer* parce que celui-ci, pour réussir à le leurrer…

Avec la pointe d'un bâton, il ramena un insecte qui dérivait à la surface du courant et le tint, délicatement posé sur le bout de l'index, un sourire égayant ses traits rudes.

— J'en étais sûr… Un éphémère. La mouche de mai.

— Elle est pareille que celle que vous avez fabriquée ! Mieux même !

— Mieux que pareille, tiens donc ! Et ça fait quoi ça ?

— Bien plus belle et encore plus vraie !

Ils gloussèrent doucement pour ne pas causer de tapage, et Totoche prépara sa canne. La tige en bambou mesurait bien quatre mètres ; une soie passait dans les anneaux à partir d'un vieux moulinet et au bout, retenue par un fil si fin qu'il était presque invisible, la mouche se balançait joyeusement. Ils descendirent le talus de terre jusque dans l'eau du fleuve, et avancèrent dans l'anse limoneuse. Paul demeurait un peu en arrière en copiant l'allure du braconnier. Le géant précisa à mi-voix :

— On va patienter qu'il remonte pour lui proposer la mouche. C'est comme avec les filles. On attend le bon moment pour charmer la demoiselle. C'est pas vrai ?

— Je sais pas trop...

— Tu tarderas pas, alors.

Il balança la canne d'avant en arrière dans un va-et-vient souple et terriblement gracieux qui fit sortir la soie des anneaux. Le geste produisait un sifflement doux, comme un battement d'aile. Comme il manquait du mou, il déroula encore, visa, puis lança son bras dans un ample mouvement afin de poser la mouche à bonne distance. Le leurre plana un instant avant d'atterrir délicatement sur l'eau, en amont du poste où le saumon se trouvait, puis elle dériva droit vers lui.

— Faut surtout pas qu'elle drague...

Paul ne releva pas le terme, trop captivé pour questionner. D'ailleurs, même sans comprendre, il en devinait le sens, le pressentait en tout cas, emporté par la fièvre de la pêche. La mouche allait bientôt passer au-dessus du saumon. Le temps parut se suspendre et il cessa de respirer. Alors la tête argentée du grand poisson creva la surface du fleuve et engloutit la fausse mouche. Aussitôt, Totoche ferra un grand coup en relevant sa canne qu'il tenait au ras du flot. Le saumon, piqué, se cabra aussitôt en un bond énorme qui fit crier l'enfant.

— Il y est ! Il y est !

— Attends, l'est pas encore dehors et il va se battre, le bougre !

Le poisson filait maintenant à toute vitesse vers le large en tirant le fil du moulin. Totoche rugit :

— Nom de Dieu ! Va pas me sortir tout le fil quand même...

Il commença à reculer vers la grève en contrôlant sa prise afin de regrimper sur la berge. Une fois sur la terre ferme la trajectoire serait plus facile à maîtriser. Il bloqua sa ligne pour éviter un choc malencontreux et marcha, la canne tendue à l'horizontale vers l'amont. Il accompagnait le saumon qui filait à remonte du courant, jaillissait du flot puis retombait dans un éclaboussement vif et repartait de plus belle. Il fallait à tout prix éviter que la soie ne se noie au risque qu'elle casse quand le poisson changerait de direction. Pour l'instant l'animal luttait à la fois contre la force du courant et la traction du pêcheur, mais il pouvait virer et repartir vers l'aval n'importe quand, dans ce cas il le perdrait. Il se mit à « pomper » afin de soulager la tension du fil tout en ramenant le saumon à lui, mètre par mètre. Il devait le fatiguer au plus vite en lui abandonnant un minimum de ligne. Il cria à l'enfant :

— Apporte l'épuisette !

Paul démarra à fond de train et arriva avec la perche tendue, mais Totoche refusa d'un coup de menton. Il avait stoppé sa progression et haletait un peu.

— Cours derrière, mets-toi dans l'eau, là, et plonge le filet. Dès que tu le vois passer au-dessus, tu soulèves. S'agit pas de le manquer, hein ?

Paul déglutit. Il ne pouvait pas rater son coup. Il dérapa sur la pente et manqua tomber dans le fleuve, se rattrapa tant bien que mal et pénétra dans le flot sans se soucier du froid. En débordant dans ses bottes, l'eau avait détrempé ses pieds mais il ne sentait rien. Le poisson arrivait, halé par Totoche qui parvint à l'amener au-dessus du filet. L'enfant souleva trop tôt la nasse et le saumon retomba hors d'atteinte. Il replongea et fila aussitôt vers le large, fouetté par un sursaut de vigueur.

— Bordel à cul ! Il est mal accroché en plus, sur le bord de la gueule. Va se décrocher !

La rage d'avoir raté son coup fit monter les larmes aux yeux de Paul, mais il les chassa d'un reniflement. Il devait se concentrer et garder l'épuisette tendue malgré l'effort douloureux, même sans savoir ce qui clochait exactement. Le courant semblait vouloir lui arracher des mains le manche, pourtant il résista, arc-bouté, les pieds campés dans le flot. Heureusement, Totoche ramenait déjà la ligne en tirant par à-coups légers, conscient qu'au moindre geste brusque l'hameçon mal fiché sauterait.

— Allez, gamin, le dernier coup. Y aura pas d'autre chance.

Le poisson glissa au-dessus de l'épuisette et cette fois Paul put la soulever à temps. Sa joie ne dura pas. Énorme, le saumon se tortillait désespérément dans les mailles et lui pesait tant sur les bras qu'il crut tout lâcher.

— Bordel à cul !

Deux bras puissants mirent fin à son calvaire. Il s'en était fallu de peu, deux ou trois secondes et il aurait flanché ! Ensemble, ils ramenèrent l'épuisette sur le talus. Pris d'une émotion intense, l'enfant s'appuyait de tout son poids contre le braconnier, épuisé, ravi ou bouleversé ou un peu tout, il ne savait plus trop. Il se laissa tomber à genoux pour observer Totoche dégager l'hameçon et trancher la ligne d'un coup de dents. Le poisson battait comme un cœur dans le filet.

— Tiens !

Le braconnier l'aida à se relever et, d'un geste solennel, il accrocha la mouche au revers de son col puis s'inclina dans une parodie de salut.

— Je te fais chevalier de l'ordre des Pêcheurs à la mouche.

— Mais…

— Y a pas de mais, tudieu ! C'est ton premier saumon. La mouche te revient. Sans toi, je crois bien que je l'aurais pas eu !

L'enfant bomba le torse, ému. Ensuite, d'un geste vif, le braconnier saisit une pierre et l'abattit sur le poisson pour mettre fin à son agonie.

*

Le grésillement du gras et la fumée dégagée par l'antique poêlon saturaient l'atmosphère. Totoche, un torchon noué autour du ventre, siffla cul sec un verre de vin avec un « Han » de satisfaction.

— La touche finale : un bon beurre blanc et du romarin !

Il arrosa généreusement la chair roussie, attendit une minute puis déposa la poêle sur la table. Ensuite il dénoua le torchon pour le suspendre à sa corde et commença à remplir les assiettes.

— Elle va venir ici, Célestine ?

— Diable, non ! Pourquoi ça ?

— Je sais pas… Vous accrochez un torchon…

Totoche ravala un juron et répondit par un grognement indistinct. Paul était perclus de fatigue mais il aurait bien aimé que le braconnier se livre à des confidences. Au lieu de cela, il s'adressa à sa chienne qui pirouettait autour de la table avec des grâces de danseuse :

— Couchée, ma fille, tu attendras le deuxième service.

Il eut juste le temps d'enfourner une grosse bouchée que le gamin revenait déjà à la charge :

— Célestine, elle récite toujours une prière avant qu'on mange.

— Tu s'rais pas une grenouille de bénitier, toi ?

— Je sais pas ce que c'est.

— Un enfant de chœur qui s'enfile du vin de messe !

— La messe, je n'ai pas le droit d'y aller. « Ni Dieu ni maître », il dit mon père.

— Il a ben raison, je dis pareil et je préfère mieux not'vin d'ici à celui de l'au-d'là !

Pour ponctuer sa sentence il lampa un verre, son quatrième, et cligna de l'œil.

— T'as compris la blague ?

— Ben oui, hein…

La chair roussie de beurre fondait sous la langue et Paul pensa qu'il n'avait jamais rien goûté de meilleur et que c'était en partie grâce à lui. Le braconnier se frotta la panse.

— Hmm... Alors, ce saumon à la Totoche ?

— Drôlement bon !

Il sauça son assiette mais regretta quand il vit Totoche donner la sienne à lécher à Garçon.

— Pas besoin de nettoyer, tu vois. Allez, je te ressers.

— Ça va, je peux plus avaler.

— C'est qu't'as bâfré trop vite mais Monsieur Saumon, il avait envie de vivre, alors par respect pour lui, tu fais honneur au plat.

Il leur resservit une généreuse portion et lança à la chienne les restes de peau et de chairs brûlées qu'elle happa au vol, sans mastiquer. Cette fois ils mangèrent plus lentement, savourant chaque bouchée. L'enfant sentait la torpeur le gagner. Dehors, venu du pont, montaient un battement de sabots et le crissement de plusieurs roues de bois cerclées de métal qui faisaient un raffut de tous les diables sur le pavé. Totoche s'assombrit brusquement.

— Manquait plus que ceux-là.

Paul se précipita à la lucarne. Un groupe de cavaliers et une dizaine de roulottes bringuebalantes avaient passé le pont et, au lieu de poursuivre vers les Herteignes, empruntaient la petite route qui menait vers le château.

— C'est un cirque ?

— Non, mais ce s'ra quand même le bazar ! On se demande pourquoi le comte tolère ces traîniers sur le domaine. Ces gens-là, ils vont et viennent et se croient partout chez eux.

— Comme les oiseaux migrateurs ?

— Fichtre non ! Les Romanichels, ils grappillent, ils glanent, ils carottent tout ce qu'ils trouvent, des champignons, du gibier, du poisson.

— Comme les bracos, alors ?

Le géant haussa les épaules et avala la dernière bouchée.

— Viens finir au lieu de te payer ma fiole, ça s'ra froid...

Il se leva pour aller tirer sur une ficelle qui plongeait dans le fleuve, hissant une bouteille de vin blanc qu'il avait mise à rafraîchir.

— Cette boutanche-ci c'est du bon, je l'ai troquée contre la vipère, l'autre fois, alors tu y as droit. C'est du bon, hein, pas de la bibine à burettes.

— J'ai jamais bu de vin.

— Sans blague ? Raison de plus pour te servir un coup ! Faut fêter notre roi de rivière !

Il alla chercher un verre qu'il emplit à ras, se resservit pour la peine, et ils trinquèrent. Paul refréna une grimace. Ça piquait et ça brûlait en même temps, mais finalement c'était moins pire que prévu. Il se dépêcha d'avaler et voulut claquer la langue, comme un homme. Quelque chose le turlupinait, pourtant.

— Totoche, pourquoi le comte il veut bien des Gitans sur ses terres ?

— Est-ce que je sais moi ?!

— Célestine, elle dit qu'il est pas commode, qu'il aime pas les enfants, et elle veut que je reste au large !

— Bah, elle en sait plus que moi depuis le temps qu'elle le fréquente ! Et puis il y a la petite, j'imagine...

— Quelle petite ?

— La fille du comte.

— Je croyais qu'il avait juste un fils. Bertrand, il s'appelle, et c'est une peau de vache !

— Oh lui, pour sûr, mais moi je te cause de la fille défunte. Peut-être que ça explique que le vieux tourne vinaigre, après ça, mais qu'il accepte les traîniers, personne a jamais compris au pays !

— Ils vont où ?

— De l'autre côté. Allez, assez causé d'eux, on n'est pas ici pour fêter un événement, que diable ?!

Soudainement frappé par la révélation, la voix pâteuse, le géant leva son verre, la mine grave.

— Gamin, à partir de maintenant, tu vas me dire « tu ». Y a que monsieur le comte qui me voussoye. Mais lui, y disait « vous » même à son paternel, alors ça compte point… Tiens, j'nous ressers.

Après avoir trinqué et bu, il entonna une chanson à boire et la fit répéter au gamin, hilare.

Passant par un jardin ousqu'y avait des peurnes
Passant par un jardin ousqu'y avait des peurnes
Je m'y suis arrêté pour en cueillir queuqu' z-eunes.
V'là l'biau temps. V'là l'biau temps qui donne
V'là l'biau temps pour les amants !

Au troisième et dernier verre, Paul décida que le vin n'était pas si mauvais, le tout c'était d'oublier le goût pour se concentrer sur la chaleur qui se répandait dans le sang et vous réchauffait la tête. Son ami – car le géant était son ami à la vie à la mort, maintenant, c'était garanti cul sec ! –, son ami braco dut le pousser dehors, car il se faisait tard, et le soleil, déjà, tirait sa révérence…

Sur le chemin du retour, il zigzagua un peu en remontant le long de la coulée, juste après le bois de Trémaille. Heureusement qu'il connaissait le chemin, il aurait pu rentrer les yeux fermés ou presque. Pour se donner du courage, il brailla à tue-tête le seul refrain qu'il avait retenu.

V'là l'biau temps... V'là l'biau temps qui donne
V'là l'biau temps pour les amandeuuuuuues

En poussant la porte, il tenta de prendre un air digne. Le spectacle qui l'attendait lui coupa l'envie de rire. Attablés devant la marmite fumante, les Borel le toisaient. Il songea avec répugnance qu'il faudrait encore manger et réprima un hoquet, puis, comme le sol semblait soudain mouvant, il préféra s'assurer contre le mur.

— Sainte Mère, tu étais fourré où ça ? On s'inquiétait...

— C'est pas une auberge, ici. Y a des horaires pour souper !

— Souper... ?

Il allait protester quand le garde-chasse désigna son siège d'un doigt sévère.

— À table !

S'efforçant de marcher aussi droit que possible, l'enfant gagna la chaise d'un pas mal assuré. La nausée l'empêchait de réfléchir, et avec l'autre grincheux qui le reluquait c'était encore pire... Il ravala un hoquet et parvint à se laisser tomber sur la chaise sans trop de dommages, baissa le front tandis que Célestine disait le bénédicité : « ... garde nos âmes dans la paix et procure du pain à ceux qui n'en ont pas. » Lui, il en avait abusé, du pain, et puis le vin qui va avec. Il gloussa en songeant que si le garde-rien-du-tout l'apprenait, il tournerait aussi enragé qu'un cochon qu'on égorge !

— Oh, ça va ! Un peu de respect pour la religion.

Borel le fixait, les sourcils froncés. Outré par son hypocrisie, Paul voulut protester :

— Moi, chuis pas une…

Il cherchait l'expression de Totoche, mais ce n'était pas aisé avec cette nausée qui lui tournait la tête. Soudain ça lui revint, et il cria :

— Chuis pas une guernouille de bénitier !

Estomaqué, Borel se mit debout.

— C'coup-ci, je vais lui en coller une !

Célestine s'interposa.

— Laisse-le donc, c'est un mioche…

— Un salopiaud qui répond, oui ! Tu vois pas qu'il est point dans son état normal !

— J'vois rien du tout et puis ça suffit, vos chicanes ! Il est l'heure de souper. Quant à toi, ne réponds pas de la sorte, compris !

Paul acquiesça piteusement. Après une seconde de silence, la nourrice emplit les assiettes largement, de quoi leur clouer le bec. Le brouet baignait dans une sauce gélatineuse.

— Ragoût de tripes et de pieds de cochon !

— T'as pas oublié les oreilles ?

— Et puis quoi encore ? Tiens…

Borel attrapa le morceau avec ses doigts et entreprit de le dévorer avec force bruits de succion. Entre deux tétées, il approuvait avec de gros soupirs. Le mioche n'avait pas touché à son assiette, pourtant Célestine l'avait chichement servi. Non sans rosserie, et parce qu'il connaissait sa sensiblerie de Parigot, Borel l'apostropha, la bouche pleine :

— Je me régale ! T'en veux un bout ? Dis pas non, c'est le meilleur...

Paul n'y tint plus. Il se leva d'un bond et se jeta dehors pour aller vomir tripes et boyaux contre la haie. À la cuisine, la dispute faisait rage entre les époux. Lui insistait pour examiner sa vomissure « qu'on voye ce qu'il a dans le ventre ce saligaud », mais Célestine, qui se doutait des choses, s'interposa en menaçant de se mettre en colère. Le gamin avait pris froid, après une bonne nuit on n'en parlerait plus et, après tout, c'était elle la nourrice. Qu'il s'occupe de surveiller le domaine, elle n'allait pas lui dire comment faire pour élever des faisans !

8.

Ils se tenaient au bord du ruisseau, pas loin du bois de Trémaille, sans se douter qu'une gamine perchée dans un vieux marronnier les épiait. À leur approche, elle s'était rencognée dans l'épaisseur du feuillage.

Aujourd'hui, Paul portait des bottes bien à sa taille, une paire que lui avait dégotée Célestine pour leur expédition. Même embrumé avec un mal de crâne lancinant, le cours d'eau lui parut modeste comparé à la Loire. Borel jeta le matériel sur le talus, soupira à pleins poumons puis fit rouler ses épaules à la façon d'un athlète.

— Prêt pour ta première leçon de pêche ?

L'enfant grommela un vague encouragement. En vrai, il rêvait de retourner au lit pour oublier le goût du petit blanc.

— Qu'est-ce que t'aimerais attraper ?

— Je sais pas… un saumon !

— Ho ho ho ! Et quoi encore ? Tu serais pas un peu bonimenteur ? Si tu prends un gardon, ce sera déjà joli. Approche.

Il obéit à contrecœur, les yeux au ciel. En étant attentif, il aurait pu apercevoir un visage curieux entre les ramures.

— Alors, première règle, on accroche l'appât à l'hameçon…

Borel ouvrit la boîte percée où il conservait les vers. Ses gestes étaient moins habiles que ceux de Totoche, et Paul, obligé de subir cette leçon pour bébé, se détourna pour observer le cours d'eau. Presque aussitôt, il repéra un remous dans la rivière et annonça, non sans malice :

— Regardez ! Y en a un qui mouche.

Surpris par son assurance, Borel leva la tête juste à temps pour voir un poisson de belle taille gober un phasme à la surface de l'eau.

— Ça, c'est un chevesne mon garçon, et ça se chope pas avec un vermisseau. Il faudrait disposer d'une…

Il s'interrompit. Le môme venait de retourner son col et détachait une mouche artificielle piquée dans le tissu. Ensuite, sans hésiter, il entreprit de décrocher le ver pour la disposer à la place. Le tout lui prit quelques instants. Une fois satisfait, il se mit debout, solidement campé, et balança sa ligne d'avant en arrière plutôt adroitement. La mouche atterrit non loin du tourbillon. Il la laissa calmement aller et ferra du premier coup, à croire que la poiscaille l'attendait !

Irrité par ce succès – c'était un coup de chance, rien de plus ! –, Borel décida que c'en était assez ! Il avait voulu démontrer à sa femme qu'il pouvait se montrer bonne pâte mais voilà que le gamin devenait insolent à lui pêcher ce poisson sous le nez, avec son côté de la ville-qui-sait-tout-mieux-que-les-autres !

— Puisque tu es tellement doué, je m'en vais faire ma tournée. Tâche plutôt d'attraper des gardons, parce que le chevesne, c'est bien beau mais pas bien bon…

Paul décrocha l'hameçon. Le poisson fouetta l'air, agité de soubresauts ; il hésita à le remettre à l'eau, puisqu'il était mauvais à manger. D'un autre côté, il risquait de se faire moquer en affichant sa « sensiblerie » et le garde-chasse ne le raterait pas ; on aurait dit qu'il guettait chaque occasion de persifler, et plus ça allait, moins les choses s'arrangeaient !

En attendant de se décider, il choisit une larve et la coinça entre ses dents malgré sa répugnance. Totoche faisait toujours ainsi le temps de positionner l'hameçon. S'il voulait devenir explorateur, il devait s'endurcir… Finalement, ce n'était pas plus mal de se retrouver seul responsable de sa pêche ; il serait plus tranquille sans Borel. Déjà, son mal de tête se dissipait.

Il approcha de la berge pour évaluer le courant, et repérer les tourbillons propices, mais les poissons semblaient avoir déserté le coin. Il se décida à lancer son fil au hasard, balança la canne un peu trop vivement, car la soie alla s'attraper dans un buisson de prêles et il dut ferrailler pour la dégager et, en ramenant sa ligne, il manqua s'éborgner avec l'hameçon. Heureusement que le garde était parti, il ne l'aurait pas loupé !

Il relança timidement, posa la mouche et attendit, engourdi par la touffeur de l'air. Après un moment, il sentit un tiraillement et ferra, par réflexe, à moitié somnolent. Cette fois, il sortit un gardon pas plus gros que son doigt. Ce genre de prise, selon Totoche, soit on la rejetait à l'eau soit on s'en servait d'appât pour un brochet, un sandre ou une perche. De toute façon, s'il rentrait avec un chevesne et un gardon en guise de pêche miraculeuse, Borel était bon pour se foutre de lui !

Il chercha le seau afin de déposer le gardon et d'appâter tranquillement, mais celui-ci avait disparu. En tournant la tête, il l'aperçut hors de portée, au pied d'un marronnier. Il se releva, brusquement inquiet. C'était impossible. Borel n'y avait pas touché et ce truc n'avait pas pu se déplacer tout seul sur plus trois mètres !

Un bruissement de feuillage attira son attention et il leva la tête, en alerte. Le bruissement se mua en gloussement et soudain il la vit. De stupeur, il manqua tomber à la renverse. Une fille se tenait accroupie sur une branche à deux mètres au-dessus du sol et l'observait, les yeux plissés par l'attention. En se voyant découverte, elle entreprit de glisser le long du tronc et retomba souplement sur le tapis de mousse. Paul n'osait plus remuer, de crainte de briser l'enchantement. Elle était jolie à te faire oublier de respirer. Ses cheveux noirs, presque bleutés, coulaient jusqu'à sa taille, en boucles emmêlées. Sa figure, ses bras et ses chevilles nues étaient hâlés et on aurait dit que sa peau irradiait de lumière. Il se rappela les roulottes entrevues l'autre soir. Une Bohémienne… Il voulut lui demander son nom, mais sa gorge, aussi sèche que le sable, ne parvint pas à émettre le moindre son et il resta là, comme un niaiseux, tandis qu'elle le considérait, narquoise. Elle finit par bouger à la manière d'un chat, en veillant à conserver ses distances. Comme il demeurait coi, elle s'empara du seau, rejoignit la rive pour remettre le chevesne à l'eau. On aurait dit qu'elle agissait par bravade, à moins que ce ne soit un jeu connu d'elle seule, car elle l'ignorait à présent. Tandis qu'il hésitait sur le parti à prendre, elle laissa échapper un rire avant de détaler, aussi légère qu'une plume. Paul ouvrit les doigts et le gardon glissa sur le talus, jusque dans la rivière. Pour qui elle se prenait, cette Bohémienne, à balancer le poisson des autres ? Il ne fallait pas qu'elle s'échappe !

Oubliant le matériel de pêche, il s'élança à sa suite à travers le hallier. Il ignorait ce qui le poussait, le défi que la fille lui lançait ou le besoin de lui parler, quoi qu'il en soit l'idée de la voir disparaître l'affolait. Tout en courant, il chercha les traces de son passage. Le braconnier lui avait montré quelques signes faciles à repérer. Des branches cassées, une travée creusée dans un fourré, des herbes piétinées. Et les empreintes, bien sûr. Il en distingua deux en plein dans une zone ensablée, et s'obligea à s'arrêter afin de tendre l'oreille, perçut un piétinement de course vers le sud. Elle avait pris la direction du manoir. Il repartit à vive allure, coupant à travers le sous-bois. Il réfléchissait tout en courant ; même si elle était persuadée de l'avoir semé, mieux valait ne pas la serrer de trop près. Pour ne pas perdre sa trace, il suffisait de faire des haltes régulières et d'écouter.

Au bout d'un kilomètre, il comprit soudain où elle filait. Il n'aurait su dire d'où il tenait son intuition, peut-être d'un instinct de chasseur. Totoche affirmait qu'un bon pisteur finit par se mettre dans la peau de sa proie.

Pour approcher de l'étang de la Malnoue, il usa de ruses infinies. La fuyarde avait emprunté une piste récente, creusée dans la pousse serrée des ajoncs, qui débouchait sur une rive moussue assez éloignée du lieu où ils pêchaient habituellement. Réfugié derrière une gerbe de roseaux, il se mit à scruter les alentours, soucieux de la coincer avant qu'elle ait le temps de fuir, mais une fois encore, c'est lui qui resta stupéfié.

D'abord, il ne distingua qu'un tas de vêtements sur la berge, puis il la vit, aussi nue que la nature l'avait faite au premier jour. Elle se laissait dériver doucement à quelques mètres du bord, le visage tendu vers le ciel. Un frisson le secoua. Jamais il n'aurait imaginé une peau aussi lisse, une taille aussi mince. Malgré la distance, il distingua la pointe dardée des mamelons et son trouble l'étourdit. Elle battit des jambes, puis se retourna pour nager plus loin. Embarrassé qu'elle devine qu'il l'avait épiée, le garçon réussit à détourner le regard. Il était toujours fermement décidé à lui jouer un tour, aussi il se dépêcha d'aller chercher le tas de vêtements abandonné et le déplaça d'au moins trois mètres, comme elle l'avait fait avec le seau ; ensuite il rampa jusqu'à un aulne et patienta, embusqué derrière le tronc trapu. Il n'eut pas à attendre longtemps. En remontant sur la berge, ne trouvant pas ses jupons, elle comprit immédiatement ce qui se passait. Sans bouger, elle repéra sa trace, du buisson à l'aulne, vit le tas de chiffons et l'aperçut enfin, accroupi. Elle aurait pu se cacher, crier, ou courir à ses vêtements, au lieu de ça elle se contenta de le dévisager, sans montrer aucune gêne. Dans le soleil, hormis ses bras et ses mollets, son corps était d'un blanc d'albâtre et luisait, ruisselant. En dépit de son embarras, Paul n'osait se détourner de peur qu'elle ne s'échappe encore. Son cœur battait si fort qu'il le sentait cogner contre ses côtes, pareil à un oiseau affolé.

La fille évalua la situation, parut hésiter une seconde avant de lui foncer dessus. Il bascula sous le choc, le souffle coupé, et reçut le fouet de ses cheveux humides en plein dans la figure. Elle respirait fort en le toisant d'un air de défi, mais ses yeux riaient. Il respira une odeur de vase et de fleur blanche. Son cœur cognait toujours, et il se demanda si elle pouvait l'entendre. Il fixait ses pupilles noires pour ne pas être tenté de regarder plus bas, sa poitrine nue. Le corps délié qui le clouait au sol semblait mille fois plus lourd que la fille elle-même, comme si son trouble l'avait lestée de plomb. Finalement, elle relâcha son étreinte et se laissa retomber dans l'herbe. Il se remit debout, étourdi. Une limace d'un noir luisant adhérait à sa cuisse. Avant de se détourner, il ne put s'empêcher de la prévenir.

— T'as un truc dessus, regarde !

— C'est rien qu'une sangsue. Un petit vampire de rien du tout qui te pompe le sang. T'en as jamais vu ?

Sa voix était rauque, avec un accent chuintant. Il secoua la tête, intimidé. Elle détacha la loche du bout de l'ongle et se releva d'un bond. Elle tenait la bestiole entre ses doigts, délicatement. Ensuite, elle haussa les épaules et la lui jeta dessus, criant pour l'effrayer.

— Prends garde, elle va te sucer le sang !

Le temps qu'il se débarrasse de la sangsue, elle avait revêtu son jupon, sa chemise, et finissait d'enfiler ses souliers. Il chercha une phrase pour la retenir, n'importe quoi, mais elle ne lui en laissa pas l'occasion et détala de nouveau. Cette fois pourtant il était prêt et se lança à sa poursuite sans se soucier de l'effrayer. La fille savait sûrement qu'il la talonnait et elle s'en fichait.

Ils coururent à perdre haleine sur plus d'un kilomètre, longèrent le bois, non loin de la chapelle du manoir, et finirent par déboucher dans une clairière étroite enserrée dans le taillis, où les Gitans avaient érigé leur campement. Paul connaissait peu cette partie de la forêt, mais l'étang n'était pas si loin et, grâce aux randonnées de Totoche, il commençait à bien se repérer.

Il laissa la fille disparaître entre les roulottes, trop impressionné pour la suivre. Les carrioles étaient disposées en cercle, délimitant une place centrale où brûlait un feu établi dans un trou borné de pierres énormes. Plus loin, sur des cordes tendues, du linge séchait, jupes et corsages, côtes en velours, chemises et couvertures. Un ruisselet d'eau claire serpentait à quelques pas. Un trio de vieux avait sorti des chaises à rempailler et discutait paisiblement en ajustant les joncs séchés. Un homme s'entraînait à lancer un couteau sur un tronc. Fine moustache et anneau à l'oreille, l'épaule ornée d'un tatouage, on aurait dit un pirate.

Bloqué par la timidité, Paul ne se décidait pas à quitter le couvert des buissons. À cet instant il aurait voulu être un autre, un garçon assez culotté pour pénétrer dans le campement sans se soucier d'être chassé à coups de pierre ! D'ailleurs, Totoche l'avait prévenu de rester au large, qu'on ne savait jamais avec ces tribus de sauvages…

Il finit par reculer et s'apprêtait à rebrousser chemin quand un poids lui tomba sur le dos. En sentant des doigts agiles lui tirer les cheveux il ne put s'empêcher de hurler, mais la bête qui l'attaquait s'agrippa plus fort et se mit à pousser une série de cris perçants, perchée sur son crâne. Une chauve-souris ? Un chat enragé ? Il n'osait plus bouger quand la fille surgit à ses côtés. Elle produisit un son étrange, entre le roucoulement et le sifflet. Aussitôt l'animal bondit pour se blottir sous ses cheveux, en le toisant de ses petits yeux perçants. Son visage minuscule et ridé comme une vieille pomme était froissé par une grimace furibonde. Paul écarquilla les yeux, suffoqué de stupeur ; en fait de bestiole, il s'agissait d'un singe haut comme la main et habillé d'un costume en laine.

— Ça t'apprendra à m'espionner, gadjo ! Tommie est mon gardien.

— C'est quoi ? un macaque ?

— Non, idiot ! Les macaques font au moins le double de son poids. C'est un ouistiti.

— Il est méchant ?

— Pas trop, sauf si on l'ennuie, alors il mord ou il compisse les gens. Toi il doit bien t'aimer, sinon il serait pas venu te voir. Mais je suis sa préférée, il me suit toute la journée.

Paul comprenait le singe, mais il se garda de l'avouer. Pour reprendre contenance, il préféra se présenter :

— Je m'appelle Paul, et toi ?

— Bella.

— Bella ?

— Ça te dérange ?

— C'est pas un vrai nom, si ?
— C'est le mien. On est gitans.
— J'aime bien.

Il ne put s'empêcher de rougir et elle éclata de rire.

— Tu connais les Gitans ?
— Pas trop.
— Comme tous les gadjos…
— C'est quoi les gadjos ?
— Ceux qui n'ont pas le sang gitan.

Elle haussa les épaules puis désigna l'homme au couteau.

— Lui, c'est mon tonton, Joseph. Le chef. J'en ai six des tontons. Et toi ?
— Zéro.
— Comment ça se fait ?
— Mon père a plus de famille et ma mère, elle est morte quand je suis né. J'avais un oncle qui est resté dans les tranchées. Une balle dans la tête, il a pris !
— C'est triste.
— C'est comme ça.
— T'as une mémé au moins ?
— Ben non.
— Je veux bien te présenter la mienne mais je te préviens, elle est sorcière, une chovihani on dit chez nous !
— D'accord.

Elle l'entraîna et Paul se laissa faire, secrètement ravi. Ils contournèrent le camp et rejoignirent une roulotte à l'écart des autres. En guise d'escalier on avait empilé deux caisses en bois. Elle toqua contre le panneau de planches peintes qui faisait office de porte. Une vieille surgit sur le seuil, guère plus haute qu'un enfant. Elle était vêtue d'oripeaux délavés, une jupe en velours grenat qui avait viré au rose, une veste à basques et un châle élimé brodé de fleurs émeraude. Entre ses lèvres fripées, elle suçotait une pipe en ivoire jauni.

— Tu veux quoi, ma fille ?

— Te présenter quelqu'un.

— Passez...

La sorcière ne souriait pas mais cette gravité ne recelait aucune malveillance, et Paul oublia sa nervosité. L'intérieur lui ressemblait, peuplé de bêtes empaillées, des reptiles à l'aspect de vieux cuir, des batraciens parcheminés et quelques coqs au plumage terni. Bella fouilla ses poches et en extirpa une énorme sangsue.

— Je t'en ai trouvé une grosse, à l'étang.

La vieille hocha la tête en guise de remerciements et la jeta dans un bocal plein de limaces noires et gluantes. Bella avait dû la récupérer avant de se mettre à l'eau. Pas étonnant qu'elle n'ait pas semblé dégoûtée ! L'enfant n'eut guère le temps d'y réfléchir, la sorcière avait saisi sa main et la retournait, afin d'exposer sa paume à la lumière qui passait entre les tentures d'une lucarne. Surpris, il tenta de résister, mais sa poigne le serrait en étau.

— Donne, petit gadjo, donne. Je vais te dire la vie...

Sa voix était éraillée, rugueuse, et il ne put refréner un frisson. À présent elle le fixait intensément, et il se sentit mis à nu, aussi transparent que l'eau d'un ruisseau. Derrière son dos, Bella lui adressa un sourire d'encouragement. Il tenta de se détendre, bien décidé à ne plus se laisser apeurer. Que risquait-il, au pis ? La voix prit une tonalité froide, presque désincarnée, les pupilles roulèrent bizarrement dans ses orbites, laissant voir un blanc d'ivoire, strié de fines veinules rosées :

— Je vois… une jeune femme qui galope sur les nuages. Elle veille sur toi depuis toujours et son pouvoir vient du monde des rêves. Prends garde, petit homme, tu auras à combattre des mauvais génies.

Paul sentit l'engourdissement monter dans ses veines. La vieille marmonna ensuite quelque chose qu'il ne comprit pas et, quand elle le lâcha, il manqua tomber, pris d'un étourdissement. Bella qui s'était approchée lui souffla à l'oreille :

— C'est fini, tu as de la chance, elle n'est pas toujours disposée à lire le destin.

Il aurait voulu lui demander pourquoi, mais il préféra faire comme si tout lui semblait normal. Pendant ce temps, la grand-mère farfouillait au fond de la roulotte, parmi la profusion de pots en terre, de jarres et de bocaux. Dans ceux-ci, il observa des sortes d'herbes noires, un nœud de tentacules ou de serpents, un emplâtre verdâtre, des graines… La vieille se redressa et lui adressa un clin d'œil. Sa bouche souriante laissa paraître un trou à la place d'une incisive.

— Pour te rendre plus résistant, je vais te donner un talisman…

Elle choisit deux bocaux, préleva un peu de leur contenu et touilla le mélange dans une jatte en murmurant des incantations dans sa langue. Une fois satisfaite, elle lui tendit une cuillerée de décoction.

— Avale vite, sinon le sortilège perd de sa force.

Suffoqué par l'odeur de moiteur faisandée, il voulut refuser, mais Bella le surveillait, et Paul hésita. Elle n'aurait pas reculé, elle ! Il songea au chevesne, à cause des relents saumâtres de la mixture. La puanteur se disputait à sa douceur de fille. Pour se donner du courage il se rappela comment elle lui était apparue dans l'étang, sa peau blanche scintillant sous l'effet du soleil et de l'eau. Il ferma les yeux pour avaler d'un coup, sans respirer. C'était épais, poisseux, piquant, mais cette minuscule victoire sur lui-même le rendit absurdement heureux.

— Merci, madame !

La vieille pouffa et il craignit d'avoir dit quelque chose de travers. Bella avait ouvert la porte et lui faisait signe.

— Viens. On s'en va, mémé !

L'autre hocha la tête, déjà ailleurs.

Durant leur absence, un groupe de Gitans s'était rassemblé devant le feu et jouait une musique au rythme endiablé. Outre des guitares, certains musiciens grattaient de curieux instruments aussi rebondis que des culs de barrique, qui rendaient un son aigrelet. Bella parut soudain oublier leur petit jeu de défi. La joie l'illuminait.

— Tu entends, gadjo ! c'est la musique de mon peuple !

Paul aurait bien voulu qu'elle cesse de le nommer gadjo. Dans sa bouche, ça ne paraissait pas vraiment méchant, plutôt une moquerie pour faire connaissance. N'empêche, elle le traitait comme un petit ! Il tourna des questions dans sa tête sans se résoudre à en poser une seule. *Tu as quel âge ? Tu as des amis ? Tu restes combien de temps, ici ?* Il observait l'assemblée distraitement quand, parmi ceux qui battaient des mains, son regard s'arrêta sur une silhouette familière. Le comte ! il devisait avec Joseph avec une animation peu coutumière. On aurait cru un autre homme, tant il paraissait enjoué. Paul recula à l'abri de la roulotte, sans trop savoir pourquoi.

— C'est le comte du château !

— Si fait… Et alors ?

— Mais… Il fiche quoi ici ?

— Tu nous crois trop pouilleux pour recevoir sa visite ?

— J'ai pas dit ça ! Seulement…

— Seulement il est noble et nous gitans ? Monsieur Antoine est un homme de bien, notre protecteur !

— Te fâche pas ! C'est juste qu'on raconte des choses…

— Et tu te fies aux commérages comme une vieille femme ?

— Non, bien sûr.

— Cause toujours !

— C'est pas des commérages, et moi aussi je loge au domaine… enfin, pas tout le temps !

— Ça, je m'en serais doutée ! Et tu viens d'où ?

— De Paris !

Il avait un peu arrangé la vérité pour l'impressionner, mais cela ne parut pas l'émouvoir, car elle fixait les musiciens en fredonnant, les joues soudain rougies de fièvre. Le silence retomba et, sur un commandement de Joseph, les musiciens entamèrent un air plus lent. Une voix s'éleva, assez rauque pour empoigner les âmes. Bella esquissa un pas de danse et s'éloigna. En guise d'au revoir, elle lui lança simplement :

— Tu reviendras ?

— Quand ?

Sans se soucier de lui répondre elle s'avança vers les musiciens, bras ouverts, ses doigts traçant des arabesques. Arrivée dans le cercle, face au chanteur, elle se mit à onduler au rythme de la guitare. Hommes, femmes et enfants frappaient des mains et le cri guttural du Gitan ponctuait chaque claquement de talon et semblait s'enrouler autour de ses reins, alors qu'elle se cambrait, la tête basculée, ses cheveux fouettant l'air.

Quand Paul repartit en direction du bois, il était trop ébloui pour ordonner ses pensées. Quelque chose s'était produit, il le savait, une chose assez forte pour changer toute sa vie. Il se sentait heureux et triste à la fois, rempli d'une impatience presque intenable. Le monde autour de lui semblait changé, plus vaste et lumineux. Bella. Son nom battait dans sa poitrine, comme un tambour. À onze ans, pouvait-on tomber amoureux pour toujours ?

9.

— Où tu t'ensauves de si bon matin ?

Borel avait surgi de derrière la porte, semblable à un diable sortant de sa boîte ou à un chasseur en plein affût. Il devait guetter son arrivée et Paul ravala une grimace de contrariété. Il se croyait seul, ce matin. Célestine était montée dès l'aube le prévenir qu'elle devait aider Madeleine et qu'il devrait se débrouiller pour la journée. Il saisit la première excuse qui lui vint à l'esprit.

— Au cabanon, j'ai très mal au ventre.

— Attention d'pas tomber dans l'trou, alors ! T'es plutôt mal dégourdi depuis hier…

La veille au soir, Paul avait brisé son assiette, et son étourderie lui avait valu une belle avoinée. Il s'en fichait, pourtant. Le garde-chasse pouvait bien l'engueuler tout son soûl, les reproches lui glissaient dessus comme sur les plumes d'un canard… Il était amoureux !

Il se dirigea vers les latrines, au cas où l'autre l'épierait de loin, poussa le vantail du cabanon et compta jusqu'à vingt. Borel avait un air curieux ce matin… Il chassa son inquiétude, impatient de rejoindre Totoche pour lui raconter sa rencontre avec Bella.

Il redoutait un peu sa réaction, mais le besoin de se confier l'emportait.

À vingt et un, il se faufila dehors, courut à l'arrière du potager, franchit le muret et disparut dans le taillis. Le soulagement d'être libre lui arracha un gloussement. À condition de jouer les imbéciles, le garde-chasse n'était pas si difficile à berner, après tout !

Il courut vers l'appentis où il cachait son havresac, enfila prestement veste et casquette, mais, en dépit de l'humidité, décida de laisser les bottes, ça le ralentirait… Le temps avait fraîchi singulièrement et annonçait déjà les prémices de l'automne.

S'il avait regardé par-dessus son épaule, il aurait pu distinguer les croisillons laissés par ses semelles qui composaient une piste parfaitement lisible…

La nuit même, Borel lui avait tendu un piège. Cela faisait un moment qu'un doute le travaillait et il en avait soupé des finasseries des uns et des autres ! Le pompon avait été décroché avec cette histoire de pêche ratée, quand le gamin s'était ramené le panier vide, pas même un alevin à se mettre sous la dent, et tout cela sous prétexte que rien n'avait mordu et qu'il avait foutu le chevesne à la baille par sa faute à lui, Borel, parce qu'il avait affirmé que c'était mauvais à manger… Pour le coup, au lieu de s'énerver, le garde avait gardé sa mesure. Telle qu'il la connaissait, cette tête de mule de Célestine aurait pris le parti de son petit-neveu, et c'est encore lui qui serait passé pour le mauvais bougre. Alors il avait attendu qu'elle s'endorme afin de trafiquer les bottillons du Parigot en taillant dans la semelle une double encoche ; de cette façon, on verrait bien s'il traînait dans des endroits pas nets. Borel avait agi par instinct. Ses soupçons étaient vagues, et il ne s'attendait guère à un forfait terrible, pourtant quelque chose clochait, son intuition le lui soufflait.

Dissimulé derrière la fenêtre, il vit l'enfant contourner le cabanon avec des ruses de chat puis filer en direction du bois et se frotta les mains. Il n'aurait qu'à baisser les yeux pour suivre le chemin de croix. Riant de son jeu de mots involontaire, le garde-chasse se dit que sa patience avait payé. Il n'avait plus qu'à se préparer tranquillement !

Un calme inaccoutumé régnait ce matin, rompu par le craquement sec d'une branche, l'envol d'un coq faisan au loin. En recouvrant la forêt par nappes, le brouillard l'avait rendue presque méconnaissable. Paul regretta l'impatience qui l'avait jeté en avant, sans réfléchir ; il avait détrempé ses pantalons jusqu'aux genoux en passant la prairie d'herbes hautes, et le froid était en train de le gagner. Arrivé au cœur du taillis, il poursuivit néanmoins son chemin. S'il retournait à la maison, il perdrait du temps et risquait de louper Totoche. Ils avaient rendez-vous au bois de Trémaille avant la demie de 8 heures. Comme il s'engageait dans un sentier cavalier, il entendit le martèlement des sabots de chevaux se rapprochant au trot. Il recula et se maintint à l'écart, derrière un roncier. Une jeune femme déboucha sur la piste, légèrement penchée en avant. Sous sa bombe jaillissait une longue natte couleur blé mûr. Le comte apparut dans son sillage, et l'enfant se félicita de sa prudente méfiance. La brume le favorisait, personne n'irait le remarquer à l'abri du buisson. La cavalière mit soudain son cheval au pas et se retourna pour s'exclamer, moqueuse :

— Il est ronchon votre Tempête. Il aurait besoin de galoper plus souvent.

— La saison va reprendre, n'ayez crainte, il aura de quoi s'ébattre !

— Poursuivre un cerf n'a plus sa préférence, j'en jurerais.

— C'est vous qui détestez ça, très chère Montaine, je ne suis pas dupe. Mon cheval s'en moque comme d'une guigne.

— Qu'en savez-vous, cher Antoine ?

— Je le sais parce que…

Le reste se fondit dans un murmure indistinct, les cavaliers disparurent et le calme revint. En dépit de l'humidité, Paul préféra patienter encore un peu à couvert. C'était bizarre de songer que le vieux ronchon s'appelait Antoine et qu'il savait rire à l'occasion ! Il se demanda qui était la cavalière, peut-être quelqu'un de sa parentèle. Le comte semblait bien l'apprécier, même s'il se moquait d'elle. Cela faisait quand même deux fois qu'il le voyait aimable, malgré ce que Célestine prétendait. Et si la Bohémienne avait raison ? Connaissant la nourrice, il avait du mal à l'imaginer faire des commérages, elle ne parlait jamais en mal, sauf si on venait la houspiller de trop, et pourtant elle n'avait pas cessé de le prévenir contre le vieux maître en l'accusant de méchanceté… Il s'ébroua, cherchant les effluves de cuir, flaira seulement le bois humide et la tourbe. Totoche devait déjà l'attendre à la fourche de Trémaille pour leur partie de pêche… Il voulut repartir mais une langueur étrange le clouait là, frissonnant. Quelque chose était sur le point de se produire, il le sentait. Furtivement, il pensa à la fille et à sa façon de se couler le long du tronc, à sa danse autour du feu et aux paroles de la chovihani. Une branche craqua et il se figea, les sens en alerte.

Au bout de l'allée forestière, là où la brume avait avalé le monde, quelque chose émergeait lentement, une chimère grandissant comme dans un rêve. Un cerf immense déchira le brouillard, sa ramure était si ample que, pendant un instant, Paul crut que l'ombre l'avait décuplée. Il compta les cors, se mordit la langue avant de recommencer. Quatorze, quinze, seize, dix-sept, dix-huit ! La tête haute, les narines dilatées nimbées de buée blanche, l'animal parut flairer sa présence, car il tourna le mufle dans sa direction, puis demeura immobile durant quelques secondes interminables. Son poil était d'un beau brun tirant sur le rouille, comme celui d'une forêt d'automne, pensa-t-il, émerveillé. Il n'osait plus bouger, ni même respirer. Le cerf humait l'air. Son flanc ondula d'un long tressaillement, ses jarrets se tendirent et brusquement il s'arracha à la terre d'un seul bond, prodigieux, et se fondit dans le hallier.

Si brève que fût la scène, elle resterait à jamais gravée dans sa mémoire, Paul le sut avec certitude. Jamais il n'avait vu une pareille splendeur !

Il sortit du roncier et avança vers l'endroit où le cerf avait disparu.

Totoche piétinait d'impatience. Le petit tardait et il n'aimait pas trop lambiner par des temps pareils, car l'humidité rendait la terre facilement lisible. Il comptait relever ses lignes à l'étang voisin et déjà le brouillard se faisait moins dense, un vent froid se levait, venu de l'ouest. Mécontent de ce contretemps, il s'ébroua. Garçon qui somnolait à ses pieds se releva d'un bond, la queue frétillante.

— Ton petit monsieur de Paris il se fiche bien de nous, va. On l'espère encore ou quoi ?

La chienne gémit, comme pour prôner la patience, et il perçut le bruit de cavalcade. Le gosse déboulait enfin ! Il le héla, de mauvais gré.

— Dépêche un peu ! Ça fait pas loin de la demi-heure que je m'attarde. La Célestine a pas trouvé moyen de t'faire tomber du lit ou quoi ?

— C'est à cause du cerf ! Un géant ! Je l'ai vu comme je te vois Totoche !

— Tiens donc ! Dans les combien de toises ?

— Tellement gros que t'imagines pas !

— Bougre ! Tu vas me sortir qu'il faisait seize cors, sans doute ?

— Non.

— Tout de même…

— Il en fait dix-huit.

— Dix-huit ! Ton cerf, ce serait pas plutôt un élan ? Ou alors t'as encore lichetronné. Célestine m'a enguirlandé pas plus tard qu'hier, au marché, alors j'ai juré de plus te faire boire. Ma foi, elle a p't-être raison !

— Tu ne me crois pas ? J'ai compté comme tu m'as dit et y avait dix-huit cors !

— C'te bonne blague ! Déjà, un cerf de seize cors, j'en ai encore jamais vu dans la forêt, et pourtant ça fait une paye que j'y traîne mes bottes.

Indigné qu'on mette sa parole en doute, Paul s'était campé en plein milieu du chemin, les poings sur les hanches. Que Borel se moque, il pouvait le supporter, mais pas son ami… Totoche perçut son trouble et en oublia son agacement. Le môme croyait ce qu'il disait, et quand bien même il avait la berlue, ce n'était pas une raison pour se disputer. Il haussa les épaules et marmonna :

— C'est point si grave, va. Il devait être sacrément beau. Allez viens, on n'est pas en avance.

— Tu veux pas aller voir les traces ?

— On a dit qu'on pêchait, alors on pêche.

— Et les cannes ?

— Pas besoin. Tu verras sur place. On va dans un recoin secret. J'y étais rendu à la pointe du jour, à présent on va lever les lignes…

Ils prirent par le sous-bois, traversèrent un fossé, puis deux, et débouchèrent sous le ciel plombé dans une zone de landes. Le vent gelait leurs joues, mais la chaleur de la marche leur avait fait venir une bonne suée. Ils arrivaient en vue de l'étang. Des nappes de brume épaisse flottaient à la surface, noyant les berges en masse indistincte. Paul se racla la gorge, brusquement intimidé à l'idée de parler de la fille. La réaction de Totoche l'avait un peu refroidi, mais après ils seraient occupés à leur tâche et Totoche n'aurait plus la patience d'écouter. Avant de se risquer, toutefois, il voulut mettre les choses au net.

— Totoche…

— Quoi, mon grand ?

— Le cerf, j'te promets, il portait dix-huit cors.

— Te tracasse donc pas. Si tu dis vrai, on va le revoir ton géant.

Rassuré, l'enfant enchaîna sans trop se soucier d'y mettre les formes :

— Dis, pourquoi tu les aimes pas, les Gitans ?

— Qui t'a raconté ça ?

— C'est toi, l'autre jour… tu as dit que c'étaient des traîniers et que le comte il était fou de les accepter sur son domaine. Je connais leur campement, ils sont à l'est de l'étang de Beaumont, après la pineraie.

— Tiens donc, un dix-huit cors et maintenant le campement des Gitans ! C'est ma foi vrai que tu te mêles de tout !

— C'est toi qui m'as appris à ouvrir les yeux.

Totoche ravala un rire. Le gamin avait du répondant et il ferait un sacré discoureur si on le laissait grandir en paix !

— Écoute, petit, j'ai rien contre eux, mais vaut mieux pas s'y fier, c'est pas des gens comme nous. Ils ont leurs coutumes, leurs idées. Évite de t'y frotter, les Borel voudraient pas.

— Tant pis ! J'ai rencontré une fille !

— Tiens, qu'est-c'que j'disais ! Une fille des Romanos ?

— Bella, elle s'appelle.

— Pardi…

— Pardi quoi ?

— Elle serait pas mignonne, ta Bella ?

Le gamin rougit mais refusa de se laisser piéger.

— Elle connaît un tas de choses, les sangsues, la danse, et elle sait nager ! Elle a peur de rien !

— Et de surcroît elle est gironde et toi, t'as plus toute ta tête !

— Elle m'a emmené à son campement, elle m'a présenté à sa mémé…

— Vous avez lié connaissance ? Ma foi, tu ne perds pas de temps, mon gaillard. C'est-y que tu serais entiché ?

— Elle est plus vieille que moi. C'est pas une amoureuse…

Mais en disant cela il s'empourpra si fort que sa peau le brûla, et Totoche comprit qu'il valait mieux calmer le jeu.

— Écoute, petit, j'vois bien que t'es pincé alors je vais pas te décourager, ça servirait autant que de pisser dans un violon. D'ailleurs t'as sûrement raison, c'est moi qui deviens une vieille bête défiante. Tu vois, à force, je m'ensauvage.

Ils se frayaient une percée à travers les joncs serrés et les prêles. Machinalement, Paul chercha des repères pour se retrouver. Le brouillard aplanissait tout et seule la ligne creusée par leur passage indiquait une présence humaine. À leur approche, un groupe de colverts et quelques souchets s'envolèrent à tire-d'aile. La rive fut soudain à leurs pieds et le braconnier poussa un soupir de satisfaction. Il laissa tomber sa carnasse, pas mécontent de changer de conversation.

— On y est. À présent, tu m'regardes faire.

Il approcha de l'eau et resta debout quelques instants à observer les alentours. Une fois rassuré, il se baissa, et releva sa première ligne de fond. Tout en expliquant quel appât choisir, il amorçait sa ligne. Une fois satisfait, il la plongea dans l'eau puis gagna la suivante qu'il avait ajustée à une gaule de coudrier d'une dizaine de pieds. Arrimée solidement au milieu des racines d'un saule, la canne restait quasi invisible depuis la rive… Un sourire victorieux éclaira la rude figure de Totoche ; la gaule était agitée de soubresauts. Il fit venir la ligne doucement et sortit un splendide brochet qu'il mit au sec sur la rive.

— C'est jour de chance ! Je m'en vais le proposer à l'auberge de Grandbois, il fait au moins huit livres, le bestiau ! Quant au Lulu, il peut se brosser, ça lui fera les pieds de me payer en monnaie de singe !

Le poisson béait sur l'herbe, et, saisissant son couteau par la lame, Totoche lui assena un coup sec du manche pour mettre fin à l'agonie. Comme l'enfant se tenait tout proche, il avisa soudain l'anomalie.

— T'as pas pris tes bottes, nigaud ?

— Ça ira.

— Tu m'en diras tant. Tu vas à la pêche en souliers maintenant.

— J'voulais pas me mettre en retard.

— Moralité, tu t'y es mis quand même et t'es mouillé. Tiens, apporte-moi une brassée d'herbes.

Il en tapissa sa gibecière et déposa le brochet mort dessus.

— Je préfère le porter sans tarder. Tu t'sens capable de relever les lignes maintenant que je t'ai montré ? Tu tires doucement la ligne, et si le poisson se bagarre, tu lui laisses un peu de mou, il se lassera vite. Ensuite tu le mets au sec, et tu l'assommes si tu t'en sens le courage. Sinon, ça attendra mon retour. Je tarderai point. Une heure, à tout casser !

— D'accord.

— Quand tu auras fini de relever les lignes, tu en poses de nouvelles. Il en reste trois, au saule, au pied des ronciers, là-bas, et sous le talus, entre les racines des châtaigniers, compris ?

Il désigna les emplacements pour s'assurer que le gamin les repérait avant de lui passer son bac à gardons, et lui ajusta la courroie en bandoulière. Enfin, il se pencha tout près, l'œil plissé de malice.

— Tiens. Je te prête mon couteau, ce sera plus pratique que ta lame…

C'était une manière de se faire pardonner sa mauvaise humeur du matin. L'enfant en resta muet d'émerveillement. L'orgueil l'avait mis au garde-à-vous, le torse bombé de joie.

— Gaffe, que personne te voye…

— Je te promets. Juré-craché !

*

Borel était en route. Il prenait son temps, malgré l'excitation de sa traque. Trop de fois il s'était laissé emporter et avait chanté victoire pour se retrouver défait, le bec dans l'eau. Sa réputation en pâtissait et on commençait à jaser derrière son dos, jamais devant, pas encore, car il en imposait dans son uniforme, en outre le comte était respecté de par le pays, mais cela viendrait, à force…

Il s'était harnaché de son équipement, avait vérifié son fusil et était parti sur la trace du gamin. À part quelques zones de broussaille où les croisillons se perdaient, sa filature ne lui avait pas coûté trop de mal. Sur l'allée traversière, il buta sur les empreintes des chevaux et celles du cerf, mais il était bien trop obsédé par son idée fixe pour mesurer l'aubaine. Certes, rien ne disait que la piste le mènerait à un forfait, mais maintenant qu'il était lancé, autant aller au bout !

À l'embranchement du petit bois, son intuition s'avéra juste et le sentiment de bonheur fut si violent qu'il chancela et dut reprendre son souffle, appuyé contre un arbre. Là, dans la tourbe moite, les petites croix rejoignaient un pied d'homme, et ce pied il l'aurait reconnu entre mille, même si rien véritablement ne lui permettait d'affirmer que c'était celui de Totoche. Sauf que lui savait, l'intuition et une rancune terrible, patinée de haine, lui tenaient lieu de conviction.

Sur le sol argileux, suivre les empreintes était un jeu d'enfant ; tantôt à la queue leu leu, tantôt de conserve quand le sentier s'élargissait, et le garde enrageait d'imaginer leurs bavardages. Parfois, à des traces plus profondes, il les voyait marquer un arrêt pour se livrer aux confidences… Ah, il s'était bien foutu de lui, le morveux, et l'autre qui devait rigoler en lui bourrant le mou ! Soudain il comprenait tout, la mouche sur le revers du col, l'aisance du gosse à balancer la ligne, ses retards et son comportement de plus en plus insolent. Ils l'avaient roulé dans la farine, mais l'heure de sa revanche avait sonné et Borel comptait bien s'en délecter…

*

Sitôt le géant disparu, Paul se dépêcha d'aller aux lignes. Sur les trois, une seule avait mordu, une petite perche d'à peine une demi-livre. Totoche serait déçu, mais avec de la chance et s'il appâtait correctement, il pourrait attraper quelque chose de plus gros avant son retour !

Il amorça, couteau en main pour bien ajuster le vif. Le travail lui donnait envie de siffloter. Au lieu de ça, il respira l'air à pleins poumons en jetant un regard aux alentours. Travailler pour un braco lui donnait des responsabilités, mieux valait rester discret. Le vent avait dissipé le plus gros du brouillard et la lumière filtrant du ciel donnait à l'eau l'aspect d'une nappe trouble. Il immergea la ligne et pria pour qu'un fabuleux poisson y morde, une carpe géante ou le cousin du brochet de huit livres. Dans son dos, le cri furieux d'un héron s'éleva, couvert par un rugissement.

— Halte-là, au nom de la loi !

De saisissement, il manqua se flanquer à l'eau. Fusil pointé, Borel le tenait en joue, rouge de colère.

— Jette ton arme !

L'espace d'un instant, Paul crut que le garde-chasse était devenu fou avant de comprendre qu'il parlait du poignard de Totoche. Il le tenait si fort qu'il dut faire un effort pour desserrer les doigts. La lame lui échappa et tomba sur l'herbe. Lui demeura coi, submergé par l'imminence d'une catastrophe.

— Mains en l'air !

Le fusil toujours brandi, le garde-chasse jetait des regards vifs autour de lui, sûrement en quête du géant. Prudemment, il ramassa le couteau puis désigna le panier.

— Ouvre.

À l'intérieur, il découvrit la perche, rien de très conséquent, bien sûr, toutefois la faute était avérée. Il grimaça de colère revancharde.

— Flagrant délit de braconnage sur propriété privée. Article 132, alinéa 71, du code pénal. Ça va t'emmener loin ça, mon gaillard. Le tribunal, la prison et tout ce qui s'ensuit !

Tétanisé par la menace, l'enfant tenta de ravaler ses larmes. Il ne voulait pas chouiner, pas devant Borel. L'envie d'uriner lui tortura soudain le bas-ventre. Il résista, les poings serrés.

— Où il est, ce fumier ?

— Qui ?

— Écoute bien, saligaud ! La seule solution pour t'en tirer est de m'avouer qui t'a entraîné ici.

— Personne.

— Ah oui ? Et il est à qui, ce couteau ?

— À moi.

— À toi. Elle est bonne celle-là ! Arrête tes menteries. Qui t'a appris à pêcher ?

— Ben, c'est vous, l'autre jour…

— Te fous pas de ma gueule ou j't'en colle une. En plus de braconner, tu s'rais aussi un fieffé bonimenteur ?

— C'est la vérité, je le jure.

— Voilà qu'il jure maintenant ! C'est complet ! Aggrave pas ton cas ou tu finiras devant le juge.

— Le juge ?

— Celui qui va t'envoyer en prison quand tu lui auras déballé tes menteries ! Marche devant, crapule !

L'enfant obéit et Borel abaissa son fusil. Il ne voulait pas prendre le risque de blesser le gosse, mais pas question de le laisser divaguer pour aller tout raconter à Totoche ! Il devait le ramener à la maison, ensuite il se lancerait sur les traces du braco. À vue de nez, elles se perdaient dans les ajoncs. Le bougre était malin, il avait dû fuir comme un sournois, prévenu par un pressentiment ! Cette fois, pourtant, il était fait…

★

Célestine était occupée à étendre les draps dans le jardin. La matinée finissait, mais elle se sentait rompue de s'être levée à l'aube et rêvait de siroter un bol de cidre avant de repartir pour le manoir. Pour la saison de chasse, le comte tenait à faire briller les cuivres et l'argenterie, aérer le salon de réception. Un grand ménage d'automne comme du temps de la comtesse, quand Madame recevait après les journées de battue. Les grandes tablées n'existaient plus, mais l'habitude demeurait… En saisissant une chemise du petit, elle songea qu'avec la rentrée des classes il faudrait mentir à la maîtresse sur son nom de famille. Cela la tracassait de raconter des histoires à Mlle Chassignac, d'autant qu'elle vouait un grand respect aux instituteurs ; hélas elle y serait bien obligée, et puis ce n'était qu'un arrangement, presque un mensonge de charité !

Elle finissait d'accrocher les manches quand un corps vint s'empêtrer contre le linge mouillé. Agacée, elle souleva le drap et découvrit le gamin tout blême. Derrière lui, empourpré comme un coq, son mari était campé en tenue avec sa gueule des mauvais jours. Le contraste était si saisissant qu'il lui parut presque comique. Ces deux-là avaient encore dû se chamailler…

— Fi donc ! vous voulez me gâcher ma lessive ! Et que fais-tu par ici, Borel ?

— Je te ramène ton sournois, ton malfaisant.

— Qu'est-ce qui est arrivé ?

— Il te le dira... s'il a encore sa dignité. J'veux plus le revoir en forêt, t'entends ? Tu me le surveilles du matin au soir.

— Comment veux-tu, je suis au manoir !

— T'as qu'à le prendre avec toi.

— Le prendre ! Et le maître ?

— Je m'en fiche ! Tu t'en occupes ou je le remets dans le premier train pour Paris.

La menace était sérieuse, autant que le ton de colère. À voir la mine désemparée du petit, Célestine devina qu'il devait y avoir du Totoche là-dessous. Mieux valait céder, elle se soucierait du comte ensuite.

— Bien.

— Tu le feras ?

— Oui, puisque je le dis. Ne reste pas dans mes pattes.

— J'y retourne.

Elle ne demanda pas où, s'interdit même de penser au braconnier. Elle avait assez à préserver avec son secret pour se soucier de choses qui n'étaient plus en son pouvoir. Elle attendit que le garde-chasse soit loin et s'agenouilla devant l'enfant afin de le regarder en face.

— Tu seras sage au manoir, sinon c'est à moi que t'auras affaire. Pour aujourd'hui, ça m'arrange pas que tu viennes au manoir, alors tu vas aller dans ta chambre et y demeurer sagement. Demain, tu m'accompagneras.

Paul opina du chef, penaud. La nourrice se radoucit en voyant son air misérable.

— Vous vous êtes encore fâchés ? C'était pour quoi, cette fois ?

— La pêche...

— Encore ? Je croyais que c'était terminé ! Pourquoi tu n'essayes pas de l'écouter, il peut t'apprendre des choses, même si... N'importe, il fait sa mauvaise bête mais il n'est point si méchant, au fond.

— C'est pas ça. Je pêchais pas avec lui.

— Alors ?

Subitement, elle blêmit à son tour.

— Totoche ?

— Il était pas là. Mais avant... j'étais avec lui, oui. Borel m'a trouvé à l'étang avec une perche et son poignard. Il me l'avait prêté, en attendant de revenir.

— Revenir d'où ça ?

— Il était parti à l'auberge de... Bois quelque chose.

— Grandbois. Doux Jésus, merci !

Elle ne se souciait plus des non-dits ni des sous-entendus. À quoi bon feindre puisque le gamin avait deviné l'essentiel ? Ce petiot était de la même trempe que sa mère, loyal, gentil et toujours prêt à faire plaisir. Comment ne pas s'y attacher ? Il fallait être d'un tempérament aigri comme Borel pour lui trouver de la sournoiserie. Elle repoussa l'image de Mathilde. Il fallait se sortir les souvenirs de la tête, sans quoi elle finirait par laisser échapper quelque chose. Elle soupira en feignant l'agacement.

— Bon... C'est embêtant tout ça, mais c'est leurs affaires et on n'y peut rien à présent, alors inutile de se mettre martel en tête. Et demain, tu te feras aussi discret qu'une souris... un souriceau, plutôt. D'accord ?

— D'accord.

Si Borel comptait surprendre le braco en plein flagrant délit, il en fut pour ses frais, car sa saleté de chienne, cédant à une rage instinctive, se mit à aboyer furieusement alors qu'il était à vingt pas de la barge. L'intrus empestait une sourde menace qu'elle avait déjà maintes fois détectée en forêt, lorsqu'ils fuyaient. Totoche surgit de sa casemate, empoigna l'animal par la peau du cou et le regarda approcher.

Borel éructait des insultes en brandissant des lignes à brochet, et il comprit en un éclair ce qui avait dû se passer durant son absence. Il venait d'échapper au pire parce qu'il avait vendu son brochet et qu'il était revenu pour déposer les sous, histoire que ça ne traîne pas dans ses poches. Cette précaution lui avait sauvé la mise, sans quoi il serait tombé sur le garde-chasse.

Comprenant que ses cris n'impressionnaient guère le forban, Borel finit par changer de méthode. Puisque l'autre ne se démontait pas, il assena vicieusement :

— C'coup-ci, t'es fait comme un rat ! Le gamin a parlé !

— Qué bon Dieu de gamin ?

— Prends-moi pour une buse. On va te refoutre *illico* en prison. Ton complice a tout balancé, tes lignes, tes collets, tes trafics, tout. Et ça...

Il sortit le poignard avec un ricanement sinistre et Totoche se sentit tressaillir sous le coup d'un doute affreux. Pourtant il releva le menton, décidé à nier.

Le garde pavoisait, hilare, car il avait perçu son mouvement de recul.

— Pièce à conviction !

— C'est pas à moi cette lame et ça m'étonnerait que t'y trouves mon sobriquet gravé, pas vrai ? Ensuite, pisque t'as toutes les preuves que tu dis, pourquoi les pandores ne sont pas ici pour me coxer ? C'est la procédure, non ?

— Je fais comme je l'entends, bougre de fi de garce, t'as pas à me donner d'ordres ! Alors, t'avoue ?

— Et quoi donc ? Que je suis chez moi et que tu viens m'assourdir ?

— Et ça ?

Il secouait les lignes en l'air, brusquement inquiet, car ce genre de preuves ne suffirait pas.

— Montre ton carnier !

— Et pourquoi donc ?

— Bigre, parce que tu le portes au flanc !

— Et si je veux pas ? Ma foi…

Il parut réfléchir, puis haussa les épaules, désinvolte.

— Allez, après tout…

D'un bond, il rejoignit la berge et marcha vers Borel. Le rapport des forces s'inversait, pourtant il se garda de triompher, pour ne pas énerver davantage le gardaillon. Poussé à bout, celui-ci pouvait encore s'avérer dangereux, sans compter qu'il avait ce fichu couteau !

— Tiens, regarde.

Le carnier était vide, tapissé de verdure. Une odeur de poisson s'en échappait.

En proie à un début de panique, Borel se mit à chercher un indice solide autour de lui. Ce fumier était en train de lui échapper alors qu'il ne lui manquait pas grand-chose…

— Et c'est quoi, ça ?

Il désignait une lanterne suspendue à l'entrée du cabanon que Totoche trafiquait encore la veille au soir. Il l'avait vernie pour la préserver de la rouille et mise à sécher là.

— Un genre de lampe, on dirait…

— Une lanterne, oui da, pour braconner de nuit !

Loin de se démonter, le braco affirma avec aplomb :

— Non, môssieur. Ceci est un fanal de marine, pour naviguer sur la Loire par temps de brouillard.

— Avec une barge qui bouge pas ? Et pourquoi pas un lampion de foire, tant qu'on y est !

Ils se toisèrent sans un mot, faute de s'empoigner. Derrière leur silence, une rancune affreuse nourrie de secrets et de coups bas les tenait l'un contre l'autre. Finalement Borel céda et cela sonnait moins comme une menace que comme une supplique de ras-le-bol.

— Pourquoi tu viens toujours braconner sur mes terres ? Il est à moi ce gamin, à moi ! Alors tu le vois plus, tu lui causes plus, sans quoi ça va barder pour ton matricule, je le jure sur la tête de ta damnée mère !

Il tourna les talons et Totoche se permit de souffler. Ce genre d'ultimatum ne l'inquiétait guère, sauf qu'il y avait Célestine. Il ne pouvait pas la mettre en danger et cette fois le coup de grâce n'était pas passé loin. Il songea que c'était arrivé par la faute du gosse, parce qu'il s'était entiché de lui. Paul avait-il dégoisé sur son compte ? Il savait les hommes capables de donner père et mère par lâcheté, peur ou intérêt, et des costauds, il en avait vu craquer ! Alors un mioche…

Dépité, il grommela à l'adresse de Garçon :

— Tu serais pas tombée à l'eau, on serait pas dans la mouise… Enfin, le pire est passé. Il a pas dû trop moufter, ton marmoussieau, sans quoi je s'rais plus ici, té.

Consciente de son malaise, la petite chienne se mit à gémir en battant de la queue, comme pour lui demander pardon.

10.

En prévision de sa visite à la grande maison, Paul s'était débarbouillé et avait même ciré ses godillots. La veille, Célestine avait prévenu Madeleine et Armand qu'il demeurerait avec eux jusqu'à la rentrée des classes. Elle imputa ce changement d'habitude à une bêtise de gosse que Borel avait mal prise à cause de son tempérament. Évidemment, le gamin se tiendrait sage, elle y veillerait !

Pour cette première journée, elle lui donna une panière de draps à porter et ils montèrent à l'étage. En passant devant les trophées, les bois de cerf et ceux de chevreuil, plus courts et trapus, Paul traîna des pieds. Il cherchait une ramure comparable à celle du grand cerf, mais il n'en vit pas. Agacée de sa lenteur, la nourrice le rabroua vertement :

— T'es pas ici en visite, arrive donc...

Ils passèrent deux heures à nettoyer les pièces de l'étage. Célestine arborait à la taille un imposant trousseau de clefs qui ouvraient les portes des chambres et celles des armoires, assez profondes pour y cacher deux hommes debout. Pendant qu'elle briquait les fenêtres et refaisait les lits, il était chargé de passer un chiffon sur les meubles et les moulures, de vérifier que les mites ne mangeaient pas les cotonnades ou d'aider à tirer les draps. Lui qui n'avait jamais vu de lit à baldaquin sinon dans les illustrations de ses livres d'histoire s'étonnait de ce luxe digne d'un prince. Chaque chambre aurait pu abriter leur logement de Saint-Denis et toutes donnaient sur le parc, au bout duquel les bois s'étiraient, à perte de vue.

Ils finirent par l'appartement du comte. En face du lit, on avait disposé le portrait en pied d'une femme à la beauté éthérée. Elle était coiffée d'un grand chapeau d'où s'échappaient un ruban bleu et une coulée de cheveux blonds. Comme Paul restait en contemplation devant, Célestine murmura :

— C'est Madame…

— Madame qui ?

— Feu la comtesse, l'épouse de Monsieur. Elle est partie jeune, la pauvre, elle était de santé fragile.

— Ils sont tous trépassés dans cette famille !

— Jésus-Marie-Joseph ! Quelle mouche te pique ?

— Totoche, il dit que la fille du comte aussi est morte. Et que t'étais sa nourrice…

Occupé à épousseter un buffet, il ne remarqua pas l'émoi de Célestine. La brave femme tenta de se reprendre et emprunta un ton neutre :

— Sans doute… mais il reste Bertrand.

— Je l'aime pas, celui-là.

— C'est pas poli, et puis tu l'as à peine vu.

— Je l'aime pas davantage.

— C'est ma foi vrai qu'il est point si aimable que…

Elle parut se ressaisir sur le bord du souvenir et conclut en soupirant :

— On a tous notre lot de chagrins, alors inutile de passer sa vie à se lamenter.

— Tu devrais le répéter au comte.

— Fi donc, et pourquoi je ferais une chose pareille ?

— Tu dis qu'il est triste et qu'il aime pas les enfants. C'est pas se lamenter, ça ?

— Pas tout à fait... et puis Monsieur n'a guère d'occasions de se réjouir.

— Pourtant...

— Pourtant quoi ?

— Rien...

— J'aime autant ça. Tu commences à prendre de drôles de manières. Bon, assez causé ! Pendant que je change les draps, veux-tu aller me chercher de l'encaustique ? J'ai oublié de l'emporter et je dois faire les meubles. Tu n'auras qu'à demander à Armand de te donner le pot. Il est dans la buanderie. Et ne traîne pas !

— D'accord !

En remontant le long couloir, Paul s'amusa à compter les portes. Il y avait sept chambres et un grand dégagement vers l'étage supérieur ; il se demanda combien de gens on pouvait y loger, sûrement des dizaines !

Dans le grand escalier, malgré les recommandations de la nourrice, il recommença à comparer les empaumures, mais il eut beau chercher, aucune ne tenait la comparaison avec son grand cerf. Il était si fasciné par les trophées sur leur socle verni, vaguement rebuté aussi, qu'il ne vit pas le comte arriver. Antoine de La Chesnaye, lui, reconnut aussitôt le petit-neveu de sa gouvernante. Planté devant les massacres, il semblait perdu dans un abîme de réflexion et cette vision égaya le vieil homme. Il se garda de parler trop fort pour ne pas l'effaroucher :

— Tiens, mon fuyard de l'autre jour. Eh bien, te ferais-je aussi peur aujourd'hui ?

L'enfant rougit violemment avant de répondre plutôt hardiment :

— Non… enfin juste un petit peu, monsieur.

— Tu admirais les trophées ?

— Le douze-cors, là.

— Lequel ?

Il voulait s'assurer que le gamin savait de quoi il parlait même si l'assurance du ton ne laissait guère de doute.

— Celui-là, avec le surandouiller très noir, cassé au bout.

— Tu as du vocabulaire, ma foi ! Ce ne sont pas les termes d'un enfant de la ville… Qui te l'a enseigné ?

— C'est… C'est Borel, monsieur. Le garde-chasse. J'habite chez lui.

— Célestine m'a dit ça, oui. Moi, à ton âge je n'en savais pas tant et ce trophée est effectivement un beau douze. Il nous en a fait voir, le boug… l'animal ! Le premier jour il a tapé au change, si bien qu'on l'a perdu.

— Tapé au… change ?

— Une ruse du cerf pour égarer la meute. Imagine donc que les chiens le suivent depuis l'aube.

— Je sais ! Ils sont créancés !

Paul s'animait, fier de montrer son savoir au comte qui s'enflammait à son tour.

— Parfaitement ! Cela fait plaisir de bavarder avec un connaisseur. Imagine donc ! Les chiens sont créancés sur le vieux mâle qui a usé de toutes ses ruses pour les égarer. Il a remonté une rivière, passé les étangs et rebroussé cent fois chemin. Il a croisé sa trajectoire, l'a doublée, et il a fait maints hourvaris en ramenant la meute à la voie déjà foulée afin de la tromper. Comme rien ne marche et que ces fichus chiens sont toujours à ses trousses, il décide de se frotter à ceux de sa harde qui le fuient pis que la peste parce qu'il porte sur lui la mort ; le vieux cervidé est malin, il sait que s'il tape au change en obligeant un cerf moins expérimenté à courir avec lui, il aura une chance de se sauver, les chiens perdront sa trace sur un écart et se lanceront sur l'autre bête. C'est comme s'il échangeait sa vie contre la mort de l'autre, en le livrant aux chiens à sa place. Le voilà donc qui court vers le grand marécage où la harde est cachée...

L'enfant écoutait, le souffle suspendu, ne sachant que souhaiter au grand cerf, oubliant que sa ramure était fixée dans l'escalier et que la ruse avait échoué. Percevant son attention, le comte ménagea un temps de suspense.

— Alors ?

— Alors rien !

Célestine descendait vers eux, la mine courroucée.

— Viens-t'en ici de suite ! Je te réclame l'encaustique et voilà que je te retrouve à embêter monsieur le comte.

— Laissez, Célestine, votre petit-neveu ne me dérange pas du tout et nous causons de sujets sérieux.

— Mais Monsieur...

— Vous pouvez bien lui accorder une récréation, non ?

Malgré la politesse de la formulation, la nourrice comprit qu'il n'était pas question de rétorquer. Quand le comte avait cette mine-là, autant se résigner. Elle pria pour que l'enfant ne se trahisse pas.

— Bien, dans ce cas… Tu seras sage ? Et tu ne réponds pas !

— Il sera parfaitement docile et totalement muet, n'est-ce pas mon garçon ?

Paul acquiesça avec un large sourire. Il percevait la nervosité de la nourrice sans vraiment comprendre. C'était peut-être la chasse qui la contrariait ; entre son mari et Totoche, elle en avait soupé… Ou alors, c'était parce que le comte n'était pas aussi méchant qu'elle le prétendait et ça la gênait d'avoir tort. Il attendit qu'elle s'éloigne pour demander :

— Vous les avez tous tués, ceux du mur ?

— Mon enfant, on ne tue pas une bête aussi noble, on la sert.

— On la cerf ? comme un cerf ?

— Non, on la sert au sens de servir, comme on sert un maître exigeant ou un adversaire à sa mesure. Et pour répondre à ta question, oui, tous ceux que tu vois là, sur le mur, ont été servis par moi ou mon père et son père avant lui. Pour cela, on utilise cette longue dague, tu vois, sur ce tableau.

Il désignait une peinture qui ornait le palier. C'était une scène de crépuscule qu'un soleil mourant colorait de rouge. Dans une trouée du taillis semblable à un décor d'ombres, acculé par la meute de chiens hurlants, le cerf avait plié les jarrets devant un homme, le bras levé, armé d'une dague. On le sentait sur le point de frapper et l'œil exorbité de la bête reflétait déjà la terreur du coup fatal. Paul déglutit, la bouche sèche.

— Pourquoi on le tue pas au fusil ?

— Par respect, justement. Un animal pareil doit périr à l'arme blanche. Jamais autrement, ou bien c'est un crime.

Il laissa passer un temps, afin que l'enfant comprenne bien la portée de ses paroles, puis indiqua un trophée, au milieu de la montée.

— Voici le quinze-cors, le plus beau mâle jamais chassé sur le domaine.

— Il n'y en a pas de plus grand ?

— Certains affirment qu'un géant viendrait parfois dans nos bois.

— Géant ?

— La rumeur le prétend. Il porterait dix-sept, voire dix-huit épois. C'est vraisemblablement une légende puisque personne ne peut jurer l'avoir vu de ses propres yeux, mais j'aime à penser qu'un jour je le croiserai peut-être… Tiens, veux-tu que je te montre le domaine ? Nous irons au plus haut point du manoir, dans la tourelle. Quand j'avais ton âge, j'imaginais vivre dans un château fort.

Paul hocha la tête avec enthousiasme, et se dépêcha de lui emboîter le pas avant que Célestine ne revienne protester.

Le brouillard s'était levé, laissant place à un ciel tourmenté où perçaient des lambeaux d'azur pâle. Les terres du comte de La Chesnaye s'étendaient sous leurs yeux, la vigne au bout des champs cultivés, le bosquet qui se mordorait déjà, une boucle de la Loire et même le clocher du village qui jaillissait du moutonnement des arbres. Par une trouée du taillis, Paul distingua l'étang de la Malnoue. Le campement devait être quelque part par là…

— Vois-tu, c'est ici que débutent la plupart des battues, et Borel en est le maître d'équipage.

Le vieil homme désignait l'est. Remarquant que l'enfant avait tiqué pour la seconde fois à l'évocation du garde-chasse, il insista fermement :

— Borel est un bon chef de traque. On ne bat jamais la campagne n'importe comment, il faut savoir déterminer les zones giboyeuses où la harde s'est rembuchée, veiller à bien employer les piqueux, limiers et rabatteurs, comprendre ses chiens et les utiliser au bon moment. Borel connaît la meute mieux que personne et sait choisir ses chiens. Une bête fatiguée ou mal entraînée peut te plomber une chasse. Borel sait ces choses-là. Certes, son entêtement peut lui jouer des tours et il m'arrive de le trouver plus soucieux du domaine que moi-même, mais dans le fond ce n'est pas un mauvais homme…

Il se tut, absorbé dans ses pensées, et sa gaieté parut s'évaporer, alors, pour le consoler, l'enfant déclara :

— Vous avez de la chance d'avoir tout ça !

— Ce n'est pas de la chance. Plutôt une charge, qui se transmet de génération en génération et qu'il me faudra léguer à mon tour, le moment venu.

Un silence plana, lourd de regrets. Paul fit une nouvelle tentative :

— Votre cerf, le géant… moi, je l'ai vu.

— Toi ! Que me chantes-tu là ? Tu en es sûr ?

— Presque. Au moins dix-huit cors. J'ai compté deux fois.

— Morbleu ! Ce serait donc vrai ? Quand et à quel endroit ?

— Ce matin, dans la forêt…

— Mais où, exactement ?

— Par là, je sais plus bien.

Il indiqua le bois de Trémaille sans donner plus de détails. Déjà, il regrettait d'avoir parlé, mais c'était la faute aux histoires de chasse, elles lui avaient fait perdre sa prudence ! Si le comte apprenait qu'il les avait espionnés, lui et la cavalière, il risquait de se mettre en colère. Et puis, même s'il était fichtrement plus aimable que Célestine ne le prétendait, Paul le connaissait trop mal pour lui confier un pareil secret. Mieux valait garder une part de vérité. Le vieil homme était sûrement un fameux chasseur, vu le nombre des trophées qui ornaient ses murs, et il préférait savoir le cerf hors d'atteinte. Antoine de La Chesnaye contemplait rêveusement l'endroit indiqué. Il murmura :

— Un dix-huit-cors… baste !

— Vous me croyez pas ?

— Pourquoi irais-je mettre en doute ta parole, mon garçon ? Je ne demande pas mieux que de te croire, seulement il me faudrait des précisions. J'en connais quelques-uns qui se damneraient pour une bête semblable… Si d'aventure tu le revois, viens me chercher, peu importe le moment !

— D'accord.

Le silence plana entre eux et Paul se rappela qu'il était consigné. Comment ferait-il pour revoir la fille ? Il brûlait d'envie d'interroger le comte sur la présence des Gitans, ses promenades à la chapelle, et tout un tas de mystères, mais ce serait de la déloyauté et il ne voulait pas trahir Célestine. D'ailleurs, on ne savait jamais avec un aristo. Comment savoir ce qu'il avait le droit de dire ?

Le vieil homme se détourna du parapet. Soudain il paraissait voûté et terriblement las. Il énonça d'une voix morne :

— À présent laisse-moi, j'ai à faire. On pourra discuter de chasse une autre fois, si tu es d'accord… et ta tante également !

Il fallut quelques secondes à Paul pour comprendre qu'il parlait de la nourrice et acquiesça timidement.

— Ce serait… bien !

Devant son sourire, le cœur de M. de La Chesnaye rata un battement. Cet enfant avait un charme peu commun, mais de là à croire qu'il avait pu croiser un cerf de dix-huit cors ? Devenait-il gâteux avec l'âge ?

*

— Vous avez causé de quoi ?

— Des cerfs, de la chasse…

La nourrice soupira d'aise. Elle avait tremblé chaque seconde de leur entrevue. Quand Paul avait surgi au salon où elle fourbissait les couverts d'argent, elle s'était gardée de le questionner, par prudence, en attendant le moment du retour. Ils marchaient à présent vers la maison, et, ne sachant si Borel s'y trouvait, elle se dépêchait de mettre les choses au clair.

— Si Monsieur t'interroge sur ta famille, tu lui dis bien que tu es le fils du neveu de ma cousine, hein ? Le petit Lacassagne. Et puis ne lui cause jamais de sa fille, jamais ! Ça lui ferait trop d'émotion… Tu as compris ?

Paul hocha la tête, peu convaincu, mais puisqu'elle s'entêtait à faire des mystères mieux valait se ranger à son avis. Comme ils arrivaient à l'embranchement du bois, il se tourna en direction de l'étang.

— J'ai envie d'aller voir Totoche.

— Borel veut plus. Il se fâcherait.

— On n'est pas obligés de le lui répéter.

— Non mon grand, ce serait pas correct.

— Mais, Totoche…

— Totoche sait bien à quoi s'en tenir à c't'heure, ne sois pas nigaud. Et ce gaillard est assez grand pour se débrouiller même si quelquefois on pourrait en douter.

— Mais je vais m'ennuyer ! En plus je perdrai tout ce qu'il m'a appris ! Il faut s'entraîner, c'est le comte qui l'a dit !

— Tu n'es pas un cheval ou un cani de meute, tu n'es même pas un chasseur, alors pour l'entraînement c'est point si grave.

Elle riait à demi devant l'indignation du petit, de soulagement. À présent que Monsieur connaissait l'enfant, son mensonge lui semblait moins gros. Paul, lui, enrageait doublement en songeant à Bella. S'il était puni à faire l'andouille comme de porter des paniers, ranger des cuillères ou plumer une poule dégoûtante, la fille finirait par croire qu'il ne voulait plus la voir. Célestine dut secouer sa manche pour attirer son attention.

— De toute façon, avec l'école, tu auras moins de temps pour billebauder.

— L'école ?

— Tu ne pensais pas que les grandes vacances duraient jusqu'à la Noël, tout de même ? Dans quatre jours, tu iras aux Herteignes, chez Mlle Chassignac. Je viens de t'inscrire et là-bas aussi tu t'appelleras Lacassagne, n'oublie pas !

Le gamin poussa un soupir à fendre une bûche.

— J'ai pas envie !

Écoute, nigaud, il faut bien que tu apprennes autre chose que la forêt, et puis tu te feras des camarades de ton âge.

— Y en a qui aiment la tête de veau ? Parce que ceux que j'ai rencontrés, ils ont pas trop l'air d'apprécier les gens de Paris.

Elle pouffa joyeusement.

— Dégourdi comme tu es, tu sauras leur répliquer ! Et puis j'en connais un qui pourra plus t'empêcher de sortir ni de traîner un peu si ça te chante...

Comme il la regardait sans comprendre elle prit une mine chagrine, rentra le cou dans les épaules et marcha lourdement.

— Tu parles de ton mari ?

— Qui d'autre ? Une fois qu'il aura digéré ton escapade et que tu iras à l'école, il aura bien d'autres choses en tête. Allez, on va lui préparer une potée pour lui rendre sa bonne humeur. Et toi, les prochains jours, tu seras aussi sage qu'une image.

11.

À la vue de sa nouvelle institutrice, Paul dut se mordre la langue pour ne pas montrer sa surprise. Il reconnaissait cette jeune femme aux tresses sages, il l'avait vue trottant en amazone en compagnie du comte. Le vieil aristocrate, en revanche, il ne l'avait plus croisé durant les trois journées passées dans les communs. Il avait regretté, parce que suivre Célestine, aider Madeleine à plumer une volaille ou Armand à cirer les chaussures, ça finissait par être barbant !

Montaine Chassignac le prit par l'épaule et le mena sur l'estrade, face à ses camarades. Une quinzaine de gamins le dévisageaient, certains avec une curiosité maligne, d'autres avec hostilité, si bien qu'il se sentit coincé, mitraillé sous le feu des regards. Grâce à l'Arsène, le conducteur de char à chiens, tous savaient que le nouveau venait de la « Banlieue-de-Paris », qu'il logeait chez les Borel et que c'était une fameuse grande gueule. Chef de bande incontesté et fils de maquignon, Arsène Pachevot avait rapporté leur dispute et comment Mélie l'avait mouché. Un seul élève lui fit bonne mine, le benêt du village, un grand de quinze ans, mais c'était autant à cause de sa nature accommodante que par habitude, car Denis souriait du matin au soir.

L'école des Herteignes était une maison de plain-pied blottie à l'ombre des marronniers, assortie d'une grande cour scindée en deux par un mur assez haut pour empêcher quiconque d'y grimper. La partie réservée aux garçons présentait trois salles aux portes vitrées, un bureau et une réserve où l'on entreposait aussi bien le matériel de classe que le charbon de bois pour le poêle. Dans le couloir, on avait accroché des patères destinées à recevoir les pèlerines. Le sol était en plancher, les murs passés à la chaux. L'enseignement était dispensé par M. Minard, le directeur, un individu plutôt effacé qui était chargé des petits du primaire. L'énergique Montaine se chargeait des cours moyens. L'aile réservée aux filles était sensiblement plus modeste, avec une classe unique menée d'une main de fer par une vieille institutrice à la mine rébarbative comme celle d'un maréchal des armées.

Même divisée par le milieu, la cour était assez vaste pour comporter deux préaux, des toilettes et une « promenade » qui faisait le tour d'un bouquet d'arbres. Pendant les récréations, on entendait crier de part et d'autre du mur, et certains garçons se vantaient de reconnaître le timbre de la Mélie ou celui de Françoise, un duo de dégourdies qui faisaient régner l'ordre de leur côté.

En pénétrant dans la classe, on respirait les relents de bois ciré et de craie. Disposé sur une estrade, le bureau de l'institutrice faisait face aux pupitres ordonnés en trois rangs, chacun pourvu d'un encrier en porcelaine plein d'une mixture violette, quasiment noire.

Le mobilier se réduisait au tableau, une armoire, une étagère, une carte de France et un gros poêle qu'on nourrissait de charbon rangé dans un panier. Ce jour de rentrée, sur le tableau, une main délicate avait tracé la phrase du jour :

C'est quand on plonge dans le malheur
qu'on se rend compte qu'on était
dans le bonheur sans le savoir.

Le cours moyen de Montaine Chassignac était réputé pour sa méthode. Sa rigueur surprenait toujours au début, car la demoiselle était jolie et encore jeune, mais son sens de la justice l'avait rendue populaire, et même les récalcitrants comme Arsène ou Louis l'appréciaient. L'institutrice était consciente que la plupart de ses élèves ne poursuivraient pas longtemps leur scolarité. À treize ans, ils retourneraient définitivement aux champs ou aux bois, mais en attendant, elle tenait à ce qu'ils sachent l'essentiel : compter et lire, quelques rudiments de géographie et d'histoire, composer une rédaction et entendre les cours de morale et d'instruction civique.

Mlle Chassignac portait une blouse longue, plus pâle que le sarrau gris de ses élèves et égayée d'un col. Cette tenue la faisait paraître bien plus sévère que l'écuyère entrevue dans la forêt. Ce matin de rentrée, elle commanda le silence et, une fois le calme obtenu, déclara posément :

— Je vous présente Paul Lacassagne, votre nouveau camarade. Il est pour quelque temps avec nous, pendant que son papa travaille en Algérie. L'Algérie, je le rappelle aux oublieux, est un département français depuis 1848, situé de l'autre côté de la mer Méditerranée.

Saisissant une règle, elle montra l'emplacement sur un planisphère plus modeste que la carte de France où on pouvait lire : « l'Empire français ». Arsène, qui voulait démontrer son autorité de chef de bande, feignit l'innocence :

— L'est moricaud alors, l'Parigot ?

Les rires fusèrent, interrompus par un « Silence ! » tranchant. Mademoiselle ne tolérait pas les empoignades et elle entendait le rappeler.

— Tout d'abord, monsieur Pachevot, je vous prie de ne pas manger vos mots et encore moins les pronoms personnels. Vous êtes en classe, les vacances sont terminées. Ensuite, je doute que Paul Lacassagne soit moricaud, comme vous dites, en revanche je m'interroge sur votre capacité de raisonnement. Vous me copierez trente fois : « Je serai serviable et poli avec mes camarades et j'éviterai désormais de lier la rime à l'insulte. »

Après avoir laissé planer le silence, elle ajouta avec une pointe de malice :

— Si vous ne comprenez pas la morale de cette punition, Arsène, n'hésitez pas à venir après la cloche, je vous l'expliquerai.

L'incident scella l'équilibre précaire qui régnerait désormais. Entre les murs de l'école, le Parisien serait un paria qu'on laisserait tranquille puisque Mademoiselle avait clairement montré sa préférence. Hors de la classe, toutefois, c'était une autre affaire...

— Tenez, Paul, vous vous mettrez à côté d'Ernest.

Le dénommé Ernest, un blondinet au visage constellé de taches de rousseur, se rangea avec mauvaise grâce mais n'osa protester, et la classe put commencer.

Montaine avait choisi d'ouvrir l'année avec un poète angevin, Joachim du Bellay. Elle se mit à déclamer en marchant à pas lents entre les pupitres, comme elle en avait l'habitude, en s'assurant que chacun écoutait :

Heureux qui, comme Ulysse, a fait un beau voyage,
Ou comme celui-là qui conquit la toison,
Et puis est retourné, plein d'usage et raison,
Vivre entre ses parents le reste de son âge…

Bercé par la musique des mots, Paul esquissa machinalement la silhouette d'un cerf sur son cahier de brouillon. Par chance, il était assis au coin d'une fenêtre qui ouvrait sur les pâturages du village et, plus loin, derrière la butte des Moulins, la campagne de Sologne s'étirait à perte d'horizon. Le regard happé au-dehors, il vit alors se déployer un immense vol de palombes en direction du sud-ouest. C'était féerique ce voile bleu du ciel tendu sur l'or de la canopée automnale, et cela le consola un peu du mauvais accueil qu'on lui avait fait.

Paul était bon élève et l'institutrice lui plut ; d'emblée, il aima sa façon d'expliquer, la clarté des leçons, et même le cours d'arithmétique lui parut facile. La journée passa si vite qu'il n'eut guère le temps de regretter son ancienne école, sauf durant les récréations. Flanqué de ses adjudants, Louis et Raymond, Arsène n'attendait qu'une occasion pour lui chercher des noises. Ils en furent pour leurs frais, car le nouveau resta dans son coin, près de la classe, et n'essaya pas de lier connaissance avec les élèves esseulés, Denis ou le petit Larcebal, un maigrichon myope comme une taupe. Quitte à passer pour un dégonflé, Paul ne voulait pas avoir l'air de mendier de la compagnie, et la solitude ne le dérangeait pas tant que ça. D'ailleurs il comptait foncer chez le braconnier sitôt la cloche sonnée. Ils ne s'étaient pas revus depuis ce fameux matin de pêche, et Totoche devait s'imaginer le pire, qu'il l'avait trahi ou laissé tomber. Il n'était pas tranquille et ce souci le préoccupait davantage que des rivalités de récré. Au fond, Totoche avait raison, il y avait la fille. Chaque fois qu'il fermait les yeux, Paul la revoyait dans l'étang ou tournoyant autour du feu, les bras levés, le visage radieux. Il s'étonnait du mélange de douleur et de joie qu'il ressentait au creux du ventre et n'avait qu'une hâte, retourner dans les bois, la retrouver, et tant pis s'il ne savait trop sous quel prétexte l'aborder de nouveau…

Semer le trio de gros durs ne fut pas compliqué. Ces fils de paysans étaient plus accoutumés au travail agricole qu'à la maraude dans le taillis, et Paul connaissait désormais les alentours comme sa poche. Une fois débarrassé de ses poursuivants, il courut à la barge du braconnier. Las, l'endroit était désert et sa joie s'anéantit, balayée par une vague d'amertume ; tout ce qu'il avait prévu n'avait servi à rien, son vieil ami ne l'avait pas attendu. Il devait pourtant savoir qu'il viendrait, Célestine avait dû le prévenir que c'était jour de rentrée des classes ! Il se sentit submergé par un sentiment de trahison. Est-ce que Totoche le fuyait ? Faute d'avoir pu l'envoyer au bagne, Borel l'avait peut-être convaincu avec ses insinuations. Depuis le matin de l'étang, le garde-chasse broyait du noir et ne lui adressait plus guère la parole, sauf pour lui aboyer dessus.

Il repartit d'un pas lourd en direction du manoir et pénétra dans le sous-bois. L'envie de pousser jusqu'au campement des Gitans lui était passée. Il ne manquerait plus qu'on l'ignore ou qu'on se moque de lui... Ses réflexions moroses furent coupées par un stridulement curieux. Aucun oiseau ne sifflait de cette façon. Il leva la tête, juste à temps pour esquiver une bogue de châtaigne.

— Tu ferais un piètre poilu, gadjo !

La fille était campée sur la fourche d'un arbre, le jupon retroussé, moqueuse. Cette rencontre inattendue l'emplit d'allégresse, à la limite du vertige.

— Tricheuse ! Tu es trop haut perchée pour un soldat ! Tu passes ta vie dans les arbres ?

— Cause toujours ! J'aurais pu jouer du tambourin pour te tirer de ton humeur ! Je te suis depuis la Loire et tu n'as rien entendu.

Elle s'installa à califourchon et se mit à battre des jambes, comme pour le provoquer, mais l'allusion au fleuve avait suffi à l'assombrir. Il shoota dans un caillou, la mine ombragée.

— Je cherchais un ami.

— Le barbu qui pose des collets ? Nous, on le laisse tranquille, il nous aime pas trop.

— C'est juste qu'il est sauvage, il se méfie du monde. Il a pas trop bonne réputation, mais il connaît un tas de choses et il a voyagé, comme vous !

— Si tu le dis...

— Je te le présenterai un jour.

— Tu reviens de l'école ?

Elle désignait le cartable, le nez froncé par une grimace.

— Oui. Toi, tu vas en classe ?

— Non. Mais je sais un peu lire et écrire mon nom.

— Si tu veux je pourrai t'aider.

— Essaye plutôt de m'attraper !

Elle se remit debout d'un bond, esquissa un pas de danse en équilibre sur la fourche puis grimpa vivement, de branche en branche, avant de disparaître sous la frondaison d'un chêne voisin. Son rire semblait tisser un fil pour l'inciter à la poursuivre. Paul étouffa un juron en laissant choir son cartable et se hissa le long du tronc. La fille était bien plus agile, mais cette supériorité fouettait sa détermination. Il cria :

— Bella, tu triches encore !

— Pourquoi ?

— Ton singe t'a appris. C'est normal que tu me battes ! Attends-moi !

Elle parut l'écouter et patienta debout, puis, comme il arrivait sur la branche, elle se laissa glisser et resta suspendue un instant à bout de bras, le narguant d'un sourire. Il n'osait plus bouger, de peur qu'elle ne chute. Il la vit écarter les doigts, tomber et atterrir sur une nappe de mousse, deux mètres plus bas. À présent c'était lui qui tenait la position dominante, pourtant l'un et l'autre savaient qu'elle menait le jeu, il lui suffisait de le décider pour disparaître en un clin d'œil. Elle se campa, les poings sur les hanches, et déclara :

— Je veux bien t'attendre si tu reconnais que j'ai gagné et que Tommie n'y est pour rien !

— Tricheuse !
— Je peux aussi te battre à la course. Alors ?
— C'est bon, tu as gagné pour cette fois...

Il se laissa chuter à son tour et ils allèrent s'asseoir au pied de l'arbre, brusquement intimidés. Bella s'était adossée à une souche vermoulue et arrachait d'un geste distrait la mousse et le lichen, formant un petit tas à ses pieds. Paul n'osait rompre le silence, malgré sa curiosité ; il composait des questions dans sa tête. *Ta mémé va bien ? Tu danses souvent ? Vous allez rester longtemps ? Tu as quel âge ?...* puis les repoussait l'une après l'autre parce que aucune ne lui paraissait sonner juste. De quoi peut-on parler à une fille si singulière ? Bella ne ressemblait à nulle autre et ça l'intimidait. Elle finit par sortir de sa rêverie et soudain elle s'anima avec une curiosité des plus enfantines. Elle voulait tout savoir : comment était l'école, si on séparait les filles des garçons pour apprendre, si le maître les battait ou les obligeait à porter un bonnet d'âne et si, comme on le racontait chez eux, les Gitans, on oubliait le monde à force de plonger le nez dans les livres. Il tenta de lui expliquer l'institutrice, l'odeur aigrelette de l'encre, la grande carte de France, les poésies et le vertige qui le prenait quand il ouvrait un livre. Et comme elle l'écoutait avec attention, il s'enhardit à lui demander où elle avait voyagé et l'écouta égrener les noms des régions dont il n'avait aucune idée, parler du soleil de la Camargue où son peuple fêtait Sara, leur sainte patronne, de la ferveur des chants, du goût du vent sur ses lèvres.

Il l'aurait écoutée des jours mais le temps tourna brusquement et l'ondée les surprit. En une seconde,

Bella était debout. Elle s'esquiva à sa façon, sans manières ni salut, et Paul fut de nouveau seul, frissonnant et déjà nostalgique de sa présence.

★

Ma Célestine chérie,

J'avais rêvé de me marier aux Herteignes, dans l'église de mon village, au milieu de ma famille et de mes amis, mais c'était impossible pour les raisons que tu sais. Le plus beau jour de ma vie était un peu triste, et tu n'étais même pas là pour me consoler, ma nounou adorée. Je pense souvent à Tornade, qui doit se morfondre sans comprendre pourquoi je ne viens plus. Nos balades me manquent, le bois et la lande, l'odeur de tourbe et le soleil couchant sur les étangs… et puis je me secoue, parce que tout cela est derrière et je n'ai pas le droit de me plaindre, je suis auprès de l'homme que j'aime.

Je t'envoie la photo du mariage et je t'embrasse bien fort.

Ta Mathilde

Paul laissa retomber la lettre, et le feuillet jauni glissa par terre. La stupéfaction lui coupait le souffle. Il fixa une nouvelle fois le portrait dont il était question. Il l'avait reconnu avant même de l'avoir vraiment vu, tant il lui était familier. Son père, tête nue, son bras passé autour des épaules d'une jeune fille qui se présentait légèrement de profil. Mathilde. Sa mère. Leurs yeux brillants de bonheur.

Cette photographie, il la connaissait trait pour trait, car il en possédait une réplique sur la table de chevet. Il bougea, pour vérifier. Peut-être que le cadre avait été vidé, que Célestine l'avait nettoyé en oubliant de remettre la photographie, puis qu'elle l'avait rangée dans cette enveloppe, au fond du tiroir… Non, ses parents étaient toujours dans leur cadre en bois de loupe, Jean tête nue, le bras passé autour de Mathilde en robe de soie claire. Sans la connaître, il l'avait mille fois imaginée. Sa façon de sourire, son odeur et son rire. Il fermait les yeux et s'efforçait de sentir sa main lui caresser le visage, ses lèvres l'embrasser. Bien souvent, en croisant une jolie femme, il croyait la deviner, sa mère, ardente et douce, veillant sur lui…

Les pas dans l'escalier le tirèrent de sa sidération. Vite, il remit le portrait et le feuillet dans le tiroir qu'il venait d'ouvrir pour y ranger ses cahiers. La porte s'ouvrit sur Célestine qui sursauta en voyant son visage empourpré.

— Tu en fais une mine, on dirait que tu as gobé un citron ! Ça s'est mal passé à l'école ?

— Non. C'était bien. C'est une dame. Une institutrice, Mlle Chassignac.

— Je sais bien. Ici, tout le monde la connaît. As-tu vu Totoche ?

— Non, justement.

— La belle affaire ! Ne te mets pas la rate à l'envers pour ce vieux gredin, pour sûr il t'a pas oublié.

Comme il persistait dans son silence, elle le rabroua gentiment :

— Oh toi, ça te vaut rien de rester enfermé. Tu as fait ton travail ?

— Oui. On avait juste à relire une leçon.

— Veux-tu m'aider au potager ?

— Je ne préfère pas... la tête me lance.

L'enfant restait assis, la tête basse, pour ne pas croiser le regard vif de la nourrice. Célestine perçut son malaise, mais elle le mit sur le compte de sa déception de n'avoir pas croisé le braconnier. Pourvu que tout se passe bien à l'école, c'était l'essentiel. Maintenant qu'il avait ses journées occupées à apprendre, elle aurait moins de souci à se faire. Gentiment, elle ajouta :

— Veux-tu un bon lait de poule, pour ta migraine ?

— Non. Merci. Je crois que je vais me coucher.

— Alors je te porterai un bol de soupe et une tartine au saindoux plus tard. Ça te ferait plaisir ?

Il se contenta d'acquiescer sans mot dire, et la brave femme se sentit fondre de pitié. À la première occasion, elle engueulerait Totoche. Le gosse avait trop de sensibilité pour une vieille bête comme lui ! Elle maugréa, fâchée :

— Il aura oublié la rentrée, ne te soucie pas de lui, et demain, je m'arrangerai pour lui faire passer le message, tu veux ? Tu iras après l'école et tu pourras rester jusqu'au dîner...

— D'accord.

— Bon, j'ai à faire en bas. Si tu as besoin de quelque chose, appelle-moi.

— Oui.

Paul la regarda enfin et se força à sourire, afin qu'elle s'en aille et le laisse seul. Il ne pouvait pas supporter ce mensonge entre eux, mais il n'était pas encore prêt à le faire éclater. Pas tout de suite. Parce que sinon, il avait peur de se mettre à crier, ou pis, de sangloter comme un bébé, et alors elle voudrait le consoler et elle l'embobinerait encore avec des inventions…

Il écouta ses pas dans l'escalier en ravalant ses larmes. Son cœur lui faisait mal. Célestine racontait des bobards depuis le début. Chaque mot, chaque caresse, chaque conseil était de la tricherie, une pure hypocrisie ! Comment lui faire confiance à présent ? À quel moment disait-elle vrai ? Quand elle prétendait bien l'aimer ? Quand elle promettait de l'aider, qu'elle accrochait des chiffons à la fenêtre, qu'elle racontait partout qu'il se nommait Lacassagne ? Même à l'institutrice, elle avait menti ! Elle avait été la nourrice de sa mère et le lui avait caché.

Il alla à l'armoire où étaient remisés les jouets de fille et les examina d'un œil neuf. Alors ces poupées et ces livres d'images, tout lui appartenait autrefois ? Mathilde était donc une enfant d'ici ?

Soudain, une idée horrible lui vint et il ferma les yeux, cherchant à l'écarter. Son père… il savait forcément… Célestine et lui avaient plaisanté ensemble, à la gare. Ils s'étaient pris les mains comme des amis, ils avaient chuchoté sur l'obligation de se cacher, de ne pas se faire voir… pourquoi ?

La raison lui apparut lentement, et cette fois il ne chercha pas à la combattre. Sa mère était une fille perdue et personne ne devait savoir qu'il était le fils de Mathilde. Qu'avait-elle fait de si terrible ?

Il alla à la fenêtre fermer le carreau, se dévêtit et plia soigneusement ses affaires. Ensuite il enfila sa chemise, grimpa dans le lit, tira la courtepointe jusqu'à son menton, le drap sur sa tête de façon à disparaître dans le noir, oublier, et quand Célestine arriverait, en le voyant dormir elle le laisserait tranquille.

Demain, il affronterait l'idée qu'il était le fils de cette Mathilde-là, pas ce soir. Demain…

★

Au petit jour, il fut aisé de feindre. Célestine devait se dépêcher de rejoindre le manoir, mais elle lui avait préparé d'énormes tartines à la confiture et pour sa musette un quignon de pain, du lard, un œuf, une pomme et quelques noix. Borel ne causa point et s'en alla le premier faire sa tournée. Paul se força à manger, malgré son estomac noué. Il avait mal dormi et fait des cauchemars. Juste avant de partir, alors qu'elle nouait son tablier et apprêtait sa coiffe, la nourrice lui donna deux sous.

— Tu iras prendre du pain au village, ce soir, ça m'économisera le chemin. On a beaucoup à faire en ce moment.

— Pourquoi ?

La question lui était venue naturellement, et il aurait voulu la ravaler. À quoi servait de l'interroger puisqu'elle mentait ?

— La saison de la chasse va commencer, et le maître veut que tout soit nettoyé à fond, et puis Bertrand va revenir plus souvent maintenant que l'automne arrive, il y trouve des avantages…

Le ton était ironique et invitait à la discussion, pourtant Paul ne broncha pas, le nez plongé dans son bol de lait. Célestine parut enfin se rendre compte de sa morosité, mais le temps la pressait. Elle tenta de l'amadouer en lui rappelant sa promesse de la veille.

— Quand tu auras cherché le pain, tu pourras traîner autant que tu voudras, à condition de rentrer pour dîner.

— D'accord.

— À ce soir, mon grand, et passe le bonjour à Totoche !

— À ce soir...

À l'école, la journée s'étira en longueur, interminable. Mlle Chassignac débuta par un discours sur la nécessité de travailler assidûment, particulièrement pour ceux qui étaient en âge de passer leur certificat d'études. Seuls les meilleurs pouvaient y prétendre, et elle tenait à les y préparer sérieusement. Après cela, ils firent une leçon d'histoire sur Du Guesclin, de la géographie sur les fleuves de France, puis du calcul et une leçon de chose. Pour la pause du déjeuner, comme le temps était beau, ils s'égaillèrent dans le préau et Paul reprit sa place près des marches de la classe. Il mangea son repas le nez plongé dans *L'Appel de la forêt*, non pas qu'il en eût vraiment envie, car il ne lisait rien, mais c'était toujours mieux que de répondre aux provocations de Pachevot. Durant l'après-midi, l'institutrice le félicita pour son écriture et le chargea de recopier une strophe de Du Bellay au tableau. Ensuite ils firent une dictée et du calcul mental.

Quand la cloche sonna, Paul eut l'impression d'émerger d'un brouillard épais. Sans y avoir vraiment réfléchi, il espérait que le braconnier pourrait l'aider à comprendre, au moins le conseiller. Le secret pesait trop lourd et il brûlait de se confier. Totoche connaissait Célestine, il y verrait plus clair.

Comme la veille, il courut à la barge et trouva l'endroit désert. Cette fois, il eut la sensation de recevoir un plein baquet d'eau froide. Le braconnier ne voulait donc plus le voir ? En proie au désespoir, il emprunta le chemin de terre vers les Herteignes. Il n'avait plus aucune envie de croiser Bella dans son état, et encore moins Arsène et sa bande qui devaient le guetter à couvert. Sur la route communale, il ne risquait pas grand-chose, sauf de rencontrer une commère ou des vieux !

À mesure qu'il approchait du village, pourtant, il hésita à rebrousser chemin pour se cacher sur la barge en attendant le retour du géant. S'il tombait par malchance sur Célestine, elle lui poserait des questions, or il ne se sentait pas encore prêt. L'orgueil l'emporta, finalement. Il ne supportait pas l'idée de se faire chasser par Totoche. Le braco lui en voulait pour cette histoire de couteau, sûr et certain ! D'un coup de pied rageur, il balança un caillou dans la Loire, puis un autre.

Assis sur une borne qui marquait l'embranchement entre le bois et le village, Dédé fumait, le pied calé sur son éternelle brouette… d'ici qu'elle veuille s'envoler de nouveau ! En apercevant le petit Parisien arriver, il s'anima.

— Tiens, le marmouset…

L'enfant sursauta, visiblement sorti de ses réflexions. En découvrant le bonhomme, il s'enhardit à sourire, l'air préoccupé.

— Bonjour monsieur Dédé, vous n'auriez pas vu Totoche ?

— Pas plus que la Vierge Marie. Et tu peux me nommer Dédé tout court, va, je suis pas un môssieur, moi ! Ça te dit un tour en bérouette ?

— Non merci.

— Fais donc pas c'te figure, c'est d'la sacrée bérouette, j'la mène partout avec moi.

— Je sais, c'est juste que ça me dit rien et j'ai des jambes solides.

— Peste de bougre, y a quèque chose qui te marchouille, toi ! C'est-y que tu te f'rais chercher des noises par les vauriens d'icite ? Y en a de sacrés teigneux, j'te l'dis, foi de Dédé ! Y m'envoient des cailloux, y me piquent mes alluchons et j'dois les t'nir à l'œil, pis pas qu'un peu !

— Ça va, ils m'embêtent pas trop... Vous vivez au village depuis combien de temps, Dédé ?

— Ben d'puis toujours, en v'là une question !

— Vous avez connu une Mathilde ?

L'homme fronça les sourcils avant de se plonger dans un abîme de réflexion, balançant doucement d'avant en arrière. Au bout d'une minute sa figure s'illumina et il marmonna, pris par le souvenir :

— Y avait ben une petite qui me d'mandait de l'emmener à l'école, quèqu'fois. Elle m'appelait « Brouette », la drôline, et ma foi, oui, elle s'nommait ainsi, Mathilde. Elle est partie, maintenant.

— Où ça, vous vous rappelez ?

— Bé, partie... là-haut. Trépassée au ciel, té !

— Ma mère aussi ! Et elle s'appelait Mathilde. Pareil...

Brusquement, Paul sentait quelque chose prendre forme. C'était la même sensation que de chercher un mot qui vous échappe et qui se tient sur le bout de la langue, il suffirait d'un tout petit détail pour que tout revienne. La gorge nouée, il répéta :

— Pareil... Voilà, ça explique tout !

— Tout quoi, gamin ?

— Pourquoi mon père m'a envoyé ici ! Ma mère était du village ! Une Mathilde des Herteignes !

Même un peu ralenti, le pauvre Dédé comprit qu'il était pour quelque chose dans l'émotion du gosse et que ça risquait de lui coûter une sale réprimande. Le comte n'aimerait sûrement pas apprendre qu'un vaque-à-tout qu'il employait quelquefois comme rabatteur se répandait en commérages. Il tenta une diversion maladroite :

— Oh, des Mathilde, y en a tant et plus de par chez nous !

— Elle s'appelait Mathilde comment, la vôtre ?

— Penses-tu si je la remets ! Personne s'interpelle par son nom icite ! Tiens, moi par exemple, je suis Dédé et Dédé je reste. En vrai, j'me nomme André Grignoux, mais sûr que l'curé y me mettra en terre sous mon p'tit nom, vu qu'il aura oublié l'aut', tantôt...

Paul n'attendit pas la fin de son discours. Il filait déjà à fond de train tandis que Dédé restait les bras ballants, à se demander ce qu'il avait bien pu lâcher pour le faire démarrer comme un boulet de canon.

En cette fin de journée, l'ombre avait envahi les allées du cimetière et l'approche d'un orage rendait les lieux plus sinistres que de coutume. Paul veilla pourtant à progresser à demi courbé. Bien lui en prit, car le curé surgit sur les marches du presbytère qui flanquait l'église, comme averti par une voix divine qu'un intrus se promenait sans permission. Il contempla ses tombes un moment avant de retourner au chaud.

Paul connaissait mal les lieux. Célestine disait le bénédicité, se signait souvent, appelait les saints à la rescousse et s'estimait croyante mais point trop pratiquante, par manque de temps ou déception ; et si on lui en faisait le reproche, elle soutenait que ni elle ni la religion ne s'en portaient plus mal, quant à l'abbé Biron, ce n'était pas le genre à vous courir derrière. Du coup, ils n'étaient allés à l'office que la semaine passée, « histoire de se ménager le Seigneur et puis ça ne te fera pas de mal pour la rentrée », avait-elle soutenu. Dodu, le teint rosé, le prêtre faisait irrésistiblement penser à un chérubin décati affublé d'une soutane. Par indulgence ou aveuglement, il tolérait les farces de ses enfants de chœur, les Pachevot, Mâchefer ou Taillandier, mais houspillait les timides qui avaient le malheur de bayer aux corneilles et ne s'occupait quasiment pas des autres, sous prétexte que Dieu vomit les faibles. Lacassagne faisait partie de ceux-là et il ne se souciait pas de son catéchisme, pour autant il n'aurait guère apprécié de le surprendre dans son cimetière, sur son territoire consacré.

Dans la pénombre grandissante, Paul entreprit de déchiffrer les pierres tombales. Certaines arboraient une cocarde tricolore et des dates récentes : 1917, 1915, 1918, 1914. Rien en 1916, bizarrement, pas de « Mort pour la France » ni de deuil d'aucune sorte. Il ne vit de Caradec nulle part et aucune Mathilde. Pourtant Dédé paraissait tellement catégorique que la fille dont il se souvenait devait bien se trouver quelque part... Il reprit espoir dans la dernière rangée, parmi les anciennes tombes. Sur la pierre moussue, il lut « Mathi », mais quand il eut gratté la mousse avec ses ongles, c'est un « Mathieu Chambard, 1726-1784 » qui apparut. Il allait se retourner quand deux mains puissantes le soulevèrent de terre. L'odeur de tourbe et d'alcool, si familière, lui fit monter les larmes aux yeux, de soulagement.

— Totoche !

— On peut savoir c'que tu manigances, à c't'heure ?

— Je cherche ma mère. Dédé m'a dit qu'une Mathilde était morte ici, et elle était du village, je crois...

Paul avait débité son discours d'un trait, comme une évidence. Le braconnier comprit aussitôt l'ampleur du problème. Cette andouille de Dédé avait trop causé ! Après leur partie de pêche, quand Célestine était venue le traiter de sac à vin irresponsable, ils avaient discuté de Paul et elle avait fini par tout lui avouer, le père parti pour l'Algérie, l'ignorance du gosse quant à ses origines et le souci de préserver son incognito, comme elle disait. Incognito tu parles ! Ces choses-là finissent toujours par se savoir. Il avait bien tenté de la prévenir, mais cette entêtée n'avait rien voulu entendre et campait sur sa position : pas avant le retour de Caradec !

Au lieu de s'en inquiéter, il haussa les épaules, désinvolte.

— Dédé ! Ma foi, si tu te mets à écouter ses élucubrations, t'es pas sorti de l'auberge ! Et en admettant même qu'elle y soit, cette Mathilde, ça t'avancerait à quoi ? Après la pierre, tu vas gratter la terre ? Sais-tu seulement sur quoi tu tomberas, bourrique ? Des os tout pourris qui puent la charogne ! T'as envie d'ça ?

Épouvanté par le tableau, Paul blêmit. Il ne pouvait se douter que Totoche faisait son possible pour préserver le secret de Célestine. Celui-ci vit qu'il y avait été un peu fort et demanda plus doucement :

— Tu voulais quoi au juste, à v'nir sur les tombes ?

— Retrouver une Mathilde, comme ma mère…

— Et comment ça se fait que tu cherches au cimetière ?

— Je sais presque rien d'elle, mon père veut jamais en parler, je sais même pas si elle s'appelle vraiment Caradec… parce que, en vrai, Lacassagne, c'est pas mon nom, c'est Célestine qui l'a voulu. Alors pourquoi ils auraient pas aussi changé celui de ma mère ? Elle s'appelle peut-être autrement, qu'est-ce que j'en sais ! Sauf qu'en causant à Dédé ça m'a donné l'idée de venir ici ! Les gens, on les enterre souvent par famille, alors si je la trouve je pourrai leur rendre visite et leur annoncer : c'est moi, le fils de Mathilde…

— Holà, m'a l'air ben embistrouillée ton affaire ! D'abord pourquoi ta mère s'rait du village ? Et puis même si c'était vrai, ce qui m'étonnerait, crois-tu que sa parentèle t'attendrait vu que personne s'est soucié de te chercher ? À ton âge, on s'embarrasse pas de ces extravagances, la mort on y arrive toujours assez tôt, alors tu vas m'promettre de t'ôter ces idées de la calebasse, mordiou ! Et oublie pas qu'la vie, quand elle fait pas sa fi' de garce, elle a fichtrement belle allure, alors faut en profiter, parce qu'elle passe vite, crois-moi…

— Tu ne comprends pas ! Je dois la retrouver !

— C'est le ratichon que tu vas retrouver si tu continues à brailler !

Il l'empoigna par le bras pour l'entraîner fissa hors du cimetière et, une fois à l'extérieur du village, à l'abri du bosquet, il désigna un tronc foudroyé et l'invita à s'asseoir près de lui.

— Faut pas m'en vouloir, mais j'aime point trop l'abbé et encore moins traîner dans sa nécropole. Pis y a pas de Mathilde là-bas.

— T'es sûr ? Comment tu peux le savoir si tu fréquentes pas l'église ?

— Je le sais, c'est tout. Y a encore un tas de choses que je connais. Tiens, ton institutrice, par exemple, eh bien, mon p'tit doigt y m'dit que c'est une demoiselle Chassignac, vrai ou pas ?

— Vrai ! Tu l'as rencontrée ?

— Bien sûr. On a même discuté plus qu'une paire de fois parce que, va savoir pourquoi, elle m'a à la bonne. En plus elle s'y connaît en choses de la nature.

— Je l'aime bien…

Paul se tut, ne sachant pas trop comment poursuivre. Totoche semblait attendre qu'il se décide, alors il finit par demander :

— Tu faisais quoi au cimetière ?

— Je m'en re'vnais du bourg pour une affaire quand j'ai repéré un Indien sur une tombe…

— Un Indien ?

— Toi, niquedouille !

En entendant la tendresse du ton, ce fut comme si les vannes se rompaient, et l'enfant se dressa, les yeux noyés de larmes.

— Je t'ai cherché hier et encore aujourd'hui et t'étais nulle part ! Ensuite y a eu cette lettre que j'ai trouvée et qui…

— J'veux pas le savoir. Tu dois pas t'mettre martel en tête, et si vraiment ça te tourmente alors causes-en à Célestine.

— Justement ! Elle raconte des mensonges !

— Écoute, petit, pour les menteries, je saurais pas quoi te dire, mais pour Célestine, ça, je peux t'assurer qu'il y a pas meilleure femme au pays ! Alors si elle cache des choses ou si elle arrange la vérité, c'est qu'elle a ses raisons, point. Et dans le fond tu le sais autant que moi !

Le braconnier se détourna, essoufflé par sa tirade. Il regardait au loin et semblait bizarre, pas comme d'habitude. Paul prit son courage à deux mains et s'excusa piteusement.

— J'suis désolé pour ton couteau.

— Bah, j'en avais d'autres, j'vais pas crâiller dessus. Sûr que c'était une bonne lame mais y a point mort d'homme.

— D'accord, mais faut que je te dise : Borel, j'lui ai jamais causé de la braconne… Il m'a puni, mais j'ai rien rapporté, je te jure !

— Je sais, je sais, t'es un bon petit gars. Et pisqu'on en est à échanger nos vérités, j'dois avouer que quand il a surgi comme un diable de l'enfer, j'ai bien cru mon heure arrivée, d'autant qu'il certifiait que t'avais tout déballé ! C'est là que j'ai gambergé, et puis je me suis dit que perdu pour perdu j'allais pas dégoiser, il avait qu'à m'y foutre au cabanon ! Et j'ai eu ben raison pisque finalement t'avais pas cafté.

— Sauf que tu l'as cru !

— Nan. Pas tant que ça. T'aurais fait quoi, à ma place ?

Soudain, il se mit à glousser d'un gros rire contagieux qui gagna l'enfant.

— T'aurais vu la tête du père Borel quand il a pigé que son plan foirait, j'ai ben cru qu'y m'tomberait raide de congestion ! J'aurais été dans la panade, pense donc, d'ici qu'on m'accuse de braconner un gardaillon plutôt qu'un garenne !

Il s'esclaffait si fort qu'un chien de ferme se mit à gueuler, entraînant d'autres abois en cascade.

— Viens, on file d'ici, c'est pas le moment de se faire poisser ensemble !

Ils s'éloignèrent en vitesse, et plongèrent dans le taillis.

Après deux jours d'angoisse et de questionnements, Paul avait l'impression de retrouver ses repères. Totoche l'avait convaincu, Célestine devait avoir ses raisons. Pour l'instant, il la laisserait tranquille et mènerait son enquête seul. Si le braco ne voulait pas l'aider, ce n'était pas si grave. Il restait encore deux mois et puis son père rentrerait et alors il ne pourrait plus lui cacher la vérité… Il respira à pleins poumons le parfum du sous-bois, empli d'un grand soulagement. Totoche marchait à grands pas et il dut courir pour se maintenir derrière.

— Elle est où, Garçon ?

— J'l'ai laissée garder la barge.

Il ralentit l'allure et ajouta, sans avoir l'air d'y toucher :

— Tu lui manques parce qu'elle arrête pas de geindre après toi !

— C'est vrai ?

— Vrai de vrai. Faudra qu'tu reviennes la voir.

— Demain ?

— Demain.

Ainsi furent scellées leurs retrouvailles, et même sans paroles c'était comme un serment.

Ce n'est qu'une fois rendu chez les Borel que Paul se rendit compte de son étourderie. Avec cette histoire il avait complètement oublié le pain ! Tant pis, ils se contenteraient de quignons à cochon. Il en voulait toujours un peu à Célestine et l'épuisement le faisait tituber.

12.

Trois semaines s'étaient écoulées. À l'école, Paul avait pris la tête de la classe. Les autres élèves le traitaient parfois en étranger ou le considéraient comme un fayot, parfois les deux à la fois : « le Parigot qui fait rien comme chez nous » et le chouchou de l'institutrice qui répondait aux questions sans caler et raflait les meilleures notes. Des rumeurs contradictoires couraient sur son compte. Il ne se mêlait jamais aux jeux de billes, refusait d'affronter la bande à Arsène, mais si l'on venait à le chatouiller sur ses origines, il n'hésitait pas à répliquer si farouchement qu'on se défiait de ses réactions. D'ailleurs, malgré ses airs de petit monsieur, il faut avouer qu'il était plutôt dégourdi à la course. Raymond racontait qu'il traînait en compagnie du braco et Ernest l'avait vu un soir, fouinant du côté du cimetière. Aussitôt le bruit s'était répandu qu'il invoquait les esprits quand il ne chouravait pas les couronnes pour en faire commerce. À force de médisances, on finissait par lui prêter un pouvoir de nuisance, et de fait, on le laissait relativement tranquille.

Ce qui étonnait le plus, pourtant, c'est que Paul semblait fort bien s'accommoder de cette solitude, et d'ailleurs il filait sitôt la cloche sonnée. Les plus cancres juraient qu'il allait s'enfermer pour faire ses devoirs puisqu'il était fayot, p't-êt' même qu'il lui tétait encore le sein, à la nourrice !

En réalité Paul fonçait rejoindre Bella ou bien Totoche. C'était selon. Parfois, la fille l'attendait à l'entrée du sous-bois, parfois elle se cachait, et il tombait sur un indice de sa présence : une loche disposée sur un caillou, en plein milieu du chemin, une flèche indiquant une direction. Ce jeu lui faisait battre le cœur et oublier un peu le reste, sa mère disparue, le silence de Jean, les cachotteries de Célestine. D'ailleurs, lui non plus n'avait pas osé se confier à Bella ; il craignait de l'embêter ou de passer pour un mioche. Bella semblait tellement mature, si libre qu'à côté d'elle il se trouvait empoté. Et puis, par pudeur, ils parlaient assez peu d'eux-mêmes, et préféraient causer des choses qu'ils avaient vues, le train à vapeur, l'immensité de l'océan camarguais ou une bande de colverts qui avait survolé l'étang, la veille au soir. Ils retournèrent au campement et Paul s'enhardit à saluer le chef au tatouage. S'il s'attendait à un comportement extraordinaire, il en fut pour ses frais. Contrairement à la chovihani, le Gitan lui parut assez ordinaire, peu causant et plutôt gentil. Il réparait l'essieu d'une charrette et lui demanda un outil, puis, l'ayant reçu, il le remercia et ne s'occupa plus de lui. N'importe, l'enfant était désormais introduit auprès de la tribu et toléré comme l'ami gadjo de Bella.

Chaque jeudi matin il partait pêcher, donner un coup de main à la barge, réparer un filet, poncer ou graisser une pièce d'outillage sur les instructions du braco. Quand il n'y avait rien à faire, exceptionnellement, il emmenait la chienne relever les collets et souvent Bella l'accompagnait. Totoche avait fini par faire sa connaissance, quand Paul l'avait amenée un dimanche pluvieux. La gamine était aussi jolie que farouche et elle n'avait quasiment pas ouvert la bouche, se contentant de regarder partout autour avec une mine intriguée.

Le soir, avant le retour de Borel, l'enfant se dépêchait d'aller à l'enclos des chiens pour les accoutumer à sa présence, à moins que ce ne soit l'inverse. Il avait peine à les dissocier les uns des autres et ne voyait qu'une horde indistincte, alors il tentait de s'imposer en risquant au hasard un : « Arrière, Tapageaut ! » ou : « Calme, les chiens ! », mais là où le garde commandait, lui murmurait sans conviction, et quand il se décidait à tendre la main vers le grillage, la meute se déchaînait en abois furieux. Chaque fois, il reculait d'un bond en se jurant de revenir le lendemain. Il finirait par dominer sa peur…

L'image de Mathilde, qu'il réussissait à contenir tout le jour, revenait l'assaillir au moment de dormir, Ses recherches n'avançaient pas. Ceux qui auraient pu résoudre facilement le mystère avaient menti, et plus le temps passait, plus il lui semblait difficile d'interroger Célestine. D'une certaine façon, il s'était habitué à l'idée du silence, quant à demander des comptes à son père dans une lettre, cela lui paraissait absurde. Qui aurait-il pu interroger ? Les gens du village l'auraient répété à la nourrice ou l'enverraient promener, Totoche jurait ne rien savoir et son institutrice l'impressionnait. Et puis, en lui parlant, il aurait fallu avouer la mystification. Paul était coincé dans un cercle vicieux, condamné à endosser le mensonge des autres et à découvrir la vérité seul…

*

Ce jeudi-là, Antoine de La Chesnaye était venu s'enquérir du moral des chiens. Borel trouvait Lucifer un peu agité et lunatique, il craignait de voir sa nervosité gagner le reste de la meute. Le comte fut content de tomber sur le petit Lacassagne, quoiqu'un peu étonné de le découvrir dans cette posture figée, face au grillage. En l'entendant approcher, le gamin secoua la tête, la mine contrite.

— Je crois qu'ils m'aiment pas beaucoup…

— Ces chiens ne sont pas des toutous de compagnie et ils sentent ta peur. Il faut t'imposer sans crier.

— Mais je crie pas.

— Toi non, mais ta peur si, et c'est elle qu'ils flairent. Tu n'as même pas besoin de leur parler. Reste tranquille devant le chenil. Respire, pense à autre chose et ça viendra petit à petit.

— J'essayerai.

— Tu sais, une meute ne s'éduque pas à la légère. Il faut connaître chaque chien et comprendre la horde dans son ensemble, respecter sa hiérarchie, canaliser les meneurs, encourager les timides, punir ceux qui divaguent. Le maître d'équipage donne le ton et la meute lui ressemble…

— Alors ceux-là ressemblent à Borel ?

— Un peu. Ils portent son empreinte et savent ce qu'il attend d'eux. Une belle chasse dépend souvent de la meute, la façon dont elle a été choisie, dressée, entraînée, et ce savoir-là est un art qui exige de l'intuition, de la compréhension.

— Mais... Borel, il les engueule !

En songeant aux façons de Totoche avec sa petite chienne, très éloignées de la rudesse du garde-chasse, Paul s'étonnait de l'indulgence du comte. Ce dernier le rabroua gentiment, s'amusant intérieurement de sa réticence à reconnaître les qualités du garde-chasse.

— Cet homme connaît mieux que personne ses chiens, ne l'oublie pas... avant de juger, et il sait parfaitement faire le bois.

Devant sa mine interloquée, il précisa :

— Faire le bois, c'est lire la nature avant une chasse et choisir l'animal à lancer. Il n'y a aucun hasard là-dedans, au contraire, c'est un choix mûrement réfléchi. Crois-tu qu'un mauvais maître d'équipage en serait capable ?

— Sans doute que non.

— Tiens, tu vois ce chien ?

D'une voix ferme, il appela : « Lucifer ! », et une bête avança, la queue fouettant l'air.

— Ce chien a du nez, de la personnalité, parfois un peu trop, et Borel s'inquiète de le trouver un peu nerveux. C'est probablement l'impatience qui le travaille, mais mon garde possède assez de sensibilité pour discerner ce que ressent l'animal. Tu comprends ?

— Oui, je crois. Borel aime les chiens.

— Voilà. Allons, assez parlé de chasse aujourd'hui, et comme le hasard me met sur ton chemin, je veux te montrer quelque chose...

— C'est vrai ?

Le gosse souriait, gagné par l'enthousiasme, et le vieil homme dut réprimer un rire.

— Puisque je te le dis !

Ils marchèrent en silence vers la grande maison et déjà, alors qu'ils se trouvaient unis par cette complicité naissante autour de la chasse, ne subsistait plus entre eux la gêne occasionnée par leur première rencontre, une entrée en matière pour le moins abrupte. Paul éprouva néanmoins un bref élan de honte ; à cause des bobards de Célestine, il avait pris le comte pour un vieux grincheux, et il découvrait à présent un homme mesuré et d'une patience peu commune. Il se sentit brusquement très fier d'être distingué.

Arrivé dans le vestibule, Antoine de La Chesnaye le somma de patienter un instant, le temps de commander un goûter. Il s'absenta une minute et, en remontant, il se dirigea vers une porte logée sous l'escalier. Ils pénétrèrent dans une bibliothèque chichement meublée ; l'essentiel du lieu était dédié aux livres. Grâce à des rayonnages habilement disposés, les murs en étaient couverts, du sol au plafond. Le mobilier tenait à presque rien : des guéridons surmontés de lampes, un grand canapé défoncé flanqué d'une table ronde devant la cheminée, et deux fauteuils en vieux cuir qu'on avait disposés de part et d'autre d'une large fenêtre afin de pouvoir lire confortablement.

— Il paraît que tu es un grand amateur de lecture ?

— Comment… Comment vous le savez ?

— Par une demoiselle que je connais bien et qui te fait la classe. Tu vois de qui je veux parler ?

— L'institutrice !

— Parfaitement.

L'enfant hocha la tête, bouche bée, stupéfait devant une telle profusion d'ouvrages.

— Désormais, tu pourras venir quand bon te semblera et emprunter les recueils qui te plaisent. Jules Verne, Dumas père ou Hugo, ce ne sont pas les romans qui manquent et si tu ne sais pas quoi choisir, viens me demander conseil. Mlle Chassignac m'a confié que tu lisais *L'Appel de la forêt*, n'est-ce pas ?

— Ça fait déjà trois fois !

— Eh bien, j'ai aussi ce monsieur London quelque part par là… Aimerais-tu en choisir un ?

— Oh oui, monsieur !

— Avant, j'aimerais te raconter une histoire. Quand j'étais enfant, mon grand-père m'a révélé une chose qui m'a accompagné toute ma vie. Veux-tu la savoir à ton tour ?

— Oui !

— Il m'a dit : « Lis, lis toujours et tu trouveras un secret. »

— Quel secret ?

— Le seul qui vaille, celui que chacun porte au fond de soi, petit ou grand.

— Moi aussi j'en ai un ?

— Oui, certainement, et si tu ignores lequel, ce n'est pas grave, il finira par t'apparaître un jour.

— Mais si on le porte en nous, comment il peut se retrouver dans un livre ?

Le vieil homme se mit à réfléchir, les yeux perdus dans le vague, et Paul s'aperçut qu'il aimait cette manière de prendre son temps, comme si chaque parole méritait d'être pesée. Le comte finit par déclarer :

— Peut-être parce que ce secret façonne ta vision du monde et qu'en réalité tu le découvres dès que tu prêtes attention à ce qui t'entoure. Pour un lecteur, ce sera dans un roman ou un essai, pour un vagabond, ce sera au détour d'un chemin.

Il s'approcha d'un rayonnage, saisit un volume qu'il lui tendit.

— Tiens, je te le recommande.

Sur le dos en cuir vert, tracé en lettres dorées, Paul lut : « *Les Grandes Espérances* C. Dickens Tome 1 ».

— Il s'agit de l'histoire d'un jeune orphelin, pauvre, malheureux et pas toujours clairvoyant jusqu'au jour où il découvre…

— Quoi ?

— Un secret justement. Tu verras bien… Tiens !

À cet instant on entendit toquer et Célestine fit irruption chargée d'un lourd plateau.

— Voici le goûter, monsieur le comte !

— Merci Célestine. Tu aimes le chocolat chaud ?

Paul hocha la tête tandis que la nourrice arrangeait les tasses sur la table. Jamais il n'avait vu semblable luxe : des tasses en porcelaine peinte, une chocolatière en argent d'où filtrait l'arôme du cacao vanillé, des pâtisseries luisantes de beurre et quatre raviers pleins de miel et de confitures vernies, verte, rouge et orangée. Aussitôt sa bouche s'emplit d'une salive d'envie. Ayant terminé de servir, Célestine, qui regardait Paul en coin, ne put s'empêcher de rouspéter un peu.

— Ne le gâtez pas trop, Monsieur.

— Et pourquoi pas ? Un enfant ici, cela faisait si longtemps…

Elle les laissa en priant pour que tout se passe bien. Ils discuteraient sans doute de chasse, c'était le passe-temps du comte, encore plus depuis qu'il vivait en solitaire. Paul avait été prévenu qu'il ne fallait jamais faire d'allusion à la famille. Alors tout devrait bien se passer, du moins était-ce son vœu le plus cher.

*

Sitôt sa soupe avalée, Paul avait filé se coucher. Blotti dans son lit, la précieuse chandelle allumée, il s'était plongé dans le monde de Pip. Il en était arrivé à la rencontre avec le forçat et tremblait pour le héros quand le bruit d'un crissement de graviers lui fit tendre l'oreille. Il se glissa à la fenêtre, le cœur battant, mais ce n'était que Borel sorti se soulager. Souvent, le garde-chasse négligeait le cabanon pour pisser « comme un honnête homme », le nez dans les étoiles. Il prétendait mieux lire le temps du lendemain s'il le flairait à la nuit noire. Ce soir-là, l'obscurité s'épaississait encore de nuées gorgées de pluie. En l'entendant jurer, Paul sentit l'inquiétude monter et lui nouer l'estomac. Un instant, il balança entre l'envie de retourner au chaud et celle d'en savoir plus. Finalement, il se glissa sur le palier et s'accroupit en haut des marches.

Borel rentrait déjà en interpellant sa femme. Elle avait pris sa place au coin du feu et reprisait, comme de coutume.

— Tu as vu ces ténèbres ? C'est un temps pour lanterner. L'autre y sera, j'en jurerais.

— Braconner à la lanterne, ce n'est point trop dans ses usages, si ?

— Je l'ai pourtant vu l'aut'jour qui le bricolait, son quinquet. Plus j'y songe plus c'est logique ! À c't'heure, je t'parie même qu'il s'est mis en chemin pour les garennes de Poigny.

Sur le point de protester, Célestine se contenta de secouer la tête avec une mimique qui semblait dire qu'il déraillait.

Irrité de sentir qu'on le contestait, Borel haussa le ton :

— S'il y est, il est cuit ! Je te l'attrape en flagrant délit et de l'auberge Grandbois je fais appeler les gendarmes. Le patron a fait installer un téléphone. Les autres n'auront qu'à venir le cueillir avec son butin, ce sera l'affaire d'une paire d'heures !

— Pas la peine de te demander de qui on cause, pas vrai ? Toujours Totoche ?

— Pardieu, à ton avis ? J'en vois pas de plus sournois.

— Tu devrais l'oublier un peu. Il en finit plus de te terbouler l'esprit...

— Plutôt crever, oui !

— En attendant, tu vas me réveiller le petit, à gueuler.

D'un bond vif, la nourrice se leva et disparut dans la cuisine. Un instant plus tard elle revenait avec une bouteille de gnôle. Elle servit généreusement deux verres, posa le premier sur la table, devant son mari, et leva le sien bien haut, souriant pour l'aguicher. La lueur des flammes teintait sa peau de rosé et Borel sentit une autre sorte de feu le gagner. Cela faisait des mois qu'elle ne s'était pas tortillée ainsi, devant lui.

— Bougre de...

— Jure donc pas. J'ai bien le droit de boire le coup de temps en temps moi aussi.

Il avala son verre d'une traite et elle le resservit aussitôt, avec un rire de gorge qui ne fit qu'attiser sa soif. Pourtant il luttait encore et se crut obligé de préciser d'une voix assourdie :

— Tout doux. Si je veux poisser l'autre, faut que je marche droit…

Alors qu'il protestait, toutefois, il se rassit pour siroter à l'aise, et Célestine en profita pour venir sur ses genoux, aguicheuse. L'alcool réchauffait agréablement et Borel sentit qu'il arrivait au summum de sa lucidité. Rien de meilleur qu'un ou deux coups de gnôle pour affronter les ténèbres. Ça se ferait tout seul. Sans réfléchir, il tendit son verre.

— Le dernier pour la route, hein… après, j'y vais.

Paul, qui écoutait sans voir, comprit que Totoche risquait gros. Cette fois, pourtant, il n'était pas question de le laisser tomber sans tenter quelque chose ! Il s'habilla en vitesse, attrapa la boîte d'allumettes dont le niveau avait sérieusement baissé, puis il ouvrit la fenêtre et enjamba le bord. En s'agrippant à la racine du lierre il fut en bas sans encombre. Avant de s'élancer, il devait retourner dans le dégagement du vestibule où Borel rangeait ses lampes. C'était risqué, mais moins que de se diriger sans lumière, et il n'avait aucune envie de finir au fond d'un fossé ou égaré dans un marais. Il entra avec d'infinies précautions, perçut le bruit des verres qu'on choque en trinquant et le rire de Célestine. Il ne pouvait guère chaparder la torche du garde-chasse, elle était trop précieuse, et il s'en servirait ce soir, de toute façon, mais la vieille lanterne de réserve ferait bien son affaire. Paul s'en empara et sortit sans se soucier d'épier la suite.

Borel avait fini par se lever. Il tanguait un peu mais se persuada que c'était la chaleur du feu.

— Attends... Si tu restais ici, avec moi, bien au chaud ?

Célestine avait pris sa voix de gorge. Il renâcla, à moitié en colère parce que la proposition le tentait sacrément et qu'il ne voulait pas l'entendre.

— Et laisser Totoche rafler les perdrix ? Je dois faire mon devoir de garde.

— Et ton devoir conjugal ?

Célestine le toisait, provocante. Elle ouvrit un bouton de sa chemise, desserra le lien qui tenait son corset. Borel déglutit. Le fusil qu'il venait de décrocher du râtelier lui glissa des doigts et ce n'est que par habitude qu'il réussit à le poser sans dommages. Qu'avait-elle donc en tête, la bougresse ? À cette heure, et dans la cuisine ? Il cligna des yeux comme pour dissiper le mirage, mais elle recommença à rire de son gloussement de gorge qui le rendait fou. Alors qu'il l'approchait elle se sauva et il la poursuivit sans plus se soucier de rien.

★

Un Loup n'avait que les os et la peau,
Tant les chiens faisaient bonne garde.
Ce Loup rencontre un Dogue aussi puissant que beau,
Gras, poli, qui s'était fourvoyé par mégarde...

Paul avançait sur le chemin forestier à la lueur vacillante de la flamme. Il déclamait à mi-voix une poésie que l'institutrice leur avait donnée à apprendre, butant chaque fois sur la seconde strophe. Réciter l'aidait à ne pas observer de trop près les ombres mouvantes des arbres ou écouter les bruissements furtifs en se figurant l'approche d'une bête sauvage.

L'attaquer, le mettre en quartiers,
[Sire Loup l'eût fait volontiers ;
Mais il fallait livrer bataille,
Et le Mâtin était de taille
[à se défendre hardiment...

Il avait beau murmurer les vers, il pressentait une menace derrière chaque talus, chaque fourré trop dense. Comment trouver le braco alors qu'on n'y voyait goutte à plus de quatre pas ? Les arbres s'étaient clairsemés et il déboucha en plein ciel sans que ça change grand-chose. Les ténèbres semblaient buter sur le pauvre halo de sa lanterne, si épaisses qu'il fut tenté de tendre les bras.

Il cessa d'avancer, lança d'une petite voix : « Totoche ! » Rien ne lui répondit.

Puis, sans prévenir, la nuit explosa.

Le bruit des détonations, l'éclat jaune d'un feu, deux, trois points de lumière qui tournoyaient. C'était à une cinquantaine de mètres, peut-être davantage, en plein dans une zone de landes. L'enfant avait perdu tous ses repères. Il se recroquevilla, le temps que le vacarme cesse, puis se remit debout et se lança en avant, sans réfléchir, sinon il aurait su que Totoche ne pouvait causer un tel tapage à lui seul, et encore moins allumer plusieurs lampes. Il criait, autant pour prévenir que parce qu'il avait peur :

— Totoche ! Totoche ! Y a Borel qui s'en vient !

La première chose que son regard saisit, dans la flaque de lumière, ce furent les dépouilles de quelques perdrix qui jonchaient le sol. Puis un faisceau aveuglant le cloua sur place tandis qu'on l'interpellait rudement.

— C'est qui ce morveux ?

À la faveur des torches, il discerna trois hommes à la mine patibulaire qui le fixaient durement. Il se retrouva cerné sans avoir le temps de reculer. Leurs gros poings serraient des fusils qui lui parurent énormes.

Comme il restait muet, l'un des gaillards se pencha vers lui, menaçant.

— De quoi tu causes ? T'as prévenu Borel, c'est ça ?

— Non ! C'est lui qui va appeler les gendarmes pour...

— Les gendarmes, en plus ? Sale petite fouine !

Son compère s'échauffait, mais il n'eut guère le temps de gueuler que le troisième braconnier intervint d'une voix sèche. Son calme, par contraste, semblait mille fois plus dangereux que l'emportement des autres.

— On va te la fermer ta bouche... dans un sac au fond de l'étang !

Ils avancèrent de conserve pour le prendre en tenaille, et l'enfant vit qu'ils portaient un sac à gibier béant. Ils venaient d'y jeter une perdrix et le ballot était bien assez profond pour le contenir. D'un mouvement frénétique, il balança sa lanterne vers le plus petit des hommes et, poussé par la force du désespoir, il parvint à percer l'embuscade.

Il courut longtemps à travers la campagne, sautant par-dessus les fossés, se frayant un chemin à travers des roseaux puis rebroussant chemin pour éviter un étang aussi noir que de l'encre – celui de la Malnoue ? Un autre ? Rien ne ressemblait plus à ce qu'il connaissait – et il manqua s'embourber dans une vasière en repartant au hasard, terrifié par le raffut des braconniers. Les hommes le talonnaient et ne cessaient de s'interpeller : « Tu l'as vu ? » « Par ici ! » « Il est là, devant, chope-le donc ! »

Soudain, il trébucha dans une fondrière et ne dut son salut qu'à la fougeraie dans laquelle il avait détalé. Les palmes fouettaient sa peau, mais il n'osait ralentir et courait au hasard, droit dans le noir. Brièvement, il ressentit l'affolement d'être la proie. C'est ainsi que les lièvres fuyaient. Son cœur battait assez rudement pour lui meurtrir la poitrine, sa gorge était en feu, mais le pire, c'était la peur qui lui tordait le ventre. S'ils le rattrapaient, ces hommes le tueraient, ils l'avaient dit ! Il sentit que ses jambes commençaient à faiblir et à trembler et il chercha une issue. Il devait trouver un roncier, peut-être qu'il serait assez petit pour y disparaître.

Une ombre surgit tout à coup face à lui sans qu'il puisse l'éviter. Son cri fut étouffé dans la grosse pogne. Cette fois il mit un moment à reconnaître son vieil ami.

— Chhuuut !

Totoche le contemplait, sidéré. Il était venu, attiré par le vacarme, et tombait sur le gosse ! En une seconde, il saisit le danger. Des hommes approchaient et gueulaient comme pour une curée. Il traîna l'enfant pétrifié de peur à l'abri d'un fossé qui sinuait à seulement trois mètres de là, disposa une brassée de fougères pour les couvrir. Paul reconnut Dédé flanqué de sa brouette, et, sans l'urgence du moment, il aurait pu rire de l'équipage. Garçon aussi était tapie là, mais contrairement à ses habitudes, elle ne frétilla pas et se tint silencieuse, la truffe humant l'air.

Les deux hommes se concertèrent d'un regard. Totoche leva les doigts, trois, puis referma le poing. Dédé approuva du menton. Les autres étaient à dix mètres, gueulant toujours, et leurs lanternes tournoyaient au rythme de leur progression. Ils attendirent qu'ils leur passent devant et bondirent à leur suite. Paul comprit qu'ils voulaient profiter de l'effet de surprise. Totoche fonçait déjà en poussant un hurlement inhumain, flanqué de Garçon qui jappait comme une enragée. Dans l'obscurité on aurait pu croire à une armée de diables accompagnés de Cerbère, le molosse tout droit jailli des enfers. Dédé avait suivi en gueulant avec la conviction d'un cochon égorgé. Même averti, Paul ne put s'empêcher de frémir.

Totoche sécha le premier gaillard d'un coup de poing. La rage qui s'était emparée de lui à voir la terreur du gamin décuplait sa force. Le second, crocheté par Dédé d'un coup de pied, s'étala dans la boue et se remit debout en un bond non pas pour se défendre, mais pour s'échapper. Il détala en boitant. Le troisième avait déjà disparu sans demander son reste. Suffoquant de rage, Totoche ramassa le sac à gibier et deux lanternes abandonnées dans leur fuite. Dédé, qui sentait sa fureur, tenta de le calmer :

— Vont pas revenir de sitôt, ces bracos d'Aubigny. Z-ont pris les jambes à leurs couilles !

Paul se mit à rigoler nerveusement. Il venait de sortir du fossé et se fit cueillir par le faisceau que Totoche avait allumé. Il eut peine à reconnaître sa voix, tant elle était dure :

— Dis-moi c'que tu fous là, en pleine nuit ?

Sans lui laisser le temps de placer un mot, il continua d'un rugissement :

— Bon sang, qu'est-ce que t'as dans le crâne ? T'aurais pu prendre un coup de fusil ! Ou finir noyé, espèce de petit con !

Il secouait l'enfant de peur et de soulagement mêlés, si bien que Paul se mit à sangloter en bredouillant :

— J'avais peur que Borel te renvoie en prison. Il voulait te prendre en flagrant délire. Alors je suis venu te sauver, parce que… il devient fou à te chercher !

À présent que les digues étaient rompues, Paul pleurait à gros sanglots, incapable de s'arrêter, et le braco s'en trouva désarmé, incapable de répliquer. Dédé, quant à lui, ne savait que secouer la tête en répétant : « Ben quelle fameuseté de mioche », car jamais il n'avait vu pareille bravoure, même chez les chasseurs aguerris, partir seul à la nuit noire, affronter plus grand et plus nombreux…

Brusquement calmé, Totoche s'accroupit pour se mettre à la hauteur de l'enfant.

— Te bile pas, l'est pas né celui qui m'remettra au cachot. Seulement, me refais plus un coup pareil. S'il t'était arrivé malheur, t'imagines seulement not' Célestine ! Et elle aurait raconté quoi à ton père ?

Que tu sers de gibier aux fumiers ! Ceux-là, y perdent rien pour attendre, la prochaine fois que j'les vois, j'vais leur apprendre qui est Totoche !

L'enfant reniflait, plus attentif à la douceur qui perçait qu'aux imprécations du braco. Il se savait pardonné, Totoche était sauvé, le reste n'avait plus d'importance. Il murmura un « D'accord », bâilla, brusquement vidé. Et puis il se rappela qu'il avait balancé sa lampe.

— Totoche, j'avais pris la lanterne à Borel et je l'ai plus. Je l'ai jetée quand je me suis enfui !

— Te bile pas. Tu n'as qu'à la troquer avec celle de ces fumiers.

— Et s'il remarque que c'est pas la sienne ?

— Ça m'étonnerait. Rien ressemble plus à une loupiote qu'une autre loupiote. Et puis au pis ? Qui dit que tu y as touché, à ses affaires ? À présent, tu dois rentrer avant qu'on découvre que t'as disparu. Dédé, tu peux le ramener dans ta bérouette ?

Dédé acquiesça, rigolant de ce bon tour, oubliant que son engin aurait dû servir au gibier. Il se sentait fier de ce sauvetage, même s'il n'y aurait pas grand monde pour le féliciter, sauf Totoche qu'il admirait et qui lui revaudrait bien le coup.

— L'carrosse de monseigneur est avancé !

*

Totoche ne dormit guère cette nuit-là. L'aventure l'avait suffisamment échauffé pour le faire cogiter. Pour la première fois de son existence, il se demandait si les risques pris à braconner en valaient la chandelle. Certes, il n'avait guère le choix, mais peut-être pourrait-il lever le pied ou cesser de narguer Borel ? Sans compter qu'à jouer les provocateurs il finirait par perdre Célestine, or sa bonne nature et sa gentillesse avaient fini par le piéger aussi sûrement que ses appas de belle femme !

Il était parti réfléchir dans son coin à champignons favori et se trouvait à présent avec un plein panier de cèpes. Il coupa soigneusement le pied d'un bolet ventru en veillant à ne pas l'abîmer, ôta le surplus de terre et le posa avec précaution sur sa récolte. Ce serait le dernier.

Il entendit un peu tard un piétinement qui signalait l'approche d'un promeneur et choisit de se cacher dans les buissons. Avec un peu de chance l'autre passerait son chemin sans le voir bien que le taillis soit peu épais. Et si c'était Borel, il s'échapperait à toutes jambes. Il vit surgir le vieux comte et fulmina pour lui-même. Juste le jour où il songeait à se faire discret ! Antoine de La Chesnaye avait beau être plongé dans une profonde méditation, il remarqua aussitôt l'homme tapi à couvert et l'interpella, sarcastique :

— Alors l'ami, tout va comme vous voulez ?

Totoche prit soin d'ôter sa casquette et salua.

— Ça va bien, je vous remercie m'sieur le comte…

— Avisant son panier rempli, l'autre demanda tranquillement :

— On braconne ?

— Braconne ! Braconne… Tout de suite les grands mots, m'sieur le comte !

— Savez-vous que je pourrais déposer plainte ?

— Pour une misère de champignons ? C'est malheureux à dire, m'sieur le comte, mais pour sûr on avait plus de libertés du temps des rois…

La Chesnaye songea que cette leçon d'histoire pour le moins douteuse amuserait sûrement quelques-uns de ses amis. Depuis le temps, il connaissait l'homme et sa réputation. Totoche l'intriguait en dépit de ses larcins, sa liberté de ton était plutôt distrayante. Ici comme ailleurs on tolérait les bracos comme on le fait d'un gros orage, de la fièvre des marais ou d'une mauvaise passe, pourvu qu'ils n'exagèrent pas. Cela, Borel ne le comprenait pas, et le comte se gardait de lui en parler. Son garde-chasse supportait mal l'indulgence et aurait voulu enfermer le moindre contrevenant.

Il loucha vers le panier et siffla d'admiration.

— Les lapins, passe encore. Mais les cèpes, c'est tout de même plus rare. Surtout cette année.

— Qui vous a raconté cette fable ?

— Mon garde.

— Forcément, celui-là… Entre nous, si je peux me permet', m'sieur le comte, votre Borel, au lieu de traquer les pauvres bougres, y ferait mieux de s'occuper du domaine. Tenez, vos grumes de chêne empilées sur le chemin de Closefontaine, si vous laissez aller, vous pouvez faire une croix d'ssus ! Ça grouille de termites pis qu'en enfer !

— J'irai voir ça, merci.

— J'devrais pas vous le dire, mais c't homme-là connaît point les coins à champignons. Des cèpes, y en a tout plein cette année. Et c'était couru ! « Grésil à la Saint-Siméon, champignons à la Saint-Gilles »… Vous en voulez ?

Il tendait son panier, regrettant à peine le sacrifice puisque le comte semblait si bien disposé. Son discours avait fait son petit effet, il le sentait et cela valait bien de perdre sa récolte. Le vieil homme le surprit en refusant d'un geste.

— J'aime mieux les girolles, pour tout dire. Une belle omelette avec, quel bonheur !

— Je vois qu'on a les mêmes appétences, m'sieur le comte ! Moi aussi j'préfère.

— Tiens, puisqu'on en est aux confidences, je vous ferai un aveu... Madeleine, ma cuisinière, les gâche toujours un peu. Trop sèches, trop plates, et j'ai beau le lui répéter, elle n'y entend rien !

— C'est qu'elle doit faire noircir son beurre au lieu de blondir comme y faut, en douceur. Le prochain coup, demandez à Célestine ! Pour l'omelette, y a pas sa pareille dans tout le pays, c'est une reine !

Le comte ne put retenir un sourire. Le braconnier régalé par la femme du garde-chasse ? C'était plutôt cocasse, à moins que ces deux-là ne soient parents. Il ne connaissait pas tous les cousinages entre ses gens, la preuve. Cette pensée en amena une autre et il questionna Totoche presque distraitement :

— Au fait, puisque vous semblez renseigné de tout, savez-vous qu'elle héberge un petit Parisien ?

— Un petit Parisien ?

— Oui, du reste c'est un drôle de gamin, vraiment singulier...

Le comte s'abîma dans ses pensées tandis que Totoche songeait que la vie réserve parfois de drôles de surprises. Il toussa pour faire passer sa gêne et l'autre poursuivit, curieux d'avoir son sentiment :

— Figurez-vous que ce garçon est persuadé d'avoir vu mon fameux géant. Il m'a parlé d'un cerf de dix-huit cors...

Totoche dut se mordre la langue pour ne pas se trahir. Par le diable, le galopiaud avait raconté ça au vieux ! Il se sentit bêtement jaloux, piqué que Paul se confie à un autre, et grommela :

— Une foutue légende, sauf vot' respect ! Nous autre, en pays de Gâtine, on le sait bien même qu'on voudrait l'accroire.

— Certes… Toutes les régions ont leur fable. En Écosse, on parle d'un serpent gigantesque qui hanterait les profondeurs d'un lac. À Gévaudan, il y a la bête, alors pourquoi pas un cerf majeur en terre de chasse ? Il m'arrive de me demander s'il n'y aurait pas un fond de vérité…

— Un grand seize, je dis pas, mais là…

— Vous avez sans doute raison, ce ne sont que des chimères. Il faut croire que les hommes aiment à rêver d'impossible…

Il hocha la tête et s'en alla sans même le saluer. Après tout, laisser Totoche à ses maraudes était déjà une forme de politesse.

13.

Bien campé sur ses jambes, face au chenil, l'enfant se concentrait sur sa respiration et, pour éviter de se laisser gagner par l'effroi, se répétait en boucle : « Ça va, je n'ai pas peur, tout va bien… » Il était encore endolori par sa course nocturne et ses muscles le tiraillaient toujours, trois jours après. Heureusement, comme on était dimanche, Célestine l'avait laissé dormir paisiblement. Quant au garde-chasse, parti faire sa tournée, il n'avait pas eu à l'affronter. Plus tard, il irait voir Bella. Il avait décidé de se tenir à l'écart de la barge le reste de la semaine, par précaution.

La meute semblait placide, dans l'attente d'un mouvement ou d'un ordre. Au bout d'un moment Paul se sentit assez confiant pour suivre les conseils qu'on lui avait donnés et tenta de la voir non comme une horde indistincte, mais comme une bande de chiens avec ses lois, sa hiérarchie. La plupart étaient de race poitevine, des tricolores élancés et solides, et, parmi eux, certains étaient timides, courageux, aboyeurs, grognons, obéissants ou frondeurs. Bientôt, il crut reconnaître Lucifer, un bleu de Gascogne plus robuste et trapu, facile à repérer à cause de sa robe noir et gris. Sur sa cuisse il remarqua une tache blanche en forme de cœur. L'animal semblait plutôt gentil en dépit de son nom.

Il se décida à approcher plus et y parvint sans susciter de trouble, sinon un intérêt accru chez quelques mâles qui se levèrent en bâillant pour aller flairer le grillage. Un poitevin pissa dessus, aussitôt imité par un chien à poil rouge. Tapageaut et Vol-au-Vent ? C'est toujours eux que Borel appelait en premier.

Mieux valait ne pas trop tenter le diable, c'était assez d'entraînement pour cette fois. Il recula doucement et tenta d'affermir sa voix :

— Gentils, les chiens ! Je reviendrai demain !

Ce demi-succès le rendit presque heureux. Il hésitait à rentrer. Rien ni personne ne l'attendait. En réalité, il brûlait d'envie de faire un détour par le manoir puisque c'était permis, juste pour le plaisir de revoir la bibliothèque. D'ailleurs, il avait déjà lu la moitié du Dickens, ainsi, il pourrait regarder à l'avance le prochain livre qu'il emprunterait. Malgré la permission donnée, Paul avait du mal à croire qu'il pouvait pénétrer dans le manoir à sa guise, sans se cacher, choisir un roman – n'importe lequel ! – et même s'asseoir dans un fauteuil. L'idée semblait extravagante.

En passant devant les écuries qui flanquaient l'aile sud, il aperçut le vieil homme occupé à panser son cheval et s'enhardit à le héler de loin :

— Bonjour !

Le comte leva la tête et sourit largement en lui faisant signe d'approcher.

— Alors, as-tu revu notre dix-huit-cors, jeune homme ?

Il passait une brosse sur le flanc de sa monture, un peu essoufflé par l'effort.

— Non, monsieur, et puis je suis occupé à l'école.

— Bien sûr, où avais-je la tête ! Quand on est vieux on a tendance à oublier ces choses… Quoi qu'il en soit, si ce fameux géant habite le sous-bois, les chiens finiront bien par le trouver. J'ai averti Borel d'ouvrir l'œil.

— Vous lui avez dit que c'était moi qui l'avais vu ?

— Certes non ! Je ne voudrais pas le vexer… et j'ai cru comprendre que vous n'étiez pas les meilleurs amis du monde. J'ai simplement prétendu avoir aperçu un gros cerf au cours d'une balade.

Paul se sentit brusquement mal à l'aise d'être à l'origine de ce branle-bas de combat. Il n'avait pas prévu ça, ni qu'on tue le cerf par sa faute. Et puis rien que d'imaginer Borel triomphant, il éprouvait de la colère. Pour se distraire, il s'approcha d'un box ouvert. À l'intérieur, couché sur un tas de paille, un cheval somnolait.

— Il est malade ?

Le comte se rembrunit d'un coup. Il parut hésiter à répondre, puis se décida d'un haussement d'épaules :

— Non, seulement vieux et fatigué. C'était le trotteur de ma fille. Personne ne l'a plus monté depuis… qu'elle est partie.

— Alors il reste tout seul ?

— On le sort au pré lorsqu'il fait beau mais il se fait vieux et cela devient de plus en plus difficile, et je ne peux me résoudre à le faire abattre.

Sa voix se brisa sur une quinte de toux. Il se détourna et reprit sa tâche. On l'aurait cru sur le point de pleurer. Paul eut envie de s'excuser, ou au moins de trouver quelques paroles de consolation, mais s'il évoquait la fille disparue, il enfreindrait l'interdiction de Célestine, d'ailleurs rien ne pouvait convenir, alors, par politesse, il préféra se taire. Le comte achevait de frictionner Tempête. Puis il se pencha pour soulever son antérieur d'un geste assuré qu'on devinait mille fois répété et, à l'aide d'un cure-pied, racla le sabot, puis tapota sur la corne avant de le laisser doucement reposer sa jambe. Enfin il se redressa avec un gros soupir.

— Aimerais-tu apprendre à monter, jeune Lacassagne ?

Plus tard, en y songeant, Antoine de La Chesnaye ne sut expliquer pourquoi il usa de cette formulation, sans doute poussé par la sympathie et pour oublier son accès de tristesse. Comme l'enfant ne répondait pas, il insista, vaguement contrarié de son silence :

— Je t'ai posé une question.

— Je sais, monsieur, mais je ne m'appelle pas comme ça.

— Ah oui ? Pourtant c'est ainsi que tu t'es présenté, non ?

— C'est Célestine qui veut. Et moi j'en ai marre de mentir. En vrai, je m'appelle Caradec.

Paul avait répliqué impulsivement, sans vraiment réfléchir, peut-être à cause de sa recherche vaine au cimetière et parce qu'il aimait bien le vieil homme. Et pour la bibliothèque. Enfin, ça lui semblait moche de filouter un homme si chagriné ! Il en voulait à la nourrice de l'obliger à raconter des bobards. Célestine mentait tout le temps, à Borel, aux gens du village, et même à lui en cachant un tas de choses. Alors ça suffisait.

Plus pâle qu'un mort, le comte le fixait, sidéré. Quand il finit par articuler quelque chose, il répéta stupidement, comme assommé :

— Caradec ?

— Oui, monsieur. Paul Caradec.

La Chesnaye se laissa aller contre le mur et ferma les yeux un bref instant. On aurait dit qu'il souffrait. Effrayé par la lividité du comte, Paul se demanda s'il fallait appeler Armand. Sa timidité le paralysait et, pour une obscure raison, il se sentait un peu responsable. Célestine avait dit vrai, pour une fois, il n'aurait jamais dû causer à tort et à travers, et puis qu'est-ce qu'il en avait à faire de se faire appeler Lacassagne, finalement ?

Le cheval piaffa nerveusement en piétinant le sol. Sans prévenir, il lança une brusque ruade qui atteignit son maître à l'épaule et l'envoya rouler au sol. Paul se précipita pour l'aider sans même songer à se protéger.

— Il vous a fait mal ?

Le comte hocha la tête, étourdi. Il grimaça un sourire, leva un bras tremblant.

— Ne t'inquiète pas, je n'ai rien de cassé. Donne-moi le bras, que je me lève, je crois que la tête me tourne un peu. J'aurais dû faire attention.

Il se remit d'aplomb, laissant sa main s'attarder sur l'épaule du garçonnet. Un mélange de sentiments violents et de pensées contradictoires tourbillonnait dans son esprit comme un essaim d'abeilles folles. Il fallait d'abord s'occuper de Tempête qui renâclait toujours. Il saisit le cheval par la bride, tenta de l'apaiser avec des paroles douces puis le fit entrer dans son box et referma le battant. Il n'avait pas terminé son pansage, ce qui n'était jamais arrivé depuis soixante ans qu'il montait à cheval, mais à cet instant le monde aurait pu s'écrouler, il s'en moquait. Son seul souci tenait à une chose unique, ne pas effrayer l'enfant. *Paul Caradec.* Ce nom avait tout effacé, même la douleur du passé, au moins l'espace d'un instant.

Il sortit du box, osa enfin le dévisager en quête d'une ressemblance. Le garçon semblait anxieux, un peu embarrassé. Soudain il la vit, comme une empreinte, une ombre ou un reflet lointain, quelque chose dans la rondeur des joues, le regard aussi, curieux et doux, cette vivacité qui éclairait Mathilde. Il se rappela alors son trouble, l'autre jour, en le voyant sourire. C'était donc cela qu'il avait pressenti ! Sa fille s'illuminait de la même façon.

Durant un instant il lui fallut toute sa résolution pour résister et ne pas empoigner l'enfant, le serrer contre lui. Il ne devait rien précipiter, pas avant d'avoir compris ce qui se tramait…

— Ça va bien à présent, je crois que je vais aller me reposer, mais je te ferai appeler plus tard. Rentre chez toi.

— Vous ne voulez pas que je vous aide ?

— Non. Ne t'inquiète surtout pas pour moi, j'ai le cuir solide.

— D'accord. Je m'excuse pour tout… Au revoir !

— À bientôt, Paul.

Le gamin fila derrière les dépendances. Pour aller où ? Avait-il perçu son émotion ?

Antoine de La Chesnaye avait tant de questions qui le tourmentaient qu'il s'obligea à rester immobile, le temps de recouvrer ses esprits. Il oscillait entre stupeur et émerveillement, ne sachant plus s'il avait envie de rire ou de pleurer, complètement abasourdi !

★

— Alors ?

Célestine avait baissé la tête. Plongée dans un silence honteux, elle tortillait un pan de tablier entre ses doigts. La Chesnaye s'efforça de ne pas laisser paraître son irritation. La braquer ne servirait à rien, surtout pas avant d'avoir écouté ses explications. La colère avait fait assez de dégâts dans son existence.

Pour être tranquille, il avait fait appeler la gouvernante au salon « pour une affaire d'importance » et commandé qu'on ne les dérange sous aucun prétexte. Il se fichait comme d'une guigne des ragots qui s'ensuivraient ou des récriminations d'Armand, toujours jaloux de ses prérogatives. Il voulait entendre sa gouvernante sans lui laisser d'échappatoire. À présent Célestine se tenait devant lui, les mains nouées, le front baissé, mutique. Malgré sa furieuse envie dc la secouer, il conserva son calme. Sa voix, bien qu'un peu rauque, lui parut ferme mais mesurée, empreinte d'un soupçon de compassion :

— Pourquoi m'avoir menti ? Vous taire ne servira plus à rien maintenant.

Quand elle se décida à répondre, ce fut d'un murmure si bas qu'il dut tendre l'oreille :

— Je pensais pas à mal en le prenant chez nous. Et je voulais pas vous peiner, monsieur le comte.

— Donc vous saviez qui il était, n'est-ce pas ?

Elle hocha la tête, piteuse.

— Oui, pardonnez-moi Monsieur, j'étais au courant.

— Bien entendu. Comment auriez-vous pu l'ignorer...

Comme elle essuyait sa figure, il aperçut ses larmes silencieuses. Elle pleurait. Cela l'ébranla, mais il n'en laissa rien paraître. Cet entretien devait être rigoureusement mené. Après tant de duperies, il n'était pas question de se laisser sottement amadouer. Il s'efforça de reprendre au commencement.

— Ainsi, vous aviez gardé des liens ?

— Oui.

— Depuis le début ?

— Oui.

— J'aurais dû le savoir. Vous l'aimiez beaucoup, n'est-ce pas ?

— Énormément, Monsieur.

— Elle aussi vous était attachée. Bien sûr...

— Quand elle était petiote elle m'appelait « maman Célestine » et moi, je pouvais toujours la reprendre ça lui échappait encore... Même plus tard, parfois, elle venait me le chuchoter à l'oreille : « maman Célestine », elle disait en m'embrassant les joues.

Ils se turent, tous deux plongés dans leurs souvenirs. Le comte sentait le danger à ressasser le passé, tout ce qui aurait pu être évité sans son fichu orgueil ! Mathilde avait aimé un homme alors qu'il voulait lui en imposer un autre, et pour cela il l'avait reniée, convaincu qu'elle finirait par revenir à la raison. Chaque jour depuis sa mort cela le torturait, chaque jour il ruminait ce qu'il aurait dû faire, et la douleur rongeait son vieux cœur et son corps fatigué.

Quand Célestine reprit la parole, il eut l'impression d'être arraché à un tourbillon de noirceur :

— Je suis désolée, Monsieur.

La brave femme le lorgnait avec tant d'inquiétude qu'il se sentit confus de l'avoir rudoyée. Certes, elle avait menti, mais avait-elle le choix ? Depuis bientôt douze ans, il luttait pour cacher son malheur en oubliant qu'on ne joue pas la comédie à des gens qu'on côtoie quotidiennement, fussent-ils des domestiques. C'était aussi sa faute si Célestine avait cru bon de le protéger.

Il bougonna, mal à l'aise.

— Désolée de quoi ?

— De vous avoir caché tout ça. Son père devait partir, il savait point à qui le confier. J'ai pas eu le cœur de refuser.

— Je comprends… Vous avez bien fait.

Il s'efforça de réfléchir rationnellement à la situation afin d'établir les grandes lignes d'un plan.

— Et l'enfant, que sait-il ?

— Oh, presque rien, le pauvret. Juste qu'il devait passer pour un petit-neveu ici, à cause… à cause de vous.

— De moi ?

— J'ai pas su quoi lui expliquer alors j'ai raconté qu'il faudrait qu'il soit mon neveu, sans quoi il ne pourrait rester ici, sur vos terres. Et puis j'ai prétendu que vous n'aimiez guère les enfants, je suis désolée, Monsieur !

— Sacrebleu ! Heureusement que nous avons fait connaissance !

— Je m'excuse, Monsieur.

— Célestine, que ce soit clair à présent. Puisque vous avez commencé avec ces sornettes autant garder le cap, du moins jusqu'à ce que je m'explique avec Paul. Je ne veux pas le brusquer avec cette histoire. Laissez-le faire son chemin. Je lui parlerai le moment venu.

— Bien, Monsieur.

— Son père… Jean Caradec…

— Oui Monsieur ?

— Il faut que je le voie. Faites-le venir ici.

— Ici ! J'ai bien peur que ce soit pas possible. Pas avant deux mois… Il est trop loin.

Le comte réprima un mouvement d'irritation. L'impatience le gagnait. Il avait l'impression que toutes les années de tristesse le poussaient en avant et que le temps manquait.

— Où est-il donc… si loin ?

— En Algérie pour les chemins de fer. Il a été réquisitionné par l'armée. C'est pour ça que le petit est venu.

— Il n'avait personne à qui le confier ?

— Personne, à part moi. J'ai son adresse là-bas si vous voulez. Je peux…

— Vous êtes certaine qu'il a été réquisitionné par l'armée ?

— Si fait, Monsieur.

— Alors apportez-moi cette adresse sans tarder, je m'occupe du reste.

— Bien Monsieur.

Emporté par l'exaltation, le vieil homme saisit sa main et la serra. Il n'était guère coutumier de ces démonstrations, mais rien ne serait arrivé sans son entremise, alors comment lui en vouloir ?

— Merci, Célestine.

— Merci de quoi donc ? Je vous ai menti.

— Merci de m'avoir ramené mon petit-fils. La lumière est revenue dans cette maison. Vous ne pouvez pas vous douter…

— Si, monsieur le comte, je sais.

Doucement, elle ôta sa main et le laissa là, au milieu du salon, avec ses pensées et cet espoir qui lui gonflait le cœur. Elle aurait pu rentrer aussitôt quérir l'adresse, mais elle craignait de ne pas savoir feindre devant Paul. Mieux valait se calmer en frottant les cuivres et tant pis si le dernier nettoyage remontait à la semaine passée, il lui fallait du mouvement pour apaiser sa fébrilité. Elle irait tantôt, après le déjeuner.

Demeuré seul au salon, La Chesnaye ne se perdit pas longtemps en réflexions. Il avait des relations au ministère, autant les utiliser. L'année précédente, son fils avait fait toute une histoire pour qu'ils disposent d'un appareil téléphonique, un caprice auquel il avait fini par céder de mauvaise grâce. À présent, il bénissait Bertrand pour cette initiative qui lui ferait gagner un temps précieux.

Il décrocha le cornet acoustique, demanda à être mis en relation avec le général d'Hérouville. L'opératrice lui parut si empotée qu'il insista sur l'urgence de l'appel, une « nécessité d'État, mademoiselle ! », ce qui ne parut pas l'impressionner outre mesure. Après une éternité de crachotements, la voix enjouée de Gaspard résonna enfin dans la trompe :

— Antoine ? C'est bien toi ? Comment te portes-tu ? Toujours dans ta campagne ? On ne te voit plus jamais au cercle…

Il préféra couper court aux salutations :

— Mes respects, vieux camarade ! Je sais, ça fait un bout de temps, mais j'ai un petit service à te demander...

★

Malgré le ciel d'orage qui noircissait à vue d'œil, Paul avait emprunté le chemin de Trémaille, quitte à se rallonger de deux bons kilomètres. La bande à Pachevot l'avait querellé plus vivement que de coutume et il éprouvait le besoin de marcher pour se vider la tête. Dès qu'il fut certain d'avoir semé d'éventuels poursuivants, il s'arrêta pour humer l'air. Les bois changeaient, par endroits, le vert se teintait déjà des couleurs mordorées de l'automne. La température fraîchissait, et Célestine avait sorti un édredon en le traitant de douillet parce qu'il s'entêtait à fermer le carreau pour dormir. Même s'il regrettait un peu l'été, l'enfant rêvait de découvrir sa forêt en plein hiver. Dans sa dernière lettre, Jean parlait de rentrer à Noël. Peut-être qu'il aurait le temps de la voir sous la neige avant de retourner à Saint-Denis. L'idée de quitter la Sologne le rebutait de plus en plus. Si seulement il avait pu y passer encore quelques mois, au moins jusqu'au printemps !

Un coup de vent plia le faîte des arbres et il reprit sa marche à contrecœur. La journée s'était traînée en longueur, il était d'humeur maussade. Et puis, avec la grisaille ambiante, il éprouvait une angoisse vague, inexplicable. Bella ne l'attendait pas, sinon elle se serait déjà montrée, l'orage avait dû la décourager. La frustration accrut son amertume. Il ne l'avait revue qu'une seule fois depuis l'affaire des braconniers. Dans l'espoir de briller, il lui avait raconté comment il avait fui dans la lande avec trois gaillards lancés à ses trousses et, devant ses yeux écarquillés, il avait ressenti la fierté l'inonder. Pour une fois, la Bohémienne le regardait comme un garçon digne d'intérêt, pas juste comme un copain avec qui jouer dans les arbres... Arrivé en vue de l'étang, il hésita ; il pouvait toujours la rejoindre à son campement, seulement il ne s'y sentait pas trop à l'aise en temps normal. À part la mémé et Joseph, il ne connaissait personne ; or, aux regards qu'on lui lançait, il savait que la tribu le considérait comme un étranger, un gadjo.

Il renonça et repartit, attentif à la rumeur du sous-bois. Où le grand cerf pouvait-il bien se cacher, à cet instant ? L'ouverture de la chasse aurait lieu le lendemain, Borel n'avait plus que ça à la bouche : le bois à faire, les chiens à nourrir, le matériel à graisser, et ces préparatifs suscitaient chez Paul autant d'effroi que d'excitation. Si l'animal vivait sur les terres du comte, les chasseurs le traqueraient forcément... L'enfant tenta de se rassurer en songeant à la ruse que l'animal avait su développer pour vivre tant de saisons sans se faire prendre, mais l'idée de retrouver sa ramure clouée sur le mur du manoir le hantait sans qu'il puisse s'en débarrasser.

Il entendit le crépitement sec de la pluie sur les feuilles, les premières gouttes s'écrasèrent sur lui, froides et dures, crevant l'épaisse frondaison. Le roulement du tonnerre éclata tout près, et, pendant un instant, il resta totalement assourdi. Soudain la pluie remplit tout l'espace, des torrents d'eau qui tombaient du ciel dans un fracas retentissant. Il se mit à courir en se protégeant la tête sous son cartable, mais le déluge était trop violent et il dut ralentir pour ne pas tomber. En quelques instants le chemin se transforma en bauge marécageuse. Plutôt que de continuer à l'aveuglette, il prit le parti de bifurquer pour rejoindre la chaussée, quitte à se rallonger encore, sans quoi il risquait de s'embourber quelque part.

En débouchant sur la route, il crut que le ciel entier se déversait sur lui pour le transpercer jusqu'aux os. Il ne courait plus à présent, cela n'aurait servi à rien. Il n'avait guère fait plus d'une centaine de mètres qu'un coup de Klaxon le tira de son hébétement. À travers la bourrasque il reconnut la De Dion-Bouton du comte. Le fracas de l'orage l'avait empêché de l'entendre approcher. Armand jaillit de l'habitacle pour lui ouvrir la porte arrière et gueula d'impatience :

— Monte, vite !

À l'intérieur de la limousine, le crépitement donnait l'impression de se retrouver dans le ventre d'un tambour, il y régnait une tiédeur réconfortante. Le vieil homme l'accueillit avec une inquiétude fébrile qui n'était pas dans ses habitudes. Pris de tremblements violents, Paul serra les dents pour les empêcher de s'entrechoquer. Le comte dit quelque chose mais, dans le vacarme de la pluie et le grondement du moteur, on ne s'entendait guère et il dut répéter plus fort.

— Mon pauvre garçon, tu es aussi trempé qu'une grenouille, tiens, ôte donc ta pèlerine et enfile ça.

Il désignait sa propre pelisse et, voyant son étonnement, il insista d'un ton ferme :

— Ne discute pas, et ta chemise avec, elle est à tordre !

L'enfant se mit torse nu et se laissa envelopper dans l'étoffe épaisse en étouffant un soupir d'aise. Cela sentait l'eau de Cologne et le cigare.

— Merci, monsieur.

Le comte lui fit un clin d'œil et déclara, en désignant l'habitacle où ils se trouvaient :

— Ça, c'est pas un douze-cors, c'est une quinze chevaux !

L'enfant acquiesça par politesse, sans savoir quoi répondre. Fallait-il demander de ses nouvelles après la chute dans le box ? Le remercier encore pour *Les Grandes Espérances* qu'il avait presque achevé de lire ? Il n'eut pas à chercher, car le vieil homme désigna son cartable.

— Ça se passe bien à l'école ?

— Ça va, sauf que la maîtresse dit que je suis trop rêveur.

— Ce n'est pas forcément un défaut... Qu'as-tu l'intention de faire plus tard ?

— Je sais pas. J'aime bien la forêt et les animaux. Les étangs et les poissons aussi. Je voudrais rester dans la nature.

— Garde-chasse ?

— Non, j'ai pas envie de courir après les gens...

— Tu préférerais être braconnier, alors ?

Comme il le toisait avec une ombre de malice, Paul sourit timidement, n'osant approuver malgré le « oui » qui lui montait aux lèvres.

— Ma foi, je crois que tu as raison, cela me semble beaucoup plus amusant que de patrouiller en uniforme !

Il lui tapota le genou et parut soudain consterné en constatant qu'il était mouillé.

— Mais tu es encore gelé ! Attends…

Il entreprit de le frictionner vigoureusement. À demi asphyxié par le traitement, Paul n'osa protester.

Derrière eux la corne d'un Klaxon retentit, insistante. Armand préféra se ranger sur le bas-côté en bougonnant. À travers le carreau embué, ils distinguèrent le visage de Bertrand, visiblement surpris de voir le comte en compagnie. Père et fils se saluèrent brièvement, et la Voisin reprit de la vitesse. Vexé d'avoir cédé la place, Armand ne put refréner un commentaire acide :

— Votre fils semble impatient d'arriver ! Il devrait veiller à sa conduite, ça peut glisser dans les virages.

— J'ai beau le lui répéter, il s'en moque éperdument. Sans doute est-ce une façon d'épater Florence…

— Pas uniquement, Monsieur, en voici d'autres qui suivent.

— Oh… Il aurait pu me prévenir ! Et une veille de chasse en plus. Tant pis, laissez-les passer, Armand, rien ne nous presse…

Il soupira, brusquement rembruni. La perspective de supporter des invités, surtout les amis parisiens de Bertrand, l'agaçait prodigieusement. En outre, ce débarquement intempestif contrariait ses plans. Il avait espéré apprivoiser l'enfant afin de lui révéler la vérité peu à peu, sans l'effrayer, et pour cela il avait besoin d'être tranquille. Il n'attendrait pas le retour de Jean Caradec. Trop de temps avait passé, trop de gâchis… Et voilà qu'au lieu de se consacrer pleinement au petit il faudrait jouer les hôtes pour quelques imbéciles et son snobinard de fils. Décidément, Bertrand n'en loupait pas une !

Dans la vaste cour du manoir, l'arrivée des automobiles n'était pas passée inaperçue. Alors que Célestine avançait d'un pas prudent, munie d'un immense parapluie destiné aux dames, le garde-chasse se précipita en ôtant sa casquette – une politesse particulièrement stupide, vu les trombes d'eau.

— Vous avez fait bonne route, monsieur Bertrand ?

— Ça va Borel, ne restez pas planté là, occupez-vous des bagages !

Laissant les autres se réfugier sous l'auvent, il demeura sous la pluie pour attendre la De Dion-Bouton, sans paraître se soucier des bourrasques. La curiosité le démangeait de savoir qui accompagnait son père. La limousine surgit au détour de la route et avança en cahotant, presque au pas, comme pour l'irriter, et Bertrand ne put s'empêcher de se demander si c'était fait exprès... Quand la voiture finit par stopper, il n'eut pas le temps de s'avancer qu'un enfant s'échappait de l'arrière en courant vers les dépendances. N'était-ce pas ce petit drôle qu'ils avaient croisé cet été, avec Florence ? Il fronça les sourcils, vaguement déçu. Le vieux avait dû le ramasser en route. Il avait parfois des accès de générosité malvenus. *L'enfant sauvé des eaux !* Il s'amusa de l'idée, songea à la partager avant d'y renoncer, comme toujours. Le comte goûtait peu son humour et avec lui tout était sujet à la gravité... Bertrand détestait quand son père faisait mine de s'intéresser à des choses ou des gens sans importance. Il le soupçonnait d'exagérer son indulgence afin de le contrarier. Pourquoi diable aurait-il toléré la présence des Bohémiens sur leurs terres autrement ? Sans en avoir la certitude, il se sentait directement visé par ces décisions, comme si l'on tenait à lui faire prendre conscience de son incompétence à gérer le domaine familial. Après cela, le vieux avait beau jeu de lui reprocher sa vie de bamboche !

Ignorant les appels de ses amis qui s'étaient frileusement regroupés sous la marquise, il devança Armand et se dépêcha d'ouvrir la portière, curieux d'entendre l'explication à propos de ce gamin.

— Bonjour, père. Vous aviez un passager ?

— Bonjour Bertrand. C'était bien la peine de me doubler pour traîner ainsi ! Fais donc entrer tes invités, ils ne font qu'encombrer le perron. Il pleut.

— Je tenais à vous accueillir…

— Pour me prévenir sans doute ? Allons, nous en parlerons plus tard.

— Les choses se sont décidées au dernier moment, mais j'ai appelé Célestine dès l'aube !

— L'aube, ça m'étonnerait. Quand je suis parti pour La Ferté ce matin, il était 10 heures ! À moins, bien sûr, que cela soit l'aube parisienne ?

Après les salutations de rigueur, La Chesnaye s'esquiva aussi vite que la politesse l'admettait. Les jeunes femmes lui avaient paru trop élégantes pour Herteignes, voire totalement déplacées. Comment Bertrand pouvait-il être si aveugle ! En montant l'escalier, il les entendit qui pépiaient, cherchant à attirer l'attention avec leurs simagrées ridicules.

— Quel temps, ma chère, c'était bien la peine de quitter la Riviera !

— Chérie, la saison tirait à sa fin, on s'y ennuyait à mourir !

— Elle a raison, Yvonne ! Tu verras, après deux cocktails, tu voudras épouser un hobereau solognot et on n'entendra plus jamais parler de la divine Eugénie !

★

À l'office, l'effervescence avait contaminé les domestiques. Armand reprit en main ses troupes, lesquelles se composaient en tout et pour tout de Célestine et Madeleine. La cuisinière, d'habitude si placide, se laissait gagner par l'affolement à mesure qu'on approchait du souper. Il restait deux poulardes à farcir et trois tartes à enfourner avant d'attaquer la pâte à brioche pour le lendemain. Bertrand avait appelé en fin de matinée pour prévenir qu'ils débarqueraient le jour même à huit et ils avaient trimé dur pour que tout soit prêt à temps. Bien entendu, le jeune maître voulait les plus grandes chambres et des repas à trois services, potages accompagnés de poissons, pièces rôties et desserts de la région. Ses amis n'étaient guère chasseurs ni même des gens de La Ferté ou d'Orléans. Ils envisageaient cette incursion à la campagne comme la visite d'un zoo, afin de comprendre l'attrait, voire l'« exotisme », de la province ; et il s'agissait de ne pas les décevoir. Le vieux comte serait furieux, il faudrait arrondir les angles et tenter de ménager tout ce beau monde sans entraver la bonne marche de la chasse qui ouvrait !

Dans le grand salon, on entendit bientôt s'élever un brouhaha de rires accompagnés d'une musique endiablée, le « jazz », dont Florence raffolait depuis son voyage aux Amériques. La sonnette ne tarda pas à retentir. Armand soupira.

— Je l'aurais parié ! À tous les coups, ils voudront du champagne. Déjà j'ai dû aller chercher les meilleurs bordeaux. À ce train-là, ils vont me vider la cave de Monsieur !

Célestine le rabroua gentiment :

— Ne t'en mêle pas, c'est pas tes oignons.

— Encore heureux. J'aurais un descendant pareil…

— Eh bien quoi ?

— Laisse. Je préfère ne rien dire. Ton mari a porté l'eau du puits ?

— Dehors, comme tu l'as demandé…

— Bien. Le vin sera assez frais.

En poussant la double porte et chargé d'un jéroboam, le majordome faillit perdre sa contenance. Une femme ondulait, les bras ouverts, la mine aguicheuse. Sa robe fendue laissait entrevoir deux mollets maigrichons et, glissant de l'épaule, son décolleté trop lâche dévoilait la courbe d'un sein. Ses amies gloussaient, le nez plongé dans leur coupe, tandis que les hommes scandaient le rythme en battant des mains, déjà éméchés. Seule Florence semblait morose et résolument sobre. Elle était pourtant habituée aux débordements de leur joyeuse bande, mais cette fois Eugénie exagérait. Sa petite exhibition était d'une vulgarité crasse. Elle eut un élan de reconnaissance envers Armand quand il apparut. Édouard s'était mis à beugler à tue-tête :

— Encore ! Encore ! Allez, Génie, tourne encore, tu n'as rien perdu de ton centre de gravité !

Les autres applaudirent à tout rompre sans voir une des portes s'ouvrir et le comte apparaître. Il attendit qu'on le remarque, le visage dur et aussi impassible qu'un marbre, et la joyeuse assemblée prit soudain conscience de sa présence. La fille enivrée cessa de virevolter, coupée dans son élan. Édouard rougit et on n'entendit plus que le gémissement d'un saxophone.

Brutalement dégrisé, Bertrand espéra que son père avait regretté sa crise de misanthropie et venait faire amende honorable. Il s'avança, de façon à masquer la tenue trop légère de cette idiote d'Eugénie – héritière d'un banquier, un peu évaporée, charmante et assez drôle au demeurant –, mais il était trop tard. Sans lui accorder un regard, Antoine de La Chesnaye se contenta d'interpeller le majordome. Mieux aurait valu l'entendre proférer une remarque désobligeante qu'être l'objet de son mépris et subir ce camouflet public.

— Armand, je dînerai dans la bibliothèque. Je ne suis pas très en forme et je tiens à me lever aux aurores pour l'ouverture. Vous me ferez monter un plateau. Pensez à éteindre les lampes quand ces messieurs-dames en auront terminé. Sur ce, bonne nuit.

Il tourna les talons alors que le disque égrenait ses dernières notes. Il régna dans la pièce un silence de mort.

*

La nuit qui suivit l'orage, Paul eut de la fièvre. Sa température grimpa tant et si bien qu'au matin il était brûlant, incapable de mettre un pied par terre. Après l'avoir examiné sommairement – vérification du pouls, contrôle de la gorge et souplesse du cou –, la nourrice conclut qu'il avait attrapé un gros rhume et qu'avec ses bouillons et du repos il se retaperait vite. Heureusement que le petiot n'était pas d'un tempérament maladif, car, avec tous les invités au manoir, elle n'avait pas le temps de le veiller. Après l'avoir bordé et obligé à boire un lait de poule, elle promit de repasser, quitte à faire des sauts de puce.

— Ne te soucie pas, tu seras sur pied lundi, comme ça tu ne manqueras pas l'école…

Amorphe, l'enfant ne broncha pas. Il se laissait couler dans la fièvre presque douillettement. Le vertige lui évitait de cogiter et balayait l'angoisse latente qui l'oppressait depuis la découverte de la lettre, des mensonges, et la douleur de chercher sa mère.

14.

Montaine avait un peu hésité à se rendre jusqu'à la barge du braconnier, mais cela faisait deux jours que Paul était absent et son rhume constituait un prétexte honorable. Sous ses dehors de rustre, l'homme montrait parfois une forme de délicatesse surprenante.

Si Totoche fut surpris de cette intrusion, il n'en laissa rien paraître. Il l'invita à monter sur le bateau et lui signala les planches glissantes. Il ne recevait jamais de jolie femme sur son bateau, pas même Célestine qui redoutait les ragots comme la peste noire. Pourtant, quand l'institutrice lui apprit l'absence de Paul, il sentit sa méfiance se réveiller. Comment diable cette jeune dame pouvait-elle être au courant de leur amitié ? Puisqu'il était trop tard pour la jeter dehors et qu'on approchait de l'heure du souper, il proposa un coup de vin, persuadé qu'elle déclinerait son offre. Montaine accepta. Elle n'était pas femme à s'effrayer facilement et la situation l'amusait assez. Il y avait peu de distractions dans un village de quelque deux cents âmes, surtout à cette époque de l'année. Elle but donc sans manières le petit vin aigrelet, reposa son verre et prit le temps de contempler le décor.

— Ça ressemble tout à fait à la description que j'en ai lue.

— Quoi donc ? Ma cambuse ?

— Parfaitement.

— C'est-y que tu te payes ma fiole ?

Sous le coup de l'émotion il l'avait tutoyée. Elle ne s'en formalisa pas, trop fascinée par l'atmosphère.

— Je n'oserais jamais ! Pour tout vous dire, Paul en a fait un croquis saisissant dans une rédaction. Il a décroché la meilleure note, un 18 sur 20. Cela vous étonne ?

— Bougre non, pas qu'il soye bon en apprentissage ! Le drôlet est malin comme pas deux et il retient ce qu'on lui dit, mais j'aurais point cru ça, causer de ma bicoque à l'école ! Y a pas grand-chose à y voir !

Il désigna l'endroit d'un large mouvement puis haussa les épaules. Montaine protesta avec bonne humeur :

— J'y trouve au contraire un tas de choses et même une sacrée personnalité ! Paul vous a observé et c'est cela qu'il a décrit, pas seulement un logis, mais un lieu qui vous ressemble. Une sorte d'hommage…

— Sacre… C'est de la blague ?

— Pas le moins du monde !

— Ça alors, j'peux dire que j'me sens tout faraud de mon élève.

— Le nôtre, si vous permettez ! Il est autant votre élève que le mien, après tout.

Totoche acquiesça pensivement avant de se rembrunir, tourmenté par une question.

— Il a dit mon nom ? On peut me reconnaître ?

— Jamais, mais je doute que quelqu'un se méprenne au sujet du « plus fameux braconnier que la terre de Sologne ait porté » !

Avant qu'il ne proteste, elle s'empressa d'ajouter avec une pointe de malice :

— Ne vous inquiétez pas, je n'ai pas donné sa rédaction à lire, bien qu'elle le méritât. J'ai cru comprendre qu'un certain garde-chasse ne vous portait pas dans son cœur...

Dans un élan, elle lui serra le bras, ce qui déclencha un jappement de la petite chienne, et Totoche en profita pour éluder, embarrassé par la tournure de la conversation.

— Tiens, v'là Garçon qui fait sa jalouse.

— C'est une femelle ?

— Si fait, et elle en tolère pas d'autres à bord !

— Paul n'a rien dit de cette jalousie.

— Ben dame, ma chienne l'apprécie. Sans doute qu'elle y voit point de concurrence.

Ils demeurèrent un instant sans causer, savourant le moment. Dehors, le crépuscule gagnait. C'était l'heure entre chien et loup, où tout paraît gris, un peu triste. Montaine soupira. Rattrapée par la nostalgie, elle interrogea doucement :

— La solitude ne vous pèse pas trop ?

— Être seul, j'l'ai voulu. Tu as dû entendre que j'ai eu une femme, des marmots et même une maison avec un toit. C'était une vie comme tout l'monde.

— Il est arrivé malheur ?

— Rien d'aut' que l'appel de la nature...

De la main, il désignait le fleuve à travers le carreau et les arbres que le vent malmenait.

— Ensuite, avec le temps passé en cabane, ça s'est guère arrangé, tu comprends ?

— Alors vous êtes parti…

La rumeur racontait qu'à sa sortie de prison où il purgeait une peine pour faits de braconnage Totoche avait abandonné sa famille, ou bien l'inverse, elle ne savait plus exactement, en tout cas il était facile d'imaginer ses remords, mais était-ce vraiment le cas ? Combien de temps était-il resté enfermé ? Les gens se montaient vite la tête par ici… Montaine se sentit brusquement ridicule avec sa curiosité, sa bonne volonté à comprendre lui semblait soudain inconvenante. Une part de cet homme demeurait insaisissable et c'était bien ainsi. À sa manière, Paul l'avait compris…

Comme s'il avait pu suivre le flot de ses réflexions, Totoche eut alors une question qui la bouleversa :

— Et toi, tu es heureuse ou t'as toujours le cœur en berne ?

— Comment… de quoi parlez-vous ?

— Oh, t'effarouche pas. Tu connais les commères du village… Pour toi, y a pas eu de médisances, juste de la compassion. Ton fiancé valait pas ton petit doigt !

Montaine préféra avaler ce qui restait de vin. En répondant maintenant, elle n'était pas certaine de pouvoir retenir ses larmes. L'affaire de ses fiançailles remontait à deux années, pourtant la blessure la lancinait toujours. Jamais personne n'y faisait allusion ici, et voilà que le premier qui osait lui en parler était un braconnier, mi-ermite mi-homme des bois. En un sens, la chose ne manquait pas de piquant !

Elle n'était pas idiote, elle savait que son histoire avait beaucoup fait jaser, l'institutrice promise au fils du notaire qui partait soudainement pour Paris et s'installait là-bas alors qu'elle demeurait au pays, seule… Au lieu de répondre directement, elle murmura sans pouvoir masquer tout à fait son amertume :

— Au mois de novembre, je serai en âge de porter la coiffe des catherinettes.

— Eh, la belle affaire ! Tu es jolie comme un cœur, tu trouveras un amoureux.

— Avec une génération sacrifiée à la Grande Guerre ? Vous êtes aimable de me consoler, Totoche, mais je n'habite pas la ville, il est probable que je resterai vieille fille… Hubert…

Elle soupira encore, avec une lassitude empreinte de colère.

— Nous devions nous marier.

— Faut que tu te l'ôtes du souvenir si par malheur tu l'rumines toujours ! Chez nous on appelle ça un galifertiau ! C'était pas un gars pour toi, ce godelureau, avec ses cheveux gominés.

— Je sais. Et croyez-moi, je fais en sorte.

— Alors tout va bien. Trinquons !

— Trinquons…

Elle s'esclaffa brusquement, et comme il la dévisageait avec un brin d'ahurissement, son rire redoubla.

— Cessez de me considérer comme si j'étais folle, Totoche !

— Allez, dis-le que tu te moques de mes manières !

— Pas du tout… Simplement je suis ici, sur cette barge, et je prends conscience que je traînais un vieux chagrin inutile, une rancœur qui m'aigrissait, alors que je peux tout bonnement décider que c'est fini, larguer les amarres, comme vous !

— Diable !

— Je dois vous paraître confuse et sotte, mais c'est si évident, ce soir ! Je ruminais sans même m'en rendre compte. Je ruminais cette déception et mon manque de chance, je ruminais mon célibat et les hommes tombés à cette satanée guerre, alors que je peux aussi bien décider que j'ai de la chance d'avoir évité un mauvais mariage, que rien n'est fini ni impossible, et quand bien même je resterais seule, la vie est belle, après tout !

— Fichtre, si c'est pas de la profession de foi, je veux bien me faire pendre !

Elle remplit leurs verres d'un geste décidé, puis leva le sien, le visage illuminé.

— À la vie ! Et à notre élève qui a permis ce moment !

— Bien dit, Montaine Chassignac ! Au gamin !

★

Au creux de la grande ramure d'un chêne d'où partaient quatre branches maîtresses, Bella avait établi son fief, non loin du sentier que Paul empruntait pour aller à l'école. La cabane était faite d'une résille de gaules entrelacées, couvertes de fougères et colmatées à la mousse, si bien que l'abri demeurait invisible aux regards. En approchant, on aurait cru un agrégat parasite, ou la hutte d'un farfadet. En guise de plancher, la jeune Bohémienne avait utilisé une porte de poulailler puis l'avait tapissée d'aiguilles de pin. Cette partie composait le salon. Plus haut, coincé entre deux grosses branches, il y avait une sorte de chambre-perchoir. Elle y avait ajusté une paillasse – la toile d'un sac à charbon bourrée de foin –, une couverture trouée et deux coussins qui la rendaient presque douillette. Un grand panier servait tout à la fois de coffre et de table à manger. Dedans on trouvait un bol ébréché, deux cuillères, un jeu de cartes, des perles à coudre, des osselets, une fronde – car elle aimait les jeux de garçons – et des bocaux pour ses trouvailles, lombrics, sangsues ou baies sauvages.

Ce jour-là, parce que la cabane était achevée et qu'elle se languissait toute seule, elle avait amené Tommie, bien que son oncle le lui ait interdit. Le petit singe était fragile, un coup de froid pouvait lui être fatal, mais le temps s'était remis au beau, il faisait doux, comme si l'été lançait son dernier sortilège. Elle songea qu'elle n'avait pas vu le temps passer, que le gadjo l'ensorcelait sûrement un peu, car, rien que d'y penser, elle sentait l'impatience la gagner. Sa grand-mère avait-elle perçu cela en lui donnant le philtre ? En tout cas, elle avait bâti la cabane pour lui.

Comme appelé par la seule force de sa volonté, Paul apparut soudain au bout du chemin, sa musette d'écolier en bandoulière, et son cœur bondit de joie. Il était revenu ! Il avançait lentement, penché sur les ronciers pour cueillir les dernières mûres de la saison. Elle se demanda ce qu'il faisait ici, alors qu'il aurait dû se trouver à l'école puisqu'on était mercredi. Cela faisait cinq jours qu'elle le guettait et son apparition la remplissait d'allégresse. Il lui avait manqué, même si elle ne l'aurait avoué à personne. Elle adorait le surprendre et voir ses yeux s'écarquiller de surprise ou d'admiration, elle avait alors la sensation d'être magique. Parfois il tentait de l'impressionner, surtout quand il parlait de ses lectures, mais la Bohémienne n'était pas dupe, c'est elle qui menait la danse...

Elle lança un trille pour imiter la grive. Comme il ne bronchait pas, elle fredonna un air plus chantant qui l'alerta enfin. Il leva le nez, l'aperçut et sourit largement, les dents maculées de jus noir.

— Bella ! J'espérais te trouver !

— T'es pas à l'école ?

— Non. J'y retournerai demain. Mais ne cafte pas, j'avais promis d'y aller ce matin.

— Tu m'en donnes ?

— Quoi ?

— Des mûres !

— Attends !

Il ôta sa casquette pour y déposer sa récolte, une pleine poignée de baies juteuses, puis se recoiffa avec précaution afin de grimper à son aise le long du tronc. En guise d'échelle de fortune, Bella avait noué trois bouts de corde autour et il parvint sans mal à se hisser jusqu'à la cabane. Arrivé sur la plateforme, il siffla d'admiration.

— C'est toi qui as fait ça ?

— Et mes mûres ?

— Mademoiselle, vos désirs sont des ordres !

Il leva adroitement sa casquette et s'inclina, de façon à lui présenter les baies.

Elle fit mine de les inspecter avant de les manger une à une, en veillant à rougir ses lèvres. Lui, pendant ce temps, l'observait sans oser respirer. Elle se retint de rire et les avala toutes pour le punir de son absence. Ensuite elle lécha ses doigts puis soupira.

— Alors ?

— Elle est fabuleuse ! C'est toi qui l'as construite ?

— Je parle pas de ça. T'étais où ? Je te voyais plus.

— J'étais malade et comme j'avais pas trop envie de retourner à l'école j'ai bouffé des patates crues pour faire un peu durer la fièvre. C'est Totoche qui m'a donné le truc et ça marche.

— Tu veux plus apprendre ?

— Si, c'est juste que j'étais pas trop en forme après mon rhume. Pachevot n'est vraiment qu'un crétin et les autres valent pas mieux, une bande d'abrutis et puis…

— Et puis quoi ?

— Rien, c'est juste que la forêt me manquait… et toi.

Elle secoua la tête, pensive. Tommie, qui était resté blotti sous ses cheveux, finit par s'enhardir et glissa sur ses genoux. Elle le caressa distraitement, puis lança un peu à contrecœur :

— T'as de la chance d'apprendre à l'école.

— Tu trouves ? Je croyais que tu préférais ta liberté ?

Il la taquinait, mais elle était soudain sérieuse, presque grave.

— Il y a des choses que je ne saurai jamais.

— Qu'est-ce que ça peut faire ? Tu sais danser, courir et nager, tu as voyagé partout, tu parles au moins deux langues et… tu construis des cabanes mieux que n'importe quel garçon !

— Vrai ? Elle te plaît ? On peut même y dormir, si on veut.

Elle désignait la paillasse bourrée de vieux foin. Il s'avança et se laissa tomber dessus.

— J'en ai jamais vu d'aussi belle, juré !

Le singe agrippé à son épaule, elle le rejoignit et se tint assise à ses côtés. Jamais ils ne s'étaient trouvés si proches l'un de l'autre, sauf le premier jour, à l'étang, quand elle était nue. Dans le cocon de verdure, bien à l'abri du vent, ils écoutèrent bruire les feuillages. Parfois un oiseau lançait son pépiement, alors il chuchotait « un geai » ou bien « un merle » sans être vraiment sûr, au fond peu importait qu'il se trompe, seul comptait d'être ici avec elle, de la sentir respirer, d'appuyer son genou contre le sien.

Au bout d'un moment, elle se laissa basculer sur la paillasse. Le manque de place les tenait aussi serrés que des amoureux.

— Tu veux savoir une devinette romani ?

Par peur de briser la magie de l'instant, il parla tout bas :

— D'accord.

— Ma sœur court sans jambes et siffle sans bouche, qui est-ce ?

— Un serpent ?

— Non, c'est Balval, le vent. Le serpent a une bouche, gadjo !

Un rire silencieux la secoua, qu'il perçut à ses tressaillements. Son cœur cognait trop fort et l'étourdissement le gagna, comme au plus fort de sa fièvre. Il aurait voulu que ce moment s'étire indéfiniment, jusqu'à oser se retourner vers elle et appuyer son visage contre le sien, pourtant il se retenait de bouger, par peur de l'effrayer ou d'être maladroit. Un cri déchirant mit fin à son hésitation.

— Tu as entendu ?

— C'est un cerf qui brame.

Le brame ! Son aplomb le remplit d'admiration. Totoche lui avait parlé des bois, du nombre des épois, de la période des amours, mais il n'en savait guère plus.

— Pourquoi il crie comme ça. Il est blessé ?

— Pas comme tu crois. Il est blessé d'amour.

— D'amour ?

À cause du mot ou de sa façon de le murmurer, il s'empourpra.

— Oui. L'amour qui blesse les cœurs. Il est amoureux alors il appelle les biches.

Comme il restait silencieux, elle reprit avec une pointe de malice :

— Elles le font languir.

— Pourquoi ?

— Pour qu'il se batte s'il y a un rival qui traîne dans les parages. Parce que c'est le plus fort qu'elles suivront. Toujours.

Il n'osait plus la regarder de crainte de se trahir. Elle le poussa du coude. Sa voix donnait l'impression d'être à la fois sucrée et acide.

— Tu sais ce que ça fait d'être amoureux ?

Il hocha négativement le menton. Ses joues le brûlaient, sa poitrine lui faisait mal, pourtant il osa demander à son tour :

— Et toi ?

— Moi ? Qu'est-ce que tu crois, gadjo !

Ce n'était pas une réponse, pourtant, en entendant le rire rouler au fond de sa gorge, il comprit qu'elle n'en dirait pas plus. Au lieu de ça, elle se releva d'un bond.

— Tu veux le voir ?

— Oui.

En vrai, il aurait préféré rester ici, avec elle, à écouter les cris déchirants de l'animal.

— Alors suis-moi. Si on va sous le vent peut-être qu'on pourra l'approcher.

— Comment sais-tu ces choses ?

— Je ne braconne pas comme ton Totoche, mais je connais la nature moi aussi.

Elle saisit le petit singe qui s'était perché sur un nœud de l'arbre pour le fourrer dans une poche de son tablier et s'assura qu'il ne bougerait pas.

— Allez viens !

Ils n'eurent pas longtemps à marcher. Le grand mâle avait choisi une clairière non loin de l'étang. Il se tenait en plein milieu, majestueux, la tête haute et flairant le vent, l'échine parcourue de frissons. Paul sentit la poussée d'adrénaline dans ses veines. C'était le dix-huit-cors, le géant, celui dont il avait fini par douter à force d'entendre dire qu'il n'existait pas ! Dans la lumière radieuse de l'après-midi, on pouvait parfaitement dénombrer ses bois. Il les compta et recompta encore pour être sûr. Non, il ne rêvait pas, il y en avait bien dix-huit !

L'animal bascula sa lourde tête en arrière et lança un mugissement rauque. Il faisait résonner son appel à travers la forêt, si puissant que la terre sembla trembler en écho. De la bave maculait son mufle. Il piétina le sol un moment, puis laboura furieusement l'herbe avant de lancer un nouveau cri, plus long et plus mélancolique encore.

Soudain, à la lisière du taillis, un frémissement parcourut la végétation et une biche surgit, toute frêle comparée au géant. Il trotta aussitôt vers elle d'un pas raide, pesant, et se frotta contre son flanc jusqu'à ce qu'elle déguerpisse quelques mètres plus loin, l'entraînant à sa suite, happée dans son sillage. Il émettait à présent de petits chuintements saccadés, pareil à un lutteur à bout de souffle.

Bella se laissa doucement aller contre Paul, alanguie. Ils tournèrent la tête au même instant, se dévisagèrent, les lèvres entrouvertes. Combattant son vertige, parce qu'il n'osait pas encore l'embrasser, il bégaya :

— Il ff… faut prévenir Totoche.

— D'abord je ramène Tommie. On ira ensuite.

Il ne protesta pas. De toute façon, elle avait toujours le dernier mot.

★

Une épaisse fumée noire entourait Totoche et Dédé. Les compères se fréquentaient davantage depuis le fameux soir des bracos de Poigny. Ils étaient occupés à attiser leurs braises de « charbonnage », afin de se faire une réserve de charbon pour l'hiver avec le bois glané au cours de l'été, des branches mortes mais aussi quelques bûches plus ou moins « abandonnées ».

Soudain, les gamins déboulèrent hors d'haleine et Paul se mit à crier avec une excitation palpable :

— Ce coup-ci, je l'ai vraiment vu !

— La Vierge Marie ?

— Te moque pas, le géant, près de l'étang !

— Tu causes de ton dix-huit-cors ?

— Oui !

— Comment ça se fait que tu soyes toujours le seul sur le coup ?

— J'étais pas seul, y avait Bella !

— Ma foi…

Il avisa la Bohémienne qui s'était arrêtée en retrait et s'amusait à faire bondir Garçon pour choper une pigne. Au lieu de se rebiffer, la petite chienne suivait ses ordres avec application. Il se rappela que les Gitans avaient le dressage facile et cela l'agaça.

— Ouiche… et moi je dis qu'une gamine qui aurait vu un cerf, ça compte pour du beurre.

— Pourquoi ? Parce qu'elle connaît pas les mots justes, ou qu'elle dit cornes au lieu d'épois ? Elle parle peut-être autrement que nous mais elle en sait autant que toi sur le brame !

— Houlà ! Faut pas l'asticoter sur le sujet des dames, t'as entendu ça Dédé ?

L'autre hocha la tête sans trop de conviction. Totoche exagérait. Le petit gars leur avait sauvé la mise, fallait pas oublier !

— Puisque tu me crois pas, je t'emmène le voir !

— J'ai de la besogne pour l'heure. Et tant qu'à faire, traîne pas dans mes parages. Avec cette fumée, je sens bien Borel s'amener de not' côté… Pas la peine qu'il te tombe dessus. Allez, ouste, tous les deux !

Furieux, l'enfant partit sans saluer. Il était déçu, blessé de ce mépris. Pourquoi Totoche ne voulait rien entendre ? En partageant sa découverte, il pensait lui offrir un secret, comme un genre de trésor… Le comte s'en souciait, lui, alors pourquoi pas le braco ? Et pourquoi mettait-il en doute sa parole ? C'était cela, surtout, qui le vexait. Pour la première fois il se sentait traité en enfant, jugé sur son âge, comme si tout ce qu'ils avaient échangé n'avait servi à rien. S'il avait pu prévoir cet accueil, sûrement qu'il en aurait d'abord parlé au vieil homme, malgré le dérangement ! Sauf que la chasse était ouverte et qu'il ne voulait pas qu'on tue le cerf. Le comte était bien trop chasseur. Il étouffa un gémissement de frustration. À cet instant, Bella glissa sa main dans la sienne.

— Sois pas triste.

— Il ne m'a pas cru.

— C'est pas grave. Les gens grincheux, ça leur ferme les oreilles et les yeux.

— Totoche n'est pas comme ça !

— Aujourd'hui si. Et puis il te croit pas parce qu'il se méfie. Tu connais l'histoire de l'enfant et du loup.

— Non ?

— L'enfant c'est un petit berger qui garde des moutons au pâturage. Il s'ennuie là-haut, tout seul. Il chante, il gueule, il dort, mais finalement il a beau faire, il s'ennuie de plus en plus fort et la pensée de ceux qui sont restés au creux de la vallée le tourmente, si bien qu'il se met à imaginer plein de choses qui se passent sans lui, des chants, des danses alors qu'il se morfond ! Un jour qu'il se sent plus seul qu'un mort, il souffle dans sa trompe, celle qui signale le loup. Au village, en entendant ce mugissement, tout le monde se met à courir à l'assaut de la pente pour chasser la bête, les hommes, les femmes et les enfants.

— Mince !

— Tu peux le dire. Forcément quand ils arrivent et que le garçon prétend qu'il y a pas de danger, qu'il a soufflé comme ça, juste pour voir s'ils viendraient, ils sont guère contents. Mais tout de même, ces gens ont de bonnes jambes et puis ils aiment bien le petit berger. Alors ils redescendent. L'enfant, lui, il croit qu'il peut recommencer. Bien sûr, il fait pas ça tout de suite. Mais il y pense tout le temps, surtout quand il s'ennuie. La semaine passe et il peut plus se retenir, il souffle dans sa corne et les gens de la vallée reviennent, mais cette fois ils se mettent en colère.

— Alors ?

— Alors en entendant sonner la trompe la semaine d'après, ils restent au village. Pas question de repartir se fatiguer pour rien ! Ils ont du travail, le foin à rentrer, le regain et le travail de la terre pour les semailles d'automne. Le berger n'a qu'à s'amuser tout seul !

— Et il recommence ?

— Non. Pas cette fois. Ce n'est que plus tard, à l'orée de l'hiver, quand les troupeaux redescendent dans la vallée, qu'ils comprennent. La dernière fois, quand la corne a retenti, le loup était bien là et le petit berger idiot a été dévoré ! On a juste retrouvé ses os.

— Waouh ! Le pauvre !

— La nature c'est sérieux. On ne doit pas jouer avec, sinon elle finit par t'avaler…

Tout en bavardant, ils avaient emprunté l'allée forestière et se retrouvèrent presque nez à nez avec Montaine, à cheval et au petit trot. La cavalière tira sur les rênes et descendit d'une enjambée. Sous l'effet de la course, son teint avait rosi et des boucles frisottaient, échappées de sa natte. Elle s'exclama d'un ton sévère :

— Paul ? Je te croyais malade…

— Oui, mais en fait, j'ai…

— Tu as préféré l'école buissonnière ?

— C'est pas ça…

— C'est quoi alors ?

Elle se tourna vers la Bohémienne, le sourcil relevé, comme elle faisait en classe quand on lui donnait une mauvaise réponse.

— Laisse-moi deviner…

— Je m'excuse, mademoiselle. Sauf que j'ai eu vraiment la fièvre.

C'était le comble qu'on l'accuse de tromperie alors que les adultes passaient leur temps à raconter des histoires ! Et lui, pour un petit bobard de rien, il se faisait attraper !

— Mettons que tu as dit un demi-mensonge. Soit. Dans ce cas je te donnerai une moitié de punition. Tu vas me rendre un devoir. Tiens, tu me raconteras ce que tu as vu en faisant l'école buissonnière… ou, plutôt, forestière.

— Vous raconter ?

Il réfléchit un instant puis son visage s'illumina et il s'écria avec enthousiasme :

— D'accord !

Son enjouement eut beau l'étonner, Montaine n'y prêta qu'une attention distraite, soulagée de voir que son élève se portait comme un charme. Elle s'apprêtait justement à s'enquérir de sa santé au manoir.

— Tu me le rendras après-demain. Je veux au moins deux pages de cahier mais tu as ton jeudi entier pour me l'écrire.

— Promis !

— Bien. Au revoir les enfants.

Elle inclina le menton, se remit en selle et, d'un léger coup de talons à son cheval, lui donna l'impulsion.

15.

… La cloche de l'église avait sonné l'angélus. Le soleil à l'horizon commençait à rougir et embrasser la clairière et l'étang de la Malnoue que les gens d'ici appellent aussi Beaumont, pas loin du lieu-dit d'Orguefeuille. C'est alors qu'il apparut. Le plus beau et le plus grand cervidé jamais vu sur le domaine. On en parlait comme d'un animal de légende, mais il était bien là, sa ramure était une vraie parure. Pas moins de dix-huit cors qui formaient comme une couronne…

Sur la table de la cuisine, Paul s'appliquait à rendre l'impression qui l'avait saisi devant le cerf. En relisant, il repéra une faute à « embraser » et ratura le *s* en trop. Cela lui fit penser à Bella et ses lèvres rougies par les baies. Chaque fois, l'image lui faisait le même effet, un vertige, comme un vide creusé dans son ventre. Il était si concentré qu'il ne vit pas Borel arriver. Depuis leur engueulade, ils ne s'étaient pratiquement pas adressé la parole. Ce soir-là, pourtant, le garde paraissait d'humeur guillerette. En avisant le gosse le nez en l'air, il lâcha sur un ton de confidence :

— Avec ces foutus Romanos qui musardent dans les bois, chuis pas tranquille. M'en vais faire une ronde de nuit. Après on sait jamais, des fois que l'autre nuisible se pointe là…

Il souligna son idée d'un clin d'œil narquois pour signifier qu'il n'était pas dupe de son attachement au braco, qu'un jour tout se payerait comptant ! Ensuite il ajusta la bandoulière du fusil et alla à la porte du potager saluer sa femme occupée aux lapins. Comme l'enfant restait coi, il l'interpella de nouveau :

— Alors, tu me souhaites pas la bonne chance ?

— Bonne chance.

L'homme s'en alla, lourdement harnaché.

Il n'était pas sorti depuis trois secondes que Célestine apparut par la porte de derrière. Elle fredonnait une ritournelle et semblait toute fébrile. Paul comprit pourquoi en la voyant s'emparer du torchon puis se diriger vers l'escalier d'un pas dansant. Avec ses cheveux qui auréolaient sa figure et ses sautillements, on l'aurait prise pour une jeune fille. Il lui emboîta le pas jusque dans le couloir où elle accrocha l'essiot, veillant à le laisser pendre au carreau de la fenêtre entrouverte. Cela causerait un courant d'air, mais Paul s'en fichait ; la chose ne s'était pas reproduite depuis la nuit d'été… D'un mouvement gracieux, elle se tourna vers lui, les poings sur les hanches, le menton levé dans un geste de défi.

— Quelque chose te turlupine ?

— Ben non. Tu mets ton torchon à sécher pour la nuit.

Renonçant à dissimuler son plaisir, elle gloussa avec bonne humeur.

— Voilà, tu as tout compris !

Malgré son ressentiment – il ne parvenait pas à lui pardonner tout à fait ses mystères –, Paul fut touché par cette gaieté revenue. Depuis une semaine, Célestine avait changé. Elle était nerveuse, tantôt triste, tantôt angoissée, et quand elle ne courait pas au manoir, elle s'inquiétait de lui, de sa température ou de savoir s'il dormait d'une traite. Il hésita à parler. Les mots brûlaient sa langue, une seule petite question : « Qui est Mathilde ? »

Un bruit monté de la cuisine le coupa dans son élan. Ils restèrent immobiles, l'oreille tendue, un peu sottement.

*

Borel, qui avait oublié sa pipe, était revenu. En avisant le cahier du mioche qui traînait sur la table il jeta un coup d'œil machinal et lut les premières lignes, comme ça, sans bien y réfléchir. Le mot « cerf » l'arrêta. Puis « dix-huit cors »… Sa première idée fut que le Parigot avait une sacrée imagination et que si son institutrice avait un sou de bon sens, elle y mettrait bon ordre. Ensuite, le trouble l'envahit. Il se souvint que le comte lui avait dit avoir vu un grand cerf. Se pourrait-il que ce soit le même ? Sinon pourquoi le petit raconterait ça ? On pouvait toujours s'agacer de ses manières, mais le gamin avait une vraie passion pour la forêt, très éloignée de l'esbroufe des vantards, lui-même devait le reconnaître. Il réfléchit que passer du côté de la clairière ne ferait pas un gros détour, ensuite il pousserait jusqu'au campement des Romanos puis reviendrait en faisant la grande boucle…

Dehors, sur un coup de tête, il décida d'emmener Vol-au-Vent. Le clébard le défendrait au cas où les choses tourneraient à la bagarre. La nuit ne l'impressionnait guère, après plus de vingt ans à sillonner le domaine, c'était devenu une routine, mais mieux valait prendre ses précautions. Avec les va-nu-pieds dans les parages, le chien serait un gage de tranquillité.

Au chenil, il dut calmer les plus excités. Il attrapa Vol-au-Vent, le tira hors de l'enclos avant de lui passer un collier. En réalisant qu'un seul d'entre eux partait, les chiens se jetèrent contre le grillage avec des jappements déchirants. Borel se dépêcha de rejoindre le sentier qui menait à l'étang, son pisteur tirant sur la longe comme un beau diable.

La lune était pleine, aussi grosse qu'une panse de vache. Elle faisait planer des luisances bleutées sur la campagne, accusant des ombres suspectes ou révélant un détail, l'arête d'un pin gris, le flanc soyeux d'un talus. La forêt baignait dans cette lumière diffuse, métamorphosée. Dès qu'il se retrouva à couvert et avalé par l'obscurité, le garde alluma sa torche. C'était un gendarme de sa connaissance, un peu trop porté sur le beau sexe et en manque de fonds, qui lui avait revendu cette merveille. Les piles coûtaient cher mais, comparé à sa vieille lampe à pétrole, l'appareil valait largement la dépense. Excepté les militaires et la gendarmerie, personne ici ne pouvait se targuer d'être aussi moderne que lui, et Borel n'en était pas peu fier !

À l'embranchement, au lieu de prendre par la pineraie comme de coutume, il bifurqua vers Orguefeuille.

À la vérité, il ne s'attendait pas à grand-chose, mais mieux valait vérifier, histoire de ne rien laisser passer. Le poitevin se mit à tirer sur la longe comme un fou, sûrement qu'il avait dû flairer une bête. Il le rappela à l'ordre d'un coup sec. Dans la boue à peine sèche du chemin, il repéra des croisillons, ce qui eut pour effet de raviver son aigreur. À tous les coups, le gamin continuait à fréquenter l'autre filou, il en aurait mis sa tête à couper !

Son excitation avait contaminé le chien. En atteignant les abords du lieu-dit ils couraient à demi, échauffés par les odeurs de gibier. Si le devoir de composition disait juste, la rencontre avec le cerf avait dû se produire vers l'étang. Il ralentit le pas et commença à balayer le sol du faisceau de sa lampe. Par chance, il n'eut pas beaucoup à chercher. En plein milieu du sentier de superbes empreintes s'étalaient, un piétinement de sabots qui indiquait une halte. En s'approchant, il distingua les caractères accusés, typiques d'un grand mâle : le pied rond et large, les pinces usées, les os arrondis, rapprochés du talon avec une sole sans creux, une allure élargie qui donnait une idée de l'âge, sans doute une douzaine d'années. Soudain son excitation vira à la fièvre. Tudieu ! Il ne connaissait pas cette bête-là ! Était-il possible qu'il s'agisse du cerf géant dont parlait le gamin ?

Il se pencha pour effleurer le volcelest avec respect. À coup sûr, l'animal était un pèlerin qui vagabondait au gré des saisons, autrement on l'aurait repéré depuis longtemps ! La marque n'était plus si fraîche et remontait à cinq ou six heures. Il renifla l'air et, enhardi par son imagination surchauffée, crut discerner un relent de musc.

Il entreprit de suivre les empreintes, le chien vagabondant à ses côtés, la truffe collée au sol. La piste les emmena à travers un taillis épais de jeunes bouleaux mêlés de trembles où il faillit perdre la trace. Il retomba dessus presque par hasard, en suivant une sente quasi invisible vers les grands bois de chênes, dans l'ouest du territoire. Le cervidé avait traversé le bosquet avant de rebrousser chemin en allongeant le pas le long des petits étangs de Trémaille.

Puis soudain, il le vit et n'eut que le temps de coincer Vol-au-Vent en lui broyant la gueule pour lui intimer le silence.

L'animal se tenait légèrement de dos, hiératique, battant lentement des paupières, haussant le mufle en dilatant les ailes sombres de ses naseaux humides. Caché derrière un épais buisson d'aubépines, Borel eut le temps d'admirer la ramure qui se déployait au-dessus de lui. Alerté par l'odeur du chien, le pèlerin s'enfuit à l'intérieur du hallier. C'était bien un dix-huit-cors, Paul n'avait pas affabulé !

Il grommela un juron de dépit. Il fallait que ce soit un gosse, parigot de surcroît, qui le voie le premier, tu parles d'une déveine ! Le sort avait parfois de curieuses préférences… Si seulement il avait causé, ça aurait racheté ses manigances ! Seulement voilà, ce satané gosse préférait faire des cachotteries, à se prendre pour le roi de la forêt, à distiller ses secrets dans l'oreille de certains… Qui donc ? Totoche ? Célestine ? Concernant le braco, il en était réduit aux présomptions, pour sa femme en revanche ce n'était guère probable, elle lui aurait tout répété. En attendant, sans son indiscrétion de tout à l'heure, le cerf aurait pu passer l'hiver tranquille, ou pis, se faire repérer par un autre maître d'équipage ! Il ne venait que rarement dans ce coin-là.

L'homme hésita à rebrousser chemin. Bien sûr, il pouvait rentrer, tirer Paul du lit pour l'interroger, mais à quoi cela servirait sinon à se calmer les nerfs en poussant une gueulante ? D'abord le môme n'était pas dans les confidences du cerf, ensuite il ne tenait pas à éveiller sa méfiance en racontant son espionnage.

Il se remit en marche un peu à contrecœur, poussé par le sens du devoir. Par le diable, il avait décidé de veiller, il veillerait ! La clairière qui abritait les Gitans n'était qu'à une demi-heure de marche. Selon la rumeur, les auberges alentour se trouvaient particulièrement bien fournies depuis quelques semaines, comme par hasard ! C'était malheureux à dire, mais la tribu de va-nu-pieds se croyait tout permis et le maître n'y était pas pour rien à les choyer pis que des coqs en pâte ! Seulement voilà, « sa » découverte changeait tout. Le comte le considérerait autrement désormais. Lui, Borel, passerait pour avoir dépisté le plus extraordinaire des cerfs qu'on n'ait jamais vus dans le pays et toute la gloire lui reviendrait !

Il songea aux mots que Paul avait écrits dans sa rédaction : « On en parlait comme d'un animal de légende... » Ma foi, ce n'est pas lui qui dirait le contraire !

*

Tôt le matin, Borel n'y tint plus et courut au manoir. Il avait à peine dormi, pourtant, malgré l'insomnie qui l'avait tenu éveillé quasiment toute la nuit à tourner et retourner dans sa couche, il débordait de l'envie d'en découdre. La surveillance n'avait pas donné grand-chose, les Gitans semblaient fêter quelque chose, si bien qu'il ne s'était guère attardé à les écouter jouer de leurs instruments barbares. Pour le reste il s'était appliqué à repérer l'enceinte où le cerf se tenait. Ce n'était pas une façon très orthodoxe de faire le bois, sans doute, mais il se sentait en veine de chance. Peu après le minuit il était rentré brûlant d'impatience. Même son obsession pour Totoche était balayée par l'idée du grand pèlerin – ainsi l'avait-il nommé pour lui-même –, et déjà il se préparait à l'affrontement. Ce serait, entre lui et l'animal, une chasse à mort… Il fut debout bien avant l'aube pour aller nourrir la meute. Devant les chiens gémissants il réfléchit à ceux qu'il mettrait en tête, sans doute Tapageaut qui était fin de nez et puis Taillefer, un rapprocheur endurant au mal qui n'avait pas son pareil pour garder la bonne piste en déjouant les ruses de sa proie. Celui-là n'était pas du genre à se dévoyer sur un change. Comme le jour tardait, il se résolut à fourbir ses bottes et huiler son fusil pour faire passer le temps.

Sa femme se leva en retard. Comme elle ne prenait son service qu'à 9 heures, il partit sur les coups de 8 heures. À l'office, il pria Armand de prévenir le maître qu'il l'attendrait dehors. Ce dernier était déjà vêtu, car il descendit presque aussitôt.

En avisant la tête de son garde-chasse, Antoine de La Chesnaye devina son émotion. Il suffisait de voir ses traits tirés, son air de fébrilité rêveuse et le regard happé déjà vers la forêt.

— Alors Borel, que se passe-t-il ?

— J'ai une fameuse nouvelle, si je peux m'permettre.

— Eh bien, dites donc.

— J'ai repéré le cerf dont vous m'avez parlé, tantôt… un très grand.

Il s'interrompit, faisant durer l'attente afin de mieux savourer, mais le comte n'était pas d'humeur à lanterner, car il le rabroua sèchement :

— Venez-en au fait, de grâce, je ne suis pas une bleusaille !

— Un dix-huit-cors, Monsieur. C'est un dix-huit, oui, vu par corps ou je m'appelle pas Borel.

Le silence qui suivit l'étonna. Le comte accusait le coup.

— Vous l'avez vu par corps ?

— Affirmatif. Et je l'ai rembuché avec Vol-au-Vent au chemin d'Orguefeuille. Faut voir comment le chien tirait !

Borel était bien conscient d'avoir proféré un demi-mensonge, mais après tout qui le saurait ? L'entrain du comte lui fit oublier ses scrupules.

— Vol-au-Vent ! Ce poitevin ne se trompe jamais, voilà qui est bien… Et son pied, vous l'avez ?

— Un volcelest comme on en rêve, Monsieur. La brisée est franche.

— Borel, vous faites ma joie. Allons-y !

La Chesnaye descendit l'escalier d'un pas vif, sans se soucier d'avaler un petit déjeuner. Au même moment, Bertrand sortit sur la terrasse, emmitouflé dans une épaisse robe de chambre. Il tenait une tasse de café avec laquelle il le salua.

— Père… Vous partez déjà ?

— Comme tu vois.

— Je peux me joindre à votre chasse ?

Le vieil homme stoppa net et fit face à son fils. Il tenta de garder un peu d'indulgence, mais, devant ce grand niais trop pâle, une vague d'exaspération le submergea. Courir le risque que Bertrand serve une telle bête ? Ce serait pis que donner de la confiture à des cochons ! La violence de son rejet lui procura un éclair de honte qu'il repoussa d'un haussement d'épaules. Il venait de songer à Paul et la comparaison était sans appel. Il jugeait durement son fils parce que celui-ci ne méritait pas mieux ! Ce bref regret le rendit encore plus cruel.

— La chasse à courre en robe de chambre ! Cette tenue fait peut-être l'affaire de tes matinées parisiennes, mais je doute qu'elle soit pertinente en forêt. Occupe-toi plutôt de tes amis… Avec ce qu'ils ont ingurgité hier, ils ne seront pas d'aplomb avant midi !

Il tourna les talons et fit signe à Borel qui patientait à quelques mètres de là, tête baissée, pour ne pas se mêler de leurs affaires de famille.

*

Menée à fond de train, la meute hurlante suivait Tapageaut et Taillefer, exaltée par les effluves de musc. Sitôt qu'on les avait découplés sur la voie, ils avaient empaumé aux environs d'Orguefeuille. Le cerf se forlongeait depuis maintenant deux bonnes heures. Les limiers gardaient la truffe collée au sol, les yeux mi-clos, flairant la voie encore chaude.

Chiens et cavaliers traversèrent une vaste clairière où des bûcherons s'affairaient à entasser des fûts de chêne. Les gaillards se redressèrent pour regarder passer le train, remués par l'envie de lâcher leur cognée.

Le comte s'était finalement changé et mis en grande tenue, par respect pour la bête qu'il comptait bien prendre avant le crépuscule. Il était conscient de son égoïsme, car il aurait pu convier quelques chasseurs amis, pourtant il ne regrettait rien ; il voulait vivre cette chasse avec pour unique compagnie son maître d'équipage. Ce serait un affrontement quasi égal entre le vieux cerf et lui, avec pour seuls témoins Borel et sa meute.

Plus loin, à un kilomètre de distance, le pèlerin galopait à travers la broussaille, fuyant la menace. De temps en temps, le souffle âpre d'une trompe le relançait plus vite, droit au cœur du taillis. Il filait comme le vent, sans panique, escaladait les talus, bondissait au-dessus des fossés et des fondrières en évitant les coulées trop larges pour se glisser entre les fûts serrés des pins. Quand il fut certain de son avance, il stoppa un instant puis repartit en sens inverse et, après un brusque écart, s'échappa sur la droite. Plus tôt, il avait accompli son premier hourvari, repassant dans la boucle qu'il venait d'achever afin d'égarer les limiers. L'animal n'en était pas à sa première chasse, il sentait le danger à se précipiter à l'aveuglette, comme un daguet inexpérimenté. Bien sûr, il pouvait encore chercher la colonie du grand bosquet, à l'ouest, s'enharder avant de taper au change en livrant un jeune mâle, et fuir vers les marais. Pourtant, son instinct l'incitait à courir, le sang fouetté par l'air vif du matin. À intervalles, il brisait sa course folle un bref instant pour écouter la rumeur des abois, le flanc parcouru de frissons.

Totoche était occupé à relever des collets quand il vit déboucher le cervidé haletant, l'encolure maculée d'écume. Une telle magnificence le laissa bouche bée. Il le regarda passer, incapable d'exécuter le moindre geste. Le gamin l'avait pourtant prévenu ! Et lui, comble d'andouille, il avait préféré faire la sourde oreille plutôt que l'écouter parce que ça lui semblait trop beau pour être vrai, par un fond de jalousie aussi, sans doute. Pourtant, il appréciait Paul, davantage même qu'il l'aurait cru possible… Alors quoi ?

La chienne, qui était restée figée devant l'animal en fuite, fut la première à se reprendre et donna un coup de truffe au bras ballant de l'homme, la queue battant comme un fouet.

— Vindieu d'bon sang ! T'as vu ça Garçon ?

Les abois rauques qui résonnaient déjà depuis un bon quart d'heure se firent assourdissants, saturant le sous-bois. Affolée par l'odeur plus forte du cerf, la meute redoublait de gorge, appuyée par le garde qui sonnait fort et haut. Le braconnier recula prudemment à couvert. Il ne craignait pas grand-chose, la voie était trop chaude pour qu'on s'intéresse à lui. Il retint fermement Garçon, le temps de voir filer les chiens sur la piste du cerf. Quelques instants après, le comte et Borel arrivaient à sa hauteur. Ce dernier cria en direction de son maître, empourpré par l'ardeur de la poursuite :

— Il mène un train d'enfer, faudrait pas qu'il se forlonge au diable.

— Appuyez, appuyez. La voie est bonne ! Les chiens peuvent aller de l'avant...

Borel lança son cheval au cul des derniers chiens en les forhuant pour qu'ils accélèrent.

Quand ils eurent disparu à leur tour, Totoche secoua la tête, frustré de ne pouvoir les suivre d'assez près. Il aurait fallu monter à cheval sans être repéré ou, mieux encore, se changer en oiseau et tout observer à distance : l'animal traqué et, derrière lui, précédant les cavaliers, la meute hurlante. Faute de mieux, il lui restait ses jambes et sa connaissance du territoire. La curiosité le poussa en avant...

Le cerf avait perdu beaucoup de son avance et la meute n'avait pas donné au change lorsqu'il avait retrouvé la harde. Il dévala une butte, rompit de côté pour rejoindre un ruisseau et entreprit de remonter le lit caillouteux sur une centaine de mètres. Si l'eau effaçait son odeur, ses poursuivants perdraient sa trace...

De fait, quand ils parvinrent au ruisseau quelques minutes après, les chiens se dispersèrent sur la rive en jappant et gémissant, désorientés par la perte subite de la voie. Ils avaient beau aller et venir la truffe collée au sol, renifler les fourrés, le talus et chaque pierre de la berge, les effluves s'étaient évaporés. Malheureux d'avoir perdu le gibier après l'avoir talonné de si près, certains se mirent à couiner. Borel, qui débouchait juste du bois, comprit aussitôt la ruse du cerf.

— Arrière ! Arrière !

Après avoir fait reculer les chiens en ordre, il mit pied à terre. Il n'eut pas à chercher très longtemps avant d'apercevoir l'empreinte sur le bord vaseux de la rivière. La pointe indiquait la direction prise par le cerf. Il avertit le comte qui attendait anxieusement son verdict.

— Vers l'aval. Il se dirige vers les marais, j'en donnerais ma tête à couper !

— Dépêchons alors, s'il se forlonge trop, on le perd.

— Taillefer va nous reprendre ça !

Il flatta l'animal avant de se remettre en selle, puis siffla le départ. Le poitevin était déjà en train de renifler la piste et aboyait pour rallier toute la bande, qui empauma aussitôt la voie.

La chasse reprit à fond de train. Les chiens couraient devant à présent en aboyant à tout rompre, talonnés par les hommes.

Le soleil rendu à son mitan chauffait durement son échine. Tout scintillait autour de lui, pourtant le cerf sentait une grande fatigue l'envahir. Cela faisait maintenant cinq heures qu'il fuyait, et avec la fatigue venait la peur. Ses ruses avaient échoué, la meute se rapprochait.

Il creva la lisière du taillis, traversa une fougeraie, lancé dans un galop lourd. Son poil trempé de sueur fourmillait de sentir le ciel l'envelopper, un vide immense qui le désignait comme la proie. Les abois se firent plus sauvages, si proches qu'il crut presque flairer l'haleine de viande morte des molosses. Il rassembla ce qui lui restait de forces pour esquiver ses poursuivants qui venaient de déboucher dans la trouée, puis, faute d'échappatoire, il se jeta dans une mare large d'une centaine de pieds.

Quand les cavaliers atteignirent l'étang, les quarante chiens formaient un cercle autour de l'eau. Immergé jusqu'à mi-corps, les muscles tremblants, le cerf courbait la tête dans une posture menaçante afin de faire reculer trois impatients qui nageaient vers lui en jappant. Malgré l'épuisement, il se tenait arcbouté, ses bois immenses dardés comme des lances, prêt à en découdre. Les poitevins finirent par reculer prudemment. L'animal était encore bien trop dangereux, même harassé. Ils attendraient qu'il se découvre pour lui sauter à la gorge.

L'hallali…

Antoine de La Chesnaye contemplait le pèlerin, fasciné par sa beauté, la complexion de son poitrail, sa ramure quasi surnaturelle. Jamais il n'avait vu pareille splendeur !

Borel, le cœur battant une chamade endiablée, était tombé à bas de cheval et sortait la dague de son fourreau de cuir. Il la présenta au maître d'un geste cérémonieux qui ressemblait à une révérence. Ce dernier la saisit sans faire mine de descendre. Il lui suffisait d'entrer dans l'eau, de se porter vers l'animal et de frapper. Il savait exactement les gestes à accomplir et ne bougeait pas. Pourtant, ce n'était pas la crainte de prendre un mauvais coup de corne ou de sabot qui le retenait là, immobile, le regard fixé sur le géant.

— Monsieur le comte, pardon mais faut le servir sans attendre. C'te bête-là, elle pourrait se reprendre. Rappelez-vous, le grand douze qu'on a perdu à Vauquois !

Il dut tendre l'oreille pour entendre le vieil homme, comme pris dans un songe :

— Rangez donc cette dague. Ce cerf doit vivre. Trop grand. Trop beau. Un miracle…

Avant de réaliser vraiment ce qu'on lui signifiait, le garde sentit ses tempes rougir et palpiter sous le coup de la rage. Le maître déraillait. Ses décisions l'avaient déjà surpris, quelquefois, mais jamais quand il s'agissait de vénerie. À la chasse, ils étaient comme les deux doigts de la main, toujours en accord, et là… C'était le comble, une outrance de déraison !

Il s'obligea à ravaler sa hargne pour ne pas être tenté de cracher un juron.

— Monsieur le comte ! Un cerf pareil, on n'en rencontre qu'une fois par vie. Voyons, reprenez-vous !

— Borel, il suffit ! Je ne vous permets pas ! Il me semble que vous oubliez votre condition ! Rappelez les chiens immédiatement.

Le ton était sans appel. Furieux, le garde passa le gros de sa frustration en gueulant sur la meute qui n'entravait pas mieux que lui la raison de cette reculade. Il dut user de son fouet, et tirer les meneurs par le collier.

Durant tout ce temps, La Chesnaye n'avait pas quitté le pèlerin du regard, guettant l'instant où il verrait l'issue du piège s'ouvrir.

Quand le cercle fut rompu et la voie libre, l'animal jaillit de la mare, ruisselant de sueur et d'eau. Un bref instant, ils se toisèrent, la bête somptueuse et l'homme sur son cheval, puis le cerf s'arracha de la berge et cavala vers la lisière du bois. Arrivé aux premiers arbres, il n'eut pas une hésitation et s'enfonça dans les entrailles de la forêt.

★

La cloche avait sonné mais l'institutrice avait prié Paul de rester afin de vérifier sa punition. Quand les élèves eurent disparu, certains traînant vainement les pieds dans l'espoir de comprendre ce qui se passait, il tendit le cahier de brouillon et attendit, légèrement anxieux, tandis qu'elle lisait à mi-voix.

« … sa ramure était une vraie parure. Pas moins de dix-huit cors qui formaient comme une couronne. La couronne du roi de la forêt. »

Elle reposa le cahier, les sourcils froncés. Cela acheva de l'inquiéter. D'habitude Mlle Chassignac appréciait ses rédactions.

— C'est pas bien ?

— Au contraire, c'est un merveilleux texte…

— Vous avez pas l'air contente !

— Je me demande juste… Ce cerf, tu l'as vraiment vu ou tu t'es contenté de l'imaginer ?

— Je l'ai vu comme que je vous vois, et par deux fois, en plus ! La première, c'était dans l'allée cavalière.

— C'est bien ce que je redoutais. Écoute-moi bien, Paul, tu ne dois en parler à personne, tu m'entends : personne !

— Pourquoi ?

— Il serait en danger.

Quelque chose dans sa voix l'alerta et une idée terrible lui traversa l'esprit.

— Vous aussi, vous l'avez vu ?

— Je le protège depuis cinq ans.

— Mon dix-huit-cors ?!

— Le tien, c'est bien mal dit pour une bête sauvage, mais si tu veux parler du cerf que tu as vu, oui, admettons. Tu comprends bien qu'il ne peut pas y en avoir deux pareils. Cet animal est déjà un miracle de la nature.

— Comment on peut le protéger ?

— En gardant le silence, justement. Il ne faut pas en parler autour de toi, surtout pas au comte. Un cerf aussi splendide, il le voudrait pour accrocher son massacre. C'est cela que tu souhaites ?

— Non !

— Allons, je ne te gronde pas, mais tu dois prendre conscience de ce qu'un animal de cette sorte représente ici, en Sologne. Le moindre mot et il sera perdu. Tu comprends ? Tu te tairas ?

— Promis, juré !

Malgré son serment, un malaise le tourmentait. Il avait déjà parlé au braconnier et, faute d'être cru, il avait presque tout répété au vieil homme. Est-ce que cela comptait ?

Arrivés dans la cour, ils aperçurent Totoche, flanqué de sa petite chienne qui patientait à la grille. L'enfant courut vers eux, oubliant les consignes de prudence. Il n'eut pas le temps de se réjouir que Totoche lâchait avec un curieux sourire :

— T'avais raison pour le grand cerf.

— Tu l'as vu, toi aussi ?

— Et comment ! Un sacré seigneur. Le comte l'a pris en chasse avec Borel. Ils l'ont poussé jusqu'à l'hallali.

Paul sentit ses jambes mollir d'un coup. Il crut qu'il allait tomber, accablé sous le coup du remords. C'était sa faute ! Il n'aurait jamais dû en parler au comte, et maintenant il était trop tard.

Montaine, qui avait entendu les derniers mots, interpella le braconnier d'une voix blanche :

— Ils l'ont tué, c'est ça ?

— Ils l'ont acculé dans une mare. Après il s'est passé une chose pas croyable. Le comte… Par Dieu, lui qui a dû en rêver toute sa vie, pense donc, chasser un dix-huit-cors, j'aurais pas cru ça possible…

— Qu'a-t-il fait ?

— Il l'a gracié. Comme ça. À la dernière seconde ! J'ai ben cru que j'avais la berlue. Il a fait dégager les chiens et l'autre s'est ensauvé. Gracié et libéré, tout bonnement !

— Vous plaisantez ?

— Foutre non ! D'ailleurs si tu m'crois pas, je peux te le montrer ton géant, pisque je sais où il est rembuché ! Je l'ai suivi à me crever la couenne pour rester sous le vent et finalement je l'ai rattrapé. Faut dire que, épuisé comme il était, le pauvre a pas été bien loin. Et je te jure que le spectacle valait la fatigue ! Quel cerf, crénom de nom ! Mais quel géant !

Face à la stupeur des autres, Totoche éclata d'un rire sonore.

*

Le comte avait commandé à Borel de rentrer la meute. Les chiens avaient admirablement chassé, et à défaut de gibier, ils seraient récompensés d'une double ration de viande. Avant de laisser filer le garde et conscient de son amertume, il l'avait chaudement remercié. Il ne lui tenait pas rigueur de sa rogne visible. Lui-même avait du mal à comprendre son geste, néanmoins, il était seul maître en son domaine, le seul à décider. La grâce accordée au cerf l'emplissait d'une joie étrange, sauvage, bien plus délectable que toutes les mises à mort qu'il avait infligées, jadis. C'était un nouveau et curieux sentiment…

Hanté par la bête magnifique, il choisit de faire le tour de ses terres sans se soucier de ses vieux os. Après les heures passées à chevaucher, il faisait corps avec Tempête, savourant le soleil à travers les futaies, bercé par le chant des oiseaux et la plénitude d'être au monde… L'après-midi était bien avancé quand il éprouva l'envie de s'en retourner au manoir. Il se sentait heureux, allègre même. Ce n'était pas seulement le bonheur d'avoir épargné le cerf, mais la certitude que Paul l'approuverait. Son petit-fils… Il sourit à l'idée de lui raconter.

Il vit la barrière se dessiner, nimbée dans la lumière du crépuscule. Montaine Chassignac aimait à la sauter. Depuis un an ou deux, lui avait pris l'habitude de l'éviter, par prudence ou paresse. Ce soir-là, mû par le désir de finir sur un dernier exploit, il sut qu'il pouvait tenter le saut, et, sans plus réfléchir, il lança sa monture au galop.

Tempête parut s'arracher lourdement à la terre. À la dernière seconde, face à l'obstacle, le cheval se déroba et se cabra. Antoine se sentit partir à la renverse. La chute sembla durer une éternité avant qu'il ne cogne durement le sol. Il dut s'évanouir quelques instants, pas longtemps, car la lumière n'avait guère changé quand il rouvrit les yeux. Un poids affreux le clouait au sol. Il tenta d'appeler, mais son cheval avait disparu. Il voulut remuer, grimaça de douleur, en vain…

16.

L'état du comte fut jugé préoccupant par le médecin appelé à son chevet. Par chance, on l'avait aperçu alors que la nuit venait de tomber. C'était Tempête, rentré seul aux écuries, qui avait alerté le palefrenier. Le garçon s'était dépêché de prévenir Armand, qui avait aussitôt lancé les recherches avec les hommes du manoir. Une demi-heure avait suffi à retrouver le vieil homme, à demi inconscient.

Le diagnostic était mauvais : outre une fracture fémorale et un traumatisme cervical, le plus inquiétant restait la plèvre perforée. Chaque mouvement lui arrachait un gémissement de douleur. Durant la nuit il avait somnolé plutôt que dormi, le cou coincé dans un collier cervical, aussi se sentait-il maussade et mal en point quand son fils vint s'enquérir de sa santé, le lendemain matin, peu après 10 heures. Plutôt que d'avouer l'angoisse sourde qui le travaillait, il tenta d'ironiser :

— Il y a péril en la demeure, comme tu peux voir…

Ses paroles s'achevèrent dans une quinte de toux déchirante.

Les traits froissés, Bertrand, qui venait de quitter la table du petit déjeuner, embaumait encore le café.

Décontenancé par la vision de sa souffrance, il protesta par courtoisie, ce qui ne fit qu'aggraver sa maladresse alors qu'il essayait d'être léger :

— Vous exagérez, père.

— Je crains que non. Cette chute va m'obliger à garder la chambre, et, à mon âge, ce genre de relégation signifie souvent le début de la fin. Je m'inquiète de la bonne marche du domaine...

Bertrand n'aurait su dire si le mépris paternel était délibéré ou si cette façon de l'écarter systématiquement du décor était devenue un réflexe de son inconscient. Dans le fond, cela n'avait pas d'importance, le résultat revenait au même. Il répondit sans pouvoir masquer sa rancœur :

— Je comprends, il n'y a personne autour de vous susceptible de prendre la relève, personne digne de confiance...

Loin de se démonter, le comte renchérit avec une hargne soudaine :

— Qu'as-tu fait pour l'inspirer, ma confiance ? As-tu seulement travaillé une fois dans ta vie ?

— Est-ce ma faute ? Vous avez refusé de m'avancer les fonds lorsque j'ai voulu monter cette affaire de voitures ! Vous êtes injuste !

— L'injustice à présent ! L'argument ne me surprend guère de ta part, mais puisque nous en sommes aux explications, autant aller au bout. Tu parles d'une affaire ? Moi je prétends que c'était surtout une manière de pavoiser devant tes amis assez riches pour demeurer oisifs ! Tu voulais t'offrir des automobiles que tu aurais cassées comme les précédentes ! Du reste, je ne parierais pas longtemps sur la Voisin avant qu'elle ne verse dans un fossé !

— Ainsi, voilà votre sentiment ! Vous me condamnez sur parole, sans même m'octroyer une chance ! Ma sœur, vous l'auriez aidée, elle !

Piqué au vif, Bertrand avait cherché à blesser en contrevenant à une règle absolue : personne, jamais, n'évoquait Mathilde. En voyant le sang déserter le visage déjà rendu blême par l'insomnie, il repoussa un élan de culpabilité. Sans l'accident, cette dispute sordide n'aurait jamais eu lieu. Ils auraient continué à feindre en évitant les sujets sensibles. Pourtant, face à ce vieil entêté qui gisait à demi foudroyé, il sentit que quelque chose était sur le point de se produire, un infime basculement dans l'équilibre des forces. Le vieux pouvait toujours l'assommer de reproches, il avait perdu de sa superbe. Désormais un peu d'autorité lui revenait de droit, car il était l'héritier…

Comme s'il avait suivi le cours de ses pensées, La Chesnaye voulut se redresser, et l'effort provoqua une nouvelle quinte de toux. À cet instant on toqua à la porte. Trop content de s'épargner des excuses, Bertrand s'empressa d'aller ouvrir. Un enfant se tenait sur le seuil, souriant avec timidité. Il reconnut celui de l'autre jour, s'apprêtait à lui claquer la porte au nez, mais son père intervint avec une vivacité surprenante :

— Entre, mon petit Paul, entre…

Pour ne pas envenimer la situation, Bertrand céda le passage et alla s'accouder à la fenêtre, affectant un air indifférent. Cette fois la mesure était pleine, n'importe qui valait mieux que lui ! Le gamin surgissait sans un mot d'explication et on l'invitait à entrer et partager leur intimité. Du coin de l'œil, il lorgna vers son père qui rayonnait, illuminé par une joie hors de propos. Était-ce un début de sénilité ? Pourquoi diable allait-il s'enticher d'un enfant de domestique ? Le sentiment d'être de trop le submergea, inexplicable. Ces deux-là causaient sans se soucier de lui d'un livre emprunté. Il chercha une façon honorable de s'esquiver avant de se rappeler le récit incroyable que lui avait rapporté le garde-chasse, oublié dans l'émoi.

— Si vous permettez, père, une question me taraude… On m'a dit que vous aviez épargné un cerf magistral. Borel en était encore tout retourné.

— Parfaitement.

— Voilà qui est surprenant ! Pourquoi l'avoir gracié ?

— Pourquoi ? Mais pour rendre grâce, précisément…

Le comte n'avait pas quitté Paul des yeux. Il souriait avec douceur, une douceur que Bertrand n'avait pas sentie depuis des années et qui contredisait le ton froid de ses paroles. Il se sentit exclu, nié par cette gentillesse absurde adressée à un autre. Soudain, l'agacement qu'il avait développé vis-à-vis du gosse se changea en jalousie doublée d'une aigreur malsaine.

Il tourna les talons et sortit sans saluer. Quelque chose devait changer. Il ne se laisserait jamais plus mépriser ainsi.

★

La brume s'était levée, découvrant une lande dorée où la bruyère scintillait en nappes pourpres. Le pâle soleil d'octobre n'avait pas eu le temps de sécher la terre, et le sol était mou, vaseux, sous le pas des chevaux.

Attifée de neuf et armée jusqu'aux dents, la petite troupe de Parisiens semblait incongrue dans cette nature, Bertrand en avait conscience. Or, loin de le déranger, ce ridicule l'amusait. Si seulement le vieux avait pu les voir et enrager, lui qui ne jurait que par sa Sologne ! C'était sans doute mesquin mais cela le vengeait un peu. Hormis sa fiancée, déjà passablement habituée aux virées campagnardes, qui portait une tenue confortable, et lui, en fils de hobereau, les invités offraient un spectacle peu habituel dans cette contrée de battues. Yvonne et Eugénie étrennaient des tailleurs d'amazones commandés en urgence dans une boutique de mode niçoise plus rompue aux toilettes de gala qu'aux vêtements de sport. La bombe leur meurtrissait le front, leurs longues jupes couleurs framboise et vert émeraude les engonçaient, néanmoins l'élégance était sauve. Quant aux messieurs qui tenaient la chasse pour un délassement résolument viril et chic, ils avaient commandé leurs tenues dans un magasin spécialisé, optant pour l'excellence. Les tissus trop neufs brillaient au soleil. De loin, avec leurs boutons scintillants, on les aurait pris pour des maréchaux décorés.

Ils s'étaient mis en route en milieu d'après-midi. Les écuries du domaine ayant périclité au fil des années, ils avaient emprunté leurs montures chez le hobereau voisin, un banquier qui fréquentait occasionnellement le père d'Eugénie.

Borel surgit d'une coulée, la mine soucieuse. Conformément aux ordres de Bertrand, le garde-chasse était parti en avant, sur la trace du cerf. Bertrand poussa son cheval pour le rejoindre et, dans le mouvement, remarquant une tache de boue sur sa botte droite, il frotta son mouchoir dessus. Quand il se redressa, l'homme le fixait avec un soupçon de mépris. Son accès de coquetterie n'était pas passé inaperçu. Il se sentit pris en faute, ce qui l'irrita.

— Alors ? Vous savez où il s'est rembuché ?

— J'ai point revu son pied, sauf sur une voie sortante, à croire qu'il a joué les filles de l'air ! Faudrait battre les bois pour être sûrs de l'enceinte. Et se mettre en route de bon matin, parce que là maintenant… La formulation laissait clairement percer un doute. Était-ce une façon de le rembarrer ? Borel était sans doute aux ordres de son père, mais vu sa condition il n'avait aucune leçon à lui donner ! La colère rendit Bertrand intransigeant.

— Débrouillez-vous ! Rembuchez-le avec les chiens, ratissez le domaine, mais trouvez-le-moi !

Ils se toisèrent un instant. Tous deux savaient parfaitement ce qui se tramait au fond. Ce n'était pas seulement une histoire de cerf, et le garde ne s'y trompa pas quand il protesta non sans hardiesse :

— Monsieur le comte l'a gracié, vous pouvez pas…

— Cessez de discuter mes ordres, Borel ! Le comte est alité et il me revient de décider ! Vous n'aurez qu'à faire le bois chaque jour que Dieu veut ! Sitôt que vous l'aurez repéré, nous le chasserons !

Il fit exprès de le planter là, sans même attendre une réponse et, d'un ton délibérément joyeux, parce que ses amis avaient assisté à la fin de leur échange, il s'exclama :

— Le temps que le garde-chasse se décide à débusquer l'animal, que diriez-vous de nous défouler sur quelques canards ?

— Vous parliez du cerf dont il était question hier ?

Eugénie le fixait, les lèvres entrouvertes, un peu haletante. L'idée de voir une mise à mort réveillait des instincts étrangement sanguinaires qu'elle ignorait posséder jusqu'alors. La chevauchée l'avait revigorée et cette campagne, si décevante sous la pluie, se parait d'un charme inconnu, illuminée par le soleil d'automne. L'or des feuillages, le parfum entêtant de la terre humide, l'éclat des mares frangées de roseaux, le mouvement ondoyant des joncs, tout lui semblait magnifique, singulier, inattendu ! Flatté, Bertrand marivauda, s'attirant un coup d'œil furieux de Florence.

— Absolument. J'ignore pourquoi mon père se montre si sensible, sans doute la fatigue, quant à moi je n'aurai pas son indulgence. Nous sommes venus chasser et je vous promets du sang !

Yvonne, qui n'avait pas le tempérament très hardi, poussa un petit cri qu'il jugea ridicule en son for intérieur. Florence les dépassa sans mot dire. Elle boudait depuis leur arrivée, à cause de cette stupide histoire de danse débraillée. Même la chute de son futur beau-père ne l'avait pas attendrie. Pour la centième fois, Bertrand se demanda si leur mariage changerait son caractère. Selon la rumeur, une fois passé la lune de miel, le tempérament des épouses s'affirmait. Deviendrait-elle plus accommodante ou finirait-elle par tout lui chicaner ? Il avait peu de souvenirs de sa mère, emportée trop jeune, mais il en gardait la nostalgie des femmes indulgentes.

Pour ne pas être en reste devant Eugénie, Édouard et Henri s'étaient mis à comparer leurs mérites de fines gâchettes. Jusqu'alors, en célibataires endurcis, les jeunes gens se souciaient peu de leur amie, mais depuis la fameuse soirée de leur arrivée où elle avait laissé paraître une nature peu farouche, une sourde rivalité les opposait. Chacun la courtisait sans vouloir l'avouer, et cette compétition dissimulée exaltait le caractère belliqueux des deux hommes.

Tous repartirent en devisant, riant, s'interpellant, excités par la nouveauté de l'expérience. À l'approche de l'étang, dérangée par le bruit, une première volée de canards s'éleva vers le ciel. Aussitôt ce fut le branle-bas de combat. Les chasseurs mirent pied à terre et attrapèrent leurs fusils. Tandis que ces dames piaillaient, effrayées par le raffut, Henri fut le premier à épauler, aussitôt suivi de Bertrand. Édouard et Florence les imitèrent avec un temps de retard. Trois coups de feu claquèrent, puis un quatrième. La jeune femme avait pris son temps. Elle aimait le fracas des armes, cette seconde suspendue juste avant que la mort frappe. Cette fois, pourtant, elle ne put rien savourer. Les garçons rechargeaient, tiraient, et leur précipitation gâchait son plaisir. Heureusement les canards étaient nombreux, et comme ils n'avaient guère l'habitude d'être chassés, plutôt que de s'enfuir à tire-d'aile, ils tournaient autour de l'étang, s'offrant comme des cibles à chaque passage. Fauchés en plein vol par des gerbes de plomb, plusieurs volatiles tombèrent en vrille, l'un après l'autre. L'odeur âcre de la poudre piquait le nez, et malgré leurs yeux larmoyants, les chasseurs se sentaient brusquement invincibles. Ils tiraient coup sur coup avec une sorte de frénésie, excités par le vol des oiseaux désorientés. Aigrettes, hérons, pluviers, tous prirent leur envol, loin du feu roulant des décharges.

À trois cents mètres de là, en entendant les premières détonations, Bella avait dégringolé de son arbre et s'était mise à courir. Le vacarme augurait un massacre. Sans doute n'était-ce pas la Grande Guerre dont les oncles causaient parfois, mais, en découvrant le carnage, elle crut défaillir !

Elle arriva à l'instant où le fils du maître abattait un héron cendré, et une colère démesurée la saisit. Cet oiseau-là était sacré chez eux ! L'homme l'avait tué pour rien, comme par jeu ! Poussée par la fureur, elle courut se planter devant lui.

— Tuer tchirklo te portera malchance ! Sois maudit, gadjo !

Tandis qu'il la regardait, bouche bée, elle poursuivit dans sa langue natale, crachant comme un chat en colère, les doigts en crochets, pointés droit vers son cœur. Point besoin de traduire pour comprendre la menace !

— *Hou kré katé ? u rodé ? ava ki marel, méro lo ! Diko tou gadjo, O veÿnt pérèl ap toute !*

Florence avait reculé pour se serrer contre ses amies qui se tenaient frileusement en retrait. Ce mouvement tira Bertrand de sa paralysie. Mortifié de s'être laissé impressionner par une sauvageonne, il se mit à gronder, empourpré de rage.

— Tu vas me foutre le camp, petite sorcière, toi et ton charabia !

— Et toi, va en enfer !

Elle démarra à fond de train à travers la lande. Sans réfléchir, il se lança à sa poursuite. Il était bien plus fort, pourtant elle filait devant lui, à peine chaussée, bondissant par-dessus les ornières, aussi vive qu'un cabri sauvage. Il accéléra le rythme, aiguillonné par les frustrations accumulées et le besoin de faire payer quelqu'un. Cela faisait trop de cris et d'insultes, trop de bouderies et de défis lancés en pure perte ! Cette jeteuse de sorts payerait pour ses injures et celles des autres aussi ! Il tendit le bras, effleura ses cheveux qui volaient comme une flamme brune. Le souffle commençait à lui manquer, pourtant la fille était à portée de main, il suffisait de presque rien. Il voulut accélérer, mais la terre sous ses pieds devint spongieuse et il sentit qu'il ralentissait. Elle aussi. Faisant appel à ses dernières forces, il se jeta en avant tandis qu'elle bondissait au-dessus d'une vasière dans un envol gracieux, lui ne l'évita pas et s'écrasa lamentablement, la tête frappant une boue grasse, répugnante. Il se tint là un instant, vautré dedans, ravalant un hurlement pour ne pas ajouter au désastre.

La Gitane disparaissait déjà à couvert du taillis, et il crut entendre un rire de victoire. Il se remit debout avec difficulté, frotta la terre qui maculait son costume. Derrière, personne n'osait bouger.

Ils chargèrent les dépouilles des oiseaux dans leurs carniers, accrochèrent celles en reste à la selle, le cou ballottant contre le flanc des chevaux. Retrouver le gibier leur avait demandé une demi-heure d'efforts. Bertrand avait négligé de prendre un ou deux chiens, car c'était le travail de Borel d'habitude. Ils avaient donc dû chercher les volatiles dans la lande à bruyères et sur les berges, parmi les joncs. Heureusement, la végétation peu élevée permettait de distinguer les petits tas de plumes, et tant pis pour ceux qu'ils laisseraient aux renards !

Ils récupérèrent deux aigrettes d'une blancheur de neige, le héron cendré et vingt-sept canards. Ainsi chargés et animés par la fièvre de leur chasse, ils acceptèrent avec enthousiasme le projet de leur hôte. Il s'agissait d'aller en équipage donner une bonne leçon à cette effrontée de Bohémienne ! Bertrand connaissait leur repaire et cela ne ferait pas un gros détour.

À l'approche de la clairière, il donna le signal du galop. Le groupe déboula au milieu du campement comme une horde de cavaliers jaillie de l'enfer, provoquant la fuite d'une nuée de gamins en haillons qui s'égaillèrent quasiment sous les sabots des chevaux. Des femmes arrivèrent en courant de la rivière voisine où elles battaient du linge, et, après avoir récupéré les petits, se tinrent à distance, méfiantes et sur leurs gardes. Les Gitans surgirent alors, entourant leur chef qui alla droit sur eux, la mine farouche. C'était un moustachu au visage tanné, les muscles noueux et l'allure faraude ; une fois arrivé devant les cavaliers, il leva le menton, pas impressionné pour un sou. Bertrand bomba le torse. Le temps était venu de mater ces gens, et ce misérable ne perdait rien pour attendre !

— Elle est où, la sauvageonne ?

Au lieu de répondre, l'autre se contenta de le toiser, comme pour le mettre au défi de s'énerver.

Les enfants se détachaient des jupes des femmes, à moitié rassurés par la présence des oncles, curieux de voir les gadjos de plus près. Les dames surtout les intriguaient, avec leurs toilettes de fête. Florence remarqua non sans gêne que certains souriaient, à demi édentés, le ventre en avant sous leurs guenilles, et plutôt attendrissants, malgré leur crasse.

Personne ne remarqua le rideau qui bougeait dans l'antique caravane la plus éloignée. Bella s'y dissimulait. Sa mémé lui avait interdit de paraître. Les hommes régleraient le problème, quoi qu'il se passe, elle devait rester cachée. Là-dehors, le gadjo chasseur s'impatientait.

— Où est cette petite garce ?

— Tu parles de celle qui t'a roulé dans la vase ?

Comme le Gitan désignait son costume maculé de boue, Bertrand résista à l'envie de le piétiner pour lui faire payer son insolence.

— Tu oses me tutoyer ! Tu dois être le chef de cette bande de traîne-savates !

— Et toi, le chef de cette bande de tueurs ?

Bertrand feignit l'amusement malgré sa fureur grandissante.

— Ne finaude pas, brigand, avoue plutôt où tu la caches…

— Brigand ? Pourquoi brigand ? Je t'ai détroussé, moi ?

— Pardi, vous êtes tous des voleurs de poules, les Gitans !

— Et le héron ? Tu vas raconter qu'on te l'a braconné ?

Bertrand sentit que parlementer ne servirait à rien. Avec ces pouilleux de va-nu-pieds, la manière forte s'imposait.

— Je vous donne jusqu'à demain pour déguerpir. La marmaille, les bonnes femmes, tout le monde.

— Ton père ne l'autorisera pas.

Un sourire torve égaya le visage du jeune comte, triomphant.

— Mon père ! Tu ignores donc qu'il est souffrant, très souffrant, au point qu'il m'a chargé de diriger le domaine ?

Sans broncher, le Gitan toisa le cavalier, la bouche méprisante. Celui-ci fit pivoter sa monture, conscient qu'il ne pourrait pas se maîtriser très longtemps et qu'il ne pouvait engager un combat et risquer la débâcle.

— Dehors ! Je vous donne vingt-quatre heures pour déguerpir, toi et ta tribu de pouilleux !

Sur la petite place du camp, plus personne ne bougeait, même les enfants avaient cessé de sourire. Bertrand piqua son cheval, et ses invités le suivirent au petit trot avec l'impression pénible d'avoir été chassés.

*

Aujourd'hui il entrerait dans l'enclos, seul.

Après le départ des invités, sachant qu'il serait tranquille un bon moment, Paul était retourné au chenil. Il avait fait une promesse au vieil homme. Se montrer courageux.

Ce matin, quand le comte s'était enquis de ses progrès pour approcher la meute, la honte l'avait submergé. Le vieil homme luttait contre la douleur sans émettre une plainte, ce qui ne l'avait pas empêché de lui poser tout un tas de questions sur sa vie parisienne, ses notes à l'école, la lecture du roman de Dickens, s'il aimait le temps passé ici… Ensuite il avait raconté le cerf et la traque avec Borel jusqu'à la mare de Poigny. Comment le géant s'était tourné vers lui, cette lumière qui perlait de son œil et qu'il n'avait pu se résoudre à éteindre. Le temps brusquement arrêté. Le souffle de la bête qu'il avait cru sentir au diapason du sien.

— Tu sais, avait-il conclu, c'est un peu absurde à dire, surtout à mon âge, mais je crois qu'il s'est passé quelque chose d'important hier, devant cette mare où le cerf attendait la mort. J'ignore pourquoi, si c'est affaire de circonstances, mais je reste persuadé qu'il aurait été sacrilège de foudroyer cela. Pourtant j'aime chasser et je n'ai jamais souffert de cette sensiblerie propre aux gens des villes qui ignorent tout de nos coutumes. Je n'ai pas pu. Et je ne le regrette pas, même maintenant que je me retrouve cloué ici. Ma dernière chasse...

Il était retombé sur ses oreillers, à bout de souffle, en répétant « ma dernière chasse », et Paul, impuissant à l'aider, avait chuchoté :

— J'apprivoiserai la meute, je vous promets.

Il prit une grande respiration, déverrouilla la grille. Les chiens le fixaient benoîtement. L'un d'entre eux se dressa, les oreilles pointées en accent circonflexe, et aussitôt les mâles dominants approchèrent. Il demeura stoïque et referma la grille derrière lui. Il devait bien respirer et répéter quelques mots dans sa tête : « Tout va bien. Ne leur montre pas ta peur. C'est toi qui commandes. » La meute l'entourait en jappant, un désordre de truffes humides, de dents et de pattes griffues. Certains sautaient pour l'atteindre, au milieu de la mêlée. Il fallait les calmer, sans quoi ils finiraient par se battre. D'une voix mal assurée il lança :

— Arrière ! Lucifer, Tapageaut, Vol-au-Vent…

Il aurait pu aussi bien réciter une poésie ou lire du Dickens, pour l'effet produit ! Les chiens ne donnèrent pas l'impression d'avoir entendu. Borel, lui, se faisait obéir à tous les coups. L'enfant dégagea le bâton qu'il tenait dissimulé et le brandit en l'air. Il comptait s'en servir en dernier recours, faute de mieux.

— Arrière ! Lucifer, Tapageaut, Vol-au-Vent ! Arrière, j'ai dit !

Cette fois, les bêtes réagirent, alors, d'une voix affirmée, l'enfant répéta :

— Arrière ! Arrière !

Aussitôt les chiens reculèrent. Certains se couchèrent à l'écart en bâillant puis firent mine de se désintéresser de lui. Soucieux de savoir si leur obéissance s'expliquait par la menace ou par le ton de commandement, Paul cacha la badine et appela d'un ton sec :

— Vol-au-vent !

Un poitevin s'avança vers lui. Avant que Paul ait le temps de reculer, le chien s'était dressé sur ses pattes de derrière et lui lavait la figure à grands coups de langue, ensuite il poussa un râle d'affection, mi-jappement mi-grognement d'aise. Aussitôt, mus par un même élan, les autres se pressèrent autour de lui, chacun quêtant une caresse, un bout de joue à lécher, une main à mordiller, et l'enfant ne put s'empêcher de rire aux éclats sous l'assaut. C'était donc ça, la meute féroce qu'il redoutait, des molosses qui ne songeaient qu'à jouer et à le léchouiller !

Le comte serait content, il avait vaincu sa peur et tenu sa promesse ! Comme il lui tardait de courir le lui dire, de tout lui raconter par le menu pour le distraire de son mal de poitrine... À cet instant, Paul s'aperçut que ce n'était pas à Totoche qu'il avait pensé en premier, mais au vieil homme alité. Savoir qu'il était blessé le rendait curieusement triste, un peu inquiet aussi. Avec les bobards de Célestine, il avait le sentiment d'avoir perdu du temps, des moments qu'ils auraient pu passer ensemble, à discuter de livres, de chasse ou d'expériences. Timidement, après avoir vérifié que personne ne pouvait le voir, il esquissa le geste de se signer, et murmura une prière inspirée du bénédicité qu'il connaissait par cœur, à présent :

— Seigneur, bénis le comte et sois remercié de le tenir en ta sainte grâce. Je te remercie parce qu'il a épargné le cerf géant et aussi de tous tes bienfaits. Garde nos âmes dans la paix et accorde-lui la guérison. Amen.

17.

Cinq longues journées avaient passé. La santé du malade ne s'était guère améliorée, au contraire, l'état de la plèvre devenait préoccupant, mais quand le médecin avait proposé de le faire transférer dans un hôpital de la ville voisine, Antoine s'était insurgé. Hors de question qu'il bouge. Pas avec Bertrand qui semblait vouloir prendre racine en tramant toutes sortes de coups fourrés. Déjà, il avait dû intervenir pour empêcher qu'on chasse les Gitans. C'était Borel qui l'avait prévenu. Quelles que soient ses idées, le garde-chasse affichait une fidélité sans faille, et si par malheur le comte venait à mourir, il serait toujours temps d'obéir au jeune maître. En attendant, il n'irait pas contre sa volonté, même si garder sur ses terres une bande de traîne-savates lui semblait la plus absurde des obstinations…

Il y avait eu une scène terrible quand le père avait fait installer les Gitans sous ses fenêtres, alors même que son fils croyait en être débarrassé. La dispute laissa le malade exsangue, désespéré de voir s'exacerber le tempérament colérique de Bertrand et sa propre impuissance à le comprendre.

Ce dimanche-là, vers 17 heures, le comte de La Chesnaye exigea qu'on ouvre les croisées. Il ne supportait plus ces volets fermés comme pour un enterrement, l'odeur des potions, les murmures des domestiques ou l'attitude compassée des visiteurs. Pour un peu, on l'aurait cru déjà froid ! À vrai dire, seule la présence de Paul le rendait heureux. Comme Célestine faisait mine de ne pas l'entendre, il gronda :

— Je ne suis pas encore fini, et tirez-moi ces rideaux, ça m'étouffe. J'attends de la visite.

— Avec la pleine lune, vous ne pourrez pas vous reposer.

— Je m'en moque ! J'aurai bien le temps quand je serai mort…

— Jésus-Marie-Joseph, ne dites pas ça, Monsieur !

La brave nourrice tenta de masquer son chagrin en lui présentant un bol de soupe chaude, mais il le repoussa d'une grimace.

— Vous n'aimez pas mon bouillon ? Il faut manger…

— Merci, je n'ai envie de rien. Mon petit Paul est en retard…

— Je lui ai dit de s'occuper ailleurs. Il risque de vous fatiguer.

— Au contraire, ça me repose de parler avec lui. J'apprends à le connaître tant que… Dites-lui de revenir.

Il ferma un instant les yeux, respira avidement une bouffée d'air moite. L'impatience le gagnait, il s'agita malgré la douleur et gémit.

— Que fabrique Caradec ? Le général l'a fait libérer de sa mission voilà une semaine. Il devrait être arrivé, non ?

— Laissez-lui le temps, c'est un long voyage.

— Interminable, oui…

Il émit un pauvre rire étranglé, chassa la main qui venait à son secours.

— La vie est imprévisible. Songez, cet homme m'a pris ma fille et je lui vouais une haine violente. À présent, je n'ai qu'une hâte, le voir et lui parler. Je crois que je pourrais même l'aimer si Dieu m'en laissait le temps…

Une musique aigrelette s'éleva du parc, assourdie par les carreaux fermés.

— Vous entendez ?

La nourrice opina, la mine soucieuse.

— Vous feriez mieux d'avaler votre bouillon. J'y ai mis une carcasse de poule à mijoter, comme vous aimez.

Le comte écoutait, l'oreille tendue, à demi redressé sur ses oreillers. Il souriait, soudain.

— Ouvrez donc la fenêtre, je vous prie.

— Vous allez me prendre froid.

— Couvert comme je suis !

— Qu'est-ce qu'y faut pas entendre ! S'agiter de la sorte, c'est mauvais pour un malade !

La brave femme alla néanmoins entrebâiller les croisées. Sur la pelouse, derrière l'allée de chênes, les Gitans s'étaient regroupés autour d'un feu de joie. Ils jouaient de leurs curieux petits violons, chantant et battant des mains. La gamine qui traînait avec Paul dansait pieds nus, pareille à une Esmeralda, comme on en voyait dans les foires. Il ne manquait plus que les diseuses de bonne aventure et les jongleurs !

— C'est-y permis, un tel tapage ! Tiens, le petit est là.

— Paul ?

— Dame, qui d'autre ! Faut dire qu'il a de la compagnie, cette petite Gitane qu'il suit partout !

— Il m'a caché cela.

— Ma foi, ce n'est guère surprenant, ces choses on les garde pour soi.

— L'émoi des premières amours…

Le vieil homme soupira de nostalgie. Paul… amoureux. Et d'une sauvageonne en plus ! Il avait bien raison. Ce qu'il avait pu se gâcher la vie à vouloir se conduire selon des codes de son milieu ! Il songea combien il avait été faible, assujetti à son devoir. Même sa douce Jeanne qui s'efforçait de lui faire plaisir sans jamais protester…

Rencognée à la fenêtre, la gouvernante maugréait toujours.

— Ils braillent et guinchent alors que vous êtes dolent ! Ne croirait-on pas qu'ils festoient !

— Célestine, cessez de jouer les grincheuses ! C'est moi qui ai demandé qu'on les installe ici. C'est pour moi qu'ils font la fête, une façon de me rendre hommage.

— Je pense bien ! Vous leur permettez de s'établir sur vos terres, vous les défendez quand monsieur Bertrand souhaite les bannir… Forcément qu'ils vous doivent de la reconnaissance !

Antoine de La Chesnaye ne l'écoutait plus. Bercé par la rumeur joyeuse, il s'était perdu dans ses souvenirs de jeunesse et souriait au plafond.

Au salon, les Parisiens avaient entamé un concours de bridge qui s'éternisait. Bertrand ne voulait plus entendre parler de chasse tant qu'on n'aurait pas trouvé ce fichu cerf, et alors ils iraient en grande pompe, à courre, comme au temps du Roi-Soleil ! En attendant, on s'ennuyait ferme et on mangeait trop. À cause du malade, il n'était plus question de crier ou de passer des disques de jazz, sinon en sourdine. Aussi, quand les Gitans se mirent à chanter, cela causa un certain trouble. Les dames auraient voulu sortir, s'amuser un peu, mais c'était impossible à cause de leur hôte qui se serait senti insulté. Pour dissiper le malaise ambiant, Édouard lança avec un brin d'opportunisme :

— Tu me dois six mille francs, mon cher.

Bertrand fit la grimace. Ses dettes grimpaient de façon alarmante, il faudrait se montrer moins prodigue, et cela le contrariait.

— Eh bien, tu attendras notre retour à Paris. Je n'ai plus un sou en poche !

Édouard n'osa rien lui objecter. En tant qu'invité, il n'avait plus qu'à ranger la dette au compte des pertes et profits. En voulant se resservir de vieux bordeaux, Bertrand s'aperçut que la bouteille était vide. Il sonna, en clamant avec un entrain exagéré :

— Faisons une pause, les amis ! À l'heure où les Anglais s'abreuvent de thé, nous trinquerons au Bordelais !

Henri choisit de s'affaler dans un fauteuil et bâilla. Édouard en profita pour rejoindre les filles, qui lorgnaient sans trop de discrétion vers le parc. Bertrand feignit d'admirer le gramophone. Mettre un disque maintenant reviendrait à avouer sa contrariété. Le majordome parut enfin, dissipant ses hésitations.

— Armand, remontez-nous d'autres bouteilles du même cru !

Il brandissait la bouteille vide, mais l'autre s'excusa d'un air embarrassé :

— Il n'y en a plus, Monsieur.

— Comment cela ?

— Monsieur votre père m'a fait porter les dernières aux...

— Aux quoi ?

Armand paraissait déconfit et évitait son regard.

— Allez-vous répondre à la fin !

— Aux Romanichels, Monsieur.

Bertrand en eut le souffle coupé mais se ressaisit aussitôt. Il ne voulait pas laisser paraître son trouble. Il affecta de rire, secouant la tête comme s'il jugeait l'affaire ridicule.

— Dans ce cas, rapportez n'importe quoi qui se boive !

Cette rebuffade paternelle serait la dernière ! Passe encore dans l'intimité, ce n'était pas nouveau, mais devant ses amis l'affront prenait des proportions intolérables ! Il s'empressa d'ouvrir la grande croisée et sortit sur la terrasse sans se soucier d'être remarqué.

Ils étaient tous venus, les hommes, les femmes, les gamins, les vieux, attifés de châles et de gilets brodés, de jupes aux couleurs flamboyantes et même de capes en velours ! Une troupe de miséreux endimanchée pour saluer son père ! Ils avaient disposé un solide brasero sur une brouette où flambait un feu de joie et s'étaient regroupés autour, les musiciens avec leurs crincrins, les autres frappant dans leurs mains. Une fille tournoyait autour des flammes, plutôt gracieuse. Était-ce la Gitane qui lui avait jeté un sort ?

Il sentit des bras l'entourer, flaira le parfum sucré de Florence.

Parmi la petite foule, un homme se tourna vers la terrasse, comme averti de leur présence. Il arborait une fine moustache et même de loin on le voyait sourire. Le chef ? Il leva son verre puis bascula la tête et le vida cul sec. Bertrand serra les poings. Florence avait dû le remarquer, elle aussi. Ces gueux ne perdaient rien pour attendre !

Il préféra parler plutôt que de laisser le silence s'installer :

— Pourquoi je reviens ici, au fond ? Mon père m'a toujours ignoré. Jamais un mot gentil, jamais un encouragement…

— Il est d'une autre génération, chéri, sans doute ne sait-il pas montrer son affection.

— Avec moi, assurément !

— Ne soyez pas trop dur, songez qu'il est mourant.

— Cela n'excuse pas tout…

— Sans doute mais se braquer n'arrangera rien entre vous.

— Je me souviens… J'avais huit ans. Je rêvais de monter à cheval, comme lui ! Je lui ai demandé un poulain pour Noël. Il a refusé, prétextant que je devais d'abord apprendre l'équitation. Alors, en grand secret, j'ai passé mes jeudis au manège. Je voulais qu'il soit fier de moi.

— Il l'était certainement !

Elle le berçait, pressée contre lui tandis qu'il s'animait, sous le joug de ses souvenirs.

— Un jour, un jeune poulain est arrivé au domaine. J'étais fou de joie. Je pensais qu'il me reviendrait alors j'ai redoublé mes efforts, mais je me trompais. L'animal était destiné à ma sœur qui n'avait pas cinq ans ! Au fond, Mathilde était le fils qu'il aurait voulu.

Je n'y suis pour rien si elle est morte, pourtant on croirait qu'il m'en veut, même de ça...

Il perçut un sanglot, attendit un instant. Quand il fut certain que Florence pleurait, il se tourna vers elle, lui souleva le menton, impatient de mesurer sa détresse. Un rictus déformait ses traits.

— Ma pauvre chérie, qu'est-ce qui te fait pleurer ?

— Mais, toi, ce petit garçon incompris, c'est tellement triste !

— Ah... parce que tu m'as cru ? Il est vrai que mon père a toujours préféré Mathilde, mais cette fable de garçonnet priant pour un poulain, par Dieu, je n'étais pas si pitoyable !

Elle le dévisagea, choquée. Était-ce un mensonge pour s'endurcir ou un de ces tours dont il raffolait ? Partagée entre l'exaspération et un reste de pitié, elle protesta :

— Bertrand, je t'en prie... J'ai peine à te comprendre depuis que...

Il se pencha sur elle et l'embrassa avec une telle voracité qu'elle étouffa. Vaincue par sa fougue, elle se laissa emmener vers un coin sombre tandis qu'il remontait sa jupe.

*

Le crépuscule était tombé et avec lui le froid qui annonçait un hiver rigoureux. Paul se rapprocha des braises, les mains tendues afin de se réchauffer. Célestine lui avait donné la permission de rester avec les Gitans puisque le comte le voulait bien. Il chercha des yeux sa fenêtre, vit la croisée entrouverte ; une lueur l'éclairait, si faible qu'il fallait prêter attention pour la voir trembloter. Sûrement des bougies. Il songea aux cierges que le vieil homme s'entêtait à faire brûler à la chapelle et une onde de tristesse l'accabla.

La chovihani, qui avait suivi son regard, intervint soudainement :

— Sais-tu pourquoi le comte nous protège ?

Il réfléchit mais ne sut deviner une raison, à part sa bonté. Bella, qui venait de se rasseoir après sa danse, supplia la sorcière :

— Tu le sais toi, mémé !

— On raconte des choses...

— Alors parle !

— Le vieux gadjo n'aimerait pas que je trahisse son histoire, mais...

Elle s'interrompit, songeuse, puis ajouta :

— Je crois qu'il est temps de remuer les vieilles cendres...

Joignant le geste à la parole, elle entreprit de touiller les braises, faisant s'élever des flammèches. En sa présence, Paul éprouvait toujours un mélange de craintes vagues. Cette fois, pourtant, la curiosité fut la plus forte.

— Il vous aime bien, il me l'a dit... Il dit que vous êtes le peuple errant et qu'il faut beaucoup de courage pour faire un long voyage.

La vieille hocha la tête. Comme le silence s'étirait, ils crurent qu'elle avait changé d'avis, mais elle finit par reprendre de sa voix rocailleuse :

— Quand il était jeune, on prétend qu'il se serait entiché d'une Tsigane. Elle était très belle, avec des yeux d'un vert profond, hypnotique, et plus farouche que Sara la Noire. Bien sûr, la chose était défendue, un comte ne s'acoquine pas avec une enfant de Balval. Vent et feu… Mais autant contrarier les flammes en les attisant ! Puisque le jeune homme ne voulait rien savoir, ses parents ont fait en sorte d'empêcher l'alliance. Lui a été envoyé en Italie et la fille est devenue folle de douleur. On dit qu'elle a lancé un sort, parce que ça a recommencé…

— Quoi ?

— Ensuite… La même histoire.

Bella, qui l'écoutait, fascinée, s'agaça de ses manières.

— Quelle histoire, mémé ? Il l'a revue ?

— Jamais.

— Alors ?

— Pas lui, sa fille…

Cette fois, Paul crut comprendre. Il fut bien un peu étonné qu'elle sache tant de choses mais, après tout, la vieille était sorcière…

— La fille du comte qui est morte ?

— Mathilde, oui.

Le nom tomba d'abord en douceur, comme une feuille qui tournoie en l'air. *Mathilde.* Deux syllabes si familières qu'elles semblaient faire partie de lui. Quand il se rendit compte de la portée de ce mot, le choc fut si violent qu'il cessa de respirer.

Mathilde, la fille du comte.

Sa maman.

*

Le bois de chênes se trouvait à la limite nord du parc, bordé par une mare romantique, un coin que l'enfant avait dédaigné, pas assez sauvage à son goût. La chapelle se situait non loin de là, et on pouvait la rejoindre en une dizaine de minutes par un sentier soigneusement entretenu.

Paul avançait à pas lents, un peu étourdi par le manque de sommeil. Il inspira l'air humide du matin. L'odeur d'humus lui monta à la tête, jusqu'au vertige. Bella attendit qu'il reparte sans faire mine de l'aider. Elle était consciente de l'importance du moment, et se tenait à ses côtés, inhabituellement grave. La veille, après avoir écouté son histoire, la mémé lui avait révélé ce qu'elle savait. Cela avait surpris Bella. La chovihani accordait rarement sa confiance, encore moins à un gadjo. Mais le garçon était spécial…

Suivant les indications de la vieille, Bella et Paul empruntèrent un petit pont en bois ouvragé posé sur un ruisseau. C'était joli et inutile, songea-t-il, on pouvait, en prenant son élan, le franchir d'un seul bond. Comme Bella s'attardait, il sentit l'inquiétude le gagner.

— Tu crois que c'est ici ?

— Mémé a dit juste après le petit pont. Sa mémoire ne la trompe jamais.

— Juste après, c'est un peu court ! Dans quel arbre ?

— Le grand chêne au bord de la pineraie.

— Comment elle peut être sûre ?

— Une chovihani connaît les secrets.

Il préféra se taire. L'asticoter ne changerait rien. Il se sentait bizarre, tourmenté par des sentiments contradictoires : excitation, peur, nostalgie, il ne savait plus trop. Normalement, à cette heure-ci, il aurait dû se trouver assis en classe et endurer les reniflements de son voisin. Ernest avait la réputation d'être enrhumé du printemps à l'automne et sa collection de mouchoirs ne suffisait jamais pour venir à bout de ses torches de morve. Puisqu'on était à la mi-octobre, le rhume battait son plein… Paul avança de quelques pas, clignant des yeux. Il avait à peine dormi, et ce matin, il était parti en oubliant de manger sa tartine. Célestine avait mis son silence sur le compte d'une grosse fatigue, à cause de son coucher tardif. Il ne lui avait rien dit. Avant de l'interroger, Paul tenait à voir les preuves de la sorcière.

Il scruta le bosquet, en quête d'un arbre plus haut que les autres. Bella avait raison, ce n'était pas si difficile. Émergeant de la masse des roux et des jaunes pâlissants, entre une rangée de hêtres aux longs troncs noueux et un taillis de noisetiers, ils l'aperçurent ensemble, un arbre gigantesque qui étirait ses ramures dorées encore mordues de taches vertes et semblait recouvrir une partie du taillis. Le chêne majeur ! Son écorce profondément crevassée lui donnait l'aspect d'un antique géant. Paul pensa au cerf et se demanda si c'était un signe que la forêt lui envoyait.

— Regarde !

La Gitane pointait son doigt vers un agrégat plus sombre qu'on distinguait à travers les feuillages.

— Tu crois que c'est là ?

— Allons voir.

Elle s'élança la première à l'assaut du tronc tortueux, s'aidant des nœuds et des aspérités. Il la suivit avec presque autant d'aisance. L'excitation avait chassé sa lassitude. L'arbre faisait bien vingt-cinq à trente mètres de haut, mais très vite ils parvinrent au niveau des branches qui s'étageaient commodément et rendaient l'ascension relativement facile. Ils tombèrent sur les vestiges de la cabane à une quinzaine de mètres au-dessus du sol. On avait posé une plate-forme en rondins et des cloisons en planches rugueuses dont il ne subsistait que des chicots rongés, pourris par l'humidité.

— Prends garde de passer au travers !

Ils avancèrent prudemment sur les lattes vermoulues qui menaçaient de s'effriter en poussière. Sur l'une des branches qui faisaient office de bardage, Paul aperçut une inscription gravée dans le bois. Il agrippa le poignet de Bella, submergé par un accès d'appréhension.

— C'est là ! Tu vois ?

— Je sais pas lire.

— Tu disais que tu avais appris.

— C'était pas vraiment vrai. J'ai dit ça comme ça.

Elle rougit. C'était la première fois qu'elle laissait paraître de l'embarras, et cela l'émut. Il se tourna vers les entailles et les effleura du bout du doigt, avec une sorte de timidité.

— C'est un peu déformé mais ça forme deux lettres. Un « M » et un « J ».

Il ferma les yeux, souffla doucement.

— Comme Mathilde et Jean…

— C'est beau !

Bella tendit la main à son tour.

— « M » et « J ». Je m'en souviendrai.

— Je t'en apprendrai d'autres, si tu veux. Toutes les lettres de l'alphabet. Il y en a vingt-six. Tiens, regarde.

Il sortit son couteau, celui que Totoche lui avait donné au début de l'été, et entreprit de graver l'écorce grise.

— Ça, c'est un « B », et ça, un « P ». Sais-tu pourquoi ?

Elle secoua la tête, mais ses yeux brillaient si fort qu'il sut qu'elle mentait.

— Bella et Paul.

Elle demeura muette et ils restèrent ainsi un moment, en silence. Paul ne voulait pas rompre le charme. La tête lui tournait un peu, surpris qu'il était de son audace et bousculé par ses pensées : sa mère qui s'était tenue là, le vieil homme mourant... Son grand-père. Tout était si confus ! Plus tard il irait parler à Célestine pour avoir des explications, obtenir des réponses. Une voix douce le tira de sa torpeur :

— Tu as déjà fait un baiser d'amoureux, un vrai ?

Elle l'observait avec intensité, et l'esquisse d'un sourire soulignait la pointe de défi dans sa voix. Mais, à présent, il y avait autre chose, une chose bien plus sérieuse qu'un jeu. Il voulut répondre que non, que jamais il n'avait embrassé une fille, ni en vrai ni en faux, mais qu'il avait vu des couples le faire au cinéma de son quartier. Pourtant, il se contenta de secouer la tête.

— Ça, moi je peux t'apprendre...

Elle se pencha et il regarda son visage effacer le ciel en emplissant tout l'espace de son champ de vision : le velouté de sa peau, son œil noir, brillant, sa bouche rougie, puis il ne distingua plus rien, car il avait clos ses paupières.

Ses lèvres avaient le goût de la pluie ou bien celui de la mousse des sous-bois. Puis la langue agile glissa entre ses lèvres, s'enroula autour de la sienne, comme un serpent. Le tourbillon l'emportait ailleurs, très loin, au-delà des secrets, à la frange d'un univers inconnu.

*

Paul attendit la nuit. Par chance, Borel s'était décidé à partir en tournée. Avec l'abondance du gibier, les bracos s'en donnaient à cœur joie !

Au moment de monter se coucher, faute de savoir comment l'annoncer, il lança abruptement :

— J'ai fait l'école buissonnière, aujourd'hui.

— Et tu m'annonces ça tranquillement !

— J'ai été à la cabane de mes parents.

Il attendit un instant que la nourrice comprenne la portée de ses paroles, puis ajouta :

— Parle-moi de Mathilde.

Devant son air grave, ses traits tirés, Célestine comprit qu'il ne servirait plus de feindre. L'enfant avait fini par deviner une part de la vérité et elle n'y pouvait plus rien. Le gros poids qui l'étouffait depuis des mois s'envola d'un coup, comme par miracle. Paul avait changé, elle s'en apercevait soudain, un mûrissement qui lui donnait une assurance nouvelle. Elle eut soin de répondre sans baisser les yeux ni sourire, avec un sérieux de circonstance :

— Soit.

Elle chercha ses premiers mots, pour se lancer, bien décidée à lui dire ce qu'elle savait.

— Ta maman, je l'ai élevée depuis toute petiote. Monsieur le comte l'adorait. Sa fille, c'était son trésor. Avec Bertrand les choses étaient point si faciles, le garçon se montrait rechignou, même un peu chafouin, des fois. Lui, je m'en suis guère occupée vu que je suis arrivée au manoir à ses neuf ans et qu'on l'a mis en pension, alors forcément je n'y étais pas si attachée... Mathilde, en revanche, était comme mon enfant et pourtant j'étais encore bien jeunette.

Elle s'abîma dans ses souvenirs et Paul se garda de l'interrompre. Elle irait jusqu'au bout même si cela devait les mener au milieu de la nuit, il le savait à présent. Beaucoup de choses lui étaient apparues depuis la veille au soir, même les raisons qui l'avaient poussée à mentir. Déjà elle reprenait :

— Elle a grandi comme une plante sauvage, Mathilde, sans que son père y voye du danger. Elle était si gracieuse et effrontée, une vraie sauvageonne ! Mais pardi, on ne peut guère aimer la liberté seulement quand ça vous arrange ! Une fois devenue jeune fille, voilà que Monsieur se met en tête de la fiancer à un garçon tout délicat et bien poli, un duc ou je ne sais trop quel godelureau, tu penses bien que Mathilde s'en fichait comme d'une guigne ! Et puis elle a rencontré un homme dans la forêt... Lui posait une ligne de chemin de fer, elle venait de la forêt, comme à son habitude. Cet homme, c'était Jean Caradec, ton père.

Elle poussa un gros soupir, ferma à demi les yeux.

— Je me suis souvent demandé ce qui serait arrivé sans leur rencontre, mais pour sûr elle n'aurait pas épousé l'autre petit duc... C'était ce qu'on nomme un coup de foudre. Ça, pour de la foudre, je pense bien ! Ils se sont aimés si fort que c'était impossible à empêcher, et puis le sentiment, ça ne s'étouffe pas comme une couvée d'œufs, seulement Monsieur n'a pas pu le comprendre.

Elle s'ébroua comme pour prendre courage.

— Ils ont vécu leurs amours dans cette cabane perchée que tu as visitée. Ils ne songeaient qu'à eux sans se soucier du reste, comme s'ils étaient seuls au monde. Par malheur, tout finit par se savoir et on les a aperçus et dénoncés au comte, sûrement des saligauds qui comptaient sur des remerciements ! Quand il l'a su, Monsieur a tout fait pour les séparer, il est même parti à la gendarmerie porter plainte puisque ta maman était encore jouvencelle, et ça a causé un beau désordre. Même si ta maman allait bientôt atteindre sa majorité, Jean ne pouvait plus rester, il risquait d'être mis en prison, alors elle s'est enfuie avec lui à Paris.

— Mais pourquoi ?

Bien qu'il ait deviné beaucoup de choses, Paul se heurtait soudain à une idée intolérable : la fureur du comte, son entêtement. Et là, brusquement, il sut pourquoi le vieil homme traînait sa tristesse comme un sac de plomb : il avait chassé sa fille et rien ne pouvait la ramener ni racheter sa stupide colère.

Célestine, qui lisait ce combat intérieur sur sa figure crispée, intervint doucement :

— Tu sais, ça n'a plus d'importance à présent. Ce qui liait tes parents a été plus fort que tout. Ils s'aimaient tant que c'était beau à voir ! Et puis, elle l'ignorait encore en partant du manoir, mais Mathilde t'emportait avec elle ! Tu étais dans son ventre, un bébé à naître, un bébé de leur amour !

— Sauf qu'ensuite elle est morte… Ma mère est morte parce que je suis né.

— Ne t'avise point à gober ces sornettes ! Les médecins ont pas pu la sauver et personne y pouvait rien, c'est ainsi ! C'est pas ta faute, mon petit, tu dois être heureux, c'est ce qu'elle aurait voulu plus que tout au monde...

Quand elle reprit, après un long silence, Célestine parla comme en rêve, plongée dans le souvenir :

— Le comte est devenu fou de douleur. On l'entendait hurler pis qu'une bête blessée. En plus de sa peine, le remords le rongeait. Il n'avait pas voulu répondre aux lettres de ta maman, il avait refusé de la revoir, et un jour, un triste jour, c'est dans un cercueil qu'elle est revenue...

Elle se mit à sangloter doucement.

— Pourquoi tu m'as pas raconté la vérité ? Tu croyais que j'étais trop petit ?

— Sans doute... Et puis ton père refusait. Il avait ses raisons, ne le chicane pas, il croyait que ce serait mieux pour toi. Tu sais, des fois, on se fait une montagne de choses toutes simples.

Elle releva la tête et, à travers ses larmes, lui sourit tendrement.

— J'aurais dû savoir que tu pouvais entendre et que tu m'aiderais. À présent, veux-tu que je te montre quelque chose ?

Ils emportèrent une lampe à pétrole. Sa flamme bleue les précédait sur le sentier et, dans cette nuit obscure, enveloppés d'une odeur grasse d'essence, leurs longues chemises blanches dépassant des pèlerines, on aurait cru deux fantômes frileux. Célestine tenait sa main serrée ; il sentait sa chaleur le gagner, de même que son impatience qui le maintenait pleinement éveillé.

Après un quart d'heure de marche ils parvinrent devant la chapelle. Ses murs sombres se découpaient sur le ciel noir et semblaient faits de bronze brossé. La nourrice fouilla dans ses poches pour en sortir un trousseau muni d'une seule grosse clef ouvragée.

— Le comte me l'a donnée au cas où…

Elle ne précisa pas quoi et Paul ne put s'empêcher de penser à sa maladie.

— C'est le caveau de famille. Viens…

Elle traversa la travée centrale pour le mener vers une volée de marches qui descendait dans une crypte souterraine. Dedans, des tombeaux en pierre s'étageaient sur plusieurs niveaux. Sur l'un d'eux le nom de Mathilde, née La Chesnaye, était martelé dans la pierre.

Il tendit la main, hésitant. Sa mère se trouvait là, dans ce caveau, pourtant il ne sentait rien, juste un grand vide.

— Demain, tu pourras lui porter un bouquet de bruyères. Tu veux ?

Il acquiesça alors qu'une vague de larmes lui montait aux yeux, sans qu'il sache bien ce qu'il pleurait, le soulagement d'avoir résolu ce mystère, la peine ou ce vertige d'absence.

Célestine se signa avec un petit murmure, « au nom du père, du fils et du Saint-Esprit ». Il voulut l'imiter et se trompa de côté à cause de l'épuisement. L'âme de sa mère s'en fichait sûrement vu que Jean Caradec était sans religion…

— Tiens.

Elle attrapa un cierge parmi une demi-douzaine qu'on avait rangés là, à portée.

— Mais c'est au…

— À ton grand-père, si fait ! Cela me surprendrait qu'il te gronde.

Elle piqua la bougie sur un présentoir en pierre et lui laissa allumer la mèche. Ensemble, ils regardèrent la petite flamme brûler un long moment.

*

À condition de s'excuser auprès de Mlle Chassignac dans l'après-midi, Célestine permit à Paul de manquer l'école pour rendre visite à son grand-père. Toutefois, durant toute la matinée, Paul avait tourné et retourné les choses sans pouvoir se décider. C'était trop difficile, trop compliqué… Tantôt la colère l'emportait, tantôt un trouble puissant qui lui donnait envie de poser sa joue sur la vieille main ridée.

Il finit par se décider avant midi et courut à la grande maison, grimpa les marches quatre à quatre, pénétra à bout de souffle dans la chambre du malade éberlué sans même toquer à la porte ni le saluer. Ensuite, toujours muet, il jeta la photographie de ses parents sur la couverture.

En reconnaissant Mathilde au bras de Jean, Antoine de La Chesnaye accusa le choc. Son teint blafard devint exsangue. Il saisit le portrait d'une main tremblante et l'examina avec ferveur. Sa voix parut soudain aussi friable qu'une pellicule de boue séchée :

— Comme elle est belle…

— Elle était belle ! Plus maintenant !

— Pourtant elle est toujours présente, dans ton cœur et dans le mien, n'est-ce pas ?

— Pour moi, elle a jamais été là.

— Je crois deviner ce que tu ressens…

— Je m'en fiche.

— Ce n'est sans doute pas une grosse consolation, mais à présent tu sais qui tu es. Cela importe, non ?

— Je sais surtout ce que vous lui avez fait ! Moi, ça ne me change pas !

Il protestait sans y croire lui-même, pour ne pas se mettre à sangloter. Le comte le laissa s'essouffler avant de murmurer avec amertume :

— Crois-moi, mon petit, il n'y a pas de jour, pas d'heure où je ne songe à elle.

— C'est avant qu'il fallait l'aimer, quand elle était vivante !

Malheureux de sentir que les paroles du vieil homme ne le consolaient pas, Paul lui arracha la photographie et la remit dans sa poche, hors d'atteinte. Ensuite il se planta devant lui, tremblant de colère et de chagrin. Gagné par le désespoir, le comte retomba sur sa couche, à demi asphyxié. L'enfant continuait, incapable de se résoudre au pardon :

— Vous l'avez chassée, vous avez refusé de la revoir ! Vous n'étiez même pas à son mariage !

— Sans doute, mon garçon, pourtant chaque jour, chaque heure, je regrette.

— Et ça sert à quoi de regretter ?

— À rien. Je n'ai pas su comprendre ma fille ni accepter son bonheur. Et j'ai rendu tout le monde malheureux. Il y a une seule chose qui survive à ce naufrage. Tu es là, maintenant. Et toi, tu as besoin d'être aimé. Ne le refuse pas à ton grand-père… mon petit.

Il ne dit plus rien, craignant de l'effaroucher. Paul avait beau se tenir campé à contre-jour, il devinait son chagrin. Il fut tenté de l'appeler, de lui demander pardon. Soudain, l'enfant se retourna et se précipita vers le lit, droit dans ses bras. Malgré le poids qui l'écrasait douloureusement, le vieil homme étreignit son petit-fils de toute sa maigre ardeur.

*

Célestine attisa la flambée qui dansait joyeusement dans la cheminée, jetant une lueur mouvante dans la chambre assombrie. Seules deux bougies éclairaient le chevet. Le comte s'était plaint de la lumière trop vive, puis s'était assoupi. Parfois un gémissement lui échappait. La chaleur, additionnée à une odeur tenace de bouillon, rendait l'atmosphère étouffante, mais au moins le malade restait au chaud. Le bruit haché de sa respiration l'inquiétait. Pour la centième fois en deux heures, la nourrice se demanda pourquoi le docteur tardait tant. Elle avait envoyé Armand sur sa tournée dans l'espoir de le ramener aussi vite que possible.

Les enfants se glissèrent dans la pièce sur la pointe des pieds. Juste avant de sombrer dans une somnolence agitée, le comte avait demandé à Paul d'aller chercher la Gitane, son amie. Le bruit de leurs chaussures glissant sur le plancher le tira de son demi-sommeil. Il parut soudain affolé.

— Mathilde ! Tu es revenue ?

Il leva une main tâtonnante, les yeux aveugles, enfiévré. Un pauvre sourire éclairait sa figure blême. Voyant cela, la nourrice fit signe à Bella d'avancer près du malade en mimant l'acquiescement. La Gitane approuva en silence. Elle avait compris.

Elle saisit la main parcheminée, la pressa entre les siennes.

Le comte émit un râle d'étonnement

— Ma douce, c'est bien toi ? Je t'ai crue morte… Si tu savais…

Le comte se mit à sangloter de joie ou de tristesse, sans savoir vraiment. La nourrice saisit la bassine pleine de compresses ensanglantées qu'elle n'avait osé emporter pour ne pas abandonner le malade. Le moment était venu de les laisser. Avant de refermer la porte, elle adressa un dernier regard à l'homme qu'elle avait servi si longtemps. Il lui était arrivé de le haïr au moment de la fuite de Mathilde, et puis elle l'avait plaint. Depuis que Paul était là, il avait réveillé en elle une tendresse immense.

Penchés vers le mourant, pareils à deux anges gardiens, les enfants tenaient sa main. Le vieil homme bredouilla dans un souffle :

— Je voulais demander pardon à ton mari, pardon de l'avoir jugé indigne de toi sans le connaître… Tu le lui diras ?

Timidement, Bella balbutia un « oui », la gorge nouée de sanglots. Le comte sourit et continua d'une voix plus ferme :

— Quand je ne serai plus là, il te faudra veiller sur le domaine, la forêt, les étangs. Et puis il y a le cerf. C'est une bête merveilleuse qui nous honore de sa présence. Nous lui devons respect et protection. Comme dans la légende de saint Hubert que je te racontais quand tu étais petite, tu te rappelles ?

— Oui…

— Où est ton fils ? Mon petit Paul…

— Je suis ici, grand-père… Tu sais, le dix-huit-cors, je l'ai vu ce matin. Il se baignait dans l'étang des Herteignes. Des herbes étaient accrochées sur sa ramure. Il était tout brillant, on aurait cru qu'il était fait en or…

Le comte sourit, apaisé. Ses paupières se fermèrent et il soupira tandis que ses doigts s'ouvraient doucement.

Devant lui, courant droit vers une brume cuivrée, le grand cerf galopait en majesté.

18.

De larges pièces de calicot noir avaient été drapées dans le hall du manoir en signe de deuil. Au premier étage, la chambre du comte semblait saturée de silence funèbre, un silence qui s'insinuait partout, même à l'office. La mort avait posé son empreinte et personne n'osait enfreindre cette pesanteur morne.

Quand tout fut prêt, le corps lavé et soigneusement vêtu, les gens du domaine des Herteignes affluèrent afin de rendre un dernier hommage au défunt. Ils étaient venus en nombre, les villageois qui le connaissaient depuis toujours, ceux du bourg, prévenus par le docteur, les métayers et jusqu'aux saisonniers qui travaillaient occasionnellement sur les terres. Dans le pays monsieur le comte avait la réputation d'un homme sévère mais juste, d'une générosité qui passait d'autant mieux que son caractère était abrupt. Ici, on préférait un rigoureux à la rude bonté qu'un beau parleur aussi généreux en promesses qu'avare en pratiques. Et si parfois Antoine de La Chesnaye se laissait emporter, jamais il n'aurait causé d'affront par simple caprice.

Les gens défilaient devant sa dépouille, la tête basse, marmonnant une prière ou un adieu, le cœur tordu à la pensée des temps à venir. Le jeune comte devenait le nouveau maître, or on le connaissait peu et on ne s'y fiait guère, surtout depuis qu'il vivait à Paris et ramenait des imbéciles infoutus de faire la différence entre une sarcelle et un colvert. Pour l'instant, néanmoins, le recueillement était de mise. Debout à la fenêtre, Bertrand recevait les condoléances avec, il est vrai, beaucoup de dignité. Florence se tenait à ses côtés, tout emplie de son nouveau rôle de consolatrice. Le deuil qui frappait son fiancé la rendait brusquement indispensable.

Paul courut de bon matin avertir Totoche, mais le braconnier préféra s'en tenir à ses habitudes : il ne viendrait pas jouer les hypocrites, ce serait faire affront au vieux comte. Il le saluerait plutôt en buvant un coup, le nez levé au ciel, et vogue la galère ! Ce serait sincère et puis c'était sa religion…

Tout le temps de la toilette funéraire, l'enfant patienta aux cuisines. Par instants, il se rappelait le baiser dans la cabane, alors son cœur s'emballait, et, aussitôt, la gravité du moment le rattrapait en le plongeant dans le chagrin. Célestine finit par l'appeler, une fois sa tâche terminée. À présent il se pressait contre son tablier en observant le défilé, l'esprit anesthésié par les émotions. L'avant-veille, il s'était découvert un grand-père, et voilà que le vieil homme n'était plus…

L'arrivée de Pachevot coincé entre ses parents, la mine faussement contrite, le tira de ses ruminations. Le vaurien avait revêtu ses habits du dimanche, ce qui le faisait paraître bizarrement déguisé. Surpris de retrouver là le Parigot, il s'arrangea pour lui faire les cornes et souffla en passant : « Comme on se retrouve tête de veau ! », ce qui lui valut une taloche de son paternel.

Enfin, le curé parut, précédé par ses enfants de chœur qui agitaient les encensoirs. Dans leurs aubes amidonnées, Paul reconnut Ernest et le petit Pourriol, qui s'appliquaient à balancer d'épaisses volutes d'encens avec une allégresse mal dissimulée. Sûrement qu'ils s'en vanteraient partout à l'école, car ils avaient une réputation à tenir et ces funérailles leur donnaient l'occasion de pavoiser ! L'abbé Biron entreprit de fendre la foule des petites gens. Il débitait la prière des trépassés avec une conviction inhabituelle, pas mécontent de rattraper le comte qui s'était montré un paroissien bien peu assidu. Dieu avait toujours le dernier mot !

— Maintenant tu peux quitter ce monde, âme chrétienne, au nom de Dieu le père tout-puissant qui t'a créé, au nom de Jésus-Christ, fils du Dieu vivant qui a souffert pour toi, au nom du Saint-Esprit, qui a fait sa demeure en toi par la grâce du baptême. Qu'aujourd'hui tu vives dans la joie et la paix du paradis...

Paul écoutait ce charabia incompréhensible avec autant de crainte que de dégoût. Totoche avait raison, ces curés semblaient de fameux bonimenteurs avec leur airs compassés et leurs habits trop riches !

La nourrice profita du mouvement pour lui chuchoter à l'oreille :

— Va embrasser ton grand-père.

Il s'approcha du lit, le cœur battant à tout rompre, redoutant de mal faire. Le vieil homme lui parut étranger. Le trépas avait figé ses traits en un masque cireux, méconnaissable. En proie à un étourdissement, l'enfant dut s'appuyer au matelas et, bizarrement, il repensa à son éblouissement heureux dans la cabane. Ce baiser était tout le contraire. Paupières baissées pour ne pas voir le mort, il effleura la peau froide sans rien ressentir, sauf l'effroi d'avoir perdu un protecteur.

Il recula en lorgnant vers la nourrice pour savoir où aller. Elle lui indiqua la sortie d'un léger coup de menton. Il s'était attardé suffisamment.

Par chance, Bertrand ne l'avait pas vu se pencher sur la dépouille de son père. Blanc comme un linge, visiblement éprouvé par le deuil, il écoutait le pharmacien qui lui secouait la main sans se résoudre à céder la place.

— Quel malheur tout de même, un homme d'une telle valeur ! On n'en fait plus de semblables, figurez-vous que nous avons encore conversé l'autre jour...

Le défilé dura deux bonnes heures, puis, comme il tarissait, le nouveau comte de La Chesnaye fit signe au majordome. Il était de tradition de recevoir les armoiries de la famille au premier jour du deuil, et Armand, parce qu'il avait servi le comte toute sa vie, était chargé du rituel. Le majordome se tenait prêt. Il approcha cérémonieusement, portant un coussinet de velours sur lequel un gros anneau brillait.

— La chevalière de feu monsieur votre père...

Ému par la solennité du moment, Bertrand saisit le bijou, l'enfila à son annulaire gauche. L'anneau tournait, trop grand pour lui, comme un signe. Il faudrait sans doute le faire resserrer. Il réprima un élan de contrariété puis s'aperçut que le domestique attendait toujours.

— Oui ?

— Les Romanichels souhaiteraient s'incliner devant la dépouille. Puis-je les laisser entrer ?

— Naturellement... Les braves gens.

À travers les tentures, il aperçut le groupe qui patientait dans le parc et ajouta avec délectation :

— Mais ensuite, je ne veux plus les voir. Faites-les déguerpir.

À ses côtés, Florence réprima un tressaillement.

*

D'un seul élan, la masse s'abattit sur le tuteur en le fichant profondément en terre. Il faisait suite à une enfilade de piquets qui composaient un axe parfaitement rectiligne et dont chaque extrémité était barrée de rouge, afin qu'on ne les confonde pas avec de vulgaires pieux à barrière, car, ici, il s'agissait bien d'un marquage officiel !

Deux arpenteurs géomètres s'affairaient à la lisière du bois de Trémaille, prenant tour à tour des mesures avec leur appareil, ou maniant leur massette avec l'habileté que donne l'habitude. À quelques pas, la Sauldre sinuait entre les replis du terrain argileux, interrompant la ligne des piquets. Maintenant que la rangée était solidement plantée, ils déroulèrent un ruban résistant afin de marquer les limites cadastrales.

Le géomètre expert chargé du chantier déplia un plan à l'intention du jeune comte qui venait d'arriver.

Bertrand l'avait mandé en urgence pour établir le tracé topographique de ses terres, au mètre près.

— Voyez, on est ici. Au bord de la rivière qui marque la limite nord du domaine. Ensuite le cours s'élargit, voyez...

Il désigna un point sur le plan, puis éloigna son doigt au-dessus du tracé bleu qui représentait la Sauldre.

— On reprendra la construction du mur à deux kilomètres, précisément là où le cours d'eau ne constitue plus de limite naturelle.

Bertrand fronça les sourcils, contrarié.

— Pas question de laisser cette portion ouverte à tous les intrus... Vous ne connaissez pas ces gueux, ils se joueront de votre « limite naturelle » comme d'un jeu d'enfant !

— Mais la rivière, monsieur, ne...

— Permettez, « monsieur »...

Il avait étiré ses syllabes de façon à souligner l'ironie de son injonction, vexé que l'autre ne lui donne pas du « comte » comme la politesse l'exigeait maintenant que son père était mort et enterré.

— La rivière est aisément franchissable en plusieurs points, or je ne veux plus qu'on entre dans le domaine comme dans un moulin. Le mur d'enceinte devra en faire le tour sans interruption. Suis-je assez clair ?

L'intransigeance du ton n'admettait aucune contradiction. L'expert préféra céder, sidéré par la stupidité du projet. Après tout, si cet imbécile souhaitait dépenser des fortunes en édification, grand bien lui fasse ! Lui n'était là que pour établir des mesures cadastrales, le reste ne le concernait plus.

Satisfait d'avoir réglé ce problème, Bertrand se dépêcha de rejoindre Tempête, qu'il montait désormais de préférence à son propre cheval.

L'enterrement datait de trois jours, et déjà sa vie avait changé. Lui dont le tempérament passait pour flegmatique – son père disait « paresseux » – se découvrait animé d'une singulière énergie. Tout l'intéressait brusquement. L'état de ses métairies, les coupes de bois, l'entretien des allées cavalières, tout. Il sifflota, soudain ragaillardi à l'idée qu'il suffisait d'un héritage pour vous changer un homme. Paris ne le tentait plus guère et il n'y remonterait pas de sitôt, du moins pas avant d'avoir pris toutes les dispositions qu'il avait en tête pour le domaine. Il faudrait néanmoins songer à acheter une automobile plus luxueuse, adaptée à sa nouvelle condition.

En remontant l'allée cavalière, il songea que Borel n'avait toujours pas rembuché le grand cerf. Dans la foulée des grandes résolutions, il décida que c'en était assez, il l'accompagnerait cet après-midi même pour vérifier qu'il cherchait avec assez d'assiduité ! Ce serait une façon d'affermir son autorité et d'effacer le sentiment tenace d'avoir déçu son père, car, par un bizarre retournement de pensée, Bertrand se persuadait que la mort du cervidé le vengerait de tout !

Il était en train de se débattre avec les contre-sanglons de Tempête quand Montaine arriva aux écuries sur le dos d'Alezan. Ils se saluèrent poliment, un peu contraints de se retrouver si proches, ce qui n'était encore jamais arrivé.

L'institutrice avait hésité avant d'accomplir cette balade. Bien souvent, le jeudi matin, le comte l'accompagnait, et son absence ne faisait qu'aviver son chagrin. Elle avait le sentiment d'avoir perdu sinon un père, du moins un vieil ami et un protecteur. Antoine l'avait beaucoup aidée lors de sa rupture avec Hubert, sans démonstration ni discours, mais avec une présence rassurante et une sincère bienveillance à son encontre.

La maladresse de Bertrand lui arracha un sourire fugitif qu'elle ne parvint pas à dissimuler tout à fait. Humilié, il chercha à lui faire ravaler son insolence.

— Vous ne connaissez donc pas les nouvelles consignes, mademoiselle Chassignac ?

— Suis-je concernée ?

— Ma foi, vous et les autres… Le domaine redevient propriété privée, ce qu'il n'aurait jamais dû cesser d'être. Je suppose que mon père était d'accord pour vous laisser monter Alezan ?

— Vous l'ignorez sans doute, mais j'ai connu ce cheval encore poulain et je l'ai soigné quand il était malade. Alors, oui, votre père a eu cette bonté. Cela est-il remis en question ?

— C'est à moi de décider.

— Certes… Et donc ?

— Vous ne m'aimez guère, n'est-ce pas ?

Oubliant les usages, il l'affrontait du regard, tout plein d'un désir de revanche. Montaine prit le temps de mûrir sa réponse, autant pour l'agacer que pour endiguer sa propre colère. Elle n'avait aucun moyen de s'assurer sa générosité, sauf à s'humilier, or elle n'était pas prête à cela, fût-ce pour un cheval ! Elle détacha soigneusement chaque mot, ainsi qu'elle le faisait pour expliquer une leçon particulièrement ardue à ses élèves :

— Je ne vous connais pas vraiment, mais, pour être tout à fait franche…

— Allez-y !

— … le peu que je sais de vous m'est plutôt antipathique.

— Eh bien, me voilà prévenu !

Il s'éclaira subitement, abandonnant sa mauvaise humeur comme on quitte un déguisement.

— Vous avez eu raison d'être franche. Je vous autorise à monter ce cheval… jusqu'à nouvel ordre.

— Merci.

— C'est un plaisir de vous obliger… mais, j'y songe…

On y était ! Après ses largesses venaient les exigences ! Montaine s'efforça de rester sereine malgré l'indignation de se sentir manipulée. Dire qu'il lui était arrivé de plaindre Bertrand en entendant les doléances d'Antoine ! Cet homme lui semblait bien pire en réalité, un mélange de tyrannie et de faiblesse qui le rendait odieux !

— Pourquoi ne pas vous joindre à moi pour une petite chasse ? J'ai envoyé Borel faire le bois, bien que je commence à douter de ses capacités. Nous partirons après le déjeuner avec un piqueux et quelques chiens.

— Chasser ? Quoi donc ? J'ai ouï dire que vous aimiez tirer les canards…

Une peur glacée l'envahissait qu'elle s'efforça de maîtriser. Il eut un petit rire suffisant.

— Que diable, j'ai mieux que du gibier à plume cette fois ! Vous avez peut-être entendu parler du dix-huit-cors qui hante le bois. Je puis vous assurer que vous n'en verrez jamais un de semblable !

Il s'animait, charmeur, flatté de se sentir une forme de pouvoir sur la jeune femme qui le dévisageait avec un air d'effroi qui lui allait à ravir.

— Le cerf gracié par votre père ?

— Celui-là même. Décidément, les nouvelles vont vite ! La bête a causé sa chute. Je vous promets que l'animal aura le sort qu'il mérite : sa tête accrochée au-dessus de la cheminée !

— Comment pouvez-vous... ?

L'écœurement lui coupa le souffle. Elle s'apprêtait à batailler quand elle surprit un éclair de triomphe qui suffit à la décourager. Rien de ce qu'elle pourrait dire ne convaincrait Bertrand, au contraire, sa résistance l'excitait. Elle reprit contenance au prix d'un effort terrible et parvint à demander presque naturellement :

— Puis-je repartir avec Alezan ?

— N'étiez-vous pas de retour ?

— Si fait. Mais j'ai changé d'avis.

— Comme le font toutes les femmes...

Pour ne pas être tentée de le gifler, elle se contenta de le saluer d'un hochement de tête, remonta à cheval et piqua un galop vers la grande allée aux chênes. Il fallait trouver un moyen d'arrêter Bertrand... Dieu merci, Antoine ne pouvait plus le voir agir ! Mieux valait qu'il fût mort plutôt qu'agonisant, incapable d'empêcher le crime que son fils s'apprêtait à commettre !

★

Au Raboliot, malgré la presse des grands jours, les visages étaient soucieux. Les volutes de tabac mêlées aux vapeurs de viandes recuites suffoquaient les buveurs, à moins que ce ne soit l'ambiance aussi lourde qu'une boue de marécage. Borel et Totoche s'étaient repliés à une table, au coude à coude. Célestine et Paul leur faisaient face, fascinés par ce voisinage. Cette proximité, qui aurait causé une petite révolution en temps normal, ne suscitait guère qu'un étonnement vite balayé par la rumeur.

Au bar, Dédé étreignait férocement sa chopine. Dans un geste de solidarité inédit, Lucien lui avait fait crédit. Les chasseurs des Herteignes occupaient le reste du zinc. Plus loin, aux tables, il y avait la bande de Basse-Fosse et ceux de Poigny qui venaient de finir leur repas, trois pêcheurs d'étang, braconniers sur les bords, et deux saisonniers qui avaient assisté aux funérailles. Quand Borel avait déboulé, un peu plus tôt, la nouvelle avait fait sensation. Le fils du comte lui avait commandé de rembucher le grand pèlerin que son père avait pourtant gracié ! Avec le passage des géomètres qui avait fait grand bruit au pays, la mesure était comble !

Totoche choqua son godet afin d'obtenir l'attention de l'assemblée. Il avait bu avec une certaine tempérance afin de garder les idées claires. L'heure était grave et il s'agissait de ne pas élucubrer n'importe quoi, et encore moins de commettre un faux pas avec l'époux de sa maîtresse. Borel ferait un allié avantageux sur ce coup-là. Il venait de le prouver en dénonçant les projets de l'imbécile qui lui servait de maître. On verrait ensuite comment régler les comptes, en attendant ils devaient se bouger.

Il attaqua d'une voix vibrante qu'on ne lui connaissait pas :

— Le Bertrand s'est mis en tête de tout chambarder dans le pays. V'là maintenant qu'y veut changer la forêt en prison. Son mur d'enceinte, vous savez c'que ça augure ? La mort !

Dépassé par la diatribe, Paul se risqua à demander des précisions :

— Pourquoi c'est si grave, ce mur ?

Les chasseurs se rapprochèrent, curieux d'entendre la réponse du braco. Ce gaillard-là, on pouvait bien en dire ce qu'on voulait, y avait pas meilleur connaisseur dès qu'il s'agissait de parler de la forêt !

Doctement, Totoche expliqua :

— Parce que les grands animaux, les cerfs, les chevreuils, les sangliers y z-ont besoin d'espace. Une saison, y vont à un endroit, plus tard y se déplacent ailleurs trouver leur nourriture, se reproduire, attendre la migration… Le gibier, c'est point de la bête de basse-cour, ça se barricade pas en cage !

Borel acquiesça vigoureusement pour ne pas être en reste. Ils avaient un problème commun en la personne du jeune comte, et il sentait la nécessité d'avoir le braconnier dans son camp. Ce dernier s'était interrompu afin de réfléchir, les sourcils si froncés que cela lui faisait comme une grosse barre sur le front. Il rangeait ses arguments en ordre, pour bien se faire comprendre du gamin, expliquer l'importance de leur colère.

— Après le brame, les cerfs ont besoin d'une nourriture fichtrement riche pour refaire leurs bois, alors ils vont la quérir dans certaines zones forestières.

Il se tut un instant, ferma les yeux. Il baissa la voix, presque au chuchotement :

— Not' pays c'est point une terre d'abondance, mais on a un trésor…

Tous écoutaient, bouche bée, et Célestine encore plus que les autres, secrètement comblée de voir à la même table les deux hommes de sa vie partageant les mêmes idées.

— Notre abondance, c'est la forêt et les landes qui l'enserrent, c'est l'air et le sable et l'eau qui suinte de partout. De tout temps y a eu des fricotages autour des rabouillères, c'est ainsi qu'on est par ici, pas vrai ?! Alors l'autre, avec son foutu mur, il nous condamne et la forêt avec !

Il conclut d'une voix assourdie, si bien que ceux du fond devinèrent ses mots plutôt qu'ils ne les entendirent, mais cela n'avait guère d'importance, car chacun savait :

— Plus de champignons, ni de châtaignes, ni de bois de chauffage. Plus rien. Les bêtes partiront et nous...

Le silence régna une bonne minute avant d'être rompu par Dédé que l'indignation avait dégrisé :

— Y va pas tout interdire quand même ?

— Mais tu veux pas comprendre ? Un mur ! Un mur ça veut dire bouclé. Fermé. Terminé.

Borel assena un coup de poing sur la table, faisant tinter le verre pour prendre la parole :

— Et v'là maintenant qu'y veut tuer le grand pèlerin en prime ! Et y m'commande sans vergogne de lui rembucher !

Il brandit son verre vide, interpellant le patron de loin :

— J'ai encore soif !

Célestine rouspéta, contrariée à l'idée qu'il perde ses esprits.

— Bois de l'eau.

Sa sacrée bonne femme ! Il hésita à hausser le ton avant de se raviser. Ce n'était guère le moment, alors il se contenta de roter et commanda :

— Lucien, donne-moi un bon verre d'eau.

— De l'eau ? Tu es sûr ?

— Sûr et certain ! De ta bonne eau maison, un verre bien tassé…

Près de répliquer, l'autre se mordit la langue, car il avait subitement compris l'allusion. Discrètement, il attrapa une bouteille d'eau-de-vie, emplit à ras bord un verre et alla le servir avec des manières que Célestine aurait éventées si elle avait été moins occupée à expliquer au gosse pourquoi les hommes se rebellaient contre la folie de Bertrand.

À cet instant, Montaine apparut sur le seuil. Totoche qui faisait face à la porte de l'auberge s'esquiva pour la rejoindre. Pendant ce temps, un chasseur renchérit, la mine sombre :

— À ce que j'ai entendu dire par le médecin de Sauveterre, paraît qu'y veut aussi organiser des chasses payantes. Ils vont lâcher de la volaille et tirer ces oiseaux-là comme au ball-trap. Et ces messieurs de Paris payeront cher pour ça !

Il cracha par terre pour montrer ce qu'il en pensait.

— C'est pas Dieu possible !

— Pardi, même le diable oserait pas agir comme ça avec des animaux !

— Le diable non, mais un Parisien…

— L'Bertrand est pourtant bien né d'ici !

— Ça en fait pas un Solognot pour autant, foutre de…

— Fais gaffe au p'tit !

— Le p'tit il a pas mieux à entendre. Ce comte de mes...

— Borel !

— Ça va, j'me tais... Mais j'en pense pas moins !

Le brouhaha enflait, la colère enflammait les visages et Paul se sentit bizarrement grisé par la fièvre des hommes. Une seule chose comptait, l'avenir réservé au grand cerf, et il sentait bien que d'une façon ou d'une autre son sort se jouait maintenant.

L'aubergiste leva les bras afin d'attirer l'attention, illuminé par une idée de revanche.

— Y veut plus de nous autres sur le domaine, ben on n'a qu'à plus y aller ! Fichtre non !

Un ancien aux idées jugées peu ordinaires, voire révolutionnaires, se mit à brailler à son tour :

— Lulu a raison. C'est à vous écœurer pareille dégoûtation ! Faut résister et vive la grande jacquerie !

Un autre, qui avait fait Verdun et ne voulait pas être en reste, beugla à son tour :

— Mutinerie, camarades ! C'est pas la Camarde qui m'a eu, pas plus que la Grosse Bertha, alors le jeune comte non plus !

Galvanisé, Lucien leva le poing, et les plus éméchés l'imitèrent. Dédé bafouilla avec un train de retard :

— Faut faire quoi ?

— Se dresser, Dédé Bérouette ! Se dresser tout entier et pas rien que ton verre !

Dans son élan, l'aubergiste saisit le bras du baillevent pour l'agiter à la manière d'une bannière. La salle explosa de rire puis repartit de plus belle :

— L'a raison, l'Roger !

— Lulu président !

— Dédé y f'ra son chauffeur !

— Tu parles d'une limousine !

— S'ra ben assez confortable pour le cul du Bertrand !

C'est le moment que Totoche choisit pour revenir avec Montaine. Il voulut attirer l'attention de l'assemblée, mais, conscient que personne n'écouterait ses appels, il grimpa d'un bond sur une table qui manqua verser sous son poids.

— Silence ! Mlle Chassignac vient de me prévenir que La Chesnaye irait tantôt chasser le cerf, comme Borel l'a dit ! Paraîtrait aussi qu'il tiendrait l'animal pour responsable du trépas de son père.

Dans la salle, le silence tomba d'un coup et le braconnier en profita pour reprendre la parole :

— Ce cerf, le comte l'a épargné... Y aurait-y un seul gars ici pour ignorer la tradition ?

Tous secouèrent la tête, réfutant être celui-là, mais c'est un gars de Poigny qui répondit pour tous :

— On ne tue pas une bête graciée, c'est sacrilège.

— Faut empêcher ça...

Montaine regardaient ces hommes, des rustres pour la plupart, certains qu'elle connaissait de vue et à qui elle n'aurait pas particulièrement aimé donner une poignée de main, et voilà qu'ils étaient vent debout, unis dans une même révolte. Eux, les chasseurs, les bracos, ils voulaient protéger le grand cerf !

19.

Jean Caradec avait débarqué la veille dans le port de Marseille trop légèrement vêtu, ayant oublié le froid qui régnait habituellement au mois de novembre en France. À son départ d'Alger la Blanche, les températures frôlaient les 20 °C. Le voyage en train acheva de l'abrutir. Sa fatigue avait au moins un mérite : elle balayait les questions inutiles sur Paul et l'accueil qu'on lui ferait. Ces questions le torturaient depuis le lundi précédent, quand il avait été convoqué en urgence dans le bureau du capitaine de section. Le général d'Hérouville requérait son retour sur le continent sans autre précision, sinon qu'il devait se présenter au domaine des Herteignes, devant le comte de La Chesnaye. C'était pour le moins inquiétant. Le capitaine chargé de répercuter les ordres lui avait garanti qu'il n'avait pas de souci à se faire : « Rien de grave, contentez-vous de rentrer et prenez cela comme une permission », néanmoins Jean ne pouvait s'ôter de l'idée qu'on ne libérait pas quelqu'un comme lui pour une broutille. La Chesnaye avait forcément découvert l'identité de Paul pour exiger son retour. Toutes sortes d'hypothèses l'avaient traversé depuis ; son fils chassé du domaine avec Célestine, ou au contraire retenu au manoir, obligé d'écouter l'amertume du vieux… Il se sentait coupable d'avoir exposé l'enfant en pensant bêtement que le comte pourrait se laisser berner de la sorte… Bien sûr, il n'avait pas eu trop le choix, mais si seulement il avait préparé Paul, s'il lui avait dit une part de la vérité !

Il arriva en gare d'Herteignes le jeudi, en milieu d'après-midi, et, malgré sa fatigue, il fit les quatre kilomètres qui le séparaient du village au pas de charge. Avant de se rendre au manoir, il voulait voir Paul, s'assurer que rien de grave n'était arrivé, lui demander pardon aussi. Le hameau n'avait guère changé en douze ans, il était simplement plus silencieux. Revenir en ces lieux après une si longue absence lui parut douloureusement absurde. C'est avec Mathilde qu'il aurait dû remonter la rue centrale, leur fils courant devant…

Il se rendit d'abord à l'école, mais ne vit aucun mouvement derrière les fenêtres. Ce calme absolu ne lui disait rien qui vaille. Il consulta sa montre, sentit l'inquiétude croître. Les volets des maisons n'étaient pas tirés, cela le rassura. On ne déserte pas un village comme ça, sauf en période de guerre. Il existait au moins un endroit où il était sûr de trouver du monde. Il rebroussa chemin d'un pas vif, aperçut bientôt l'enseigne du lapin, exactement la même que dans son souvenir. Le taulier avait dû la repeindre, car elle montrait des couleurs éclatantes. Une brouette était appuyée contre le mur, juste sous l'auvent, comme si on avait voulu la protéger d'une pluie éventuelle. Il la contourna, ouvrit la porte et dut cligner des yeux pour s'accoutumer à la pénombre. Une silhouette solitaire était avachie contre le bar. Il se racla la gorge sans susciter de mouvement.

— Y a pas grand monde, dites !

L'homme sursauta, l'air ahuri, montrant une trogne de pochard.

— Hein ?

— Vous pourrez peut-être me renseigner… Les enfants sortent à quelle heure ? Y a plus personne à l'école. Je cherche mon fils.

— L'école ! Tu causes du lieu de perdition où s'fabrique l'enseignement ?

— Si vous préférez…

— Le jeudi, y en a pas ! Et c'est qui donc, ton fils ?

— Paul Caradec… Jeudi ! Bon sang, j'aurais dû y penser !

— Le Paul de Paris ?

— Vous le connaissez ?

— Pff, y m'demande à moi ! Houlà ! Tout le pays connaît cette petite canaille ! Attention, quand je dis « canaille » j'veux point dire canaille tout à fait, même qu'y a pas plus brave et culotté que ce gadouillot, ma foi ! Et pis tant qu't'y es, faut m'tutoyer pasque sinon on s'ra fâchés. Moi, je me nomme Dédé !

— Et moi Jean, Dédé. J'aurais volontiers causé mais je suis pressé de le voir. Il serait pas chez les Borel ?

— Tu trouveras personne. Y sont tous à la battue.

— Quelle battue ?

— La battue que le village organise, bon Dieu, mais moi, ma guibolle est aussi tordue que ma gueule, Alors y m'ont demandé de garder le bar. Même au régiment, z-ont pas voulu de moi.

— T'as rien manqué, je t'assure, moi j'suis parti qu'en 1918 vu que j'avais un gosse à charge, mais je m'en serais passé !

— Me doute... y a qu'à voir les anciens combattants.

— Bon, c'est pas que je m'ennuie en ta compagnie, Dédé, mais il y a mon fils. Je peux la trouver où ta battue ?

— Halte-là ! C'est-y que t'as le feu aux fesses ? J'peux pas courir mais j'connais le coin mieux qu'ma poche.

— Tu pourrais me conduire un bout de chemin ?

— Chuis ton homme, foi de Dédé ! En plus, faut que j't'instruise sur c't'affaire de battue, vu qu'elle est fichtrement embistrouillée, si tant que j'en ai la tête nouée, moi !

Ils ressortirent de l'auberge, Dédé encore sous le coup des vapeurs de l'eau-de-vie, suivi par un Jean passablement intrigué. Le rustaud semblait déterminé à l'aider sous ses dehors allumés, et il décida de lui faire confiance. De toute façon, il n'était pas question de se présenter au manoir sans savoir où il mettait les pieds. D'ailleurs, son fils allait bien, sans quoi, tout pochetron qu'il était, l'autre l'aurait averti.

Après avoir récupéré sa brouette –« Ma bérouette j'y fais rien sans, même qu'elle a servi de voiture, l'aut' fois ! » –, l'homme se mit en marche d'un pas plus vif que sa boiterie ne le laissait supposer. Couvrant le grincement des roues, il lança joyeusement :

— Dis voir, Jean, j'veux bien te mener à ton gaminet, mais faut t'équiper. Tu sors d'où, vêtu comme un bourgeois ?

— Du train. Et avant du bateau. Si j'avais su, j'aurais pris mon barda, mais j'ai préféré laisser mon paquetage à la gare, pour pas trop m'encombrer.

— C'est pas grave. Tu chausses du combien ?

— Un bon quarante-deux.

— Ça ira. Pis ça nous f'ra pas un gros détour. On va aller chez un copain qui a tout le matériel qu'y faut…

Sur la barge du braconnier, ils dénichèrent un accoutrement complet : des bottes, une vareuse, et la *casquouette* en cas de *bérouasse*, car, même si le temps menaçait point, fallait se tenir disposé en toute occasion, c'était sa philosophie du « toujours prêt », au Dédé !

★

Totoche fit halte au cœur du sous-bois pour attendre les autres. Voilà deux heures qu'ils avançaient, inspectant chaque coulée en quête de traces, des fumées récentes prouvant le passage du grand mâle, ou des touffes de poils. Ils avaient sondé chaque souille où il aurait pu s'ébattre, allant jusqu'à flairer les relents musqués dans l'air, cherchant des cicatrices sur les troncs, en vain.

Leur petite bande était composée d'une demi-douzaine de chasseurs, tous braconniers, et du gamin. Borel n'avait rien pipé en le voyant partir avec lui. Son rôle consistait à tenir la chasse aussi loin que possible du gibier et Mlle Chassignac l'accompagnerait. L'invitation de Bertrand tombait à pic et lui permettrait peut-être de les ralentir.

Le reste des volontaires s'était disséminé dans le grand bois par trois groupes de six. Le comte ne devait pas se douter de leur présence, et, en cas de rencontre, on devait prétexter une chasse au sanglier ou au chevreuil, selon les circonstances.

Une fois que les chasseurs l'eurent rejoint, Totoche distribua ses consignes avec l'assurance d'un général en campagne. Puisque le cerf ne se trouvait pas dans la partie ouest de l'enceinte, ils remonteraient vers la lande, en direction du marais.

Il voulut donner le signal du départ quand il vit un Gitan jaillir du taillis et foncer droit vers eux. Merde ! Ils étaient venus trop près du campement, l'autre avait dû les entendre ! Il n'eut pas le temps de s'inquiéter que déjà Bella surgissait, suivie d'une douzaine de Romanos. À moitié tranquillisé, il maugréa pour la forme :

— Qu'est-ce qu'y veulent, ceux-là ?

Celui qui semblait être le chef s'avança en le toisant sans rien laisser paraître, ni méfiance ni sympathie.

— On vient défendre le grand cerf. On lui doit bien ça.

— Au cerf ! Toi, tu lui dois quelque chose ?

— Au comte. Le gadjo est un père pour nous.

L'homme parlait du mort comme s'il était toujours vivant, sans chercher à l'impressionner, mais pour énoncer un fait. Ces façons simples plurent à Totoche, qui n'appréciait guère les salamalecs. Il leva la main, paume ouverte, et l'autre tapa sèchement dedans, en guise d'accord. Il tenta de résumer leur affaire, car le temps pressait :

— Bon, je suppose que t'es au courant des grandes lignes, alors je te la fais courte ! On doit se dépêcher de déloger l'animal avant ce salopard de petit comte. La chance peut lui sourire, d'autant qu'il a les chiens. Le garde-chasse est de not' côté mais l'aura beau faire, si la meute le flaire, y peut pas les emmener à contre-voie. On a l'avantage du nombre et si on le rembuche, on le fera fuir loin d'ici, hors du domaine. Nous six, on va prendre par le taillis et remonter vers la route de Poigny. Toi tu passeras au nord de ton campement, ça m'économisera mes gars, tu traverses par le bois de Baudet et si tu croises des piquets peinturlurés, hésite pas à les virer, ça lui fera la nique à l'héritier… Les gosses, vous allez avec qui ?

— Avec toi !

Paul observa Bella, guettant sa réaction. Il brûlait d'envie de lui prendre la main mais n'osait pas bouger. Depuis leur baiser à la cabane, ils ne s'étaient pas revus, pas même croisés aux funérailles, et il se sentait stupide, d'une timidité paralysante. Cela ne dura pas. La fille vint le rejoindre en lui décochant un de ses sourires lumineux qui le bouleversaient, et le monde retrouva son équilibre.

Équipés d'un bâton, les enfants furent chargés de couvrir l'aile gauche de la formation. Ils débouchèrent sur la lande, non loin de l'étang de Malnoue. Un grincement les arrêta, qui oscillait entre la poulie rouillée et le couinement d'un canard. Ce son familier, Paul l'aurait reconnu entre mille. Il chuchota à son amie :

— Voilà Dédé. Il a dû se réveiller de sa sieste parce que tout à l'heure il était pas fringant !

— Comment tu le sais que c'est lui ?

— Sa brouette…

Et en effet la roue apparut d'abord, puis le cabrouet et enfin ce brave Dédé en compagnie de Totoche, mais c'était impensable puisque le braconnier tenait l'aile droite, à l'autre bout de leur ligne de battue ! Il cria, au mépris des consignes :

— Totoche !

L'homme vira sur lui-même et l'impossible arriva. Sous la casquette informe, accoutré de grosse toile, la figure burinée par le soleil, Paul reconnut son père.

— Papa !

— Paul !

Ils coururent l'un vers l'autre, s'étreignirent. L'émoi les rendait malhabiles.

— Tu es là !

— C'est pas possible !

— Quoi ?

— Je laisse un gamin tout pâle et je retrouve un gaillard tout en muscles !

— Toi aussi !

Paul s'esclaffa, le cœur dilaté de joie ! Il avait retrouvé son père ! Sur l'instant il ne voyait rien d'autre, ne songeait même pas à ce que cela pouvait signifier, le retour, Paris... Jean fut le premier à reprendre son sérieux.

— Dis-moi, mon grand, qui est ce Totoche dont j'entends parler depuis que j'ai débarqué ? Sans compter que je porte ses habits...

— C'est moi.

La grosse voix les fit sursauter. Derrière eux venait d'apparaître un colosse barbu, l'œil aussi noir que le poil.

Le braconnier avait jailli du sous-bois en courant, attiré par leurs éclats de voix, prêt à engueuler les gamins qui faisaient un tel tapage, or voilà qu'il découvrait ce bougre de Dédé en compagnie d'un étranger dans ses propres affûtiaux ! Il allait se lancer dans une fameuse gueulante quand Paul désigna l'inconnu si fièrement qu'il en eut le cœur serré.

— C'est mon père !

Ensuite, tout aussi fanfaron, il annonça :

— Lui, c'est Totoche, le meilleur braco du pays de Sologne, il m'a tout appris ! Et elle, c'est Bella !

Il montrait une gamine aux cheveux en broussaille et aux immenses yeux noirs. Jean Caradec sentit que quelque chose lui échappait. Il voulut expliquer sa présence, mais déjà le chasseur l'apostrophait :

— « Ni dieu ni maître », toi aussi ?

— Euh, oui… c'est mon fils qui t'a raconté ça ?

— Lui-même ! écoute, on n'a pas le temps de faire les présentations, là, faut qu'on reparte.

— Je me doute.

— Tu marches avec nous, camarade ? Pour défendre nos libertés… Dédé a dû t'expliquer, il s'agit pas seulement d'un cerf, vois-tu.

— Ça ne se refuse pas, « camarade », seulement faudra développer, parce que j'ai l'impression de débarquer en pleine révolution !

— On te dira mais là, tout de suite, faut y aller.

Les hommes se sourirent. Un seul coup d'œil avait suffi à s'évaluer.

Le crépuscule se devinait déjà, d'ici à une heure, la nuit serait tombée. Le petit groupe reprit sa progression, après que Totoche eut envoyé Dédé prévenir son aile droite de continuer sans lui. À moins que la rencontre avec le voyageur ne lui ait embrouillé les idées, l'intuition lui soufflait que le cerf ne pouvait pas être loin et qu'à eux tous, rabatteurs et Gitans, ils ne pouvaient pas le rater ! Néanmoins, la fébrilité le gagnait de minute en minute.

Ils avançaient en silence dans la pénombre grandissante, l'oreille tendue, tous les sens aux aguets. Un bruissement les figea un instant. Un coq faisan jaillit comme une balle au-dessus des arbres, dans un frisson affolé de plumes rouges. Jean en profita pour l'interroger hâtivement :

— Traquer un cerf dans une forêt si dense, tu penses pas que ça revient à chercher une aiguille dans une botte de foin ?

Paul intervint trop vite pour laisser le braco répondre :

— Non, vu que Borel l'a rembuché dans ce bois.

— Rembu... quoi ?

— Rembuché. Il a trouvé son pied : un beau volcelest. Toute façon, il est dans l'coin parce que le soir il va toujours au gagnage chercher sa nourriture. C'est pour ça qu'on se dirige vers les prés, après le bois.

Rembuché. Volcelest. Gagnage. Quelle sorte de langue parlait donc Paul, son propre fils ! Sidéré par cette assurance, Jean en oubliait la consigne de silence.

— Et quand on l'aura trouvé, il se passera quoi ?

— Ben, rien. On lui sauvera la vie !

C'était une idée si folle que l'ouvrier douta d'avoir bien compris. Y avait-il un sortilège pour qu'un village entier s'accorde à défendre un cerf en terre solognote ? À ce compte-là, le Dédé, avec sa bérouette, semblait plus raisonnable que tous les autres réunis ! Il n'eut cependant pas le temps de développer, car le chant sinistre du cor de chasse déchira le silence.

Totoche avait pâli. Si Bertrand appuyait la meute pour l'encourager, c'était très mauvais signe !

— Foutre Dieu ! Ils ont dû trouver la voie !

Le soleil rasant illuminait l'allée cavalière quand ils la traversèrent en vitesse, juste à temps pour plonger dans les fourrés. Un cavalier arrivait. Paul, qui se tenait en lisière, jaillit soudain de son abri et se mit en plein passage, les bras levés, pour arrêter celui qui fonçait droit devant.

— Mademoiselle !

Montaine Chassignac tira sur les rênes au risque de culbuter, puis se jeta à bas du cheval, hors d'haleine. Jean s'était précipité vers son fils pour l'arracher du sol, si bien qu'ils se trouvèrent face à face, le temps d'un regard. Déjà Totoche empoignait le bras de l'institutrice pour l'emmener à couvert. Ils échangèrent quelques mots pressés.

Caradec, quant à lui, parce qu'il avait eu peur, était en train de mesurer le danger de cette traque. Contre qui se liguaient-ils, ces chasseurs à clandestins ? Dédé avait évoqué le frère de Mathilde, et le braco semblait très remonté contre lui… et La Chesnaye ? Que disait-il de cela ? En quoi cela pouvait-il changer ou aggraver sa situation ?

Paul lui tira la manche en désignant l'amazone qui avait manqué le renverser.

— C'est ma maîtresse d'école.

— Allons bon, elle chasse, elle aussi ?

— Oui ! enfin non, mais elle est de notre côté !

— Dis-moi, il y a tout le pays dans votre fichue battue ? Ça te fait donc une maîtresse d'école et un maître de forêt, c'est bien ça ?

— Voilà !

— Mon grand, ce n'est sans doute pas le moment, mais le comte m'a fait venir ici contre tous les usages, car j'aurais dû rester encore six semaines sur mon chantier. Sais-tu quelque chose à ce propos ?

— Un peu.

— Un peu ? comment ça, un peu ?

— Je savais pas que tu devais venir, mais ça m'étonne pas que… le vieux comte t'ait fait appeler. Papa, je te promets de t'expliquer plus tard, mais pas maintenant ! Le cerf, s'il meurt, ce sera ma faute et je m'en voudrai toute ma vie, tu comprends ?!

— Pas vraiment, mais j'attendrai puisque tu me le demandes.

En réalité, Jean Caradec éprouvait un immense soulagement de voir que son fils ne lui en voulait pas. Il n'était donc pas au courant ? Et le vieux ?

Il avait attendu cinq jours, il pouvait bien patienter encore quelques heures…

À quelques pas de là, Montaine venait d'informer Totoche qu'elle avait quitté la chasse pour ne pas être témoin de l'hallali. Avec Borel, ils avaient tout tenté pour désorienter la meute, même les méthodes les plus grossières, mais les limiers s'étaient créancés au cerf et n'avaient rien voulu savoir. À présent, il était trop tard et rien ne l'obligerait à voir la mise à mort.

En se remettant en selle, elle adressa une moue désolée à son élève et s'éloigna au galop. Le braconnier revint vers eux, la mine triste. Brusquement, il se redressa d'un coup, comme piqué au vif.

— Toi, Bella, file prévenir ta tribu que la battue est terminée ! Inutile que les tiens s'en mêlent, parce que c'est foutu ! On sait où est le cerf, mais il a déjà les chiens au cul… alors, vite ! On va tenter de les rejoindre.

★

Le pèlerin infléchit sa course et stoppa brusquement pour écouter, les naseaux dilatés, expulsant des saccades de buée blanche. Les chiens gueulaient, au loin. Ils étaient sur sa trace. Il huma à pleins poumons la fragrance de la terre argileuse, cherchant les effluves plus acides de l'eau stagnante, et repartit au petit trot d'abord, puis au galop, à mesure que l'inquiétude le prenait.

Crevant la lisière des pins, il voulut franchir le cours d'eau qui lui barrait la voie et buta sur une banderole tendue sur des piquets. D'instinct il s'en écarta, car l'obstacle venait de l'homme. Il chercha une issue pour rejoindre l'autre côté, s'affola d'entendre les abois grossir. La forêt entière sombrait dans la fureur, les jappements semblaient jaillir de partout, brouillant l'influx qui l'avait poussé vers le grand marais. Il piétina en rond un moment, puis, au lieu de continuer vers l'ouest, repartit dans le bois, droit sur la meute, rompit au hasard, traversa une clairière, les flancs soulevés par l'affolement. Son souffle n'était plus la vie dans ses veines mais une douleur ouverte qui déchirait sa poitrine. Il continuait pourtant, s'élançait au-dessus des fossés par bonds prodigieux, accrochant les éclats du soleil mourant aux pointes de sa ramure, puis replongeait dans les coulées profondes, galopant sans direction, aiguillonné par la meute toute proche. Une fois, deux fois, trois fois, il brisa sa course folle et prit à droite ou à gauche, vaines tentatives pour leur échapper. Avec l'épuisement venait le désespoir. Ses ruses éventées, talonné de trop près, il ne pouvait plus ni rebattre sa voie ni trouver une harde pour tenter de semer les chiens. Il était seul.

Le premier chien jaillit en hurlant et aussitôt ce fut une masse indistincte de gorges vociférantes, de souffles empestés, et la terreur, partout.

Coincé entre un talus et un rocher moussu, acculé par les molosses qui lui barraient la piste en formant un demi-cercle, le cerf trépigna sur place, les pupilles voilées de terreur. Brusquement, il parut se calmer et leur fit face, ses bois gigantesques rasant le sol, les pattes solidement campées dans la terre malgré les tremblements qui l'agitaient. Il était prêt. Il allait se battre à mort.

Les chiens déchaînés avaient déjà commencé à rétrécir le cercle autour du gibier. Ils pouvaient presque sentir le goût du sang, et ça les rendait à demi fous. Débouchant de la coulée, Borel et Bertrand stoppèrent à une dizaine de mètres de distance, estomaqués par la masse du cerf, sa puissance palpable. Le garde sentit une giclée de bile remonter dans sa gorge. Il avait tout tenté pour perdre la voie et les chiens ne s'étaient pas laissé berner.

D'un haussement d'épaules, il s'arracha à sa contemplation. Puisque le maître y tenait… Il s'empara de la dague, la lui tendit, tête basse pour ne pas dévoiler sa colère, mais l'autre fit reculer sa monture d'un pas.

— Allez-y Borel, je vous le cède.

— Monsieur, je ne suis que piqueux, et un piqueux ne sert pas les cerfs. Encore moins celui-ci…

En son for intérieur, il l'injuriait. Cette triple bourrique d'incapable tremblait d'en finir ! Il entendit remuer, vit que le comte empoignait son fusil. D'abord il crut comprendre de travers, car un blasphème pareil c'était pas Dieu possible ! Bertrand épaulait, calé sur sa selle, en lâche qu'il était !

Outré, il cria :

— Monsieur ! Non !

Mais l'autre visait, l'œil à demi clos. Un coup de feu claqua, assourdissant. Tempête se cabra, envoyant son cavalier rouler au sol. Le cerf, après avoir tressailli, demeurait debout. Bien que meurtri, Bertrand s'était redressé et découvrit le gamin des Borel qui avançait vers la meute en la menaçant d'un bâton :

— Arrière ! Arrière ! Vol-au-Vent ! Lucifer ! Arrière !

Les chiens s'écartèrent puis battirent en retraite devant ce petit démon. Aussitôt, profitant de la trouée qui venait de s'ouvrir, le cerf s'enfuit à travers bois. Au lieu de réagir, Borel observait la scène, un demi-sourire aux lèvres.

Bertrand croassa, autant de stupeur que de colère pure :

— Qui a tiré ? Ce morveux ?

Le garde-chasse hocha la tête en signe de dénégation.

— Ma foi, j'en sais rien, Monsieur, mais avec ce bout de bois en guise de carabine ce s'rait fichtrement tordu ! Tenez, je crois plutôt que votre tireur est ici…

Totoche sortait du bois, le fusil encore fumant. Sa mine rebutante aurait affolé n'importe qui, à condition de ne pas être noble et de ne pas se croire au-dessus des lois du commun. Bertrand éructa, la bouche emplie de postillons tant il fulminait :

— Misérable ! J'aurais le droit de t'abattre, tu sais ? J'invoquerais la légitime défense et je serais acquitté !

Le braconnier ne lui accorda pas un regard. Au lieu de ça, il tourna les talons après avoir fait signe au gosse de le suivre. Ce fut sans doute sa tranquillité qui acheva d'enrager Bertrand. Il épaula, à moitié fou, et cette fois ce ne fut pas un tir qui eut raison de lui mais une charge furieuse qui le cloua au sol. Un homme lui arracha son fusil et, d'un seul coup, monstrueux, le fracassa sur le tronc d'un arbre. Puis il se tourna vers La Chesnaye, le visage tordu de mépris, et celui-ci en bafouilla d'exaspération :

— Qui es-tu, toi, maudit ! Sais-tu à qu... ?

— Je sais. Et je suis un revenant, faut croire.

Jean s'avança vers l'homme à terre et le releva pour mieux lui décocher un direct. Ce misérable allait tirer sur son fils ! Il dut faire un effort surhumain pour ne pas l'achever à coups de poing.

Plié en deux, Bertrand cherchait son souffle, incapable de se redresser. La douleur le sciait en deux. Malgré sa vision brouillée, il aperçut le garde-chasse qui demeurait les bras ballants.

— Aide-moi, bougre de crétin !

Borel ne fit pas mine de bouger. Il parut évaluer son état et finit par assener froidement :

— Non, Monsieur, c'est terminé. Fini. J'vous aiderai plus. Pouvez garder vos ordres et votre place de garde-chasse. J'en veux plus, j'vous la rends.

Ensuite il siffla les chiens, qui affluèrent comme une vague disciplinée, talonna son cheval, et s'éloigna sans lui accorder un regard.

Bertrand attendit qu'ils aient disparu pour hurler sa colère :

— C'est moi qui te renvoie, sacrebleu ! Toi et ta femme vous êtes congédiés ! Alors vous pouvez préparer vos bagages, parce que d'ici à une semaine je ne veux plus vous voir sur mes terres !

Il cria à s'en déchirer la gorge, et pourtant la douleur lui parut moins cruelle que la honte qui l'avait envahi.

⋆

Le lendemain, père et fils partirent après le déjeuner. Au manoir cela se passait mal. Bertrand était rentré en fureur, fermement décidé à se venger de ceux qui l'avaient humilié. Tous s'attendaient à de sérieuses représailles. Le matin même, Armand avait prévenu Borel de se tenir à distance.

La journée était belle, le froid piquant. Si cela se maintenait, sans doute y aurait-il de la neige pour Noël, Totoche l'avait prédit. Dans l'air pur, les bruits prenaient une résonance particulière, le crissement de leurs pas sur les épines sèches, le murmure d'une aile battant le vent dans le creux du hallier.

Ils empruntèrent les sentiers que Paul connaissait maintenant presque aussi bien que le braconnier. Ce qui le liait à cette terre, plus que ses mésaventures, c'était une compréhension profonde qu'il ne parvenait pas bien à exprimer, sauf que ça coulait dans son sang. Jamais il ne pourrait oublier cette Sologne-là.

Jean de son côté tentait de faire le point. La veille, après leurs retrouvailles, ils avaient beaucoup discuté avec Paul et Célestine. À cette occasion, Borel avait découvert la vérité sur l'identité du gamin. Étrangement, il n'en avait pas tenu rigueur à sa femme, trop abasourdi par sa rébellion et les conséquences qui en découlaient. La nourrice avait relaté les derniers instants du comte, sa volonté de le voir lui, l'époux de Mathilde, avant que l'agonie ne l'emporte. Cela l'avait troublé et vaguement déçu. Malgré son retour en urgence, Antoine de La Chesnaye était mort avant d'avoir pu lui parler. Pour dire quoi d'ailleurs ? Quêter un pardon que seule une morte aurait pu lui accorder ? Ces révélations, après la fatigue du voyage et la battue, l'avaient sonné, si bien qu'il avait préféré remettre la grande discussion avec Paul au lendemain. À présent, on y était…

Comme l'enfant courait en avant, il accéléra le pas pour le rattraper, attendri de surprendre un enthousiasme familier. Il revoyait Mathilde arpenter les bois, riant de sa gravité d'homme. Soudain allégé de sa nostalgie, il se mit à siffler *Le Temps des cerises.* D'une certaine manière, son deuil pouvait prendre fin en ces lieux où tout avait commencé et où tout se dénouait maintenant. Il comprit alors comme il était important pour Paul d'avoir connu son grand-père…

Débouchant de la forêt, ils remontèrent le chemin de halage, passèrent la barge du braconnier et le pont de pierre avant de s'enfoncer dans la campagne. Cette fois, c'est Jean qui menait la marche. Après avoir parcouru trois ou quatre lieues, ils parvinrent au chemin de fer, à une volée de la gare. À la vue des rails, néanmoins, l'enfant se rembrunit. Bientôt il faudrait quitter les Herteignes, retrouver Saint-Denis et sa vie d'avant. Cela lui semblait impossible.

Ils longèrent la voie sur une centaine de mètres, puis Jean désigna l'orée du bois.

— C'est ici que j'ai vu ta maman la première fois, près du gros chêne. Avec les copains, on posait le système d'aiguillage... Un aiguillage ça évite que deux trains se rencontrent, eh bien, moi, j'ai rencontré l'amour de ma vie. Au premier regard, j'ai su que c'était elle.

Ils observèrent l'endroit en silence. Pour Paul beaucoup de choses demeuraient mystérieuses, mais il n'était plus aussi pressé de savoir. C'était la première fois que Jean évoquait Mathilde avec cette liberté. Il s'éloigna en sautillant, tandis que son père s'égarait dans ses souvenirs, le visage baigné par la pâleur du ciel, libéré de sa rancœur.

Sur le chemin du retour, l'enfant repéra quelques champignons qu'il glissa dans sa carnasse.

— Des coulemelles... Célestine sera contente !

Jean ne put s'empêcher de rire devant son air d'importance. Pour un peu, on l'aurait pris pour un cul-terreux !

— Dis-moi, tu es devenu un vrai rat des champs ! Les animaux et maintenant les plantes ! Qu'est-ce qu'ils vont dire, tes copains !

— On est obligés de rentrer ?

— Tu sais bien que oui.

— J'ai pas envie.

— Tiens donc ! Et Jacquot ? Émile ? Tu ne veux pas les retrouver ?

— Même...

— Ce ne serait pas à cause de cette Gitane à qui tu fais les yeux doux ?

— Te moque pas ! Toute façon, si t'es pas d'accord, on ira se cacher dans une cabane et on s'enfuira !

Jean ravala un tressaillement. Non seulement son fils avait grandi, mais il avait découvert une vérité trop longtemps cachée. Désormais, on ne pouvait plus le traiter comme un mioche.

— Ne te fâche pas, mon fils. Rien n'est plus beau que la rencontre de deux êtres faits l'un pour l'autre, je suis bien placé pour le savoir, mais tu ne peux pas décider de ta vie à onze ans… C'est ma faute, j'aurais dû te parler de ces choses bien avant. Pourtant…

Il hésita, cherchant les mots justes pour expliquer ce qui l'avait poussé à garder le silence. Paul l'écoutait avec une attention douloureuse, alors il ajouta, poussé par une sorte d'évidence :

— Finalement je crois que les choses se sont passées comme elles devaient. Mieux vaut apprendre par soi-même, même quand c'est difficile. Tu vois, si je t'avais tout expliqué, tu te serais méfié de ton grand-père et tu ne l'aurais jamais rencontré. Il était temps que tu découvres ta famille, du moins ce qu'il en reste…

— Le comte a dit qu'il voulait te demander pardon de t'avoir fait du mal.

— Ce n'est pas tant à moi, plutôt à ta mère…

Son fils hocha la tête avant de lui prendre la main, saisi par une idée.

— Viens… je vais te montrer où elle est !

La chapelle avait gardé les traces des récentes funérailles, une odeur de bougies consumées et des bouquets fanés.

Mathilde reposait désormais aux côtés de ses parents.

Tandis qu'ils se recueillaient, Jean ressentit le chagrin de son fils. Lui éprouvait toujours ce sentiment d'allègement qui l'avait envahi au gros chêne, près de l'aiguillage. Dix ans plus tôt, Célestine l'avait convaincu de laisser la dépouille de Mathilde revenir au manoir, sur la terre qu'elle aimait tant, et il avait souvent regretté de ne pas avoir une tombe où pleurer sa femme. À présent, devant ce caveau, il se rendait compte que cette chapelle froide et triste ne représentait rien à ses yeux. Il préférait la chaleur de leurs souvenirs. Pour Paul, c'était différent. Il était l'enfant de Mathilde, un La Chesnaye autant qu'un Caradec, qu'on le veuille ou non.

Le soleil couchant semblait les avoir attendus ; au moment où ils sortirent de la chapelle, la forêt s'embrasa d'or rougeoyant. Ils s'ébrouèrent, comme tirés d'un songe. Des faisans criaillaient dans le bosquet en produisant des « kuk-uk kuk-uk » furibards. Un vol de canards passa, très haut dans le ciel, dessinant un V quasi parfait. La vie continuait.

De loin, ils aperçurent une cavalière retournant aux écuries.

— On dirait ta maîtresse d'école.

— C'est elle.

— Ah…

Jean sourit brièvement, puis haussa les épaules, refrénant sa curiosité.

— On rentre ?

— D'accord.

*

L'après-midi même, Borel et Totoche se rejoignirent à l'étang, lieu de leur dernier affrontement. Ils voulaient causer tranquilles, en terrain neutre, mais finalement ils restèrent deux heures à pêcher, juste pour le plaisir, en échangeant à peine quelques mots. La battue semblait avoir balayé le gros de cette rivalité qui leur avait pourri l'existence, et ils se sentaient presque sots d'y avoir cédé avec tant de conviction. Borel avait passé une nuit blanche à réfléchir à son existence, et l'imminence de son renvoi le poussait à reconsidérer beaucoup de choses, ses colères inutiles, son aveuglement à propos du gamin.

Finalement, ce fut Totoche qui céda le premier à la tentation de savoir. Le départ de Célestine le peinait plus encore qu'il ne l'aurait imaginé.

— Où vous irez, alors ?

— À Romorantin, chez mon frère.

— En ville !

— En ville, ouais. Ça va me faire mal de laisser tout ça.

Du geste il désignait la forêt, l'eau scintillante de luisances dorées. C'était si beau qu'il en aurait pleuré. Il continua d'une voix assourdie :

— J'ai pas le choix. Le comte cherche déjà un nouveau garde. Ce niaiseux connaît personne dans le coin, personne qui l'aiderait en tout cas, du coup l'a pas trouvé mieux que d'appeler une agence de Paris où ils placent les domestiques ! Tu imagines c'te berdinerie ? Un garde-chasse avec des bonnes à tout faire !

— J'arrive pas à y croire... C'est que tu me manquerais presque, dis ! Qui va me courir derrière à présent ?

L'autre gloussa.

— J'sais pas. Ça me fait mal à reconnaître, mais pour moi c'est pareil ! J'aurais jamais cru ça possible, me languir d'un fumier de braco !

Ils rigolèrent à demi en songeant à l'étrangeté de l'existence puis le silence retomba, morose. Soudain, le braconnier se leva sous le coup d'une inspiration.

— Maintenant que tu pars, je peux bien te montrer... Tiens, on va échanger nos bottes.

— Nos bottes !? Et pourquoi diantre ?

— Parce que je veux te donner mon attrape-couillon. Tu verras, c'est très utile quand t'as les gendarmes ou... les gardes-chasse aux fesses. Avise moi ça !

Il s'accroupit afin d'actionner le mécanisme des semelles pivotantes tandis que l'autre crachait à s'étouffer.

— Bordel de moi ! Mon salopiaud ! C'est d'la sorte qu'tu m'feintais à chaque coup ! Et moi, pauvre berlaud, je m'faisais enfumer !

— Je te les donne. Comme ça, en partant, ce sera pareil que si tu t'en r'venais par chez nous ! Suffira de tourner tes semelles et chaque pas te rapprochera d'ici.

Borel grommela entre ses dents, secrètement touché.

— Alors on fait l'échange à la vieille borne, on s'ra à mi-chemin. Ce s'ra en guise d'adieu. Faut rentrer.

— Tope là !

Ils partagèrent leurs prises, deux belles perches et trois sandres, puis ils s'engagèrent sur le sentier d'un pas lourd.

Il était déjà tard, et le ciel prit une couleur d'encre alors qu'ils parvenaient à la croisée des chemins.

Comme Totoche allait se déchausser, une voiture qui venait les prit dans le rayon de ses lanternes et l'espace d'un instant ils se crurent surpris par ce fumier de La Chesnaye. L'automobile pila sèchement à leur hauteur. Le conducteur, un étranger, salua Borel après avoir avisé son écusson.

— Monsieur Germain Borel ? Le garde-chasse ?

— Ma foi plus pour très longtemps.

— C'est vous que je cherchais !

L'homme sortit de son auto. Il était costumé en croque-mort et brandissait une sacoche qu'il entreprit de fouiller vivement.

— Voici pour vous.

— Pour moi ?

— Pour vous.

Il tendait une feuille de papier à la tournure très officielle qui fit craindre le pire au garde-chasse, mal habitué aux choses administratives.

— C'est quoi ?

— Une convocation.

— Et pourquoi ça ? C'est-y qu'on m'accuserait d'avoir braconné quelque chose ?

Il se tourna vers Totoche, cligna de l'œil en désignant ses bottes.

— Ce s'rait le comble !

— Non, monsieur Borel, juste une affaire notariale. Je vous attends demain matin à l'adresse indiquée.

Quand la voiture repartit, les plongeant dans le noir, Totoche s'esclaffa :

— Germain, tu m'en diras tant ! J'aurais plutôt vu un « Justin » comme petit nom de baptême. Germain Borel...

★

Bertrand noua sa cravate soigneusement. Il avait choisi ses habits les plus stricts, les mêmes que ceux des funérailles. Aujourd'hui il devait en terminer avec son ancienne inconséquence. Tout cela appartenait au passé. Il avait tourné la page et se sentait un homme neuf !

Derrière lui, sur le lit, Florence sirotait son thé avec des mines de chatte. Voyant qu'il l'observait dans le miroir, elle soupira paresseusement.

— Chéri, où cours-tu si tôt ? On ne se voit presque plus, je m'ennuie, moi.

— Une petite formalité à régler… Ensuite, si tu veux, nous irons faire un tour en voiture.

— C'est que j'ai un tas de rendez-vous à Paris ! J'ai le sentiment que cela fait un siècle que je n'ai pas rencontré des gens intéressants. Je commence à m'ennuyer, ici !

— Nous verrons. J'ai des choses importantes à régler et un domaine à faire tourner, ma chère…

Dans le grand escalier, Bertrand éprouva une bouffée d'ivresse qui le consola de ses déboires. Tout cela était à lui ! Les trophées, les tableaux, le bureau en bois de loupe de son père et sa sainte bibliothèque, les meubles, la tourelle et chaque pierre de ce manoir, tout lui appartenait !

Enivré, il redressa un tableau en passant et commença à siffloter *La Madelon* avant de se reprendre pour pénétrer dans le grand salon où le notaire devait attendre. Armand avait du s'occuper de lui, car il avait entendu sonner une demi-heure plus tôt. Il avait fait exprès de traîner, simplement pour goûter sa nouvelle puissance.

D'abord, il crut avoir la berlue devant l'assemblée endimanchée qui se tenait dans son salon, face à un homme aux allures de corbeau. Outre les Borel et les domestiques, il eut la surprise de reconnaître ce type avec qui sa sœur s'était mésalliée et qui l'avait salement frappé la veille, le Gitan moustachu, la fille qui l'avait insulté… Même le gamin dont s'était entiché son père était présent !

— Puis-je savoir ce que ces gens font chez moi ?

— C'est moi qui les ai convoqués.

Le notaire s'inclina très légèrement en guise de salutations, puis, imperturbable, enchaîna sur un laïus manifestement préparé.

— Nous n'attendions plus que vous, monsieur de La Chesnaye. Veuillez vous asseoir pour entendre la lecture du testament…

Il s'était approprié une table qui servait habituellement de desserte aux alcools. Sans attendre, il saisit un porte-documents pour en tirer une page manuscrite. Bertrand se laissa tomber sur une bergère, en retrait du groupe. Paralysé d'étonnement, il tentait de suivre les paroles du singulier personnage.

— Testament daté et signé, le testateur étant parfaitement sain d'esprit, ainsi que j'ai pu le constater en me rendant sur place…

Il chaussa des bésicles, se racla longuement la gorge.

— Je, soussigné, Philippe, Louis, Antoine de La Chesnaye, déclare que ceci est mon testament, qui révoque toute disposition antérieure. Je lègue les biens suivants aux personnes suivantes…

Ici, en homme de l'art confirmé, le notaire fit une pause afin de s'assurer de l'attention de l'assemblée. Le fils du défunt lui sembla d'une pâleur alarmante, les autres l'écoutaient, fascinés.

— Pour les Gitans, représentés par M. Joseph Weiss, la jouissance sans limite de durée des terres comprises entre les limites du domaine, le ruisseau de la Vilotte et le chemin de Bois-Baudet, soit une superficie d'environ deux hectares.

L'oncle remua sans oser demander qu'on lui réexplique, mais Bella lui chuchota quelques mots à l'oreille, ce qui parut le sidérer. Déjà le notaire reprenait :

— Pour Germain Borel et son épouse Célestine, la pleine propriété de leur logement, du potager et du jardin attenant.

Borel serra fébrilement la main de son épouse. Son teint avait viré au brique et l'espace d'un instant on crut qu'il allait défaillir, lui aussi. Célestine se moucha discrètement dans un mouchoir afin de cacher ses larmes.

— Mêmes dispositions pour Armand Lemercier et son épouse Madeleine dans la dépendance dite « du moulin »…

Bertrand revenait lentement à la vie à mesure que les phrases prenaient du sens. Des donations… Ce n'étaient que quelques donations, dommageables, certes, mais rien d'irréparable. Néanmoins, malgré le raisonnement, une peur affreuse lui nouait les entrailles. Il tenta de se redresser, feignit un air d'indifférence. Son tour venait, à présent.

— À mon fils et tenant compte du fait qu'il a gagé déjà une partie du patrimoine familial, je lègue de quoi vivre enfin de son travail…

Le notaire s'interrompit vicieusement, c'est en tout cas la pensée qui vint à Bertrand, incapable d'entendre ce que sous-entendait ce charabia infâme au cours du bref répit qui suivit.

— ... soit la nue-propriété de ma fabrique de vinaigre à Orléans, rue du Faubourg-Bannier, et du logement attenant.

— Mais enfin, maître... et le reste ?

Il fallait parler, expliquer que tout cela n'était qu'un malentendu, sa mauvaise réputation et les prises de bec stupides avec son père, tout plutôt que de se laisser happer par ce vertige absurde. Le notaire eut un regard étrange, presque sarcastique.

— Le reste ?

— Oui, vous êtes donc sourd ? Tout le reste !

— Sourd, non... Il y a aussi un cheval nommé Alezan qui revient à une demoiselle Montaine Chassignac.

Le reste se fondit dans le brouillard, car Bertrand de La Chesnaye, indigne héritier d'Antoine, comte de La Chesnaye, venait de s'évanouir.

⋆

Totoche entra au Raboliot comme une tornade, trop essoufflé pour parler clairement...

— Savez pas quoi ? Bougre de vache !

Au bar, outre Lulu, les habitués se pressaient, Dédé, Anselme, le Roger de Poigny, trois gendarmes et le facteur à peine remis de sa tournée. Le braconnier cracha, à bout de souffle :

— Eh ben, le gamin, le petit Paul, l'est institué *légateur* universel ou quèque chose d'approchant. Et son père, celui qui nous arrive tout droit d'Alger, bien le v'là *exécutaire testamenteur* ! En gros, le drôlet a hérité du domaine avec le manoir ! La forêt, le cerf, tout est sauvé !

Ce fut une explosion de joie !

Dédé, qui n'avait rien entravé aux détails, dansait une bourrée de victoire, quant à Lucien, il empoigna le braconnier pour le serrer contre son cœur, bientôt rejoint par les gendarmes qui ne comprenaient guère mieux que le bancroche, mais ne voulaient pas être en reste. L'allégresse était d'autant plus forte que depuis la veille le pays s'attendait à des représailles. Soudain, Lucien leva la main, perplexe.

— Un peu de silence, bondiou ! Y a un truc qui cloche. Pourquoi le Parigot hériterait du comte ?

— J'te le donne en mille et même en cent.

La figure plissée de malice, le braconnier sembla soudain tergiverser.

— Ma foi, ça vaut bien un coup de gnôle comme annonce !

— Tu m'entourloupes pas ?

— Juré !

Plutôt que de pinailler, l'aubergiste s'empressa de le servir. L'autre leva le coude et but cul sec, puis claqua la langue, approbateur.

— Il se trouve que Paul, c'est le petit-fils du comte. Le garçon de la Mathilde, celle qui est morte à Paris.

— Alors, là, tu m'en bouches un coin ! Donc, si je te suis bien, il serait comme qui dirait l'héritier du comte !

— Comme qui dirait, je dis pas mieux !

— Alors là... Allez, c'est ma tournée !

Les autres se regardèrent, incrédules. Que Lucien serve un coup sous la menace, c'était une chose, mais de lui-même, cela tenait de l'extraordinaire ! Le patron était notoirement connu pour être le pire rapiat du pays, or voilà qu'il invitait !

Le braconnier explosa d'un rire tonitruant.

— Crénom ! Lucien qui paye son coup, on n'avait pas vu ça depuis la mort de sa femme...

Tandis que les habitués trinquaient au Raboliot, Bertrand sortait du manoir soutenu par Florence.

Bertrand de La Chesnaye avait perdu de sa superbe, pis, il semblait avoir vieilli de vingt ans d'un coup. Armand suivait, chargé de deux valises qu'il rangea dans le coffre de la Voisin.

— Attendez !

L'enfant venait d'apparaître sur le seuil du manoir. Il devait les avoir entendus. Paul Caradec, son neveu, avait prétendu le notaire... Un frisson le secoua en apercevant les domestiques massés derrière lui. Il s'efforça de répondre sans trembler ni crier :

— Quoi encore ?

Il jetait ses dernières forces à durcir le ton. Tous l'avaient vu flancher...

— Vous pourrez revenir nous voir, oncle Bertrand. Le domaine est ouvert à tout le monde, maintenant.

Ce satané drôle n'ironisait même pas et cette sincérité bienveillante lui sembla pire qu'une bordée d'insultes. Bertrand se détourna sans répondre. C'était au-dessus de ses forces. Il claqua la portière, démarra d'un coup, piètre satisfaction, une des rares qui lui restaient à ce moment-là. Il fallait mettre le plus de distance possible entre sa honte et lui. Un gloussement le secoua. Comme si on pouvait se dissocier de l'affront !

À ses côtés, Florence tendit la main, sans doute pour le consoler. Il commanda sèchement :

— Pas maintenant, je conduis !

Elle serra les lèvres mais se garda d'insister, vexée.

Dans le rétroviseur, la silhouette du gamin planté devant l'imposante façade de pierre diminua, puis disparut dans le tournant de la route.

Bertrand accéléra encore, recherchant la griserie de la vitesse pour effacer l'humiliation.

Ce qui se passa ensuite fut si rapide que, par la suite, en voulant comprendre le déroulé des événements, il ne put se rappeler que quelques images fragmentées. Du taillis, sur la droite, surgit le grand cerf lancé en plein galop. Alors que le choc était inévitable, l'animal s'élança dans un bond gigantesque qui le fit planer assez haut pour esquiver le capot et atterrir de l'autre côté. Il disparut dans le hallier quand, d'un coup de volant brusque, Bertrand encastra la Voisin dans un arbre. En relevant sa tête, il vit qu'il s'agissait d'un chêne énorme, symbole de justice.

Il perçut un sanglot étouffé et s'inquiéta soudain de Florence, mais la place était vide. Il la chercha du regard, encore étourdi, perçut le claquement de la portière. Sa fiancée s'éloignait à grands pas rageurs en criant : « Plus jamais ! »

Anéanti, le pare-brise explosé, le capot défoncé, Bertrand de La Chesnaye posa la tête sur le volant et se mit à pleurer.

Épilogue

Accroupi dans la neige, Totoche observait le sol, les yeux plissés par la concentration. Sa tenue de garde-chasse l'engonçait encore un peu, trop neuve, et sur son épaule l'insigne « Loi » était d'un jaune doré bien brillant.

Il écrasa une motte mélangée à la neige, histoire d'évaluer le terrain, mais les empreintes ne laissaient aucun doute. Le champ de topinambours avait été proprement dévasté. Ici et là, des tubercules à moitié dévorés surgissaient du ravage. Interpellant les autres, il grogna :

— Y en a toute une harde. Quinze ragots et trois laies avec un gros quartanier.

Borel s'accroupit pour voir de ses yeux. Du pouce et de l'index, il mesura l'écartement des pinces.

— T'as vu juste. L'a ben quatre ans, ton sanglier.

Paul entérina le fait avec un sérieux de pape. Tant de gravité aurait pu porter à rire, surtout chez un drôlet, mais ce môme-là méritait le respect et pas seulement à cause de son statut.

— Un beau mâle de cent trente kilos, au moins !

Les deux gardes approuvèrent, satisfaits de l'expertise.

— T'as bien retenu mes leçons, y a pas à tortiller !

— Holà, môssieur Totoche, t'es pas le seul à instruire son monde !

Entre l'ancien braco et Borel, la rivalité passée s'était bien atténuée maintenant qu'ils œuvraient pour le même but, sauf quand il s'agissait d'éduquer l'enfant. Totoche protesta, de mauvaise foi :

— J'ai rien prétendu de pareil.

— Tu le prétends pas, mais tu le sous-entends.

— Sacrebleu, j'y suis pour quelque chose, qui lui a enseigné le premier ?

— Parlons-en, tiens pardi, c'était pour m'emmerder !

Jean intervint, sans quoi on en aurait jusqu'à la nuit :

— Alors ce sont des sangliers qui ont fait ce chambard ?

Borel en profita pour reprendre l'avantage. En cas d'invasion, c'était encore lui qui décidait.

— Si on les laisse faire, y vont saccager les cultures. Et demain, ils seront dans les vignes.

Totoche s'adressa à l'enfant, moqueur :

— Ce que je recommande, m'sieur Paul, c'est une battue.

Paul ne comprit pas tout de suite qu'on attendait de lui une décision. Il la formula avec prudence :

— D'accord, on fera ça demain matin.

Entrant dans le jeu, Borel renchérit :

— Le rendez-vous est à quelle heure, m'sieur Paul ?

— Euh... 9 heures ?

— C'est qu'y nous mène à la dure, le patron !

— Neuf heures, t'appelle ça à la dure ? Moi je dis qu'il y a pas mieux si on veut tout le monde.

— Tout le monde ? T'es sûr ?

— Pardi ! Surtout si le patron doit retourner à l'école ! Ça lui fera un fameux souvenir dans sa grande capitale !

Le lendemain ils étaient tous là, les Borel, Totoche, Montaine, Joseph et Bella, Dédé et une cinquantaine de chasseurs et de rabatteurs, certains avec des chiens courants tenus à la longe.

Une couche de neige immaculée recouvrait la campagne et, malgré la grisaille et le froid de gueux, l'atmosphère était à la fête. Avec les événements, on n'avait pas chassé depuis la fameuse battue.

Borel s'avança vers le gamin qui attendait sur le perron.

— M'sieur Paul, je peux procéder ?

— Oui, oui... Borel.

L'enfant avait encore du mal à se sentir à l'aise dans ce rôle de maître. D'un coup, voilà qu'on lui donnait du « monsieur » et, même pour rire, cela l'embarrassait. À l'école, où il était retourné afin de récupérer ses affaires, la bande à Pachevot avait gardé ses distances. « Tête de veau » n'existait plus. Il s'attendait au moins à des regards furieux, ou des insultes marmonnées entre les dents, mais on le regardait par en dessous, avec une sorte de respect craintif. Or il était bien décidé à ce que rien ne change, à ce qu'on le considère toujours pour ce qu'il était et non pour une sorte de pouvoir superficiel que son titre semblait lui conférer et dont il ne voulait pas.

Il s'obligea à écouter le garde-chasse qui s'était lancé dans des explications :

— Totoche a rembuché une compagnie de sangliers. On va donc les pousser hors du domaine, et ma foi, si on peut en tirer quelques-uns... De bons gigots pour Noël, ça f'ra l'affaire de tout le monde !

L'assemblée des chasseurs éclata en vivats et en applaudissements. Depuis que Borel s'était adjoint Totoche comme compère, on avait peine à le reconnaître. Son sale caractère s'était sérieusement adouci, et s'il rouspétait encore, la bonne volonté avait remplacé sa sempiternelle maussaderie. De surcroît, le garde-chasse était devenu beaucoup moins formaliste, à croire que le braco avait déteint sur lui, ou bien c'était de savoir que le petit reprendrait le domaine dès sa majorité... En attendant cette passation de pouvoir, c'était eux, les hommes du domaine, qui assureraient la bonne marche des choses, et cette responsabilité était comme une reconnaissance de son savoir-faire. Sans doute aussi était-il soulagé de voir que le gosse ne lui tenait pas rigueur de son mauvais accueil. Ils s'en étaient expliqués maladroitement, quand Paul avait annoncé les changements à venir.

Il conclut donc son exposé en laissant la place à son adjoint.

— Un peu de silence, vous autres ! Monsieur Totoche va donner les consignes !

L'ancien braconnier s'avança, la mine grave, avec fierté. C'était sa première chasse officielle depuis sa nomination, s'agissait pas de la louper.

Sa voix lui parut étrangement perchée quand il prit la parole :

— J'ai les pieds tout frais dans Belleroche, qui ressortent pas. La ligne de rabatteurs va pousser depuis le chemin de Marnière...

C'était un peu direct, mais rien d'autre ne lui était venu, et les discours, il les laissait aux autres.

Paul s'efforçait de l'écouter quand il sentit une coulure glacée lui geler le dos. Bella venait de lui glisser une boule de neige dans le cou. Il ravala un cri, la mine impassible. La Gitane était la seule qui ne se pliait pas au « jeu de l'héritier de monsieur le comte de La Chesnaye », et il aimait cette résistance.

Totoche parlait maintenant avec toute sa conviction :

— Avec ce vent, les sangliers vont sûrement remonter droit vers la Sauldre. C'est là qu'on postera notre première ligne de tireurs. Borel la dirigera. La seconde ira se tenir sur la refuite de Garenne. Tu la connais, Ruault ? Tu emmèneras trois gars par là, et surtout tu m'en embusques un au chêne-cuve. Ce coup-ci, on peut faire du bruit, alors vous gênez pas : sonnez les gars, sonnez, qu'on sache bien ce qui se passe ! On tire que les sangliers, bé dame. Allez, en route !

On acquiesça bruyamment, pressé de partir, sauf Célestine qui retournait aux cuisines afin d'aider Madeleine pour le retour des chasseurs. Ce serait un fameux buffet à plus de cinquante convives… On avait prévu des poulardes et du rata pour un régiment, des tourtes et une douzaine de tartes avec les prunes d'automne qui restaient…

La gouvernante chercha le gamin des yeux. Il cavalait, poursuivi par Bella. Pour sûr cette fille était aussi agile que son singe ! D'un bond elle venait de l'envoyer bouler dans une congère en riant aux éclats. Célestine éprouva un pinçon d'appréhension qu'elle chassa aussitôt. À quoi servait de se faire du mouron ?

Les choses tourneraient comme elles devaient, surtout si on évitait de leur faire obstacle.

Coincé dans la couche de neige, Paul n'essaya même pas de se débattre. Son calme enrageait Bella, il le savait. Assise à califourchon sur lui, elle brandissait une boule de neige, puis, comme il ne mouftait pas, elle choisit un autre angle d'attaque.

— Alors, quand c'est que tu m'épouses ?

— À notre âge, on n'a pas le droit.

— Chez les Gitans, si. Tu ne veux pas de moi ?

— Je suis trop jeune, je te dis.

— Tant pis pour toi, je me trouverai un autre mari !

Joignant le geste à la menace, elle lui écrasa la boule de neige sur le nez et s'échappa d'un bond.

— Tarde pas, les gadjos attendent leur petit comte pour prendre la tête de la battue !

— Bella, attends ! Je m'en fiche de la chasse ! Et j'ai pas envie que tu te trouves un autre fiancé !

Ravie, elle interrompit sa course et lui offrit son plus beau sourire.

★

Les chasseurs progressaient à travers la campagne en petits groupes dispersés. Parfois on entendait une branche craquer ou un jappement vite étouffé, parfois l'envol d'un oiseau, un bref bruissement, puis le silence retombait. La neige semblait avoir avalé la rumeur du monde dans son ventre.

Jean et Montaine s'étaient retrouvés peu à peu distancés ou bien ils l'avaient fait exprès, l'un parce que la chasse l'intéressait assez peu, l'autre parce que son cœur s'emballait à chaque rencontre, même la plus furtive. Il y avait eu peu d'occasions, à vrai dire. Les deux dernières semaines étaient passées comme un tourbillon.

Quelque chose chez Jean plaisait à l'institutrice. Elle songea que c'était sûrement par ricochet, à cause de Paul, et s'empourpra à cette idée. Inutile de se raconter des histoires, l'enfant n'était pour rien dans le fait que son père la troublait !

Comme s'il avait perçu une part de ses pensées, Jean lui toucha le bras afin d'attirer son attention. Il chuchotait :

— Vous croyez qu'on peut bavarder ?

— Si on ne crie pas, je pense, oui. D'autant qu'on est à la traîne.

Elle pouffa et devint plus rouge encore. Il devait la prendre pour une idiote provinciale. Si elle l'avait mieux connu, elle aurait deviné ses efforts pour parler correctement, sans manger les négations. Jean Caradec se sentait impressionné en sa compagnie, et pas seulement parce qu'elle avait de l'instruction.

— Je voulais vous prévenir que nous devons retourner bientôt à Paris.

— Déjà ?

— Mon fils est trop jeune pour diriger les Herteignes et moi je n'y connais rien. Borel et Totoche feront ça très bien, en attendant...

— En attendant quoi ?

— D'y voir plus clair... Ce domaine devrait revenir à tout le monde. Pas d'héritage sans partage.

Elle le fixait, la bouche légèrement entrouverte, et il réprima l'envie de la toucher.

— Je veux dire… ce n'est pas juste le domaine de Paul. Il est aux bêtes et aux gens qui vivent dessus. Vous comprenez ?

— Bien sûr. Simplement, je n'ai guère l'habitude d'entendre cela.

— Et moi, je dois me faire à l'idée que mon fils est un noble…

Il éclata de rire et cette fois c'est elle qui dut refréner l'envie de se rapprocher. Les mots glissèrent avant qu'elle puisse mesurer leur portée :

— Il faudra me laisser une adresse.

— Une adresse ?

— Oui, que je puisse… enfin que je puisse vous écrire.

Rougissante elle était encore plus belle.

— Pour me dire quoi ?

Elle hésita puis le fixa avec une assurance soudaine.

— De revenir vite.

Elle voulut se reprendre, mais son regard l'arrêta, brillant, aussi doux qu'une caresse. De sa main, il effleura ses cheveux et sourit.

⋆

La ligne des chasseurs s'était resserrée à la lisière du bois où Totoche avait rembuché les bêtes la veille au soir. Soudain, les chiens furent dessus, grognant et gueulant autour d'un énorme roncier où la compagnie des sangliers s'était retranchée.

Acculée par la meute, empêchée de fuir dans le hallier par les hommes qui formaient une courbe mortelle, la harde se mit à galoper entre les arbres, assourdie par le vacarme des sonnailles et les cris. Çà et là, des coups de feu tonnaient, crevant le ciel. Deux bêtes tombèrent, fauchées par les balles des fusils.

La ligne avançait toujours, sans rompre ni changer son pas. Le froid avait cédé à la fièvre de cette charge impitoyable, et les chasseurs avançaient, grisés de savoir les bêtes piégées dans la nasse. Soudain, on entendit la trompe de Dédé, posté à la rivière. C'est lui qui avait été chargé d'avertir au passage de la harde, or les sangliers étaient sortis du bois et traversaient le cours d'eau gelée qui marquait la limite du domaine. Il sonna une seconde fois pour faire bonne mesure.

Dans la plaine enneigée, très loin de là, le grand pèlerin entendit la sonnerie des hommes. Comme pour y répondre, il laissa échapper un long râle qui monta dans le silence ouaté de cette journée d'hiver.

Du même auteur

Romans

Solitudes blanches, Actes Sud, 1994.
Le Grand Brame, J.-C. Lattès, 1998.
Le Chant du Grand Nord, tomes 1 et 2, XO Éditions, 2002.
L'Or sous la neige, XO Éditions, 2004.
Loup, XO Éditions, 2008.
Le Grand Voyage, tome 1, *Mohawks et le Peuple d'en haut*, XO Éditions, 2011.
Le Grand Voyage, tome 2, *La Quête de Mohawks*, XO Éditions, 2012.
Belle et Sébastien, XO Éditions, 2013.
Le Chant du Grand Nord, édition intégrale, XO Éditions, 2016.

Récits

Le Triathlon historique, Albin Michel, 1988.
Transsibérie, le mythe sauvage, Robert Laffont, 1992.
La Vie en Nord, douze ans sur la piste des trappeurs, Robert Laffont, 1993.

L'Enfant des neiges, Actes Sud, 1995.
Otchum chef de meute : l'extraordinaire aventure d'un chien de traîneau, Éditions de La Martinière, 1996.
Un hiver sur les traces de Jack London, Éditions de La Martinière, 1997.
Taïga, ou le Rêve sibérien, réédition illustrée aux Éditions de La Martinière, 1998.
Destin Nord, entretien avec Lionel Duroy, Robert Laffont, 1998.
L'Odyssée blanche, Robert Laffont, 1999.
Mémoires glacées, XO Éditions, 2007.
Avec mes chiens. L'Odyssée sauvage, XO Éditions, 2014.
La Grande Course, XO Éditions, 2015.

Livres illustrés

Solitude Nord, avec Alain Rastoin, Nathan Image, 1990.
Nord. Grands voyages dans les pays d'en haut, Éditions de La Martinière, 1997.
Territoire, Éditions de La Martinière, 1998.
C'est encore loin l'Alaska…, Albin Michel, 2000.
L'Enfant des neiges, éditions du Chêne / XO Éditions, 2003.
Le Voyageur du froid, éditions du Chêne / TF1 Éditions, 2003.
Le Dernier Trappeur, éditions du Chêne / TF1 Éditions, 2005.
L'Odyssée sibérienne, éditions du Chêne / TF1 Éditions, 2006.
La Passion du Grand Nord, éditions du Chêne / XO Éditions, 2011.
Les Pieds sur Terre. Mon encyclopédie de la nature mois par mois, Éditions de La Martinière / XO Éditions, 2016.

L'école buissonnière

Livres pour les enfants

Robinson du froid, avec Diane Vanier, Éditions de La Martinière, 1997.
Le Dernier Trappeur, Nathan Jeunesse, 2004.
Tadlak, entre chien et loup, avec Diane Vanier, éditions du Chêne Jeunesse, 2006.
L'Odyssée sibérienne, Nathan Jeunesse, 2006.
Contes du Grand Nord, avec Diane Vanier, Flammarion, 2007.
Avec mes chiens. L'Odyssée sauvage, Hachette Jeunesse, 2014.
La Grande Course avec mes chiens, Hachette Jeunesse, 2015.

Bande dessinée

Belle et Sébastien, éditions 12 bis / XO Éditions, 2013.

Composition et mise en pages
Nord Compo à Villeneuve-d'Ascq

Impression réalisée par CPI BRODARD ET TAUPIN
La Flèche (Sarthe), en mai 2017

N° d'impression : 3023500
Dépôt légal : mai 2017

Imprimé en France